Gerhard Fritsch
Man darf nicht leben, wie man will

Gerhard Fritsch

Man darf nicht leben, wie man will

Tagebücher

Herausgegeben und mit einem Vorwort
von Klaus Kastberger

Transkription und Kommentar:
Stefan Alker-Windbichler

Residenz Verlag

Wir danken für die Unterstützung

LAND
SALZBURG

Bibliografische Information der Deutschen Nationalbibliothek
Die Deutsche Nationalbibliothek verzeichnet diese Publikation in der Deutschen Nationalbibliografie; detaillierte bibliografische Daten sind im Internet über http://dnb.dnb.de abrufbar.

www.residenzverlag.at

Bildnachweis: Privat: S. 2 unten rechts, S. 3, oben rechts und unten, S. 4, S. 5, S. 7, S. 8 unten, S. 10, S. 11; Erika Schmied: S. 8 oben; Renate Uschan: S. 6; Wienbibliothek im Rathaus, Nachlass Gerhard Fritsch: S. 1, S. 2 oben links und rechts, unten links, S. 3, oben links, S. 9, S. 14–16

Umschlaggestaltung: Boutiquebrutal.com
Typografische Gestaltung, Satz: Lanz, Wien
Lektorat: Jessica Beer
Gesamtherstellung: CPI books GmbH, Leck

ISBN 978 3 7017 1405 7

Klaus Kastberger

Im Alleingang: Gerhard Fritsch

Wenn die Theorien klar sind, wird die Praxis dunkel.
(G. F. TAGEBUCH, 25. OKTOBER 1963)

Gerhard Fritsch hätte zu einem der hervorragenden Repräsentanten der österreichischen Literatur nach 1945 werden können. Erklärungen dafür, warum er es mit seinen Büchern nicht dahin brachte, wurden in den letzten Jahrzehnten mehrfach vorgetragen und liegen relativ offen zu Tage. Aber es gibt auch Gründe, die verborgener sind und bis heute eher versteckt.

Die Tagebücher von Gerhard Fritsch, die hier zum ersten Mal in ihrem Gesamtzusammenhang veröffentlicht werden, geben Einblicke in diese Gemengelage und eröffnen damit auch einen unmittelbaren Zugang zur privaten Welt des Autors. Das mag Anstoß erregen, muss es aber nicht. Denn nichts von dem, was Gerhard Fritsch in diesen Aufzeichnungen über sich selbst, seine Ängste und Sorgen, Skrupel und Zweifel, Begehrlichkeiten und Wünsche sagt, bleibt privat. Stets ist, was er im Tagebuch schreibt, auf die Ausdrucksmöglichkeiten seines eigenen literarischen Schreibens bezogen. Das Tagebuch von Gerhard Fritsch ist die Folie seiner Literatur. Hier spielt der Autor durch, was später für ihn dort möglich werden sollte. Es geht um die Gesamt-Existenz des Autors, gebündelt in der Frage: Wie schaffe ich es, über mich selbst sprechend zu werden?

Was wissen wir über Gerhard Fritsch? Er hat Selbstmord begangen. Am 22. März 1969 fand man ihn in Wien, erhängt in Frauenkleidern, hieß es. Später tauchten andere und wohl auch plausiblere Erklärungen auf. Es sei gar kein Selbstmord gewesen (auch ein Abschiedsbrief fehlt), sondern ein Unfall bei einem autoerotischen Würgeritual, das Fritsch offenbar wiederholt praktizierte.

Was weiß man noch? Seine beiden Romane *Moos auf den Steinen* (1956) und *Fasching* (1967) werden von einigen zum Besten gezählt, was die österreichische Literatur nach 1945 hervorgebracht hat. Beiden Büchern waren aber kaum nachhaltige Wirkungen beschieden. *Moos auf den Steinen* schildert das Schicksal eines verfallenen österreichischen Schlösschens. Die Tochter des Besitzers, eines ehemaligen k.u.k. Majors, wird von zwei Verehrern umschwärmt. Der eine will aus dem Gebäude ein modernes Kulturzentrum machen, das zur neuen, demokratisch geprägten Umgebung und zur Realität der Zweiten Republik passt, der andere (ihr Favorit) schwelgt mit ihr lieber in den Seelenlandschaften der Vergangenheit und nimmt dabei wie sie den Verfall der Liegenschaft billigend in Kauf. Tragischerweise stirbt er aber bei einem Unfall. Bei Erscheinen hatte das Buch relativ großen Erfolg, vor allem auch deshalb, weil es als Ausdruck einer konservativ-restaurativen Strömung gelesen werden konnte. *Moos auf den Steinen* passte perfekt in einen Topos, den der Triestiner Germanist Claudio Magris in einer Studie, die er wenig später, nämlich im Jahr 1963, veröffentlichte, auf den Begriff des »habsburgischen Mythos« brachte. Gemeint ist damit eine zentrale Verfangenheit der österreichischen Literatur in der großen feudalen Vergangenheit des Landes bei einer gleichzeitig statuierten Unfähigkeit, sich mit der Gegenwart adäquat auseinanderzusetzen.

Mit dem Buch *Fasching* begegnete dem Publikum dann, elf Jahre später, in Gerhard Fritsch ein vermeintlich vollkommen anderer Autor. So, als hätte er die Seiten gewechselt, setzte er sich in diesem Buch nun plötzlich mit der unmittelbaren Vergangenheit Österreichs auseinander und tat dies zudem in einer Form, die eher der literarischen Moderne als den restaurativen Erzählformen der Zwischenkriegszeit zuzurechnen ist. *Fasching* ist die Geschichte eines Deserteurs des Zweiten Weltkriegs, der von den Bewohnern einer Kleinstadt verborgen wird, indem man ihn in Frauenkleider steckt. Der Mann geht auf die Avancen des Ortskommandanten ein, der ihn tatsächlich für eine Frau hält, entwaffnet ihn damit in doppelter Weise und rettet so die Stadt vor der bereits angeordneten Zerstörung. Nach dem Krieg kommt der ehemalige Deserteur in den Ort zurück, und es wiederholt sich an ihm sein Schicksal. Er wird zur »Faschingsprinzessin« gewählt und in jene Grube gesteckt, in der er den Nationalsozialismus überlebte. Das zeitgenössische Publikum und die Kritik vermochten mit dem Buch *Fasching* nicht allzu viel anzufangen. Mehrmals jedoch wurde in den nachfolgenden Jahrzehnten von prominenten Vertretern des österreichischen Literaturbetriebes darauf hingewiesen, dass es sich bei *Fasching* um eines der zentralen Bücher der österreichischen Literatur handelt, eingepasst in eine Linie schonungsloser Aufklärung, die von Hans Lebert bis zu Elfriede Jelinek führt.

Was wissen wir noch? Gerhard Fritsch war einer der bedeutsamsten Literaturfunktionäre des Landes, ja, an seiner Person prägte sich der Typus des Literaturfunktionärs, wie wir ihn kennen bzw. wie es ihn heute in einer solchen Summe von Verantwortlichkeiten kaum mehr gibt, überhaupt erst aus. Fritsch war Redakteur renommierter Literaturzeitschriften, von *Lynkeus* über *Wort in der Zeit*, *Literatur und Kritik* bis hin zu den *protokollen*. Er war Mitherausgeber wichtiger Sammelbände, Beiträger und Textzulieferer für offizielle Feierstunden der Republik (wie zum Beispiel mit seiner Textcollage *Groß ist das Erbe* zum »Tag der Fahne« 1960), Rezensent, Verlagsgutachter, Publizist und in all diesen Funktionen mit dem staatlich geförderten Literaturbetrieb, der sich in den 1950er und 1960er Jahren konstituierte, in fast all seinen Ziselierungen verwachsen.

Von 1951 bis 1958 hatte Fritsch eine feste Anstellung als Bibliothekar bei den Wiener Städtischen Büchereien. In dieser Funktion betreute er die *Wiener Bücherbriefe*, eine Zeitschrift mit Rezensionsteil, die vor dem Hintergrund sozialdemokratischer Bildungspolitik das »gute« Buch propagierte. In Kampagnen gegen den sogenannten »Schmutz und Schund«, die vor allem eine Literatur der sexuellen Übertretung meinten, war Fritsch auf diese Weise dienstlich eingebunden. Hans Weigel, eine der einflussreichsten Figuren dieser Zeit, war gemeinsam mit Rudolf Felmayer und Christine Busta daran beteiligt gewesen, Fritsch jene Anstellung bei der Stadt Wien zu verschaffen. Nicht ohne Hintergedanken, denn so sollten aufstrebende junge Intellektuelle dem kommunistischen Einfluss entzogen werden, was bis zur Unterzeichnung des Staatsvertrages im Jahr 1955 eine reale Gefahr darstellte. Gerhard Fritsch war im Jänner 1950 der Kommunistischen Partei Österreichs beigetreten, publizierte in der von ihr finanzierten Tageszeitung *Der Abend* und verließ die Partei unmittelbar vor seinem Eintritt in den Dienst der Stadt Wien Ende des Jahres 1950 wieder. Zwei Jahre später trat er in die SPÖ ein, was – wie sein Tagebuch zeigt – auch pragmatische Gründe hatte wie beispielsweise einen leichteren Zugang zu einer neuen Wohnung (vgl. den Eintrag vom 30.11.1956). Seine Aufzeichnungen zeigen zudem, dass er sich innerlich zusehends dem Katholizismus zuwandte.

Weitere biographische Fakten: Gerhard Fritsch wurde am 28. März 1924 in Wien geboren. Der Vater war Mittelschullehrer und wie die Mutter aus Nordböhmen zugezogen. Im Zweiten Weltkrieg war Fritsch als Funker einer deutschen Fliegerstaffel dienstverpflichtet, mit Einsätzen in Norwegen, Finnland und an der Ostfront. Nach Kriegsende kam er mit seiner ersten Ehefrau, die aus Litauen stammte, nach Österreich zurück. Die Frau und der gemeinsame Sohn Georg lebten von da an bei Fritschs Eltern in Gföhl im Waldviertel. Fritsch selbst studierte in Wien Geschichte und Germanistik, schloss eine Dissertation mit dem Titel *Die Industrielandschaft in der deutschen Lyrik* ab, reichte sie aber nicht ein und legte keine Rigorosen ab. In der Lyrik, die er in dieser Zeit schrieb und in Zeitschriften sowie gesammelt in dem Buch *Zwischen Kirkenes und Bari* (1952) publizierte, thematisierte er Erfahrungen auch aus der Kriegszeit so, als würde es sich dabei um allgemein verfügbare, kollektive Erinnerungen handeln und als wären davon alle gleichermaßen betroffen. In vollem Einklang mit Vorstellungen von soldatischer Schweigepflicht und notwendiger Festigkeit des eigenen Körperpanzers (den man haben musste, um all das überhaupt zu überstehen) findet individuelles Erleben darin an den entscheidenden Punkten keinen Ausdruck. Auch alles Sexuelle bleibt ausgespart und ist mit einem Redeverbot versehen, das so tief sitzt, dass man nicht einmal das Verbot selbst verbalisieren darf.

Die familiären Verhältnisse: Gerhard Fritsch war insgesamt dreimal verheiratet und hatte vier Kinder, eines davon wurde erst nach seinem Tod geboren. Aus dieser Situation erwuchsen ihm Unterhaltspflichten, die er sehr ernst nahm und die sein Leben zwischen Brotberuf, eigenem literarischen Arbeiten und den Belastungen der vielfältigen emotionalen Bindungen immer wieder zu einer Hetzerei nach Geld machten. Im Tagebuch ist auch darüber etwas zu erfahren, insgesamt aber macht diese doch eher homöopathisch vorgebrachte Klage über die Imponderabilien der täglichen Tretmühle nur einen der unbedeutendsten Teile des Textdokuments aus.

Insgesamt sind die Tagebücher von Gerhard Fritsch ein vierfacher Versuch, ein Tagebuch zu führen und damit ins Schreiben über sich selbst zu kommen. Der handschriftliche Text ist in vier großformatige Schulhefte eingetragen. Das erste dieser Hefte versammelt Aufzeichnungen von Juni 1956 bis Jänner 1957 und findet sich am Ende um eine einseitige Notiz erweitert, die von Juni 1957 stammt. Als Fritsch zu schreiben begann, war soeben *Moos auf den Steinen* erschienen, aber das Tagebuch kümmert das nur wenig. An einer Stelle ist davon die Rede, dass Hermann Hakel zu Fritsch ins Büro kommt, um ihm die Unzulänglichkeit dieses Buches auseinanderzusetzen. Kein Wunder, denn mit dem literarischen Kreis um Hakel ist es durch Fritschs Hinwendung zu Hans Weigel zur

Entfremdung gekommen. An einer anderen Stelle bilanziert Fritsch die Rezensionen, die man ihm zugesandt hat. Das literarische Ego des Autors bläht sich aber auch hier kaum auf.

Es geht um etwas anderes in diesem ersten Ansatz zum Tagebuch. Die Aufzeichnungen sollen »intim« und eine Konfession des Autors vor dem Autor selbst sein, alle anderen Leser spart Fritsch von dem Text dezidiert aus. »Tagebücher mit Hinblick auf die Nachwelt? Ich will zuerst einmal mir selber bekennen – und damit wird schon provoziert«, schreibt er am 6.7.1956. Was aber gibt es zu bekennen? Dass Gerhard Fritsch in Kaffeehäusern Illustrierte durchblättert und dabei besonders von den Kleidern der Damen angetan ist. Der »Gummibusen« von Sophia Loren erscheint ihm dabei als das Symbol einer Zeit, »die mit ihrer Pubertät nicht mehr fertig wird« (13.6.1956). Weiters: Dass Fritsch sich danach sehnt, selbst Frauenkleider zu tragen. Die eigene Ehefrau, seine zweite, Annemarie (»Mirli«), mit der er von 1951 bis 1958 verheiratet ist, ist eingeweiht. Offenkundig hat, um das Geheimnis mit ihr zu teilen, ein gemeinsames Erlebnis im Fasching 1951 in Ottakring eine Rolle gespielt (6.7.1956).

Mit Annemarie teilt Fritsch das Vorhaben, sich im September (also gut ein halbes Jahr nach Beginn der Aufzeichnungen) ein neues Kleid zu kaufen. Fritsch trägt die Frauenkleider auch wirklich, nicht in der Öffentlichkeit, aber beim Schreiben, nicht allein seiner literarischen Texte, sondern des Abends auch bei Routinearbeiten. Außerdem schreibt er Dinge, die er nicht schreiben sollte und die nicht zur Veröffentlichung bestimmt sind. Sogenannte TV- (Fritschs Abkürzung für »Transvestismus«) oder Helmut- oder H-Stories, die nach der Hauptfigur einiger dieser Geschichten, einem gewissen Helmut Berger (nicht zu verwechseln mit dem 1944 geborenen Schauspieler), benannt sind.

Die Arbeit an geheimen Texten, die so verborgen sind, dass sich von ihnen auch in dem derzeit zugänglichen Nachlass Gerhard Fritschs kaum eine Spur findet, produziert schlechtes Gewissen, denn eigentlich sollte der Autor seiner Ansicht nach längst mit dem Nachfolgeroman zu *Moos auf den Steinen* beschäftigt sein. Es werden dort aber im Laufe des Jahres nur wenige Seiten geschrieben, während die TV-Stories anwachsen und ihr jeweiliger Gesamtumfang genau bilanziert wird. Wie die Geschichten ausgesehen haben mögen, ist aus den Einzelerwähnungen im Tagebuch nur sehr ansatzweise zu erschließen. Nur ein einziges Textbruchstück hat sich erhalten. Es trägt die Überschrift »Neue Fassung der H. Story« (Nachlass Gerhard Fritsch, Gruppe 1.2.4, Wienbibliothek im Rathaus) und entwirft ein Handlungsgerüst, in dem es darum geht, dass ein gewisser H. bei einer Tante im Dienst steht. Gemeinsam arbeiten sie in der Wohnung der Tante als Zulieferer für ein Handarbeitsgeschäft. Er trägt dabei weibliche Kleidung und befriedigt damit ein Begehren, das er seit der Matura hat. Die Tante tyrannisiert ihn, er stiehlt ihr Geld und fährt nach Salzburg, um sich dort eine Stellung als Landarbeiter oder bei einem Kraftwerksbau zu suchen. Schon in seiner ersten Nacht in der fremden Stadt macht er Bekanntschaft mit einem eleganten Herrn, der ihm sexuelle Avancen macht. Panikartig fährt er zurück nach Wien, versöhnt sich tränenreich mit der Tante und verspricht ihr fortan Gehorsam.

Mit einem Begriff, den es damals noch nicht gegeben hat, würde man Gerhard Fritsch heute als einen heterosexuellen Cross-Dresser oder als einen transvestitischen Fetischisten bezeichnen. Homosexuelle Begierden spielen im Tagebuch keine Rolle. An einer Stelle treibt Fritsch die Klage darüber, dass für ihn ein Outing nicht möglich ist, auf die Spitze, indem er die Situation, in der er steckt, direkt verbalisiert: »Man darf nicht leben, wie man will«, trägt er am 17.6.1956 als definitive Erkenntnis in das Tagebuch ein. Fünf Tage später fragt er sich, wie es wohl wäre, einmal vier Wochen lang »völlig TV« zu leben, »allein oder beschützt?«.

Die Konfession vor sich selbst, die den ersten Teil des Tagebuches auch stilistisch prägt und ihm gegenüber den restlichen, viel ruhiger geformten Teilen einen hochemotionalen und geradezu atemlosen Charakter gibt, führte zu keiner

Veränderung in Fritschs Leben. Zu klein war der Spielraum, den es dafür im Österreich der 1950er und 1960er Jahre gab. Das Bekenntnis des Tagebuches transformiert aber das literarische Schreiben des Autors. Die österreichische Germanistik und allen voran Stefan Alker hat den mühevollen textgenetischen Weg hin zum Roman *Fasching* in allen Details beschrieben. Für die unmittelbaren Nachfolgeprojekte zu *Moos auf den Steinen*, die Romane *Die Schlinge des Jägers* und *Wild und bitter die Hoffnung*, fand Fritsch keinen Verlag. Das Projekt *Mondphasen* blieb Fragment. Mit einer ersten wirklichen Vorstufe zu *Fasching*, dem Roman *Der Spießrutenlauf*, erging es dem Autor nicht besser. 1962 lehnte der Otto-Müller-Verlag eine Veröffentlichung des Textes ab, was zum Bruch mit diesem Verlag führte, dem Fritsch jahrzehntelang eng verbunden war. Über die Zwischenstufe *Denkmal für einen Deserteur* nahm der bundesdeutsche Rowohlt Verlag dann das Buch *Fasching* an und publizierte es 1967.

Unmittelbar nach seiner Kündigung bei den Wiener Städtischen Büchereien nahm Gerhard Fritsch im Jänner 1959 einen neuen Anlauf, ein Tagebuch zu schreiben. Dezidiert setzt er die neuen Aufzeichnungen, die er in seinem zweiten Heft vorerst nur einen Monat lang führt, dann im dritten Heft von Juni bis November 1961 fortsetzt und schließlich in einem vierten zum letzten Mal 1963/64 wieder aufnimmt, von den existenziell gerüttelten Konfessionen der Jahre 1956/57 ab. Ein »Bekenntnis zum vegetativen Denken« soll entsprechend einem Eintrag vom 10.1.1959 seine früheren Aufzeichnungen getragen haben, dieses aber gilt fortan nicht mehr. Jetzt tritt die sachliche Beobachtung in den Vordergrund und die Emotion merklich zurück.

In den späteren Tagebuchteilen ist viel Inhalt zu finden, der sich unmittelbar erschließt und den man hier nicht in allen Details nachzuerzählen braucht. Das Zusammenleben mit seiner dritten Ehefrau Barbara, die Fritsch 1958 geheiratet hat. Gemeinsame Nachmittage mit Michael, dem Sohn aus zweiter Ehe. Land- und Kuraufenthalte, das Schreiben an seinen Romanprojekten. Begegnungen mit Schriftstellerinnen und Schriftstellern wie des Öfteren mit Christine Busta, die wie Fritsch bei den Wiener Büchereien angestellt war. An einer Stelle ist von der schillernden Figur des H. C. Artmann die Rede und der Art und Weise, wie dieser seinen Unterhaltspflichten zu entgehen suchte. Anderswo von Friederike Mayröcker, Ernst Jandl und vielen anderen Autoren, mit denen Fritsch engen Kontakt hatte. Meist sind es sehr kurze, aber prägnante Beobachtungen aus dem literarischen Feld der 1950er und 1960er Jahre, die das Tagebuch liefert.

Festgehalten ist auch der Eindruck, den Thomas Bernhards Roman *Frost*, erschienen im Jahr 1963, auf Gerhard Fritsch machte. Mit Bernhard fühlte sich Fritsch freundschaftlich verbunden und er bewunderte, wie Wieland Schmied später schrieb, wohl auch wirklich dessen konsequent auf das eigene Schreiben hin abgestellten Lebensstil. Der mittlerweile publizierte Briefwechsel zeigt, dass Bernhard Fritsch als Autor schätzte. Am 29.8.1958 schreibt er: »Ich beneide dich, denn du kannst Prosa schreiben – ich kann es nicht.«

Ferner zeigt der Briefwechsel, dass Thomas Bernhard sich von Fritsch einen unmittelbaren Zugang zu Publikationsmöglichkeiten und anderen Meriten des Betriebes erhoffte, den er auch bekam. Später dann, in einem Interview mit André Müller, spuckte Bernhard dem früheren Freund ins Grab nach. Nicht Übertreibungskunst zeigt sich an diesen aufgeblasenen Sätzen, die manchem bis heute im Ohr klingen, wenn sie an Gerhard Fritsch denken, sondern eine Art von Infamie, die vielleicht nur noch von derjenigen Hermann Hakels überboten wird. Beide, Bernhard wie Hakel, konstruierten an der Person von Gerhard Fritsch postum ein seine gesamte Literatur verzehrendes und »verpfuschtes« Leben. Die Tagebücher indes zeigen einen Autor, der auch im Privaten ein sehr großes Verantwortungsgefühl und eine präzise Einschätzung der Möglichkeiten des eigenen Schreibens hatte.

Frost jedenfalls war für Gerhard Fritsch eine Offenbarung. »Ein Buffet des Schlachtens und Erfrierens«, trägt er am 24.6.1963 in das Tagebuch ein. Und am 1.5.1964 schreibt er: »Ich müsste – und werde hoffentlich einmal – so schreiben wie Thomas Bernhard. Ob das mit einer Lehrerinnenpsyche geht, ist allerdings eine Frage. Thomas ist ein bäuerlich dekadenter Narziss, das ist besser als ich mit meinem Hang zur Objektivität, Sicherheit, Unauffälligkeit und den Schüben von Verantwortungsbewußtsein, Pflicht etc.« Über sich selbst und die Antriebe seines eigenen Schreibens ist sich Gerhard Fritsch mittlerweile im Klaren. Er ist der Autor, der beim Schreiben – metaphorisch gesprochen – immer in Frauenkleidern steckt. Wer aber ist ich? Die frühere »Zwitter-Ziege« (25.9.1956) erscheint jetzt als ein Fetischist vor den Spitzenhöschen der eigenen Ehefrau. Als deutlichste Identifikationsfigur aus der Märchenwelt führt Fritsch an: das Aschenbrödel. Eine geschundene Dienstmagd, die am Ende doch noch zur Prinzessin wird.

Ebenfalls am 1.5.1964, Fritsch ist auf dem Weg in die Steiermark, findet sich im Tagebuch eine Beobachtung, die von Thomas Bernhard inspiriert sein könnte, aber dann doch in die entgegengesetzte Richtung führt, nämlich vom Hass zur Empathie: »Der Zug nach Feldbach voll, bedrohlich degeneriertes Landvolk, besoffen und abgerackert. Mit meiner Weiberseele, die ich allmählich bejahe, solidarisiere ich [mich] mit den Kittelträgerinnen zwischen 12 und 80. Was für ein stumpfes Gesindel sind diese Männer mit den Bierflaschen und ihren immer gleichen Renommiergeschichten! Ich verstehe Bärbels Angst vor solchem ›Volk‹, mit dem ich immer sympathisiert habe – eine sentimentale Lehrerin, die zufällig mit Hoden auf die Welt gekommen ist und deshalb keine schöngeistige Frauenrechtlerin sein kann.«

Von hier aus ist der Weg zu *Fasching* geebnet. Gerhard Fritsch ist ein Anti-Bernhard der österreichischen Literatur. Während beim Ohlsdorfer aus glorioseren Zeiten abgefallene Männer in monomanem Redefluss mit ihrem großen Erbe kaum etwas anderes vermögen, als es in letzten sinnlosen Akten abzuschenken, und in der Gegenwart des Landes einen undifferenzierten Haufen aus Nationalsozialismus, Sozialismus und Katholizismus (wobei ihnen dies alles letztlich eins ist) sehen, krümmt sich Gerhard Fritsch in seinem Schreiben in eine devot-weibliche Haltung. Nicht von oben herab als Männerphantasie, sondern von unten als die Phantasie einer degradierten Frau, der mit Sicherheit eines droht: als Mann demaskiert zu werden, definiert sich fortan sein Schreiben.

Jetzt wird aus der Grube herausgeschrieben, in der der Autor mitsamt den Verkleidungen, die ihm an den Leib gewachsen sind, steckt. Es ist ein hündisches Erzählverhalten (Friederike Mayröcker hat diesen Ausdruck einmal für ihr eigenes Schreiben verwendet), in das sich Fritsch begibt. Ob es ein weibliches Schreiben ist? Ich melde meine Zweifel an. Jedenfalls ist es ein Schreiben, das die Instanz des Erzählers desavouiert. Seine Souveränität über den Stoff und seine eigene Identität zwischen Mann und Frau. Gerhard Fritsch hat diesen Weg bis zum Ende beschritten. Sein nachgelassener Roman *Katzenmusik*, der 1974 erschien, ist Fragment geblieben. Ein fragmentarischer Charakter verbliebe diesem Text aber selbst dann, wenn Fritsch ihn abgeschlossen hätte. Es ist ein Buch aus Beobachtungssplittern, denen ein gemeinsames Zentrum notwendigerweise fehlt. Auch die Perspektive einer *forced feminization*, über die es im Tagebuch ebenfalls einiges zu erfahren gibt, ist diesem Buch eingeschrieben. Eine sexuelle Phantasie, die den Mann zur Frau und zum dienenden Teil macht. »Wer die Musik nicht hört«, heißt es in einem vorangestellten Motto zu *Katzenmusik*, »hält die Tanzenden für wahnsinnig.« Wie aber schaut sie aus, die Musik der Verhältnisse, die man im Ohr haben muss, um auch noch solche Tänzer im Takt zu sehen?

Robert Menasse hat Gerhard Fritschs Schreiben mehrfach als einen Effekt spezifisch österreichischer Verhältnisse beschrieben. Gerade auch in seiner Rolle als Literaturfunktionär erschien ihm dabei der Autor als ein paradigmatischer Vertreter dessen, was er mit dem Titel eines seiner Bücher als *Sozialpartnerschaftliche Ästhetik* (1990) bezeichnete. Sozialpartnerschaft heißt in Österreich, dass es zwischen Vertretern der Arbeitnehmer und der Arbeitgeber einen Interessenausgleich gibt, der nicht in offenen Debatten im Parlament oder gar durch Arbeitskämpfe auf der Straße, sondern in direkten Verhandlungen zwischen Gewerkschaften und Arbeitgebervertretern festgelegt wird. Nach außen erweckt dies den Eindruck, dass wesentliche Bereiche der österreichischen Politik hinter verschlossenen Türen und mit zumindest eingeschränkter demokratischer Legitimation entschieden werden. Das Zuhören und die geheime Taktik erscheinen in solchen Prozessen oft zielführender als die offene politische Forderung. Das entspricht den Machtverhältnissen der katholischen Ohrenbeichte: Nicht der, der redet, hat das Sagen, sondern der, der die Beichte des anderen abnimmt, hat die Macht.

An Gerhard Fritsch statuiert Menasse eine »Ohnmacht des Machers im Literaturbetrieb«. Als Gefühl schlägt sich eine solche Ohnmacht oder etwas weniger pointiert gesagt: zumindest ein gewisser Gleichmut auch tatsächlich im Tagebuch nieder. Gerhard Fritsch nimmt die vielfältigen Funktionen und den Einfluss, den er im Betrieb hat, stets als etwas hin, das allein schon zu seinem finanziellen Überleben notwendig ist. In der Macht, die er hat, auf die er sich aber an keiner Stelle des Tagebuches übertrieben stolz zeigt, bleibt er immer ein Lohnempfänger des staatlich subventionierten Betriebes und dabei abhängig von dem, was andere über ihn verfügen und welche Chancen sich da und dort gerade für ihn bieten. Im Tagebuch werden die vielen Jobs stets auch nach dem Ertrag bewertet, den sie bringen. Beschwörungen eines Glücksgefühls der Macht und des Einflusses fehlen ebenso wie ein ansonsten im Betrieb nicht unüblicher Gestus, der die Hilfe und Förderung, die man anderen, meist jüngeren Autorinnen und Autoren zukommen hat lassen, zu einem Teil der eigenen intellektuellen Biographie macht. Schlimmstenfalls erwartet man sich dafür auch noch ewige Dankbarkeit.

Gerhard Fritschs Tagebuch ist in diesen Dingen wohltuend nüchtern. Sein Wirken im Betrieb erscheint pragmatisch und uneitel, verbunden mit großer Belesenheit und einem sicheren Gespür für literarische Qualität. Das Konfliktpotenzial zwischen Autor und Funktionär wird in den Aufzeichnungen erst gar nicht berührt. Das ist verwunderlich, denn im Fall von Gerhard Fritsch stellte es wohl ein reales Problem dar. Beispielsweise war Fritsch gemeinsam mit Otto Breicha Herausgeber der wichtigen Anthologie *Aufforderung zum Misstrauen. Literatur, Bildende Kunst und Musik in Österreich seit 1945* (1967) und hat dafür auch Einleitungstexte zur Literatur der umfassten Jahrzehnte geschrieben. Eigene literarische Texte hat er in den Sammelband nicht aufgenommen, das hätte gegen sein Ethos verstoßen. Dieses Ethos war Gerhard Fritsch so selbstverständlich, dass er es im Tagebuch erst gar nicht zu erwähnen brauchte.

Verstellung, Verkleidung und Transvestismus tritt bei ihm in anderen Formen auf, als in Österreich gemeinhin üblich, nämlich einerseits als eine wirkliche sexuelle Leidenschaft und andererseits als explizites Thema der eigenen Literatur. Jüngere literaturwissenschaftliche Lektüren von *Moos auf den Steinen* haben gezeigt, dass das Thema der Kleidung und der Verkleidung sowie die Attraktion, ins andere Geschlecht zu schlüpfen, bereits in diesem Buch eine konstitutive Rolle spielt und dass damit die These von der Zweiteilung des Prosawerkes von Gerhard Fritsch doch recht fragwürdig wird. Robert Menasse hat im Zusammenhang mit Gerhard Fritsch davon gesprochen, dass die Zweite Republik insgesamt eine »Transvestitenrepublik« sei, da in diesem Staat, der sich als erstes Opfer des Nationalsozialismus und eben nicht als Täter sah, der Zwang zur Verstellung bis hin zu Kurt Waldheim fast schon eine staatsbürgerliche Pflichtübung war.

Zu einem großen Repräsentanten der österreichischen Literatur nach 1945 vermochte Gerhard Fritsch wahrscheinlich auch deshalb nicht zu werden, weil in seiner Literatur etwas vorhanden ist, das sich gegen die Re-Präsentation stellt. Auch der Begriff der Sozialpartnerschaftlichen Ästhetik, von der Robert Menasse weitgehend offenlässt, was man darunter, gewendet ins Ästhetische, zu verstehen hätte, taugt kaum zur Errichtung repräsentativer Formen von Literatur. Was heißt überhaupt Repräsentation? Dass etwas Einzelnes zur Vertretung einer Allgemeinheit wird? Und einzelne Bücher dann für ganz Österreich stehen würden? Bei Gerhard Fritsch funktioniert das nicht, denn seine Literatur changiert zwischen Geheimnis und Preisgabe.

Das Tagebuch eröffnet einen neuen Zugang zum Werk, indem es in allen Details zeigt, wie sich hier eine Person aus sexueller Leidenschaft heraus in *Feminization*, Verkleidung und Make-up konstituiert und damit für sich eine Grundlage von Autorschaft findet. Die Zusammenfügung all dieser Komponenten war ein schmerzhafter Weg, da er große gesellschaftliche Widerstände und zentrale Prägungen der eigenen Biographie zu überwinden hatte. »Ich gehe den Alleingang«, hat Thomas Bernhard zu Beginn seiner literarischen Karriere an den Suhrkamp-Verlagschef Siegfried Unseld geschrieben. Der Alleingang von Gerhard Fritsch, der über sein Tagebuch direkt zu seiner Literatur führt, war von einer vergleichbaren Radikalität, denn Fritsch hat seine Literatur auf Teile der eigenen Person hin transparent gemacht, über die man im Österreich der 1950er und 1960er Jahre nicht ungestraft reden durfte. Wie viel gesellschaftliche Realität steckt im Transvestismus von Gerhard Fritsch? Das ist eine Gretchenfrage, die notwendigerweise unbeantwortet bleibt. Weil das gesellschaftlich Reale und das Sexuelle sich gegenseitig bedingen. Immerzu. Nicht allein in Österreich. Und bei Gerhard Fritsch.

Gerhard Fritsch

Tagebücher 1956–1964

Heft I

Juni 1956 – Jänner 1957

Juni 1957

13. Juni 1956

In einem stinkenden Vorstadtkaffeehaus (mein »schöpferisches« Milieu) nach einer »Dichterstunde Ferdinand v. Saar« am Stadtrand in Favoriten. Schlechter Mokka, triste Burschen, Tiefparterre eines der ersten Gemeindebauten am Gürtel. Bei Saar waren 5 (!) ganze Zuhörer – und Christl hat sich durch die Steinklopfer gequält. Aber das ist eigentlich nicht so wichtig: ich habe heute – vor dem Vortrag – die Helmut-Story satt bekommen – und damit viel mehr! Auf wie lange? Ich werde es ja sehen. Eigentlich müßte man sich schon freimachen können von seinen Perversionen: und wenn nicht freimachen, sich doch ein wenig distanzieren. Nicht immer gleich nachgeben. Mit dem Nichtnachgeben beginnt jede Leistung. – Das Radio kreischt und Billardkugeln krachen, ich könnte jetzt gut und leidenschaftslos schreiben, mehr sehen und darstellen, aber ich muß bald heim, Mirli wartet.

Oft sehne ich mich nach bindungsloser Einsamkeit – töricht, denn ich sehne mich nach *Bindung*. Und Mirli ist das beste, was ich in meinem Leben erreicht habe: ein Mensch. Vor einigen Tagen begann sich das wirkliche Gespräch mit ihr nach langer Zeit wieder fortzusetzen. Ich bin gewiß zu egoistisch. Die Überwindung des Egoismus ist aber nicht zuletzt eine Zeitfrage.

⋆

Ob dieses »intime« Tagebuch ehrlich wird? Und mehr als Geschwätz? Ich bin kein Gide – nicht einmal ein Schidsky (unser Name für Saiko). Ob sich ein Mensch wirklich objektiv beurteilen kann? Wohlgefällige Selbstenthüllungen. Masochismus = die »Erfindung« eines Schriftstellers – und Österreichers. – Man sollte in der Konsequenz des grammatisch richtigen Satzes denken können. Assoziativ = vegetativ (meine Veranlagung) birgt reichlich Gefahren. In der Literatur und im Leben. Die Pseudophilosophien wuchern wie Unkraut.

⋆

Ein Heft, ein schönes Heft, lockt zu Bekenntnissen. Ich bin untauglich für Priester und Psychoanalytiker. Ich beichte (vielleicht!) dem Papier. Und das in Bruchstücken. Da fällt mir das Beichtprotokoll Okopenkos ein. Er ist einwandfrei ein Narziß. *So* wichtig nehme ich mich nicht, das kann ich ziemlich sicher behaupten. Oder nehme ich nur die *Welt* nicht so wichtig?

⋆

In der Früh sah ich das Plakat zum Film »Wie herrlich, eine Frau zu sein«. Sophia Loren – Identifikationssehnsucht und Wissen um den Pubertätsappell der echten und falschen Gummibusen. Der Gummibusen als Symbol der Zeit, die mit ihrer Pubertät nicht mehr fertig wird. Wir nehmen das alles viel zu wichtig. Weil wir keine Religion haben, haben wir auch keinen Begriff der Sünde, nur halb oder drei viertel soziologische Ersatzbegriffe. –

Daß ich mich einmal in die marxistische Haltung hineinsteigern konnte – unwahrscheinlich! Dem Frei sagte ich, aus Protest. Am ehesten läßt es sich *so* sagen, ist aber auch falsch. –

⋆

Jetzt ginge das so weiter, halbautomatische Schrift, aber ich muß heim. In der Tasche die 2 Prellböcke für Michel (er sagt Brennböcke!) – es ist gut so!

⋆

14. Juni 1956

Nach der Saarstunde im Salon Freisler – nach dem Anhören zweier »Dichterinnen«, einer baltischen Baronin und einer Hysterikerin – wieder in einem Beisel. Die Stunde der Besinnung nach allem (auch + !). Der Saar war heute besser, die 20 Zuhörer und die Atmosphäre haben mein Gerede beschwingt – Und am Nachmittag war Luise in der Zentrale: Luise Myerson! Im Vorgarten des Kaffee Rathaus gestand sie mir, naja, es war wirklich wie in einem Roman. Gesucht habe sie mich in all den Jahren usw. Ich saß da und sprach papierern Trost. Sie sei so verzweifelt gewesen, als sie erfuhr, daß ich glücklich verheiratet wäre. Aus Amerika geflohen sei ich die einzige Hoffnung gewesen – usw. Ach ja, ein bißchen gestellt und hübsch viel wahr (nicht weil es mir schmeicheln könnte). Ich saß da und hätte die Helmut-Story weiterschreiben wollen – dem gestrigen zum Trotze (der schwüle Sommer, er allein in der großen Wohnung, die Stimmung hinter den Jalousien hätte mich sehr gereizt), ich saß da, horchte und sagte: ja, damals 42 und dann den ganzen Krieg hindurch … sie war meine erste Liebe – Sie sei zu jung gewesen damals, hätte nicht verstanden, aber jetzt … Ich sagte Kameradschaft: und sonst zu spät (was sollte es auch!) – you are my secret love (sie am Weg zur Stadtbahn), viel Erinnerung, manchmal nah, manchmal wie an ein fremdes Leben – und doch sehr, sehr berührt. Auch wenn man den Schwindel abzieht, bleibt noch genug: auf alle Fälle ein Schicksal, ein schweres echtes Schicksal. Und: sie war meine erste Liebe. Wie du antrittst, so … Das ist wohl wahr! Und im Juli wieder. Seelengymnastik, muß aber wohl sein. Ich sage hart wie ein Romanheld: einmal im Monat – und Kameradschaft. Das andere ist vorbei. Ist es auch. Nur die scheußliche Wehmut! Während der Verabschiedung habe ich eine schmerzhaft volle Blase und der erste Weg nachher führt im Laufschritt ins Pissoir. Das Leben, Luise! Meinen Roman hast du auch mit. – Wann wird Jutta = Christiane wieder auftauchen? Sentimental, aber wahr ist das alles.

★

15. Juni 1956

Luise, Rudi, Erna, Mara, Christiane, Anneliese. Dann war es aus. Mirli hat mich wirklich verändert. Aber was lag alles zwischen den Namen, die ich da aufgeschrieben habe! Halt, halt: nur nicht zuviel einbilden darauf. Zores genug übrigens auch, von Anfang an.

★

Mitten in die Arbeit platzte der Bisinger – ob aus ihm einmal ein Dichter wird? Auch Rilke begann als Dill[l]etant (ich kanns im Moment gar nicht richtig schreiben!). Was man draus macht, das ist wichtig. Den nötigen Schuß Sentiment(alität) bringen alle mit.

★

Die Kameradschaft beim mittäglichen Kaffee. Sandeln: ein herrliches Wort, die Philosophie des Sandlers war damals fast ebenso gut wie neulich der Plan zu dem österreichischen Bauernroman »Salome Grasspointner«. Manchmal ist der skeptische Humor wirklich das Beste.

★

17. Juni 1956

Am Freitag, vorgestern, nach Christl Gedichte und die Wassilij-Stellen vorgelesen (St.B. 24, also nebenan!) – in völliger Einsamkeit – totale Isolierung. Nachher Rikki und Eugen bis 11^h bei uns – unergiebig.

★

Ein ruhiger, spießbürgerlicher Samstag, müde – dann mit M + M spazieren, in Hetzendorf sind schon die elektrischen Leitungen der Südbahn fertig verspannt.

Anschließend allein im »Tivoli«: »Welterfahrung« aus der Illustrierten …

Im Bett »Die Stundentrommel« ausgelesen: sehr beeindruckt von Thema und Gestaltung, der Athos – das Antifaustische Prinzip! »Ich bin gekommen, die Werke des Weiblichen aufzuheben« (Christus nach dem »Evangelium des Ägypters«) – Leben in reiner, das ist fruchtloser Anschauung – das Buch Erhart Kästners sollte man besitzen (welch Widerspruch zur These des Athos), es wird mir lange nachgehen.

★

M + M. fahren in der Früh mit Mirlis Mutter im »Postsonderzug« nach Berndorf. Ich mach eine halbe Stunde + – und wie ein Traum verweht es, sobald … Und ist wiedergekehrt nach einer Stunde!

Im Kaffee Eos ein Gedicht wiederentdeckt: aus der »schwarzen Scheune der Nacht« eine »dumpfe Scheune« gemacht – und, m. Meinung, wesentlich verbessert. Die Genauigkeit der Attribute! Schmied, Pound!

★

Den Nachmittag in Simmering: 3 Buchbesprechungen. Im Radio der Fußball-Länderkampf Öst.–Jugoslawien, im Zimmer nebenan die Keppeleien zwischen Mutter und Großmutter.

★

In 48 Stunden sind wir in Kärnten. Wiesen und Heu …

★

18. Juni 1956

Vormittag mit Christl im Festsaal der R XVI gelesen. Ein schauriger Raum, der Stil von 1890 – auf ärarisch! Man mußte schreiend lesen.

Vorher war Hakel da, die Unzulänglichkeit meines Romans beklagend und im gleichen Atemzug die Nachdichtung etlicher mittelhochdeutscher Genesisstellen verlangend. Und ich hab ihn nicht einmal hinausgeworfen! Im Gegenteil, er spielt irgendwie überzeugend den Meister. Außerdem tut er mir immer leid …

★

In großer Eile den Schreibtischinhalt geordnet. Noch gar keine Urlaubsfreude. Immer die Hast. Ich werde die »Termine« auch im Urlaub nicht los werden.

⋆

20. Juni 1956

Und der Urlaub drängt alles weg, alle Termine sind fern, unwesentlich, nur mehr eine undeutliche Bedrängnis. Ob Schönwiese heute gesprochen hat – ob im Kurs alles geklappt hat?

⋆

St. Oswald, 25. Juni 1956

Eingelebt hier, vertraut mit den Hügelformen und Wäldersilhouetten, am heimlichsten fast der frühe Abend im Bett, wenn es draußen finster wird. Bei Kerzenschein Lektüre (die »Nacht aus Blei« von H. H. Jahnn ist ein übles Buch, wenn schon Verhängnis und Unentrinnbarkeit dann Kafka – bei ihm ist echte Metaphysik. Hier macht einer eine »unfrische« Unterleibs-Irrationalität, der Krampf eines Homosexuellen-Kafka; es ist wirklich grauslich, diese Geschichte von der Begegnung eines 23jährigen mit seinem 15jährigen Ebenbild: die machten ihm ein Loch und … Und der 23jährige fährt aus Barmherzigkeit mit dem Arm hinein, liebend tötend – und über der Hauptkloake der Alptraumstadt.) Wie anders da Curtius! Seine Aufsätze und Essays zur europäischen Literatur sind klar und voller Bezüge. Man erfährt Neues, vieles ordnet sich, gewiß auch sehr viel sehr persönlich – aber dennoch: hier sind klare Linien, weite Horizonte.

⋆

Es ist schwer, im Freien zu schreiben, wenn der Wind geht – und auf der Bank über Eberstein sah ich eine Schlange. Etwa 1 m lang, gewürfelt (silbrig), unten gelb, auch am Kopf seitlich schwefelgelb. Etwa eine Viertelstunde lang sah ich ihr zu, sie kroch züngelnd im Gesträuch gegenüber. An Ernst Jünger gedacht – und einen anderen Platz gesucht, lange. Statt des Romans schreibe ich wieder meist die H.-Geschichte; rosa, rot und blond hinter herabgelassenen Jalousien, die Begegnung mit Günther (bisher hier 12 Seiten). Vom Roman habe ich 2½ – den neuen Anfang: Hilde am 1. Abend im Wald, das Geheimnis des Waldes … Ich habe mich entschlossen, alle bisher geschriebenen 30 Seiten wegzulassen. Der Anfang soll rascher sein, keine lange Vorgeschichte mehr. Der Plan steht: IV. Hauptabschnitte zu je drei Teilen, ein Teil zu zwei kontrastierenden Hälften. Jetzt sind mir auch die Charaktere wieder näher und die Atmosphäre – aber schreiben muß ich es. Es sollte so rasch gehen wie die Helmut-Story!

*

Michael ist sehr lieb und treu. Er wächst gut heran. Mirli pflegt auch seine Seele.

Gestern war er mit uns in Mirnig, eine schöne Marschleistung für einen Vierjährigen: gut 10 km. Die Kirche liegt herrlich auf ihrem Grasberg. Diese alten Kärntner Dorfkirchen sind herrlich in ihrer Unbedingtheit; Heimat und Frieden im Herrn: Orte, an denen der Traum Halt findet. So ist es mir auch gegangen mit St. Johann am Hohen Pressen. Am Samstag, als wir in Hüttenberg waren, kaufte ich zwei Ansichtskarten mit diesem romanischen Kircherl in der Höhe – heute bin ich wieder nach Hüttenberg gefahren und aus dem Mosinzgraben hinaufgestiegen. Leiser Regen, alles grau in grau, die verfallenen Hochöfen im Arsenalstil, oben von Lärchen bewachsen, erinnerten mich an Piranesi-Stiche. Am Weg glitzerten die erzhaltigen Steine, ein steiler Steig – und oben die Weite, auf die dann Sonne schien! Eine Landschaft, in der ich lange und ungestört arbeiten möchte. Etwa im leeren Pfarrhaus über dem kleinen Totenacker rings um die Kirche – ein Traum, den ich oft denken werde. Ich ließ mir die Kirche aufsperren: Barockeinrichtung, bäuerlich im uralten Gemäuerklein, arm und heimlich, hier war der Herrgott nahe. Stark berührt von der Kontinuität: ein römischer Grabstein in der Mauer (in Mirnig liegt unter der Kanzel ein Totenkopf und

2 Schenkelknochen) und im Fußboden die Gruftplatte eines Pfarrherren (nun ist in der Kirche nurmehr einigemale im Jahr Gottesdienst). »Hier ruhet der hochwuerdige Herr Balthaser Prugger, Pfarrer zu St. Johanns gestorben den 10 Juny 1727 seines Alters 79 Jahr.« In schönen römischen Antiqua-Versalien. Der Pfarrer wurde 1648 geboren! Geschichte rührt auf diesen einsamen Höhen. An der Kirchenmauer außen die Grabsteine der Hammerherren und Gewerken von der Mosinz und Pressen, Rauscher mit Namen, zwei schöne schmiedeeiserne Barock-Kreuze und viele Steine, Rokoko (hier aber ernst), Empire und Biedermeier (ein gußeisernes Monument mit »Juwelier«schrift) – auch neue: auf einem vermerkt – der letzte seines Geschlechts, das 500 Jahre am Erzschürfen in dieser Gegend seinen Anteil hatte (wie es heißt). Das Sterben der Letzten. Der Erbe sah auch das Ende, die toten Öfen, auf denen Lärchen wachsen.

⋆

Beim Abstieg, ich ging auch durch das Presserngut, das Schloß der Hammerherrn, zerriß ich mir die Hose. Die Trafikantin, bei der ich die Karten gekauft hatte, nähte sie mir. Dann lang im Kaffeehaus. Mokka, Eis und Most und hier in guter Stimmung eingetragen.

⋆

Übrigens: auch im Urlaub kam ein Auftrag – telegraphisch. Vom Unt.min. der Auftrag für den Eröffnungsprolog in Strobl (Graschnitz!) am 12.7. Ich freue mich darüber, hoffentlich fällt mir was ein.

⋆

30. Juni 1956

Am 28. brach in Posen während der Mustermesse ein Aufstand aus. Es begann mit einer Arbeiterdemonstration. Verschiedene Verwaltungsgebäude wurden gestürmt, Militär und Polizei eingesetzt, Schüsse, 6 Panzer angeblich erobert. »Noch ist Posen nicht verloren« wurde gesungen, eine blutige polnische Fahne … Die offizielle polnische Agentur spricht von Agenten und 38 Toten auf beiden Seiten. Die Untergrundarmee soll eingegriffen haben … Alles während der kommunistischen Offensive des Lächelns! Und: Freiheit ist doch mehr als eine Phrase! Freiheit ist totales Opfer. Ich denke an Posen 1945, die alte Sympathie für Polen, ich will ein Gedicht schreiben über den Aufstand …

Zu gleicher Zeit in der Zeitung: ein Sprecher des amerik. Verteidigungsministeriums (ein »Fachmann«!) erklärt, daß bei einem Atom- und Wasserstoffbombenkrieg gegen die SU hunderte Millionen Menschen getötet würden – auch in den an den kommunistischen Bereich angrenzenden Gebieten, entweder in Japan, den Philippinen im vorderen Orient oder in Europa – »je nachdem, wie der Wind weht!«

⋆

Von St. Johann am Hohen Pressen auch Mirli erzählt: vielleicht fahren wir im nächsten Jahr wirklich dorthin auf Urlaub! Vorgestern waren wir mit Michel auf der Saualpe. Er ist gut 6 ½ Stunden tadellos gegangen. Gestern mit M + M auf der Hornburg. Einsamer Waldgipfel. Auf Lichtungen eine merkwürdige Vegetation: nach Schneisen voll mannshohem Rittersporn blühende Tollkirschen, Bilsenkraut (?) und etliches mir unbekanntes sonderbares Gewächs. Auf der Ruine vorsichtig: eine Schlangenlandschaft. Liselotte, das Dienstmädchen, erklärte, sie gingen dort gar nicht hin, soviel Schlangen seien dort. Aus dem Felsen wächst der noch immer hohe Bergfrit, unzugänglich, die Einstiegleiter ist zerbrochen, das Holz ist bleich wie Knochen. Michl steigt mutig über die Felsen des Innenhofes. Am Heimweg führe ich falsch (statt nach Eberstein ein Weg nach Klein-St. Paul). Als Mirli einen Abschneider vorschlägt gehe ich ihn meuternd – und der führte noch nach dem Bahnhof Hornburg. Schließlich noch der Umweg wegen eines Hundes …

⋆

Gestern auch – am WC – meine Uhr fallen lassen: kaputt! Heute beim Uhrmacher (bei der Nachfrage) eine Ersatzuhr ausgeborgt. Ohne Uhrzeit bin ich sehr unruhig und zerfahren.

★

Gestern kamen übrigens auch die in einem langen Brief von Bärbel Eichhausen angekündigten Buchbesprechungen des »Mooses«. 8 Stück (keine davon, die ich selbst schon hatte). Einige sehr lobend, einige zurückhaltender (am meisten die, aber sehr treffende in mancher Hinsicht, von Rudolf Bayr). Die ausführlichste und inhaltsvollste von Dr. Holzinger. Eine Sendung von Radio Bremen mit »Ein alter Mann ging ...« und Wassilij. Tiroler Tageszeitung: eines der wenigen bleibenden Bücher, die seit 45 geschrieben und gedruckt wurden. Lustig die »Stadt Gottes« (Schweiz): nur an strahlendem Sonnentag zu lesen – so melancholisch.

★

Da fällt mir gerade so ein (auf dem Verschönerungsvereinsbankerl in der Schloßallee von Eberstein – schöne Kastanien): mangelt es mir wirklich so sehr an Humor, wie Mirli manchmal sagt? Sie hält mich für sehr empfindlich, was mich betrifft. Seinerzeit: Lotzens Traktat über den Egoismus (meinen) im Porzellaneum! Na, ich denke trotz allem nicht sehr viel über mich nach. Und manchmal finde ich ganz schöne Pointen in den Gesprächen.

★

Und Posen ...

★

Im »Kurier« eine Artikelserie über die Tschechoslowakei heute. Oberflächlich, aber dennoch stark berührend vom Thema her. Die Almenwanderungen mit dem Vater. 1940 war das wohl. Ich denke oft an Turtsch, an Göhren, an den Stein im Wald und die Jakobsmühle.

★

»Draußen« Sonnenschein, aus dem Blätterdach der Kastanien fallen unausgesetzt, wie winzige grüne Steinchen, die frühen Früchte herunter, die viel zu vielen ...

★

Es sind wohl viel mehr gestorben in Posen.

★

2. Juli 1956

Samstag, gegen ½7, kam Ernst Hammer mit seinem Roller den Berg herauf. Wir hatten ihn, auf dem Spielplatz an der Straße alle drei schon lange erwartet. Frau Schmidt, die penetrant Wienerische (z. T. auch im Positiven: aber ein Mensch ohne Distanz) war dabei, als es zu regnen begann. Es regnete und die Sonne schien, zu gleicher Zeit. Abends schön und ruhig, mit Hammer allein im Freien. Ein Tisch unter Sternen, vorher ein langer grüner Abend. Leuchtkäfer. Rotwein, der schwarz wurde. Literatur, aber nicht als mokantes Gespräch über andere. Ich propagiere, auch um mich selbst darin zu bestärken, das *rasche*, zügige Schreiben des Romans, nicht das Wortwählen und Sätzebauen. Fluß des Erzählens, Korrekturen später. Die Wichtigkeit eines Handlungsplans …

★

Sonntag früh mit dem Roller auf den Magdalensberg. Die feudale Landschaft um Hochosterwitz; zwei schöne Barockschlösser, Herrensitze, noch voll intakt. Schattenseite: bei der Tankstelle ein Surm in mittelalterlichem Gewand, Lederwams und Schlitzhosen – er füllt die Benzintanks auf. Bedauert, zu wenig Zeit zu haben, um auf die Burg zu gehen. Schöne Ortsnamen: St. Donat, St. Sebastian, St. Michael am Zollfeld. Eine uralte Landschaft, verbindend. Auf den Weiden Stiere. Die Straße auf den Magdalensberg ganz unösterreichisch neu und breit. Dafür aber schon Startzeichen, Zuschauer und »Betreuer« der Bergwertungsfahrt.

Besuch der Magdalensberg-Ausgrabungen mit Führung. Stärkerer Eindruck aber dann beim Gehen über den Berg unter dem im weiten Umkreis die alte versunkene, namenlose (bisher noch) Keltenstadt liegt. Nur zehn Zentimeter tief beginnen die Mauern. Die vielen Menschen der Führung verlieren sich hier. Oben die Kirche, sehr schön, ein gotischer

Flügelaltar, ein Barockaltar mit gotisch belassenem Schnitzwerk (urspr. ebenfalls Flügel e. A.) – die Steine sind von der alten Stadt. Vor der Kirche ein Becken mit 3 Köpfen, abgegriffen, urtümlich, heidnisch. Das Vorchristliche hier noch lebendig: die Vierbergewallfahrt! Überall waren Tempel – auf dem Ulrichsberg (ein steiler Stock, wie ein riesiger erratischer Block) der Tempel der »Isis Noreia« – Mutterrecht? Die Apsiden mit den Wasserbecken. Die gotische Kirche auf dem Ulrichberg ist schon verfallen, der Tempel vor kurzem entdeckt. Die Wallfahrt wird – noch immer jedes Jahr – gelaufen (40 km in 18 Stunden), auf jedem Berg anders bekränzt Fichten, Immergrün, (Eiche?) … Wir gehen auf Schatzsuche um den ganzen Berg. Stechende Sonne. Endlich entdecken wir den Scherbenhaufen neben der Ausgräber-Baracke. Krug- und Schüsselscherben. Gelb römisch, schwarz keltisch. Der Scherbenhaufen der Geschichte. Zuletzt noch auf dem Gräberfeld. Der Kammweg unter dichtem Nadelholz, die Grabkammern, eine neben der anderen zu beiden Seiten des Wegs. Ein 2000jähriger Friedhof, seit etwa 100 Jahren geplündert. Ernstl will noch etwas finden.

Von allem stark berührt. Und große Freude an den Scherben, die wir mitnehmen. Starke Anziehungskraft des Ulrichsberges. Nächstes Jahr?

⋆

In St. Veit, im Café, wieder Fach- und Geschäftsgespräche, die Zeit wird uns zu kurz. Rast am Straßenrand im Anblick von Hochosterwitz. Der gotische Bildstock mit der Kreuzigung bei St. Wallpurg. Das Gesicht Christi im Schweißtuch mit Bleistift bekritzelt. Und dennoch leuchten die alten Farben. Die neuen Bauernbildstöcke (»Renovirt 1932«) in Waschblau und Rosa sind schon nach 20 Jahren verblaßt und regenverwaschen.

⋆

Um 6 fährt Ernst wieder heim.

⋆

Beim Warten auf ihn, sonntags, um mich der Wirkung der Schmidt zu entziehen, in »Der Wind weht, wie er will« von

Tarjei Vesaas gelesen. Zwei sehr schöne Novellen, der Tod des kleinen Sven (der Vater – Verhältnis zum Sohn) rührt zu Tränen, aber zu echten.

★

Curtius (Kritische Essays zur europ. Lit.):

T. S. Eliot: »Tradition kann nicht ererbt werden; wenn man sie haben will, muß man sie in harter Arbeit erwerben. Sie bedeutet in erster Linie den historischen Sinn, den wir fast unentbehrlich nennen können für jeden, der noch nach seinem 25. Jahr ein Dichter sein möchte; und der historische Sinn besteht darin, nicht nur die Vergangenheit des Vergangenen wahrzunehmen, sondern seine Gegenwart; der historische Sinn zwingt einen Menschen, nicht nur mit seiner eigenen Generation in den Knochen zu schreiben, sondern mit dem Gefühl, daß das Ganze der europ. Literatur von Homer ab und darin die ganze Lit. seines eigenen Landes eine gleichzeitige Existenz hat und eine gleichzeitige Ordnung darstellt.«

[S. 352]

... Zola: es war ein Monument der Ungeistigkeit.

Auch im 20. Jh. hat es manche Versuche gegeben, in der Form vielbändiger Romanserien eine menschliche Komödie unserer Zeit zu schaffen ... Es sind Nekropolen; von Schatten bewohnt, deren Namen man kaum behält, geschweige denn ihre Schicksale.

[S. 176]

Und über »Toynbee's Geschichtslehre« als ganzes, auch den ganzen »Balzac«. Und über James Joyce! Die Wertung und Deutung des 15. Kapitels – dieses werde ich demnächst wieder lesen! Bloom as a w. m. ...

★

Leider habe ich beim Lesen nicht die Technik des Unterbrechens und Anmerkens, ich bin kein gewiegter Exzerpierer (wie Müller beispielsweise), ich merke mir verschwommen das Wesentliche. Dabei sind Zitate doch auch oft so wichtig und erhellend.

★

Wien, 6. Juli 1956

Im altbekannten Kaffee in der Favoritenstraße: ich bin wieder mitten im Wiener Betrieb. Die Einsamkeit ist die kurze Kaffeehausrast bei Illustrierten. Wann schreibe ich? In den drei Tagen, die wir wieder hier sind, konnte ich im Büro nicht einmal den Bücherbriefe-Umbruch fertig machen; es gab am Mittwoch: Kurs (mit dem üblichen improvisierten Referat von mir), Besuch von Wieland Schmied, lange Gespräche mit Christl (die morgen zum PEN-Kongress nach London fährt) und Felmayer über ... Hakel, der nicht nur furchtbar über meinen Roman schimpft, sondern auch in Gesprächen (zu Felmayer und Lebert) sehr persönlich über mich ausfällig wird (politisch die alte Walze, aber auch anders: meine 1. Frau müßte meine Mutter erhalten usw.) – ein Schwein? Pathologischer Neid? Ein unangenehmer Zeitgenosse, ich ärgere mich sehr ... Dafür Auftrag Hermann: ein 6-Seiten-Film-Exposé für S 2000,– (für Österr. auch Hiesel). Konkrete Aussichten, nächstes Jahr mit Christl nach Konstantinopel zu fahren (ausgerechnet durch Jorda!). Nachmittags durch die Stadt: abends dann Michl und der Traktor!

Donnerstag bei Brodil im Ministerium: S 500,– für den Prolog und Einladung nach Strobl (Eröffnung am 12.7.) – nachher Salzburg! – Abends bei den Eltern. Tante Sophie. Irgendwie den Konflikt Eltern ←→ Mirli beilegen!

Freitag: endlich 13 Seiten Umbruch. Dann Saiko, Th. Bernhard (gut!), die Parisini, dann mit Hiesel in der Sezession (Bücher aufgestellt), dann – allein, hier, nach den Illustrierten (ich bin süchtig danach, auf der Suche nach ...) vormittag rief mich Luise an ...

Mit Mirli ist es jetzt wunderschön, jeden Abend seit der Rückkunft. Und das trotz der Hitze, den Auslagen und den Kaufplänen für September.

Auch heuer wieder ein Kleid, und einen Bh (3D) zum 1. Mal, und einen Petty-Coat (ums neckisch zu sagen). An den Auslagen vorbei, enthemmt, der Helmut ist unterwegs. Er liegt im Innern auf der Lauer, der trotz allem Geduldige, Geheime (wer außer M. würde etwas ahnen!), er wartet auf seine kleine, lächerliche Chance, auf ein paar Viertelstunden hinter den Vorhängen. Trotz allem besser so, als gänzlich zu verdrängen. Es sehen und sich abfinden damit. Und weiterhin diskret, obwohl die Beichte gut täte. Doch wer hat Verständnis dafür? Gleichgesinnte kenne ich nicht, gottseidank möchte ich fast sagen: sie würden mich ekeln. Oder? Und die strenge Dame mit der Peitsche (oder den Nadelstichen) kommt nur in den Story-Trümmern vor: auch das wohl zu meinem Glück. Mirli ist da. Sie ist die einzige, die weiß und sieht – und sich (meistens) ekelt. Wobei sie aber irgendwie Verständnis hat dafür. Ihre Erzählung von Novalis und seiner toten Braut (ich habe sie nirgends bestätigt gefunden) – und damals, der »Fasching«, 1951 in Ottakring. Die erste Schminke und die ersten Clips …

Genug. Die Zeit ist bald um, die ich hier habe. Go on, Roberta Cowell prohibita – (der Kerl ist glücklich? Ich glaub es nicht!). Nein nein, *diese* »Dame« läßt sich nicht kastrieren. Daß man eigentlich soviel Lächerlichkeit ernstnehmen kann. Kinder haben sehr gelacht … Na wenn *das* der Hakel wüßt!! Ein Glück, daß ich bei der Anneliese den Dienstmädchenkomplex nicht abreagiert habe, die wäre eingestiegen. Und bei Christiane? Bei ihr habe ich auch daran gedacht. Es hat nicht allzu viel gefehlt. Peinlich, peinlich in Hinblick auf die Entwicklung zu Walter Hosnedl-Norden hin. Das wäre womöglich im »Abend« gestanden – oder jetzt bei Gelegenheit im Bildtelegraf, wo er seit zwei, drei Monaten, herrlich, Lokalchef ist …

Hoffentlich fällt das Heft niemandem in die Hand. Aber so ist der Mensch: er provoziert sein Schicksal. Und welches Schicksal ist ohne »Schande«?

Tagebücher mit Hinblick auf die Nachwelt? Ich will zuerst einmal mir selber bekennen – und damit wird schon provoziert. »Er hat zur Welt ein metatropisches Verhältnis« – das ist der Dichter. Ob der alte Herr Geheimrat wirklich Rüschenröcke, Reifröcke, getragen hat, wie mir von irgendwoher in Erinnerung ist? Cäsar hatte angeblich bestimmt sein Weibergewand. Herakles. Eine erlauchte Gesellschaft. Der liebe Gott muß etwas von Magnus Hirschfeld haben.

Pavese hatte auch seine Sex-Zores. Er hat sich umgebracht, der arme Teufel. Und der großartige James Dean wär so hübsch gewesen als flottes Girl … So ähnlich werde ich mir jetzt den Heli vorstellen.

Schluß. Es reicht für heute. Und manchmal stelle ich mir vor, die Sofia Loren wäre eigentlich ein Mann.

★

8. Juli 1956

Ein strahlender Sommersonntag, heiß – und ich im Cafe Tivoli. Gestern waren die Eltern mit Tante Sophie bei uns. Mirli hielt sich sehr gut. Auch Mutter. Ich hoffe, daß es ohne äußeren Krach weitergehen wird.

★

Nach allen Sonntagszeitungen und allen Illustrierten, die hier vorrätig sind (und die ich noch nicht vorher gelesen hatte), Konzentration in der schwülen Leere.

★

Vorgestern sah ich in der Lenaugasse, in der Früh um ¾ 8 am Weg in die Schmidgasse, aus einem Haustor eine jüngere Frau treten und über die Straße gehen hinunter zum Zweier. Sie hatte ein Seidenkopftuch vors Gesicht gebunden. Es wirkte ganz selbstverständlich. War sie entstellt, hatte sie einen Schnurrbart?

– unlängst in der Hitze des 71ers am Weg nach Simmering, wieder die nette Blonde gesehen, die einen starken, weißblonden Bartwuchs auf der Oberlippe hat, die Haare sind dicht nebeneinander, von den Nasenflügeln bis in die Mundwinkeln, schon gut 5 mm lang. Sie ist immer recht gut angezogen (ich sah sie, glaub ich, schon zum 3. Mal), sie wirkt recht sportlich und solid – warum sie ihren Bart stehen und wachsen läßt? Sie wohnt in den Neubauten bei der Zipperergasse.

★

Schauen und die Eindrücke behalten. Und jeder sieht allmählich das, was er sehen *will*. Etwa der Mann, der seine Freundin erwartet: die Hälfte der Frauen sieht ihr – von der Ferne – plötzlich ähnlich.

★

In einer Illustrierten: James Dean soll angeblich gar nicht tot sein. Entstelltes Gesicht oder so. Lebt im Verborgenen; die Phantasie steckt ihn nun in Kittel – in einer anderen Illustrierten stand der »Fall« einer Insassin eines adeligen französischen Damenstiftes im XIX. Jh., die am Totenbett als Mann erkannt wurde. 30 Jahre lebte er als Baronesse. Rätsel der Identifizierung bis heute: der Dauphin, ein Schwindler? Die Möglichkeit eines Transvestiten nicht berührt.

★

Gestern ist in einem Berliner Krankenhaus, 70jährig, Gottfried Benn gestorben. Im Urlaub auf der Bank zuletzt sein Pathos erprobt (»Gesammelte Gedichte«), die permanente pathetische Provokation; der so hoch Gerühmte mit dem stets um eine Nr. zu kleinen Homburg (DeHaas) geht nun der so oft ersehnten, wenigstens literarisch ersehnten, Auflösung entgegen. »Das Hirn verwest genauso wie der Arsch.« Und was wird bleiben von diesem Großen, denn er war ein Großer dieser Zeit (er hat die Dichtung nachhaltig und breit in der Wirkung beeinflußt)? »Vom armen Hölty ein paar Verse« … so schrieb er in einem Gedicht aus letzter Zeit.

★

Mittags, nach dem Weggang von M + M und Oma Fina aus der Truhe die »Geheimschriften« geholt (+). Wieviel Zeit steckt da drin: ein ganzer Roman. Und wieviel Stories schon! Muß es sein? Der Katzenjammer nachher. Ob im September wirklich wieder ein Kleid gekauft wird? – Man sollte sich mit Sinnvollerem beschäftigen, sagt die Klarheit – nachher. Aber das Nachher währt nicht lange, es wandelt sich rasch wieder in ein Vorher.

⋆

Im Kaffee Eos an der Verbindungsbahn Briefe an Ruppe, Moissl und Bärbel Eichhausen. Ich freue mich sehr auf Salzburg. Ob es gut wird? Bernhard ist das Mindestprogramm. Vielleicht kann ich gar etwas schreiben? Der Roman wartet. Ich sollte nicht so viel in die unergiebigen H-Stories fliehen.

⋆

In diesem »Eos« haben sie kein Papier auf dem Klosett. Nicht einmal in Buschowitz habe ich die Finger nehmen müssen. Man hört nicht auf, Erfahrungen zu machen. Gut, daß sie wenigstens eine Wasserleitung haben.

⋆

9. Juli 1956

Überraschend Hakel in der Bücherei, zwei Stunden mit ihm geredet. Er schwächt ab, meine Wut wird milder, ich kann und will nicht streiten. Ich habe ihn wenigstens gestellt, vielleicht redet er nun etwas vorsichtiger.

⋆

Salzburg, 15. Juli 1956

Im Kaffee Pitter, der letzte Nachmittag meines Nachurlaubs, der einsame Rest nach schönen Tagen …

Mittwoch (11.) um 13.55 Fahrt mit Link, aus drückender Hitze hinein in die Schlechtwetterfront. Links linken Bemerkungen widerspreche ich, kulant, im Wesentlichen aber heftig … Uns gegenüber sitzt ein Tscheche, der in London lebt. Mit gestopftem, abgeschabtem Sakko bereist er Europa, im Gepäcksnetz liegt sein kleiner Papierkoffer. Wir zeigen ihm Mauthausen, dort starb sein Freund. Er will das Lager besuchen. Von Linz weiß er die Franck-Kaffee-Fabrik. Bei der Einfahrt nach Linz stehen auf dem Nebengeleise Waggons,

ČSD… Er war auch in Italien, der Mann, der wie die Verkörperung des unbekannten Heimatlosen Europas aussieht, aber es zieht ihn wohl an die Grenzen seiner Heimat. In Linz steigt er aus. Onkel Paul fällt mir ein, der zurückfuhr nach Litauen und jetzt tot ist, tot auch seine Frau …

In Attnang-Puchheim ist es kalt, violette Wolken quellen tief aus dem Seengebiet. Ischl. Franz-Josephkitsch, der alles überlebt hat … In der Kleinbahn trägt der Schaffner ein Monokel.

Bei Strobl fällt mir vieles aus dem Sommer 1941 ein, die einsame Radfahrt, über die ich ein Buch schreiben wollte …

Eintritt in das Bürglgut, groß, überall noch Arbeit, Graschnitz war intim, hier ist alles fast mondän.

Ein Zimmer mit übel wirkenden katholischen »Volksbildnern«, die Georg Wagner-Type »Dir.« Gruber, Thalhammer, der Mundartdichter und Reklameverseschmied. Fatale Karrieristen, die Schattenfront der Konservativen. Kießlinge in Taschenausgabe. Und im Speisesaal das wenig bedeutende Volk der öst. Volksbildung, verstärkt durch Ministerialbeamte.

Mit Fink und Thalhammer im »Grandhotel«. Gespräche, Theorien, ich spreche über die Kameradschaft.

12.7. Feldmesse, der Bischof von Linz, Drimmel, viele Beobachtungen. Um 11^{h} die Feier, die der Prolog einleitet (Moog liest gut, nur viel zu aufgelöst in der Form). Reden, Reden, Drimmel der einzig Bedeutende.

Sorgen um mein Honorar, aber ich entschließe mich dann, es mit Wittmanns Sekretär zu regeln. Es klappt (nur beim Fahrgeld verlange ich um 15,– zu wenig), meine Laune wird zusehends besser. Sehr nett Bojer von der »Lebensschule«. Ich überreiche Wittmann das »Moos«, er ist von guter Herzlichkeit, ein Mensch trotz allem Schmalz. Ich hätte gerne mit ihm länger gesprochen. Ich denke gerne an Graschnitz, die Nacht des Gesprächs, währenddessen die Züge in die Ferne pfiffen.

Am frühen Nachmittag Abreise, allein, Piefkes im Autobus, St. Gilgen, die Straße, 1941 wieder der Tag, auf den die Nacht auf Salzburger Bänken folgte und dann am Straßenrand.

Schönes schräges Licht auf buckligen Bergwiesen – Noch vor 17^{h} im Verlag. Bärbel Eichhausen! Sie telefoniert an Hotels, Ergebnis: Alter Fuchs (auch von den Rikkis geplant). Mit B. E. in die Linzergasse. Aussicht des Zimmers auf den Sebastiansfriedhof, den wir nach meinem Einzug besuchen. Die Grabsteinstile, auch hier wieder das Grab des Paracelsus, wir übersetzen. B. sagt mir den Spruch über dem Hauptaltar, er gefällt auch mir sehr:

Sieh die Sünder haben ihre Bogen schon gespannt, die Pfeile in ihren Köchern schon gerichtet, um sie im Dunkeln auf die Redlichen loszudrücken.

Ich werde ihn in der Bibel suchen …

Durch die Stadt und auf die Festung. Schön, sehr schön, etwas Schmerz dabei, ich kann nicht alles sagen, was ich möchte. Ich schaue dem Halleiner Autobus lange nach …

13. Ich rufe weder Bernhard an noch besuche ich Ruppe. Lang im Verlag, Gespräche mit Dr. Moissl und B. E., Besprechungen, neue, gute … Eine Vorarlberger Zeitung: Der Stifter des Marchfeldes(!). Endlich die Bespr. von Claus Pack in Wort und Wahrheit. In den Zwischenzeiten (etwa von 12–4) in Caffeehäusern, das »Bazar« gefällt mir sehr, Wiener Atmosphäre, der Fluß … Eine neue H.-Story, Einpauker bei Marga Marina Weißenberg-Walla, Dr. »Christian«; auf Grund einer Annonce. Den Plan skizziert. Abends bei Dr. Moissl, er hat eine große Villa, sehr gepflegt und solid. Ein schöner Abend in seiner Bibliothek. Othmar Spann, der George-Kreis, die Romantik und Bachofen. Wir sprechen über Elitenbildung, Politik und die Symbole. Kästner (Stundentrommel), Eliade, Jünger, Lawrence … Moissl hat viel mehr, als er normalerweise zeigt, er ist kein Schwätzer. Aufrecht, männlich. Er erklärt die Gefahren der »Schwarzen«, steigerte sich ihre Macht noch einmal zur Alleinherrschaft. Viele Gedanken, gute Anregungen, starkes Gefühl der Kameradschaft. – Schöner Rückweg zu Fuß, im Bett in der geliehenen Bachofenausgabe (Bäumler) gelesen, die Gedanken der Gynaikratie vermischen sich seltsam mit der neuen H.

Story (+), das Leitbild der Omphale ... Ich werde dieses Buch gründlich durchlesen.

14.7. In der Früh vergeblich bei Ruppe (sie haben Samstag geschlossen), ebenso vergeblich bei Th. Bernhard angerufen (er ist bis morgen verreist). Mit Erentraud Müller gesprochen, sie ist lang nicht mehr so schüchtern, ich erzähle ihr den neuen Roman. Kärnten, Gurk, die Kontinuität ... Die neue Lektorin, Dr. Mayer, erinnert an die »Abend«-Sekretärin, sie wirkt wie deren katholische Ausgabe. Französisch kann sie sehr schlecht (Übersetzung der franz. »Moos«-Besprechung) – übrigens ...

Um ¾ 1 Äneas. In den Katakomben. 11 Stunden vor uns, am Himmel schwere Wolken. B. läutet die Glocke im Felsenkloster. Nach dem Essen in überfülltem Autobus nach Hellbrunn. Die Wasserspiele, die »Gruppenaufnahme«. Im Schoß (wo sie auf eine Taste des Klaviers von #. Gruber – St. Nacht – drückt) ein blöder Führer. Der Führer der Wasserspiele (schreckliche Kindereien, Kitsch also auch schon im 17. Jh.!) war von trocken-sarkastischem Humor, ein Student von jüdischem Typ. Im Musikzimmer die Darstellungen des Markus Sittikus (im Saal vorher als Erzbischof) als Liebhaber und als 10. Muse (!) – Bärbel fragt den Führer, welcher er ist, der sagt »oho« und weist auf die weibliche Figur (die in der Mitte von drei möglichen). Das Museum im Monatsschlößl (S.burger Volkskunde) ist sehr schön angelegt, die stillen Dinge, Truhen, Trachten, Schnitzereien. Das Bild (aquarellierte Zeichnung) einer Nachtänzerin des Perchtenlaufs, ein 16jähriger Hirtenbub als Dirndl, ist sehr lieb. Erna Piffl, 195?, bekannt aus der NS. Zeit hat es gemacht.

Wir lesen alte Bauerntexte unter der Bildgeschichte des hl. Wolfgang, ich erkläre B. E. die Relikte des Bauernaberglaubens, einstweilen beginnt es draußen zu schütten. Die hl. Kümmernis, die Zeugnisse der Protestantenaustreibungen, das Marderjunge beim Wärter im Papierkorb ... und dann im Wolkenbruch zum Steintheater, der Schirm hilft nicht viel, wir sind ohne Mantel und werden völlig durchnäßt.

Auf den Felsenkulissen zeig ich ihr Gedichte (das Staunen der Vorbeigehenden, »wann beginnt die Vorstellung?« – ein Piefke, sie halten uns für ein Liebespaar – und dabei redet sie so oft vom »Jörgl« und von Wieland Schmied! Das letztere irritiert mich, ach Gott, die Eifersucht!), dann spielen wir über eine Stunde Federball (in der Früh als Mitbringsel für M + M gekauft). Es ist gar nicht so einfach, aber eine Hetz! –

Um 8 sind wir wieder in der Stadt, der Regen hört auf, allmählich trocknen wir, nur meine Schuhe bleiben noch weitere 12 St. naß, Essen im Rathaus-Keller und dann wieder auf der Festung; in dunklen Gängen und Stiegenhäusern, eingehängt, schön, aber wehmütig (ob sie weiß, daß es so ist für mich?). Durch nässedampfendes Dunkel über den Mönchsberg nach Mülln, sehr schnell zum Bahnhof, aber der Zug fährt erst eine halbe Stunde nach seiner Fahrplanzeit ab. Mitternacht, ein liebes Mädel, ein Bahnsteig und der Abschied ... Durch andere Straßen zurück zum Fuchsen. – Im Dunkel liegen die Toten am Sebastiansfriedhof, wahrscheinlich sind Rikkis im gleichen Haus, ich will sie nicht treffen.

15.7. Sehr müde aufgewacht, zerstreut und unruhig eingepackt, auf den Anruf aus Hallein gewartet, er kommt – aber sie hat keine Zeit, die Tante fährt schon abends, und Jörgl kommt auch nicht (worauf sie gehofft hat). Die Stadt ist nun fremd und leer trotz der Fremdenkolonnen. Am Nonnberg, in der Blasiuskirche (auf die mich B. aufmerksam gemacht hat) im Bazar, im Pitter. Kein Blick von oben mehr, Erinnerung und ihre Registrierung. Sie ist ein herziges Mädel – aber was will ich eigentlich? Ich will – nichts, ich darf nichts wollen. Und es geht auch so. Auch hier: Kameradschaft, mein Herr. Sie sind ja der Prediger der Kameradschaft!

Eben setzt das Orchester ein, das Leben geht weiter, Stück für Stück. Wir haben Programm-Musik zu liefern. Aber wo das Leben am schönsten ist, ist es da nicht so ein unausgesagtes Schauen zu zweit über die Lichter einer Stadt? Wir leben von diesen Stunden, von diesen und den Stunden wie bei Moissl.

In einer Stunde geht mein Zug.

*

Am Weg zum Bahnhof an Eulau vorbeigegangen, dem einzigen Mann, den ich wirklich gehörnt habe. Ich war nicht ganz sicher, drehte mich um, auch er drehte sich um, er war es. Er ist längst geschieden; was er wohl hier macht? Ich hätte gern (objektiv) seine Gedanken gewußt, so blieb es ein Gespräch im Schweigen. Ein komischer Zufall, der ihn gerade hier vorbeischickte.

*

wieder in Wien, 17. Juli 1956

Im Zug die alte Italienerin – und gegen Wien dann die junge. Sie hätte ganz gerne … Schön war das Abendgelb nach dem Regen im Flachgau. Und nördlich von Wels stand eine Pilzwolke wie ein bizarrer Berg, die Wolke wuchs aus dem Horizont.

Als ich um ¾ 12 heimkam, schlief Mirli schon. Sie sprach kein Wort. Heimkommen wie ein Fremder, das schmerzt.

*

Noch einmal, wieder einmal anfangen, das ist die dauernde Lockung meines Lebens, eine Schimäre, gewiß – aber so verheißungsvoll. Dreimal, viermal leben, ich verbrauche rasch Umwelt und Menschen. Cupidus rerum novarum → feminae novae? Mit B. beginnen – Hirngespinste! Man darf nicht leben, wie man will.

*

Gestern, am ersten Tag wieder in Wien, mit Luise getroffen. Wie klein sie eigentlich ist: in den Boden gesunken wie die Erinnerung. Sie steht schon zur Hälfte hinter dem Horizont. Könnte man geschwollen sagen. Sie ist naiv und furchtbar sentimental, echt und gespielt in einem.

Eine unbefriedigte Landpomeranze aus Purgstall, die ihr Leben verpfuscht hat. In einer Minute will sie zugleich Schauspielerin (!), Bedienerin, Krankenschwester, Bardame (aber »anständig«) und Standlerin werden. Myersons sind übrigens, wie ja von mir vermutet, (strenggläubige) Juden – unlängst hat sie es abgeleugnet. Und immer wieder: die Geschichte von der Suche nach mir, dem Traum ihres Lebens! Schrecklicher Kitsch und doch wirklich und rührend, rührend traurig. Die Geschichte eines Lebens, wie sie nicht einmal die Gürt schreibt: Luise Myerson, geb. König ... Meine erste große, wilde Liebe. – Und während der »Aussprache« im Cafe im Schwarzenbergpark geht Tante Sophie mit Schickls (vermutlich) aus dem Garten. Ob sie uns gesehen hat? Es gibt häufig solche fatale Konstellationen. Dann begleite ich Luise durch den Belvederepark, den sie anscheinend gar nicht kennt, zum 118er. Ich sagte ihr zu, sie nächste Woche in ihrer Wohnung zu besuchen. Sehr nachdenklich und elegisch durch die Eulau-Gegend; zu Gieses, mit denen ich verabredet war, nicht mehr gegangen, auch nicht angerufen. Allein ...

*

22. Juli 1956

Cafe Tivoli, ein öder Sonntagvormittag nach einer hastigen Woche ohne Aufschwung und Ausblicke. Montag und Dienstag war Mirli beleidigt, sie sprach fast nichts. Dienstag saß ich mit W. Schmied zusammen, ich zeigte ihm die Korrekturen, die ich in seine Kunstaufsätze gemacht habe. Er machte Verbesserungsvorschläge für meine Gedichte – zum Teil sehr brauchbare. Und dann gedachten wir Gottfried Benns ...

Mittwoch vormittag sprach ich im Kurs über Benn, Müller war sehr beeindruckt. Mittwoch abends kommt Mirli (mit Michel und ihrer Mutter) stumm nach Hause. Sie hat ihre Tasche verloren. Ich begleite sie nach Speising, wo sie in der Straßenbahnhofabfertigung liegt. Große Szenen am Weg, schließlich Aussöhnung. Auch sie kann ganz schön hysterisch sein (sie drohte, mir den Finger zu brechen, usw.). Eine Erfahrung mehr – ich blieb aber im allgemeinen ruhig. Seit ihrem Ausbruch geht es wieder ...

Gestern ein vertaner Tag, aber es mußte so sein. Vormittag Bücherauslieferung mit einem elenden Auto und einem blöden Chauffeur, nachmittag mit M + M in Simmering. Abends sehr müde.

Auch der Freitag war kläglich: Krach Müller–Schindler, die Auslieferungstermine (Kinderbuch-Kataloge, Bücherbriefe), Verpackung und Verteilung: dabei Saiko und Hakel in der Zentrale, nachmittag auch Georg Wagner. Dann mit Schmied in einem Cafehaus und schließlich in Simmering. Keine Besinnung im Alleinsein, die ganze Woche nicht – und der Sonntag dann überladen mit Arbeit und Bildern, mit Terminen und Wünschen. Dazu noch das schlechte Gewissen, nicht daheim zu sein, die endlose Tretmühle: *wann* soll man da den Roman schreiben??

⋆

Ich wollte die ganze Woche an B. E. schreiben – es kam nicht dazu. Heute muß es sein.

⋆

Ekelhafter Termin: ich muß heute für das Herderlexikon (Moderne Literatur) die Beiträge A–H schreiben – alle ist unmöglich (A–H sind etwa acht Stück, ich schaffe höchstens vier). Krois hat schon dringendst gemahnt. Warum lasse ich mich auf solches Zeug überhaupt ein??

⋆

Die Vogelhuber (nach einer manisch gesteigerten Bekenntnis-Unterhaltung mit Hiesel und mir am Montag) hat gekündigt: Dienstag. Sie geht zu Gasolin – Gasolin das Idol für sie nun. Und ich bleibe weiter, noch immer in »C«! Ich habe nicht um das O. Müller-Lektorat gekämpft und habe sonst nichts gesucht. Ich trotte weiter, das Gehalt eines kleinen Beamten und keine Zeit zum Schreiben. Petrik hat keine Durchschlagskraft. Ob wirklich etwas mit der Wohnung wird? Mirli hat dieser Tage die Baustelle in der Sanatoriumstraße besucht, die Häuser würden lächerlich klein, dort könnten auf keinen Fall 80 m^2 sein. Ich bin neugierig. Ich hasse jetzt die Proletenkaserne am Fuchsenfeld, das Wohnloch um das Klo herum.

Villen in Salzburg, irgendwo ein altes Schlössel, Ruhe vor allem und Platz: ein eigenes Zimmer!

★

Latente Sexualität, verstärkt durch die Sommerkleider in Auslagen und an den Frauen.

★

Ich habe heuer noch kein ordentliches Gewitter erlebt. Sie verziehen sich immer. Und in Hellbrunn hat es wohl geschüttet, aber nur zweimal gedonnert. Aber sonst denke ich fast jeden Tag daran. Ich werde es ihr auch schreiben, verschlüsselt.

★

Ein Jammer, daß man einen Beruf haben muß. Glücklicher Thomas Bernhard (mit seiner »Tante«, die ihn ab und zu einlädt), glücklicher Wieland Schmied, der herumfahren kann. Bindungslose ... Bernhard will sich jetzt Th. Haarlem nennen, in »Wort in der Zeit« (schon wieder eine Geschichte von Günther Fritsch!) heißt er Thomas Niklas Bernhard über einigen Gedichten. Und in der Biographie ist er schmockant wie nur. Mich stört das; alles Attitüde. Moissl hat recht!

★

Ob ich einmal, wenigstens vier Wochen, so leben kann, wie ich mir vorstelle? Und *wie* stelle ich mir diese Zeit vor? Völlig TV? Allein oder »beschützt«?

Was waren eigentlich die schönsten Zeiten in meinem bisherigen Leben?? 1950 – trotz aller Schwierigkeiten? In einer Beziehung gewiß: das Schönste ist zugleich das Bedrohteste. Das schönste die Wanderung von Salzburg nach Schärding – trotz der Szenen nachträglich? Ich kann es, völlig ehrlich, gar nicht sagen. Es waren immer nur Stunden, Stunden. Da aber viele.

★

Kann überhaupt irgendjemand leben wie er will?

★

Weiß überhaupt jemand, wie er – dauernd – leben will?

★

B. E. erinnert mich manchmal an Erna. Fatal ist das, aber eine gewisse Ähnlichkeit besteht: das Frische, Unverbrauchte. Sie ist wie Ernas intelligentere Ausgabe. Es gibt ja überhaupt viel mehr Ähnlichkeiten als man ahnt.

★

7. August 1956

Gestern waren wir, Mirli, Michel und ich, in Rust. Der Chef hatte mir vor seinem Urlaubsantritt einen illegalen freien Tag verschafft. Von ¼ 10 bis nach 1 fuhren wir mit dem Autobus (Umsteigen in Neusiedl und Schützen). Von Neusiedl nach Schützen saß vor uns ein junger Ungar, bewacht von zwei Gendarmen, der in der letzten Nacht bei Pamhagen über die Seegrenze gekommen war. Ein Pfarrer sprach mit ihm Ungarisch, die Gendarmen luden ihn bei einer Haltestelle auf ein Bier ein. Das Gesicht des intelligenten Landarbeiters, gutes Profil, blond …

Rust verstaubt und heiß, die Störche grau, wie verrußt, auf den Schornsteinen. Mir ist langweilig, die Leere des Familienausflugs. In dieser Begleitung, in der keine Spannung (erobernder, besitzergreifender, werbender Art) mehr liegt, gewinne ich keine Beziehung zu den Dingen, ob Landschaft oder Bauwerk. Eine eigentümliche Hemmung.

Nach dem Essen zum See. Eine trostlose Straße durchs Schilf. Bootfahren – Mirlis Wasserliebe! Und ich bin hydrophob, wenns drauf ankommt, hinein zu steigen. Allerdings nicht mehr so wie früher.

Endlose Heimfahrt trotz direktem Autobus. Michel schläft todmüde auf unseren Knien ein – ich habe blitzartig Kontakt mit ihm, eine Fülle der Liebe bei langen, gefühlsarmen Zeiten. Nur in Gefahr, bei Krankheit und so ist das Wissen und Fühlen um die Innigkeit der Beziehung stark und mächtig. Ebenso, nahezu, ist es mit Mirli.

Abends, die Arbeit, die zweite Hälfte des Treatments, weggeschoben – aufgeschoben, obwohl es eigentlich, wieder einmal, die letzte Frist war. Eine nahezu unlösbare Aufgabe übrigens, zu der ich keine andere Beziehung als den Wunsch nach den 2000,– Sch. Honorar habe.

*

Ich fühlte gestern meine Beziehung zur Ebene nur äußerst gering: ist sie ebenso erschöpft (also seicht) wie die Beziehung zu den diversen Frauen? Wäre die vollzogene Erfüllung der Roman und ein paar Gedichte?

*

Es ist jetzt nichts los mit mir. Bei riesiger Arbeit im Büro tue ich fast nichts, alles aufschiebend, liegenlassend, tratschend, den Bauch voll Langeweile. Dabei hat sich die Woller den Fuß gebrochen (das heißt: Monatsstatistik), Karli an Grippe erkrankt, Vogelhuber krank (gleich auf 4 Wochen, weil der Chef nicht da ist).

Ich habe eine Fülle auch von privaten Aufträgen, an denen ich so gut wie nichts mache.

Die letzten Sonntage und die Kaffeehausnachmittage benützte ich fast ausschließlich für die Helmutgeschichte Salzburger Version – zum erstenmal mit totaler Verwandlung: und seither habe ich sie satt! Kommt eben wieder eine andere dran. Zu blöd ist das.

Vom neuen Roman existieren 2 (zwei) Seiten, die bisherige Leistung dieses Sommers. Eine Schande!

Vor einer Woche (sonntags) habe ich mir das Gedicht über den Sebastiansfriedhof *abgequält*, es war ein »Er und Sie«-Sonntag. Ich in blau: Mirli hat doch einen guten Magen. Abends sahen wir uns »Picknick« an (W. Holden, Kim Novak), war sehr schön, das Thema des potenten Vagabunden wäre ein Romanstoff – allerdings kein sehr neuer. Ich begleitete Mirli bis zum Zehner, wir waren uns – durch den Film stimuliert – nahe. Danach war ich allein daheim …

*

Eine Karte und ein Brief kamen von B. E., eine Karte gemeinsam mit Wieland Schmied, der sich seither plötzlich nicht mehr anschauen läßt. Aber das wehe Gefühl hat sich gelegt. Ich habe mir erfolgreich Ruhe gepredigt. Vorläufig ist es aber nur bis auf Widerruf.

*

Der Roman läuft jetzt schon seit 23.7. im Radio. Laut B. E. sind bis 30.6. 935 Stück verkauft worden, 494 in Öst. und Schweiz, 441 in Deutschland.

★

Heute sagte mir Langer (St.B. 6), daß im September keine Glühwürmchen mehr glimmen. Nur bis zur Paarung … Wahrscheinlich hat er recht. Mir ist das Buch jetzt schon sehr fern – wenigstens im Augenblick.

★

Ich glaube, ich habe jetzt nichts zu sagen. Scheußlich ist das. Jetzt – oder immer? Ein Versager in vielfältiger Beziehung: das Schreiben von H.-Stories laugt aus, macht untauglich für andere »Literatur« – und genügt sich selbst nicht!

★

Und Luise! Ja, auch das noch. – An dem Tag, für den sie mich zu sich eingeladen hatte, rief sie an, es ginge nicht. Ein Mann sei in ihrer Wohnung, den sie heiraten müsse, usw. Treffpunkt verabredet, Karlsplatz, ½ 5. Ich warte bis nach fünf, dabei sind M + M in der Stadt, bei der Schneiderin! Dann kommt sie. Tragisch aufgeplustert: der Gastwirt Teufl aus P. habe schon ihre Wohnung kündigen wollen, usw. Die Eltern bestünden auf der Hochzeit, Kitsch und Ernst bunt gemischt. Mitgefühl, Sentimentalität. Ihre Bilder, auf Farbphotos von drüben sieht sie aus wie eine russische Operndiva, scheußlich. Bildertausch – 2:2. Sie schreibt »Behalt mich lieb – L.«, ich tröste in allgemein verständlichen poetischen Maximen. Ehrlich gemeint aber. Dann erzählt sie vom Autostop: der Arzt, dem sie gefallen habe. Ich gebe ihr den Rat, diesen (imaginären?) Mann vorzuschützen und also den Teufel auszutreiben. Sie verspricht, so zu handeln.

Am nächsten Tag rief sie an, es habe geklappt. Na also. – Es ist alles so furchtbar komisch: auch diese Frau, der ich angeblich so unvergeßlich bin, mein erstes Erlebnis, herrje!

★

Tristitia post o … Vanitas?

★

Alles Geschriebene lustlos, alles unvollkommen, reizlos, beschissen. Die Störche in Rust waren grau.

Leben aus der Fülle, leben in Hingabe oder als Eroberer. Ich bin fähig zu weder noch. Zum einen zu seicht, zum anderen zu weich (physio-psychisch).

Impotent vor der Welt als Ganzes.

*

Ich wechsle das Cafehaus.

*

Übrigens: ich habe mir auf Drängen Mirlis den tollen Sommeranzug in der Alserstraße gekauft (unter ihrer Assistenz). Er gefällt mir, Beziehung einmal auch zu MKl. 780,– hat er gekostet. Christine hat am ersten Tag, den ich ihn trug, Karli Wawra zur Besichtigung zitiert. – Ein Anzugkauf als Ereignis der letzten Wochen, was sagt man zu diesem Innenleben! Zu den Helmut-Norah Abreaktionen das normale Pendant in der Realität.

*

Am Finanzamt war ich noch immer nicht. Verdrängung? Ich muß wenigstens diese Tage an Georg einen Brief schreiben.

*

Und Nasser schnappte den Suezkanal.

*

Nach Quartierwechsel in beginnendem Regen trachte ich, meinen Helmut-Josef in ein neues Ägypten zu verfrachten. Er wird auch dort vor seiner Potiphar nicht fliehen.

*

15. August 1956

Gestern ist Bert Brecht gestorben. Ein paar Wochen nach Benn, der zweite große Lyriker unserer Sprache. Er war erst 58 Jahre alt. Ich werde im Kurs wieder einen Nachruf halten. So gut ich kann. Brecht verdanke ich sehr viel. Ist er nun heimgekehrt »in die schwarzen Wälder«? Viel von ihm wird bleiben, mehr als die »paar Verse vom kleinen Hölty«-Benn. Nicht das marxistische Kabarett, sondern die biblische Kraft.

★

Mir geht es jetzt etwas besser. Ich habe das Treatment und einen Aufsatz für die Vetter glücklich hinter mir. Mit Gedichten und dem Roman geht es gar nicht, dafür sind von einer neuen Story (nun Ludwig Becker) schon mehr als 10 Seiten da. Wenn das der Roman wäre! Ich glaube, ich habe jetzt schon 300 TV-Seiten im Ganzen.

★

B. E. schreibt regelmäßig. L. hat wieder angerufen. Mit Mirli alles in Ordnung. Ich überlege, was ich im September erstehen werde. Mir tut ein wenig leid ums Geld. Im übrigen hat es am Finanzamt geklappt. Am Montag war ich endlich dort. Georg bekommt also ab September 350,– im Monat, und ich ab I/56 die Nachzahlung.

★

Die Zeit geht furchtbar schnell vorbei. Was behält man davon zurück? Alles verdünnt sich – unentwegter Substanzverlust. Der Gewinn ist nicht einmal Routine.

★

Am Samstag war ein herrliches Gewitter. Ich war rauschhaft gesteigert am Weg vor Schönbrunn.

★

Ich werde die Geschichte der Salzburger Erzbischöfe in der Barockzeit lesen. Wir haben sie in der Hauptbücherei!

★

Salzburg war der Höhepunkt des Jahres. Einen Zweig erspringen aus der Linde der Nacht … Soll ein Gedicht werden.

★

Leichte Sonntagsneurose im »Eos« nach +

★

An Bärbel E. geschrieben. Er ist jetzt leichter, der Druck alles Ungetanen, der Druck aller Möglichkeiten. Sie ist ein Mädchenmensch. Das ist selten.

★

Freitag, 17.8. – ¾ 3: Anruf von Kamilla Jirgal: ihr Mann sei heute plötzlich gestorben. Von 4–5 war ich bei ihr. Es ist schwer, ja unmöglich, ein Wort des Trostes zu sagen. Man kann nur schweigen. – Ernst Jirgal ist tot. Auf dem Heimweg von einer Besorgung starb er im Gasthaus Ecke Wientalstraße bei der Stadtbahnstation Ober-St. Veit. Er wollte ein Viertel Wein trinken …

51 Jahre ist er geworden, er starb zwei Tage nach der Heimkehr aus Griechenland. Er war einer der wenigen Menschen, die mir ein Beispiel waren. Nicht mit irgendwelchen Versen, sondern als Mensch und Mann.

⋆

26. August 1956

Am Abend dieses Tages bei Kurt Benesch, unwirklicher Mondschein über dem Balkon seiner Döblinger Villenwohnung. Er erzählt mir seinen »Maßlosen«. Schön, traurig und irgendwie unwirklich alles, auch das Gespräch über das »Moos«.

⋆

Müller und Hiesel sind wieder zurück aus Italien. Ich kann mich langsam wieder zu systematischerer Arbeit im Büro zwingen, aber noch immer ist die Streuung sehr groß.

Ich habe die beste TV-Story seit langem: die Messer-Jenny in der Praterbude, die dann die »Norah, streep-teasing« wird. Das fließt nur so aus der Feder.

Und am Donnerstag wurde Ernst Jirgal begraben. Es hat in Strömen geregnet in sein offenes Grab im Lehm des Baumgartner Friedhofs. Schulenburg (!) sprach die Totengebete, Pfarrer Meyer von Hetzendorf, ein Schulkollege Jirgals, hielt eine unglückliche Rede, ebenso ein Professor der Rosasgasse. Es war sehr traurig. Nach Jirgal bleibt eine große Leere. Nicht nur seiner Frau. Mirli hat sehr geweint beim Begräbnis, und noch abends …

⋆

Am Freitag waren wir mit Michel bei Jan und Lene in Ober-St. Veit. Ein herrlicher Blick in einen schönen Garten. Christl und ich blieben bis nach zehn, ein schöner Abend, nicht nur der vielen Wortspiele wegen.

★

Gestern mit Mirli im Apollo. Auch die Smerdas. »... denn sie wissen nicht, was sie tun«. Starker Eindruck. Alles überragend der tote James Dean. Ich will eine Ode auf ihn schreiben, etwa so wie Auden auf Yeats.

Nach dem Film waren wir zu viert in der Dalmatia. Ich versuchte, Eugen das Schwinden der Vatergestalt zu beweisen, auch die Folgen davon.

★

Es regnet jetzt fast immer am Sonntag. So gingen wir auch heute nicht Federballspielen, sondern nach einem durch meine ... recht kurzen ... ins Kunsthistorische Museum, das voller Menschen war. Wir eilten durch die Säle, eine Flut von Ägyptischem, Antikem, Renaissance und Barock, die Augen schmerzten nach den 1 ½ Stunden. Neu entdeckt habe ich mir nur die vier Bilder des Arcimboldo (Herbst, Sommer, Wasser, Feuer). Das Kuriose fasziniert mich ...

★

29. August 1956

Umkehr, Umkehr, Umkehr! Ich mache mich selbst fertig! Keine Stories mehr, die Wachträume entfernen mich immer mehr der Wirklichkeit: man muß nein sagen können einer Sucht. Auch dies ist eine Sucht. Ich sage nein! –

★

Gestern nachmittag war ich mit Luise beisammen. Es ist schad um die Zeit: einerseits – andrerseits soll man den Menschen helfen, die um Hilfe kommen, auf andre Weise helfen als es in diesem Fall gewünscht wird.

Abends war ich bei Otto Horn, der seine Jugoslawien-Reportage beendet hat. Ein Marxist ist eine eigene Mischung aus Illusionist, Selbstbetrüger und Klarsichtigkeit.

★

Vorgestern war ich mit Müller und Hubschi bei Kurt Heller, der jetzt Sekretär des Städtebundes ist. Wir haben uns aus den

Plänen der Sanatoriumstraße die passenden Wohnungen ausgesucht. Type D: 4 Zimmer, 75 m^2. Sehr gut eingeteilte Raumanordnung. Und es kann sogar Wirklichkeit werden – schwer vorstellbar und doch die Unruhe der Begehrlichkeit weckend.

⋆

Michel fragte unlängst Mirli, was mit den Toten geschieht. Er fragte immer wieder. Er glaubt, daß sie *auf* die Gräber gelegt werden und von dort von Englein in den Himmel geholt werden.

⋆

Ich will mir nun höchstens einen 3D, einen Pettycoat und M. U. kaufen im September.

⋆

… und zwei Stunden später doch wieder mehr!

⋆

30. August 1956

Und angeregt durch die Heirat Ljuba Welitsch – Schmalvogl eine neue Story! Es ist nie zu Ende –

⋆

Auf der Straßenbahn nach Simmering das Gedicht auf James Dean geschrieben. Es ist wahrscheinlich gelungen.

Vater soll wegen einer sehr schlechten Blutsenkung zur Untersuchung ins Spital.

⋆

Traum der letzten Nacht:

Mit B. durch eine Vorstadt gegangen, frühe Nacht mit eigentümlichem Licht, vom Mond? Wehmütige Wollust der Liebe, die noch rein ist. Hinter einem Hauseck das seltsame Licht stärker, ich trete vor – und sehe im Mond den heiligen Geist, die Taube, strichlierte Umrisse, strahlend, mit seltsamer Arabeskenverzierung, ich breche in die Knie, ins Gras vor einem Gartenzaun, plötzliche Gewißheit, ich rufe überwältigt: ich glaube. Ich falle aufs Gesicht, dreimal, rufe dreimal ›ich glaube‹, namenlose Erschütterung.

– Aufgewacht, schaudernd, draußen ein furchtbarer Sturm. Katastrophengedanken. Sind irgendwo Atombomben gefallen?

★

Gestern das Jirgal-Gedächtnis im Kurs. Heute bei Camilla J., abends. Ein Bild von ihm. Seine Biographie, von ihm auf einen Block geschrieben. Größe!

Vorgestern erhielt ich Nr. 8 »Wort in der Zeit«: Jirgals lange Besprechung des »Mooses«.

Mit Eisenreich telefoniert. Nun rührt sich sogar *sein* Gedächtnis!

★

Ezra Pound sitzt noch immer im Irrenhaus.

★

Mittwoch, 5. September 1956, 23^{h}

Und ich sitze in meinem selbstgeschaffenen Narrenhaus: blaßviolett seidenglänzend, raschelnd (alles in allem 570,–), seit einer Stunde »nachher«, also still und ruhig. Es begann um 7^{h} mit großer Freude am Geschirrabwaschen und Kochen (in Mirlis …), während im Palais Berchtold über der Strudlhofstiege Doderers Sechzigster gefeiert wird. Ich war dazu vom PEN geladen. Aber diese eigene Feier (im Radio Raimunds »Verschwender« dazu – und die Meldung von einer Niederlage Admiras gegen Stadlau – und das Fünferkomitee ist bei Nasser) ist viel lockender für mich. Die Bruchstückverwirklichung der geheimen Vision …

Im neuen »Stern« fand ich heute ein Bild der Roberta Cowell. »Sie« will Testpilot werden. Aber dennoch …

★

Mirli und Michel sind seit Montag vormittag abgereist. Eine halbe Stunde später war ich in der Thaliastraße. Auf eine hektisch verschwitzte Viertelstunde dann daheim +. Nachmittag und Abends bei Camilla Jirgal. Gestern nachmittag mit Schmied und Skalnik im Caffee Haag. Abends in Simmering:

Vater ist heute im Franz-Joseph-Spital zur Generaluntersuchung und zur Behandlung seiner Gelenksentzündung …

*

Ich will morgen »so« ein Gedicht machen oder am Roman arbeiten. Ich will es gewohnt werden, die tiefere Faszination spüren! Jetzt will ich versuchen, an Mirli zu schreiben …

*

Am Montag tauchte Wieland Schmied plötzlich im Waggon auf, Platz suchend für eine »Dame« – Schrecken, es könnte B. E. gewesen sein …

*

8. September 1956

Alle Pläne bleiben unausgeführt, man kann nicht alles auf einmal machen. O erst einmal, sonst immer etwas anderes und oft sogar keine Lust dazu, auch zu umständlich. Auch TV-Pläne bleiben immer mehr nur Pläne.

9. September 1956

Sonntag, 23^{h}. Aufgetakelt nach »1955«, auch jetzt nachher. Schade, die Lebenslust vorher ist nicht mehr so hektisch, sie ist genüßlicher geworden, intensiver: ich sollte sie einmal nicht gleich zerstören.

*

Die erste Woche »allein« ist zu Ende. Bilanz: Arbeit null. Keine Zeile Roman, nicht einmal ein Gedicht. Dafür war ich am Freitag mit Luise beisammen. Ich hatte vorher gar keine Lust, mit ihr zusammenzukommen – und dann war sie plötzlich recht nett. Vielleicht nur, weil es finster war, wer weiß? Ihre blonden Haare fielen gelöst auf einen schwarzen Pullover, sie war beinah lieb auch im Gesicht, und in der ganzen Art. Mit dem Besuch bei ihr wurde wieder nichts, ihr Vater ist in Wien zur Untersuchung (dabei hat sie ihren Autostop-Aufriß Dr. Grüneis wieder getroffen, er ist der Primarius der

Herzstation [!], er hat ein ernstes Auge auf sie geworfen [?]). Wir saßen dann auf einer Bank im Hadikpark. Mars schön hell durch die Zweige einer Trauerweide. Ich begleitete sie heim, händehaltend. Beinahe, beinahe … Nachher war ich im Cafe Philadelphia, zwei Betrunkene haben gerauft.

Samstag nachmittag und abends mit dem Franz Seraphikus beisammen. Die längste Zeit davon im »Dalmatia«. Der »Volkshochschuldirektor« ist ja auch ein armer Hund, er möchte mit seiner Frau wieder in Kontakt kommen, ich soll ihm helfen dabei! Ob er nur das Gesellschaftshandicap einer Scheidung überwinden will? Ich glaub, er will mehr. Lissa-Wein und Hirtenspieß … am Vormittag war die Hilde Weinberger bei mir. Sie will eine Lesung meiner Sachen im Volksheim Ottakring machen (6.10.), gemeinsam mit einer Lesung Franz Taucher – ausgerechnet. Aber es ist mir ziemlich egal.

Und heute war ich mit Wieland Schmied im Marchfeld. Ein strahlender Tag. Es war sehr schön. Niederweiden wird jetzt wirklich restauriert: es ist mir fremd geworden dadurch. Seine Verwunschenheit ist zerstört. Herrlich aber immer wieder Schloßhof. Der Felsen von Theben ist von Stacheldrahtzäunen umgeben, er wimmelt von Soldaten. Auf unserer Seite nur Gelsen.

Im Ort vor Marchegg auf der Straße nach Wien (Schönfeld) steht im Gasthaus neben einer eingebauten Telefonhütte mit der Aufschrift »K.k. Staatstelephon« eine Wurlizer Music-box!

Um ½ 9 war ich daheim. Ich habe mich gründlich gewaschen und dann hergerichtet. Jetzt ist es halb zwölf geworden, ich spüre Müdigkeit und möchte doch noch lang, einmal lang, so bleiben: im Gewand der »Freiheit und des wahren Wesens«, wenn ich es übertrieben sagen soll.

⋆

Mars in Erdnähe.

⋆

Im Toto trotz unerwarteter Spielausgänge einen Neuner.

★

Die Ebene war sehr groß und ergreifend. Sie raschelte überdies, von einer Vielzahl von Mäusen mit ganz kurzen Schwänzen.

★

Mirli schreibt nette Briefe. Ich liebe sie, viel mehr, als ich ihr zeigen kann. Es ist die immerwährende Liebe, die ich so schwer äußern kann.

★

10. September 1956

Heute früh begann der B-Kurs: 50 % Bibliothekare. Auch heute wieder im Büro sehr aktiv. Die Sache mit dem Pi-Bestand sowie der Hauptbücherei-Aufbauplan gibt mir neuen Auftrieb. Ich muß nur mehr aus meinen Ideen machen. Mehr Durchschlagskraft. Ich habe Müller von der Radioübernahme aus Alpbach erzählt: die Diskussion Mozer – Meerkatz (holl. Generalsekretär der SP und dt. konservativer Minister) war auch wirklich außergewöhnlich in einer Zeit der karikativen pol. Diskussion. Schmied hat sich die Marchfeld-Photos für die Furche mitgenommen. Ich werde eine Seite Groß-Reportage machen. Im nachmittäglichen Lektorat hat Müller schwere Ausfälle gemacht: unnötig und unerquicklich. Sollte er vermeiden. Aber: wer hat keine Fehler?

Nachher im Kaffee Landesgericht habe ich die Beers getroffen: guten neuen Kontakt. Sie sind jetzt beide Mittelschullehrer.

★

Abends in Simmering: ein Brief von Erna ist gekommen – ihre Großmutter ist vor drei Tagen am Nachmittag sanft eingeschlafen, 81 Jahre alt. Justine Maurer, eine archaische Figur, ein Mensch aus einer versunkenen Zeit. Sie, die stille Frau aus Litauen, war eine Urmutter, einer der großen Menschen, die ich gekannt habe. Ihr Leben war wie eine Legende. 1945 war sie ein Beispiel wie wenige: die lächelnde unermüdliche Greisin am Spinnrad, bei den Bauern, beim Schäfer von Bodensee. Ihr Glaube konnte Berge versetzen. Sie ruhe in Gott, diese Justine Maurer, die außer der Bibel nie etwas gelesen hat, die außer ihrem Namen nichts schreiben konnte und die doch eine Weise war, eine Heilende und Besprechende, eine unerschütterliche Gestalt in der Brandung von achtzig langen und wüsten Jahren.

Ich sollte sie nicht vergessen.

★

Immer wieder kommt der Tod in die Nähe. Der Tod, der die Größe der Menschen zeigt, so wie die letzte Abendsonne die längsten Schatten in die Ebene wachsen läßt als wahre Maße.

Der Mond, niedrig gestern über dem Marchfeld am westlichen Himmel, der selbe Mond, der über die Hügel Litauens schien in derselben Stunde, über die Heimat der Justine Maurer, die ihre Welt mit sich genommen hat in die Fremde, die sie mitnehmen wird morgen in ihr Grab im Harz. Die große einfache Welt östlichen Duldens und Behauptens. Die Welt der wahren Märchen …

★

12. September 1956

Ich werde, sollte es zumindestens, einen Artikel über »Optische Kulturpolitik« schreiben. Grundsätzlich-polemisch. Angeregt durch die Blödsinnigkeiten in der Behandlung des Budgets der Büchereien durch Marek und Kohl. »Reaktionär« sind jetzt die Sozialisten.

★

Tage voll Unordnung und Unrast, wenig Schlaf, wenig Besinnung, keine innere Ruhe. Merkwürdig. Wenn Mirli da ist, kann ich mehr arbeiten, mehr lesen usw.

★

Skalniks Vortrag über die öst. Presse von 1848 bis heute hat bei unseren Idioten (Ulrich, Hirsch, natürlich auch Schindler) Aufruhr erzeugt.

*

15. September 1956

Und jetzt eben die Bilanz der zweiten Woche Alleinsein:

Es ist kein einziger Urlaubstag möglich gewesen: die Einmann-Zeitschrift und alles andere machten es ausgeschlossen.

Ich habe Polakovits getroffen und natürlich war auch Hakel dabei. Er ist widerlich großmäulig, auch wenn er die Wahrheit sagt. Er hat die Wied gegen mich aufgehetzt und wird noch viele andere anstacheln, wenn ich ihm nicht in den Arsch krieche. Das werde ich aber nicht.

Die Abrechnung 15.3.–30.6. kam Dienstag. 782 Exemplare, laut Zumfeld (über B. E.) waren es 150 mehr. Ich habe mich sehr geärgert, auch gekränkt: ich wollte bedingungslos vertrauen. Wieviele wirklich verkauft wurden? – Ein langer Brief von Moissl (mit Besprechungen: guten und schlechten) hat mich wieder beruhigt. Ich streite nicht gern und lasse mir sehr leicht schmeicheln. Angeblich geht das »Moos« jetzt sehr gut (Reutlingen nahm zunächst allerdings nur 40 Ex., dafür das Borromäuswerk 110 Ex.). Am Freitag habe ich die S 3.740,– von der Post geholt und 3500,– gleich ins Postsparbuch gelegt. Ich habe immerhin dieses Jahr schon 12.500,– gespart. Bei meinem Gehalt ist das nicht so wenig.

Abends war ich einmal bei Vater und habe ihm 10 »C« gebracht. Es war sehr schön, wieder wie immer aber das »Unausgesprochene«, die Scheu, Wesentliches zu sagen auf beiden Seiten.

Danach habe ich an diesem Abend wieder eine Kostümierung veranstaltet und so den Umbruch der Bücherbriefe gemacht. Die Papierschnitzel davon blieben 3 Tage liegen. Die Wohnung schaut überhaupt sehr wüst aus. Es ist wohl wirklich sehr gut, daß ich nicht ständig allein bin. Ich bewältige das Lebensganze nicht, noch weniger als so. Ich lade mir auch wohl viel zu viel auf, ich bin viel zu verbindlich, viel zu leicht ablenkbar, usw. Andererseits bringt das wieder größere Welterfahrung. Dichte.

So kommt es aber auch, daß ich insgesamt mindestens 20 Besprechungen an den verschiedensten Stellen schulde, 5, 6 Aufsätze dazu. Der Artikel »Moderne Literatur in der Volksbücherei« hat Müller übrigens sehr eifersüchtig gemacht. Warum nicht in den Bücherbriefen? Naja … an sich ist er ja wirklich nicht schlecht. Wenn ich mich nicht so verzettelte, könnte ich irgendein Buch zu einem Fachthema schreiben. Über meine Bestandstheorien etwa. Aber …

Auch Erwin Weiß will wieder etwas. Über die moderne Unrast und Zeitlosigkeit. In Kantatenform. Sogar *er* merkt es schon! Lustigerweise war gerade ein DGB-Jude von großem Managerformat bei ihm zu Gast. Als Dolmetscher amerikanischer Bonzen. Das wäre eine Studie wert. Diesen Schwarz werde ich mir merken.

Und dann war ich bei Luise in der Wohnung. Nach langer Leerlauf- und Anlaufzeit ist es eben so gekommen, wie ich es gedacht, wie sie es erhofft hat. Ich war viel mehr bei der Sache, als ich vorhersehen konnte. Es war fast ein Opfer, sagen wir besser: eine Zurückhaltung, nicht das zu tun, was man … Sie ist bei aller Beschränktheit ein netter, lieber Kerl. Und als Frau wäre sie vielleicht intensiver, sagen wir ruhig, sinnlicher und passender, als alle, die ich sonst gekannt habe. Aber nun bin ich doch stark genug (und die Liebe zu Mirli ist stark genug), keinen Ehebruch zu machen. Luise ist mir auch zu wertvoll dazu. Und außerdem (nicht unerwähnt lassen, mein Herr!) die Komplikationen und Zores, die dann folgen könnten. Mein Gott, wenn sie vor fünfzehn Jahren so gewesen wäre wie jetzt! Ich wäre damals der glücklichste Mensch gewesen. – Nun aber kann ich mir nach beiden Seiten hin keine Vorwürfe (im Wesentlichen) machen. Ich verwies ja auch Luise auf das Schwerere, auf die Nonkonsumierung.

In einem Nachtgewitter mit Hagel bin ich um Mitternacht heimgekommen. Eindrücke, unwirklich und doch bleibend.

Den nächsten Abend bei Smerdas. Eugen hat mich mindestens 20mal photographiert. Ich brauche ja immer wieder Bilder und der Verlag will seit 6 Monaten welche. Rikki wird von Monat zu Monat anlassiger (im allgemeinen, nicht im besonderen), das Spiel mit der Frivolität. Im übrigen haben sie einen neuen Mixer. Der Aufstieg geht weiter. Ich blieb bis ½ 2 früh, es hat mir dann gut gefallen. Ab 12 erzählten wir uns pikante Histörchen. Na ja, die hört jeder gern (außer Mirli?).

Und heute war ich völlig fertig, übermüdet von den ganzen 14 Tagen (in denen ich nie vor 12 schlafen gegangen und nie vor 8 ins Büro gekommen bin). Trotzdem am Vormittag 50 Buchkartentexte. Von 3–5 habe ich dann in meinem verwühlten Bett geschlafen. Nachher, bei der Suche nach alten Bildern von Luise, die ich ihr morgen zeigen will, auf Briefe aus dem Krieg gestoßen. Gelesen. Jonny Lehner, Hans Körner, Tote. Briefe von Rudi und Rosa. Die von Erna habe ich gar nicht angeschaut, Scheu davor. Ach, alle so voll Unreife, Pubertät. Rührung, Scham. Hinter jeder persönlichen Vergangenheit ist so viel Peinliches verborgen.

Von 6 bis 11 war ich in Kaffeehäusern auf der Wieden. Der Besitzer des C. Ecke 13er, 67er ist gestorben. Illustrierte in trauriger Atmosphäre. +, da nun wieder Samthose (!)

Im Goldenen Hecht schickte eine französisch sprechende Exotin ihr Rumpsteak zurück. Ich habe meines gegessen. Es hat mir sogar geschmeckt.

Im C. Hauswirth habe ich in den Neuen Wegen gelesen. Jirgals letzte Gedichte, ein schlechter Nachruf von Häußler. Schlechte lyrische Prosa von Buchebner. Und ein Aufsatz von Gert Woerner (ein Piefke, der wahrscheinlich mit Hakel zu tun hat) über Roman-Formales mit zwei Zitaten aus dem »Moos« als Beispiele für ungeschickte Gesprächsverknüpfung (Stumm umstanden sie die viertausend Bände der Bibliothek – Das Gespräch ebbte ab und flutete zurück). Geärgert. Das zweite Beispiel ist ausgesprochen blöd, denn es steht gar nicht zwischen direkten Reden. Woerner hätte Treffenderes finden können. Im Moos. Aber auch bei Hakel, zum Teufel hinein!

Und jetzt habe ich hier die letzten 3 ½ Seiten dieses Heftes geschrieben.

⋆

In dieser Woche ist auch Carossa gestorben. Ein Dichterleben noch, sein Leben. Ein Werk ohne Asphalt. Und das ist mehr, als die diversen Literaturpäpste heute glauben.

⋆

Ich bin 32 Jahre alt, manchmal müde wie ein Greis, manchmal mit einem Lebensgefühl wie in der Pubertät. Im Eigentlichen ist mein Wachstum sehr langsam und – hoffentlich – noch lang nicht zu Ende, auch wenn mir die meisten Zähne schon ausgefallen sind. Es ist ein weiter Weg gewesen von Purgstall bis hierher in die Kaffeehäuser, in die Einsamkeit inmitten des Lärms.

⋆

Am Nebentisch drei jüdische Kaufleute, engros, international. Englisch abgeschliffene Wüstenponems. Geschäftsfreind'.

⋆

Sonntag, 16. September 1956
Im Franz Josefspital

In Vaters Zimmer allein, verschleierte Herbstsonne, sehr schön und still. Vater ist mit Mutter unten in den Anlagen. Ich bin müde und sentimental. Vormittag habe ich Luise besucht, um 9 war ich bei ihr. Ein Glück, daß ich nicht früher kam: ihr Bruder war bei ihr und ist erst knapp vor 9 gegangen. Naja, sie war ein wenig verstört. Wir sind dann nach Schönbrunn gegangen. Ich hab ihr zwei Bilder gegeben. 1941. Na ja. Wir haben viel verschwiegen im Kaisergarten. Sie gefällt mir jetzt auch bei Tageslicht wieder. Ihre offenen blonden Haare …

Sie hat mich zur Stadtbahnstation Schönbrunn begleitet. Zuerst Schulmeister und dann Saiko begegnet. Um ½ 12 war ich in Simmering. Schwarze Fahne am Haus. Frau Lill ist plötzlich gestorben. Immer wieder der Tod.

⋆

Dienstag, 18. September 1956

Im Cafe Horvath (der alte Wunderteamspieler hängt in dunkel gewordenem Amateur-Ölbild an der Wand) von 9 bis ½ 11 den Marchfeldartikel fertig geschrieben.

Gestern mittag sind Mirli, Michel und Mirlis Mutter vom Mühlviertel zurückgekommen. Ich war zuerst irritiert (auch Mirli irgendwie) – da ich in der Wartezeit einen Mokka getrunken hatte, kam ich auf den Bahnsteig, als der Zug schon da war. Abends aber war es schön, ein schönes langes Gespräch mit Mirli.

Die Geborgenheit umfängt mich wieder.

Heute vormittag hat L. angerufen. Mit zwei Verlängerungen. Nachmittag habe ich ohne jede Vorbereitung 3 ½ Stunden in Neuwaldegg im Bibliothekarskurs gesprochen. Es war aber recht gut.

*

Dienstag, 25. September 1956

Ich werde also mit Christl auf fünf Tage nach Venedig fahren. Etwas merkwürdige Müller-Pfoch-Mikesch(?)-Bücherbriefaktion: Fahrgeld + 5000 Lire. Wenig Begeisterung und kaum Zeit, aber es ist wohl wieder ein wenig Freiheit. Und Impression! Torcello lockt am meisten. Frau Grether wird übrigens mitfahren.

*

Das Lyrikpreisausschreiben der Neuen Deutschen Hefte (Bertelsmann) gewann unter 1470 Einsendern Christine. 2. Platz: Lavant. 3. Mühringer – das ist übrigens etwas, das mich einigermaßen ärgert. Da bin ich (und wohl viele andere männliche Lyriker sind es genauso!) doch wohl besser – obzwar ich im Augenblick zu einem Gedicht nicht imstande bin und nicht viel von meinem ganzen lyrischen Geschreibe halte.

Christine ist stets eine sichere Nummer bei Wettbewerben: eingängig, für alle Meinungen »lyrisch«. Und dabei wirklich gut. Lavant ist ebenfalls diskussionslos zu bejahen, sie hat diesen Preis verdient wie Dreiviertel ihres Ansehens. Nur die Mühringer, die wurmt mich. Ja, ja, der Neid!

Und *wer* wird den heurigen Staatspreis für Lyrik gewinnen?

⋆

Zum Namenstag einmal nichts Fem., dafür aber neben einer ital. Krawatte endlich den Auswahlband Ezra Pounds. Ich werde mich wieder ein wenig theoretisch auseinandersetzen. Ebenfalls mir von Mirli schenken lassen: Friedrich, Struktur der modernen Lyrik.

⋆

Ich werde mit meinen Aufträgen hinten und vorn nicht fertig. Es ist ein Jammer. Ich bin die Resultierende von 100 Komponenten, eine jämmerliche Linie durch die Tage ist dieses Leben. Lauter Versäumnisse, dabei geht fast nicht mehr, als ich mache – sieht man von der Zeitverschwendung für die Story, die *eine* blöde Perversionsbeschreibung, ab.

⋆

Den letzten Sonntag mit Mirli und Smerdas im Burgenland: Andau an der ungarischen Grenze, Tadten, durch die Steppe nach St. Andrä.

Die Wachturmgrenze ist schon ein tolles Ding: das hat man einmal gutheißen müssen! Man zeige diesen gepflügten Streifen allen, die *jetzt* noch Kommunisten sind! (Andrerseits nahm ich mit stiller Wehmut zur Kenntnis, daß diese Woche der »Abend« sein Erscheinen einstellt.)

Am schönsten war die Rast unter den Strohschobern westlich von Tadten nahe einem Ziehbrunnen. Freiheit, das ist eine unendliche Ebene in später Sonne.

⋆

Sonntag abends war dann der Namenstagstisch. Bis zuletzt hoffte ich armer Narr auf einen w. Plunder. Vergeblich. Danach war ich wieder ein kurzatmiger Bastler, den Mirlis Muskeln bald den Mumm herausgepreßt hatten. Die Geschichte von der Ziege beim Hochlehner in Kaltenberg, die ein Zwitter ist, erzählt Mirli bei Gelegenheit immer wieder. Aber sonst ist sie sehr, sehr lieb. An einem Abend der vergangenen Woche hat sie geküßt und geschmust wie seit Jahren nicht. Sie war aber unwohl an diesem Tag …

⋆

Heute habe ich um den Paß eingereicht. Er wird sogar zeitgerecht fertig werden. Nachher »durfte« ich S 30,– zahlen für meine endlich erfolgte (allerdings erst ab 1.10.!) Überreihung in die B-Gruppe.

Nachmittag wartete ich von ½ 5 bis ¾ 6 vor der Stadtbahnstation Karlsplatz auf Luise. Vergeblich. Wahrscheinlich hat sie das Pflegekind nicht angebracht, von dem sie beim letzten Anruf gesprochen hat. Meine Gefühle während des Wartens waren 50/50 – Sehnsucht und Alleinbleibenwollen (Kaffeehaus). Dabei gab ich aber immer noch eine Viertelstunde zu.

⋆

Soll ich das Venedig-Diarium in ein eigenes Heft schreiben? Vielleicht schreibe ich da ein wenig »öffentlicher« – und hochgestochener. Vielleicht druckt es wer. Einfallen wird mir ja was.

⋆

Das »Moos« ist wieder in mehr Auslagen zu sehen.

⋆

Wenn ich mir meine Arbeiten besser einteilen könnte!

⋆

Ich bin eigentlich wirklich die Zwitter-Ziege, was meinen psychischen Habitus betrifft. Ob ich, geboren als Frau, Männerkleider tragen wollte, bei »gleicher« Psyche? Zores, was die Menschen haben!

⋆

Die Bilder von Eugen sind übrigens recht schrecklich geworden. Ich sehe ausgesprochen mies aus.

⋆

Und jetzt gehe ich zu Horn. Meine Spannweite ist eigentlich respektabel, sie reicht von Horn bis Schulmeister und Skalnik. Und das nur im Politischen!

⋆

3. Oktober 1956

Oktober geworden, die Rastlosigkeit hält an. Kaum mehr richtige Besinnung möglich, außer abends bei Mirli. Freizeit geht zum Großteil für »Hellis Abenteuer« auf, eine trübe story … Jetzt streiken die Bäcker seit 3 Tagen; die Blätter des Wilden Weins sind rot und violett, so schön könnte alles sein. Und ständig klingelt das Telephon und ständig kann ich einen Termin nicht erfüllen. Ist es zu viel, was ich mir vornehme? Ach was: übermorgen sitze ich im Zug nach Venedig.

⋆

Schulmeister hat mir gestern wieder ziemlich imponiert – und nicht nur, weil ich für gut S 500,– Besprechungsbücher mitgenommen habe.

⋆

Sonntag, 25. November 1956

Cafe Tivoli. Nach langer Pause schreibe ich wieder in dieses Heft. Die Ereignisse der letzten Wochen waren stärker als ich, der in den Stunden der relativen Ruhe weiter an seine Helli-Christian(e)-und Erni-Geschichten die Zeit verschwendet hat, der Artikel schreibt, gehetzt, und schlecht vorbereitete Vorträge hält.

⋆

Tief aufgewühlt haben mich die Ereignisse in Ungarn, seit 23. Oktober ist kein Tag vergangen, an dem ich nicht an diesen beispiellosen Aufstand, gleichermaßen aus Hoffnung und Verzweiflung geboren, erschüttert gedacht habe. Meine Ablehnung des Kommunismus ist dem Haß gewichen. Blanker Haß auf die roten Schlächter, auf ihre rabulistische Theorie genau wie auf ihre praktische Machtpolitik. Dabei war ich bereit, geistige Koexistenz zu vertreten. Das ist jetzt vorbei, ich nehme an: endgültig.

Ich war dabei, als einige kommunistische Fensterscheiben eingeschlagen wurden. Ich war einer der »faschistischen Reaktionäre«, gegen die die »Volksstimme« gegeifert hat. –

Gestern haben sich die Schriftsteller an der Straßensammlung für ungarische Flüchtlinge beteiligt. Wir waren in guter Kameradschaft am Graben.

Schindler, Paulister und Weiß sind nach einer Diskussion mit Ajdovic und mir aus der KP ausgetreten.

Auch Mira Lobe, bei der ich einen Abend lang meine Meinungen ausgedrückt habe. Auch Johann Muschik, was mich sehr freut.

Otto Horn dagegen hetzt gegen die österreichische Neutralität im ostdeutschen Rundfunk. Und Hermann Schreiber frägt aus dem »Hotel Newa« an, ob ich an der östlichen Thomas Mann-Ausgabe interessiert wäre!

Doch das ist ja eigentlich alles unwichtig und kleinlich gegen Ungarn, gegen diesen echtesten Volksaufstand in der neueren Geschichte, und gegen die Haltung und das Tun der Sowjets, die ebensolche Verbrecher sind wie die Nazis. Nieder mit den Ideologien! Von dieser Erkenntnis werde ich nicht mehr abkommen.

Bis heute haben 75.000 Ungarn die österreichische Grenze überschritten, der russische Machtapparat ist nicht imstande, in Ungarn Ordnung zu schaffen. Er konnte nur Maleter durch Vertrauensbruch verschleppen. Und jetzt auch Imre Nagy, diese tragische Persönlichkeit – mit ihm übrigens auch Georg Lukacz, dem ich es irgendwie gönne.

⋆

Peter Straßer und Fritz Molden waren eine Woche in Budapest, als die Panzer ein Volk vernichten wollten. Wir haben um sie gebangt. Straßer hat eine Ungarin, als Mann verkleidet, in seinem Auto mit falschem Ausweis herausgebracht. Sie war 6 Jahre eingekerkert. Nun hat sie Peter, der seit mehr als einem Jahr heimlich geschieden war, schon geheiratet.

⋆

Ich bin sehr wenig zu Hause. Viel Arbeit jetzt mit den Rezensionen für die »Presse« und »Wort u. Wahrheit«. Das mache ich aber gern – im Gegensatz zu vielem anderen.

Graf war in Wien und Dr. Moissl, gute Begegnungen. Auch mit Ignaz Zangerle.

Wann werde ich den Roman weiterschreiben? Wenigstens nähergerückt ist er mir wieder.

Vom »Moos« wird schon das 3. Tausend aufgebunden. Wäre schön, wenn die zweite Abrechnung an tausend Exemplare herankäme!

⋆

Ja und Venedig! Es begann fürchterlich, mit Wolkenbruch und einer geschwollenen Backe. Auf der Hinreise war ich verzweifelt – und dann war es herrlich. Freiheit des Alleinseins, wirkliches Alleinsein in dieser großartigen Stadt, die ich ohne Kitsch fand. Und ich hatte Kitsch vorhergesehen, abgegriffene Attraktionen – und es war Größe im Verfall. Herrlich die Abende im Cafe an der Mole bei Gesuati. Unvergeßlich das Gewitter über der Giudecca. Und Torcello …

Noch kann ich nichts schreiben darüber, aber ich werde es. Gewiß! Eine Novelle? Wahrscheinlich zunächst eine TV-Story mit Atmosphäre.

Der nachher gelesene »Tod in Venedig« hat mich interessiert, war mir aber zuwider, irgendwie assoziierte ich Hermann Schreiber.

⋆

Der B-Kurs geht mir sehr auf die Nerven. Ich will nicht mehr lernen. Wenigstens nicht solchen Kram!

⋆

Ich ersehne die neue Wohnung. Das »Fuchsenloch« geht mir schrecklich auf die Nerven. Eine unerträgliche Enge. Derzeit sehr oft erschreckend wenig Adhäsion zu Mirli. Auch der Geburtstag war nicht so wie sonst. Sie ist oft traurig. Sie tut mir leid. Ich komme mir immer weniger zu Ehe gemacht vor. Aber ich werde mich zusammennehmen. Mehr als bisher. Michael übrigens sollte weniger unter Finzi-Einfluß stehen, denke ich.

⋆

Dies und das – und immer Ungarn. Wenn man nur etwas Wirkliches tun könnte!

Komödie – auch blutig – am Suezkanal.

Verworrene Welt, die jetzt in Australien Olympia mimt.

⋆

Interessiert in den Zeitungen auch die Lokal-Ein- und Zweispalter gelesen, die belustigt vom Wiener Lehrling Peter berichten, der 5 oder 10.000,– Schilling gestohlen, sich Frauenkleider gekauft hat und in Kufstein als stark geschminkte elegante junge Dame Eroberungen gemacht hat – in einem Tanzcafe wurde ihm aber selbst Geld aus der Handtasche gestohlen! Die Gendarmerie erkannte verblüfft sein wahres Geschlecht.

⋆

Über Othmar Spann geschrieben. Die Stifterbibliothek – ein neues Nebengeschäft. Ich habe Forsthuber übrigens den Auftrag einer Festschrift für die SPÖ Ottakring verschafft. Komisch: SPÖ und Stift Klosterneuburg. Aber so etwas mache ich gern. Heraus aus den zerbröckelnden Parteifestungen!

⋆

Mit viel Anteilnahme nach Urzidils großartigem Buch »Die verlorene Geliebte«, Wendts »Notopfer Berlin«, Langes schönem »Verlöschende Feuer« und einigem Flüchtigem die Gide-Biographie von Pierre-Quint gelesen. Invertiert. Invertiert aber nicht im Verborgenen!

Nebenbei: die französischen Autoren verstehen es herrlich, sich bekannt und wichtig zu nehmen. So *werden* sie bekannt und wichtig.

Sartre hat sich übrigens auch schärfstens vom russischen Vorgehen in Ungarn und dem Verhalten der KPF distanziert.

⋆

Frau Temper ist vor einigen Wochen gestorben, wir haben Loisl S 2000,– geborgt. Ich hoffe, das Geld vor Weihnachten zurück zu bekommen. Ja, ich bin geizig und egoistisch – aber verdiene ich das Geld nicht schwer genug? Ich weiß, daß ich schäbig bin, einerseits. Andrerseits …

Ich habe mich gar nicht so gern, wie Mirli glaubt. Ich glaube sogar, andere, die meisten anderen haben sich selbst viel lieber.

Kleinlich im Kleinen, groß im Großen.

Das ist besser als umgekehrt, was die Regel ist.

★

B. und L. sind jetzt blaß und fern. Der Invertierte müßte viel artgemäßer leben und sich von Ausbrüchen fernhalten. Er wird vermutlich mit *jeder* Frau in Konventionen erstarren, wenn es überhaupt geht. Mirli dürfte *der* mögliche Fall sein.

Im übrigen möchte ich sehr gerne meine erotisierte Psyche entschlacken, objektivieren. Es gibt ja doch Wichtigeres als Träume von Knaben mit Gummibrüsten und rauschenden Kitteln! Wesentlicheres als die Identifikation mit Transvestiten, die ich mir erschaffe, weil ich keiner sein kann – und auch, auf die Dauer, gar nicht dazu taugte!

★

27. November 1956

Nach dem Dienst bei Harald Zusanek in der Pension Residenz. Ein geräumiges Zimmer, trotz einiger Biedermeiermöbel üppig, kulissenhaft, monströse Stehlampen mit Fransen, usw. Kleine Lampe als einziges brennendes Licht. Algerischer Rotwein – ein gutes Gespräch. Zusanek trotz einiger Theatralik ein ganzer Kerl. Sein Hang zur Magie, Steckenpferd und nun auch Romanthema (Flugzeugabsturz in Afrika). Gespräch über »Moos a. d. Steinen«, das er recht lobt. »Der Wind, der aus der gleichen Richtung weht …« Kameradschaft, Bekenntnisse zwischen den Worten. Auftrieb für mich.

Von ½ 8 bis nach 10 allein im Café Beethoven: ich schreibe plötzlich, nach so langer Zeit, wieder am 2. Roman. Auf einmal steht die erste Szene – Hilde neben dem Mond, die Waldangst. Schreiben in Hochgefühl … Auch noch 1 ½ Seiten der neuen TV-Story: das Liebespaar in Venedig.

Um 11 daheim und noch lange mit Mirli gesprochen, ein guter Tag seit langem.

★

28. November 1956

Viel hin und her im Büro – in der Früh jedoch trotzdem mit Woller und Hiesel zum 1. Mal etwas für den B-Kurs gelernt. Nach dem Kurs (noch immer nicht drangekommen!) mit Christl auf einen Mokka. Dann St.Ex.-Stunde (von Straubinger organisiert) mit Simmerl vor 6 Zuhörern. Dann ¾ Stunde im Cafe bei den Zeitungen, dann die Lesung in der H.b: die »dichtenden« Bibliothekare + Mikesch (dessen Übertragungen amerik. Lyrik das Interessanteste des Abends waren). Aber was ist schon Literatur: vor der Lesung hatte Dr. Müller eine ungarische Studentin mitgebracht: nach ihrem Bericht die eine der beiden Überlebenden einer Flüchtlingsgruppe von 70 Personen. Ich lese den Romananfang, aber verdüstert und voll Wut über das Leid, das da geschieht – und gegen dessen Urheber man nichts tun kann. – Von 10 bis gegen Mitternacht dann bei Mira Lobe, bekenntnishafte Gespräche, ausgehend vom scharfen Antikommunismus, der mich jetzt durchdringt, nicht nur als persönliche Ablehnung. Man muß etwas *tun* gegen diese Verschwörung des gräßlichsten Terrors, der jetzt auf Erden existiert. Man kommt vor lauter Wut in die Schlagworte. Bei der Lobe die Schlagworte aber überwunden, Selbstbekenntnisse ohne Mache, Erinnerungen an die Eulau (aber nur ganz verborgen mitschwingend), ich bin ja älter geworden. Ich versuchte, meine Art zu schreiben zu definieren. Im Gespräch, das ja doch stets dynamisch ist, wird vieles klarer als im statischen Denkmonolog, überhaupt, wenn man kein sehr rationaler Typ ist.

⋆

29. November 1956

Auch dieser Tag brachte eine Fülle von Eindrücken. Den Tag der Katalin Szalók könnte man ihn nennen. Das ist die Überlebende, die gestern abends da war. Wir übernehmen eine Art Patenschaft über die 26jährige. Vom Juryhonorar Müllers, das ja auf 4 Teile (je 500,–) aufgeteilt werden sollte, gibt jeder (Müller, Ajd, Hiesel und ich) zunächst 150,– Mit Hiesel und der Ungarin Gewand kaufen, auf der Polizei, nachmittag bringe ich sie im Jugendgästehaus unter. Ab Montag soll sie in der Hauptbücherei als Hilfskraft des Buchbinders Koch arbeiten. Solang, bis sie das amerikanische Visum bekommt. Ein armer Teufel ist sie in dieser für sie noch chaotischeren Welt.

Es sind schon fast 100.000 Flüchtlinge aus Ungarn über die Grenze gekommen.

Das Elend ist unübersehbar, der Verwaltungsweg allein zu wenig. Die »guten« Leute, das goldene Wiener Herz, man beginnt schon zu murren. Geschickt in Umlauf gebrachte Szenen von schlechten Ungarn usw. Vieles wird schon stimmen. Aber – na und?

Nachmittag bei Forsthubers. Auch Dr. Massimo da. Stifterbibliothek. Eine der vielen Unnötigkeiten, bei denen ich aus Brotarbeit mitmache.

Abends wieder einmal Wildgans. Diesmal in der Schüttaustraße (St.B. 3). Sehr müde. Nachher allein im Café Pöchhacker. Aber nur noch Illustrierte.

Wieder mit Mirli bis lange nach Mitternacht unterhalten.

30. November 1956

Katalin Szalók. Ich komme kaum zur Arbeit. Müllers explosive Wohltätigkeit, die aber doch so viel besser ist als das kühle Verweisen an die offiziellen Stellen. Müde und mit Egger nach 4^h im Cafe Maria Treu. Lustlos, traurig. Die Welt voll Unruhe und Elend, voller böser Pläne: Syrien? Und in Ungarn alles immer auswegloser, dieweil England und Frankreich von der UdSSR Treibstoff kaufen!

Die »großen« Staatsmänner und die Flüchtlinge: niemand hat ein Konzept.

Die Partei der lauthin schallenden Mittelmäßigkeit hat den unbetamten Piperger, bei dem ich kürzlich als Ratgeber eingeladen war, zu ihrem Zentralsekretär gemacht. Der SPÖ

Parteitag war ein Phrasenumschlagplatz vom Niveau eines Briefmarkensammlervereins, der skurrilerweise Macht über nahezu die Hälfte eines Staates hat. Und ich bin bei dieser Partei, weil es bequemer war, 1952, beizutreten als nicht beizutreten – und weil ich eine Wohnung will. Im übrigen war ich damals noch vom Sozialismus als Idee und Zielsetzung überzeugt. Heute lehne ich den Marxismus auch in verwaschener Spielart völlig ab. Sozialismus gilt für mich nur als ethische Haltung in der Art Silones (in »Gott, der keiner war«). Ich mache aus meiner Einstellung niemandem gegenüber ein Hehl – außer den blöden Sozifressern natürlich! Aber ein Mensch, der *nur* rot oder *nur* schwarz ist, ist ein beschränkter Tropf. Wir sollten, alle miteinander, den parteifreien Raum größer machen. Im Bewußtsein und in den Beziehungen.

★

1. Dezember 1956

Samstag, die zerfahrene, unruhige Situation in der Schmidgasse und auch sonst in meinem Leben hält an. Samstag – und ich habe noch keinen Referenten! Nachmittag in der Stadt um Kinokarten, dann im Cafehaus (Buchheim), die Venezianerstory ausgesponnen. Einige Tische weiter ein laut und geziert plaudernder Warmer mit einem tschechischen (?) Studenten, der nicht lernen will. Ein Nachtlokaltyp, gelangweilt, reicher Vater, der »Welthandel« befohlen hat. In der Straßenbahn habe ich einen dicken Wiener angestänkert, der seiner Frau erzählte, die ungarischen Flüchtlinge bekommen S 50,– Taschengeld pro Tag. – Auf der Heimfahrt schräg gegenüber einem reizenden Mädchen gesessen, ein herrliches Stupsnäschengesicht, dunkle Augen, unter dem gelben Kopftuch mit schwarzen Fransen sahen blonde Struwelpeterhaare. Schon vor dem Einsteigen beiderseitige Blicke, der »Kurzschluß« der Sympathie. Auch die ganze Fahrt. Sie wartete verzweifelt aufs Angesprochenwerden. Sie fuhr sogar eine Station weiter und sprang dann lächelnd ab, ich ging ihr nach – aber nicht ernstlich, nur wie in einer müden Geste. Ich bin verheiratet. Die ganze Zeit an Mirli gedacht. Aber die Sechzehnjährige war *das* Mädchen meiner Vorstellung. Über dem Arm hatte sie übrigens einen schwarzen Nylonmantel mit der weißen Aufschrift »Anny«. Vermutlich also Friseuse.

⋆

103.000 ungarische Flüchtlinge. Der Budapester Arbeiterrat proklamiert wieder den Generalstreik. Die Welt geht zur Tagesordnung über. Schon in Westdeutschland hält man Suez für wichtiger und wesentlicher als Ungarn.

2. Dezember 1956

Die Sonne scheint ins Tivoli.

8. Dezember 1956

Wieder eine bewegte Woche hinter mich gebracht, schlecht mehr als recht. Mittwoch abends war Rikki als Nikolaus da, Donnerstag war ich mit Mirli, Müllers, Hiesel usw. (Volksbüchereitagung, bei der ich diesmal an nichts anderem teilnahm) zum erstenmal in der neuen Oper: Don Giovanni. Auf der Heimfahrt (allein) sah ich knapp vor dem Aussteigen ein großes, geschminktes Frauengesicht unter blonden (gefärbten) Haaren, das mir bekannt vorkam und auch »Jessas« ausrief. Marianne, die kommunistische Schneiderin, mit der ich vor sieben Jahren im Gras der Zitadelle auf dem Gellertberg lag und auf die Lichter von Budapest herabsah …

Ob sie noch bei der KP ist?

⋆

Heute und morgen »Er und Sie-Sonntag«, Michel ist in Ottakring, ich habe mehr Arbeit, als ich bewältigen kann. Zudem will ich auch endlich wieder am Roman weiterschreiben. Und das »Dame-Machen«?

⋆

In Ungarn herrscht der Terror, die Russen beginnen jetzt zu verhaften. Polen ist ihnen übrigens weitgehend entglitten. Die Kolchosen sind fast alle aufgelöst, eine Zeitung druckt Orwells »1984«!

⋆

15. Dezember 1956

Im Kaffee »Zur schönen Helena« im 5. Bezirk. In der Pilgramgasse floh ich vor einer Gesellschaft feiernder Taubstummer, die Tierlaute von sich gaben. Das Blitzlicht war eine Magnesiumfackel. Hier in diesem Lokal standen zwei wüste Gestalten, sahen aus wie Russen – der eine kam auf mich zu: es war Gauko Gaukoff! Er spricht jetzt viel schlechter Deutsch als 1950. Er ist jetzt bei der Gesandtschaft angestellt, wie er sagt. Er fragt nach den Eltern und nach Erna, mit der er nach meiner Scheidung, ziemlich sicher, geschlafen hat. Sie wollte ja fast mit ihm nach Bulgarien. Er habe meinen Roman im Radio gehört und wolle eine Widmung.

Gauko, der Partisan und ewige Student, ist eine unglückliche Existenz, er hat den Boden unter den Füßen verloren wie so viele zwischen Ost und West.

⋆

Das letzte Wochenende war recht schön: am Samstag schrieb ich in der »offiziellen« Damenausrüstung ergänzt durch den sehr anregenden Unterrock die Lyrik-Besprechungen für die Presse. Vorher waren wir im Kino: »Wie einst Lilli Marlen«, deutsches Gefühl, angenehmer Kitsch-»Realismus«, der anrührt – wenn man die Wochenschaubilder aus Ungarn vergessen kann.

Am Sonntag kehrte ich die Küchendecke und schrieb zwischen 12 und 5 die Besprechungen österr. Romane und 2 Rezensionen für die Büchereien. In der Früh aber ward – wieder einmal – kräftig die Ehe vollzogen, beiderseitig.

Abends fuhr Mirli nach Ottakring, mich freute das Spiel allein nicht, ich ging ins Espresso (Philadelphia) und sah –

erfolgreich – Illustrierte an. Dann schrieb ich bis nach Mitternacht drei Gedichte über Venedig: San Pantaleone, San Sebastiano und Santa M. Maggiore (dies mit zu großen Tönen).

★

Die Woche war voller Arbeit, die ich nicht getan habe. Die statische Rastlosigkeit. Gut waren nur die beiden Dichterstunden im Alleingang (Zweig und Jünger) und ein Nachmittag mit Mirli in der Stadt – das Kleid um 1300,– vom Graben!

Ja und da eigentlich das Wichtigste: von Christine der Jurorin am Montag angedeutet und von Brunmayr gestern offiziell bestätigt: beim diesjährigen Staatspreis für Lyrik wird ein 10.000,– S.-Preis (der eigentl. Förderungspreis) und 3 gleichwertige auszeichnende Förderungen vergeben. 10.000: Felmayer, die anderen 3 sind Lavant, Gunert und ich! Nicht schlecht. Es war nur sehr spannend, da die Höhe des Betrages bei uns dreien umstritten war. Die Jury hatte ja 4 gleiche Preise vorgeschlagen, was angeblich Weikhart mit Erfolg torpedierte.

Immerhin aber ganz schön. Für die Drucklegung des »Geisterkrugs« gibt es extra 4000,– vom Verlag.

★

Dafür kam ein Schrieb der Magistratsdirektion, Dimt, Fritsch und Hannig seien so und so oft nicht beim B-Kurs gewesen. Ich ärgere mich sehr über den ganzen Gemeindezirkus. Auch über den bei uns in der Zentrale. Einige Zeit muß ich aber noch ausharren, das gehört sich. Und wohin soll ich auch gehen? Neben vielen Nachteilen gibt es auch Vorteile.

★

Die Bücherbriefe sollen ab 1957 um 4 Seiten verstärkt werden (Literaturbeilage), die Auflage um 3–500 Ex. erhöht. »Wort in der Zeit« soll übrigens eingehen.

★

Zwischendurch habe ich die Story von Gerhard Heß ziemlich weit gedeihen lassen. Zum erstenmal heißt einer so wie ich. So wie es ja gemeint ist.

★

Die Katalin muß vor Weihnachten noch aus ihrem Zimmer. Müllers gewalttätige Nächstenliebe sucht bislang vergeblich nach einem neuen Quartier für den Schützling, der ein »Käfer« ist, soviel ich sehe. Aber es stehen ja nicht viele Engel auf den Barrikaden der Freiheit. Die Menschen haben seltsame Geschichten, schrieb die Christl. Das ist wohl wahr.

⋆

Ich war auch bei Camilla Jirgal. Sie gab mir E. J.'s Kugelschreiber zur Erinnerung.

⋆

23. Dezember 1956

Goldener Sonntag, Schneematsch draußen, ich habe Halsweh und sitze im Cafe Tivoli. Auch Mirli ist nicht ganz in Ordnung – es ist übrigens möglich, daß wir wieder ein Kind bekommen, sie sollte schon vor einer Woche unwohl geworden sein … Es soll so sein, das erhärtet dann die Aussage der »Schlinge des Jägers«.

⋆

Großer Wirbel liegt hinter mir, kaum einen Abend kam ich vor 12 ins Bett. Geschäftige Unrast, in der Bücherei und daheim – aber es ging doch auch einiges weiter: außer den Bücherbriefen, die ich einfach liegen ließ. Ich werde sie schon noch hinkriegen!

Die Weihnachtspost ist erledigt, die Einkäufe auch, viel Geld ausgegeben, aber gerne. Bei Kobé, der Bobby-Oberstleutnant als Photograph: er brauchte eine Stunde für drei Aufnahmen, von denen zwei sehr schlecht, eine aber recht gut wurde.

⋆

Am 20.12. war die Verleihung der Staatspreise durch Drimmel, der nicht gut in Form war, angeblich hat er öfters Herzanfälle. Zufall: gerade Gunerts und meine Biographie hat er überblättert. Macht nichts, es war trotzdem recht schön zwischen den vielen falschen und einigen ehrlichen Gratulanten. Gunert hat sich vor Wut einen angetrunken. Ich war danach durch Weikhart am Buffetgenuß gehindert, wir sprachen über »Moos« und »Schlinge«. Weikhart wird von vielen gehaßt, auch Brunmayr ist wütend auf seine volkstümlich diktatorischen Ansprüche an die Literatur. Mirli hatte übrigens gute Erfolge, sie sah reizend aus im neuen Kleid.

Die Malerpreise (Graphik genauer) erhielten Lehmden, Flora und Moldovan.

Ich habe jetzt trotz Einkäufe durch die 6000,– des Preises S 17.000,– am Postsparkonto.

⋆

Zwischen den vielen Besorgungsgängen immer wieder in Kaffeehäusern. »Im Buchheim« dürften sich übrigens des öfteren Homosexuelle treffen.

Ich habe die »Gerti bei Lahner-Plohner-Story« letzter Fassung beendet und schreibe jetzt die kuriose Geschichte des SS-Leutnants Günther Martinek.

⋆

Gestern hatten wir in der Zentrale eine Weihnachtsfeier. Hausmusik von Eibners. Sehr schön. Viele Geschenke und (vorgestern) neues Blond für Katalin, die dem Chef eine Karlskirche geschenkt hat, auf die es, das Wasser im Quargelsturz geschüttelt, in dicken Flocken schneit. Über Weihnachten kann K. noch in ihrem Zimmer bleiben.

⋆

Die Lage in Ungarn ist weiter sehr unklar, es sind bald 150.000 Flüchtlinge über die Grenze gekommen.

⋆

Die »Deutschen Nachrichten« (oder die Dt. Rundschau) in Sao Paolo werden das »Moos« abdrucken, schrieb Moissl. Eine brasilianische Zeitung als erste, komisch. Aber warum nicht? Sie zahlt allerdings nur S 750,–

⋆

Ich möchte gern richtige Weihnachtsfreude haben.

⋆

Am meisten gefreut habe ich mich bis jetzt über das Photo, das Ernst H. von Michel in Kärnten gemacht hat: der Blondschopf auf dem Jeep von Höfernig.

⋆

24. Dezember 1956

In den Cafehäusern um den Meidlinger Südbahnhof ist Weitzer, ein ehemaliger Schulkollege von mir, eine bekannte Figur. Ein Kartenspieler, Tagedieb und dunkler Geschäftemacher, wie es scheint. Zwielichtig, abgerissen, Züge der Verzweiflung im Gesicht. Sehr häufig in Gesellschaft schmuddeliger, billiger Weiber …

Was im Leben aus so einer Mittelschulklasse wird: viele scheinen allerdings stehenzubleiben, nicht mehr entwicklungsfähig: Cada, die fette Angeberkarikatur, Mikolasch, Kirchdorfer, der fleißig-gutbürgerliche Magister, irgendwie auch Kurt Weißenborn, der Sekundararzt in Scheibbs, der – nach Luise – im Sommer eine Wöchnerin verbluten ließ. Elsner ist in den USA, ist mir noch irgendwie am nächsten von der B.

Gerhard Schmidt, der Kunsthistoriker, fad-snobistisch, Heger, der Vorzugsschüler, wurde nur ein Mittelschullehrer in der Provinz, von der A der Liebste: Erich Liedl.

Neulich las ich mit merkwürdigem Gefühl Briefe von Hans Lehner, seltsame Unreife in Todesnähe. Fatale Überheblichkeit: rührend und schaurig zugleich.

Ich sollte mich wieder einmal um Wolf Zimmeter umsehen, er war einmal mein Idol – und später mein Scheidungsanwalt!

Otto Wimmer, der einstige Monarchist, ist nach wie vor kommunistischer Redakteur.

⋆

Am Nachmittag, in matschigem Schneefall in Altmannsdorf. Mit Mirli und Michel. Herrlich dieser stille Dorfplatz, ein Jugendidyll, das nicht mehr vergehen wird. Erinnerung auch an das Herumirren an den Dienstagnachmittagen, als ich das Bründlbad schwänzte: Dumme Kinderangst, vorbei und doch war darin die Weltangst, die Angst vor der Tyrannis, in der ich für meine Persönlichkeit keine Entwicklungsmöglichkeit sah.

★

An die Spaziergänge mit Vater vor der Bescherung gedacht. Die verschneite Kaulbachstraße – das war vielleicht das Schönste und Bleibendste von den Festen der Kindheit.

★

Im stillen, kühlen Casa Piccola sitzend. Ruhig, gelöst: ein wenig elegisch auch, die Grundstimmung. Es ist alles wieder an seinem Platz, Mirlis Verdüsterung ist einem verspäteten Unwohlsein gewichen – sie atmete sichtlich auf. Ich ebenso. Wir bemühen uns aber, es nicht zu zeigen.

Todmüd und mit einsetzendem Schnupfen habe ich in der Nacht den Christbaum geputzt.

Heute trug ich ein Päckchen zu Grete Redtenbacher. Im großen ganzen ist alles fertig geworden – im Privaten. In der Schmidgasse liegt Arbeit in Massen, aber das soll mich jetzt nicht echauffieren.

★

26. Dezember 1956

Weihnachten war schön, viel schöner, als ich erwartet habe. Abends, nach der Bescherung, nach den Besuchen, hatten wir Stille und Freude. Ebenso gestern, nach der Heimkehr aus Simmering. Mirli ist manchmal ergreifend schön …

Michel freut sich auf ursprüngliche Art, in magischen Zusammenhängen. Das Zapfenmanderl (von Christine) gehe einmal im Jahr herum, rede und sei richtig lebendig.

Ich habe gestern Hemingway's »Über den Fluß …« gelesen. Anständig, männlich, die herrlich beherrschte Melancholie eines alt gewordenen Jungen. »Und da war er nicht mehr Oberst, sondern nur mehr ein Jäger. Man könnte sagen: Da war er nichts mehr als ein Stück Leben, in dem der Tod saß, und er wußte, daß es der Tod war, und tat aber nichts Großartiges, war nicht einmal besonders traurig, er war einfach eins mit dieser verdammt schönen Welt: er hatte sie verwirklicht, in diesen Augenblicken, einsam im Eis der Lagune unter den hoch zum Meer fliegenden Enten.«

—

So möchte ich bald einmal die Geschichte (Erzählung) vom Treckführer (Lauks?) schreiben, der zurückgeht zu den böse Hilflosen, die er aus Wut verlassen hat, zurück in den östlichen Tod.

*

13. Jänner 1957

Voll Unrast und Arbeit hat ein neues Jahr begonnen. Michel war ein paar Tage krank und auch Mirli. Ich selbst fühlte mich oft müd und zerschlagen, unfähig alle Termine zu erfüllen.

Der Sylvesterabend bei Pfoch war nicht sehr lustig, gewiß nicht nur weil Katalin und ihre Nichte Eva mit dabei waren – oder weil Katalin den Schlangenbeschwörer aus Gummi mithatte, der, mit einem Blasbalg versehen, dazu bestimmt war, die Assoziation an einen mächtigen Penis hervorzurufen. Was er bei Müller auch tat.

Der Neujahrsmorgen brachte Glatteis.

*

Ich bin jetzt dabei, soweit ich Zeit habe, den »Geisterkrug« zusammenzustellen. Viele Gedichte arbeite ich um, ich glaube, wirklich zum Besseren.

Der Preis – und das eben fertiggeschriebene Nachwort zu Schmieds »Landkarte des Windes« – geben mir Auftrieb und auch eine gewisse Ungeduld. Ich bin wieder ziemlich sicher, ordentliche Gedichte geschrieben zu haben. Und zweifellos wird dieser *weitaus* mein bester Band.

Es wäre schön, wenn er in diesem Jahr noch erscheinen könnte. Aber es wird wohl 1958 werden.

*

Am ersten Samstag des Jahres war ich mit Thomas Bernhard bei Christine. Es war sehr schön. Er ist ein echter Dichter, er hat etwas von der Unbedingtheit und der Weltmystik Thomas Wolfes. Ich bin von ihm angetan. Wir wurden auch, auf beiderseitigen Wunsch, per du.

★

Christine ist für den 15. zu einer Lesung nach Agram eingeladen. Österreichische Lesehalle, aber auch auf der Universität. – Am 9. erhielt auch ich einen Brief, am 15. unten zu lesen. Ich wäre gern gefahren, aber jetzt ist das völlig ausgeschlossen, vor allem wegen der Bücherbriefe. Ich hoffe, es wird aber in absehbarer Zeit möglich sein. Ich freu mich schon darauf. Hungrig nach Welt, eine Art legalisierter Eskapade.

★

Die Bücherbriefe sind ab jetzt um vier Seiten AUSWAHL erweitert: Literaturbeilage. Das nun auch schriftlich vorliegende Lob Pipergers hat bei Mandl und Müller Entzücken ausgelöst, es soll auch dem Magistratsdirektor zugehen. »Die beste deutschsprachige Besprechungszeitschrift« … Das ist zwar nicht wahr, aber so schlecht sind sie auch nicht. Hoffentlich wirkt sich das bald einmal in meiner Bezahlung aus. Ich bin jetzt in B – aber mit ganzen 1390,– brutto. Das ist eine Schande.

Dazu noch der Kurs, in dem jetzt zwar ein nicht prüfender Referent ist; dafür ist die schriftliche bereits am 21.2., die mündliche um den 1.3. Eigentlich müßte es da zu einem Fiasko kommen. Vorläufig tangiert es mich aber noch nicht sehr arg. »Enthebung« funktioniert ja.

★

Um 17^{h}, ich war gerade bei Schmeller und Pawek, für die ich einen Artikel (heute!) schreiben soll, erfuhr ich die Nachricht vom Tode Theodor Körners. Ein Mann, geadelt von schlichter Pflichterfüllung bis zuletzt, ein Denkmal der Kontinuität trotz allem. Sein Tod geht nicht nur mir nahe.

Am 10. war die Ringstraße so voll wie vielleicht noch nie. Mehr Menschen säumten sie zu Ehren eines großen »Legalen« als damals zu Ehren des »großen« Usurpators im März 38. Ich sah sie beide. In den 19 Jahren dazwischen erfuhr ich einiges von der Welt …

⋆

Im übrigen hielten einige Leute neben mir die motorisierte Einheit des Bundesheeres für Russen. Wegen der Nato-Helme! Ich stand vor dem Imperial, wo Hitler und dann die Russen gewohnt haben. Es wird jetzt restauriert. Unter dem Gewicht etlicher Neugieriger ging eine Planke nieder.

⋆

Einen Tag vor dem Begräbnis des Präsidenten unternahm Katalin, die jetzt einen zweifelhaften ungarischen Klub im Kaffee und Hotel Westbahn besucht hat, einen »Selbstmordversuch« mit 10 Hovaletten. Christine und Hiesel brachten sie, von Frau Walter alarmiert, ins Spital. Ich bin neugierig, wie das mit der Guten weitergehen wird.

⋆

Am 8. war ich abends bei Muschik, der während der Ungarnrevolte aus der KP ausgetreten ist. Im Sommer war er übrigens, auf eigene Kosten, in Moskau. Er hat auch einen verbotenen Maler besucht. Schdanow herrsche immer noch, berichtet er. Muschik hat lange gebraucht – aber jetzt ist sein Bruch wirklich endgültig.

⋆

Am 10. habe ich in Herzogs SEBEBULA (Selbstbedienungsbuchladen) gelesen, er war mit etwa 18 Zuhörern sehr voll. Nachher war ich mit Benesch und seiner Freundin im Espresso. Während der langen Diskussion meldete sich auch einer der Auch-Dichter zu Wort, warum freie Rhythmen und so. Er war von Wallischs »Geistig Schaffenden«. Herzog, komisch, närrisch und irgendwie liebenswert. Ein halbjüdischer Buchhändler, unbetamt und gerissen zugleich, Don Quixote und Handle.

⋆

An diesem Abend habe ich das Gedicht »Zum Andenken der Stadt Duppau in Böhmen« zum ersten Mal gelesen. Tags zuvor stand die Nachricht von der Liquidierung 384 sudetendt. Orte und Kleinstädte durch die Tschechen in den Zeitungen. Auch Duppau wurde aus den Registern und aus den Landkarten getilgt. 1939 gingen wir, Vater und ich, von dort nach Turtsch. Vorher waren wir mit Onkel Rudis Auto ein paarmal dort. Es ist meiner Erinnerung seltsam vertraut.

Ich spürte dort Heimat. Es *war* Heimat.

Es bleibt – trotz der Zerstörung – Heimat.

⋆

Was erwarte ich von 1957? Was werde ich in diesem Jahr leisten?

1956 brachte das Erscheinen des Romans, den Körner- und den Staatspreis. Den Besuch Schorschis in Wien, den Tod Otto Müllers und Ernst Jirgals. Viel Arbeit, ein paar schöne Tage in Salzburg und Kärnten. B. E., das Wiederauftauchen von Luise und eine im ganzen mißglückte 14tägige September-Einsamkeit, blaßviolett.

Ich habe neben meinen 20.000,– Gehalt das Doppelte durch Literatur, Vorträge und Artikel verdient. S 17.500,– davon liegen im Postsparbuch.

Ich habe etwas weniger +, dafür stieg der Zigarettenkonsum gegen 40 Stück pro Tag und in den Cafehäusern war ich mehr als je vorher. Ich habe etwa 200–400 Seiten TV-Geschichten geschrieben. Vom Roman dagegen ganze vier!

Ich sollte, und will es auch, ihn 1957 weitgehend beenden. Das ist ja doch das Wichtigste von aller Arbeit, Bücherei natürlich eingeschlossen.

Ich bin mir über vieles bewußter geworden.

Ich bin auf dem Weg zum Katholizismus, ohne ihn – wahrscheinlich – je ganz zu erreichen. Nicht nur wegen der äußeren Umstände (Scheidung). Ich habe geistig die Linke verlassen – wenn man von dem, allerdings grundlegenden, Konzept nach Silone absieht.

Das alles aber nicht wegen der Mitarbeit in »Wort und Wahrheit« und der »Presse« – das ist nur der äußere Ausdruck dafür.

Klarheit und Bewußtsein. Weg von den Phrasen. Nach Möglichkeit keine neuen.

1957? Vor allem hoffe ich auf die Wohnung in der Sanatoriumstraße! Wir brauchen sie wirklich. Ich will in einem Zimmer wirklich daheim sein können. Auch Mirli braucht sie. Man sollte die Jahre der äußeren Proletarisierung (nach der ich mich in der Mittelschule gesehnt habe) damit beenden können.

1957. Ich will wachsam und bereit sein. Und bei allem sollten, so hoffe ich, Michel und Mirli vor allem, nicht zu kurz kommen.

*

Hier und in weiteren Heften möchte ich mir auch in Zukunft berichten.

*

Sehnsucht. Sehnsucht nach Stunden gelassener Betrachtung.

*

Dieser Tage ist auch Gabriele Mistral gestorben.

*

20. Jänner 1957

Abends im Cafe Eisenbahnerheim. Müde. Von ¼ 7–7 bin ich unschlüssig herumgegangen, nicht wissend, wo ich arbeiten will. Mirli ist nach Ottakring gefahren. […] Auch die Fritzi-Geschichte reizt nicht sonderlich: Romanschreiben sollte ich, mit einem Wort!

Gestern abends war ich mit Mirli bei einer Schulkollegin von ihr: drei andere waren auch eingeladen mit ihren Männern. Alle drei Paare sind motorisiert und begeistert von Haushaltsmaschinen aller Art. Ich habe mich entsetzlich fadisiert. Ich weiß kein Wort zu reden in diesen Fällen. An sich wahrscheinlich alle recht nette Leute, sie haben auch alle Kinder – aber sie sind flach wie, da fehlt jeder Vergleich. Den ganzen Abend mußte eine Mixmaschine (2000,–) Fruchtsäfte und Frappees liefern. Es war schaurig …

In der Früh, heute, fuhren wir mit Krois und seinem nun schon vor dem Einrücken stehenden Bruder (Schnurrbart!) nach Baden. Schöner, ruhiger Fußmarsch auf den Badner Lindkogel. Tiefer Schnee, kein Mensch, viele Tierspuren, Rehe, Hasen. Eine sehr lustige »Abfahrt« über einen Steilhang.

Um 2 waren wir wieder daheim. Ich schrieb einen Rezensionsartikel für die »Presse« fertig: Gide, Expressionismus, St. Zweig-Gedenkbuch.

⋆

Gestern wurde in Budapest Joszef Dudas hingerichtet, einer der Revolutionsführer.

⋆

Heute »wählt« Polen: aber auch diese Art (Streichungen, von etwa 720 Kandidaten der Einheitsliste können nur 459 gewählt werden) ist bereits etwas Unerhörtes für die kommunistische Banditenwelt.

⋆

Christl ist aus Agram verliebt (wieder ein um fast zehn Jahre jüngerer und halb piefkinesischer Herr) und begeistert zurückgekommen. So viel noch von Alt-Österreich, und der germanistische Uni-Betrieb bei aller Einschränkung und Armut sehr intensiv. Ich möchte auch bald hinunterfahren. Jetzt wäre es ja wirklich nicht gegangen.

⋆

Erholung im Schreiben: die Leere weicht zurück.

⋆

30. Jänner 1957

Es fällt mir eben ein, daß es seit Herrn Hitlers Antritt heute 24 Jahre sind. Vor 12 Jahren flohen wir aus Frankfurt / Oder, die Worte des Herrn Hitler im Ohr.

⋆

Die Tage sind sehr bewegt, eine ununterbrochene Revue von Besuchern stört alle Ansätze zu kontinuierlicher Arbeit im

Büro. Schmied und Benesch, Pogats, Fielhauer, Saiko wieder – und Toch, der jetzt Nachtwächter ist und noch immer in der KP. Er ist tief enttäuscht und will noch immer innere Opposition machen. Er hofft auf den Parteitag im März. Gewiß vergeblich. Es werden wohl nicht, wie er glaubt, ganze Gruppen revoltieren. Er hofft seit Spanien. Der traurige Revolutionär, der Kohlenhaufen bewacht. Ein tragischer Fall …

Er sagte übrigens, daß Otto Langbein, der Generalsekretär der öst. sowj. Gesellschaft, vor einigen Tagen aus der KP ausgetreten ist. Ein Gewissens-Schock, wie Toch sagte.

Toch ist ein Denkmal der enttäuschten Linken. Gesamteuropäisch. Er macht jetzt eine Sendereihe für den Rundfunk: Große Häretiker. Er will u. a. Müntzer und die Luxemburg behandeln. Er glaubt übrigens fälschlich, daß ich ihn zu Giese vermittelt hätte. Er will auch ins Fernsehen …

★

Neulich habe ich bei Vetter in Wien-West gelesen. 35 Besucher. Leider auch Martha Hofmann, die nachher nicht abzuschütteln war (Muschik und Lobe allein wären mir lieber gewesen).

Agram wird sich erst im Oktober realisieren lassen. Leider. Dafür das »Libretto« noch in dieser Woche.

★

Gestern war ich im Unt.-Ministerium: völlig überraschend hat mich die Dramaturgin der Filmabteilung angerufen. Das Ministerium will den Roman nachdrücklich zur Verfilmung empfehlen. Eine Gemeinschaftsproduktion Helios – UFA. Ich bin ja neugierig. Es wäre sehr schön!

★

Martina Wied wird morgen begraben. Ich war ihr nicht böse, ich hatte nur eigentlich Angst vor ihr: sie war sehr giftig und hatte mich am Zug (Hakels Tätigkeit, die KP-Austrittswalze). Eine gescheite Hexe. Skurril.

Der liebe Gott hätte mit ihr viel zu diskutieren. Die Beichte als Beschuldigung anderer (von Christl als Wied-Story überliefert).

★

Johannes Urzidil hat mir geschrieben. Die Besprechung in »Wort und Wahrheit« ist bis zu ihm nach New York gelangt. Er hat sich herzlich bedankt. Ich muß ihm jetzt bald schreiben. Nicht wie im Falle Paula Groggers, deren Dankbrief für die Radiobesprechung (vor 2 Jahren) ich bis heute nicht beantwortet habe.

Ich möchte es hoffen, daß Urzidil so sympathisch und bedeutend wie seine Novellen sind. Nicht *so* voller Schwächen, wie fast alle Dichter, wenn man sie näher kennt. Defekt doch fast alle!

★

Von Woche zu Woche schiebe ich das Schreiben an Bärbel E. hinaus. Es *muß* aber bald sein. Leider komme ich mit den Gedichtkorrekturen kaum mehr weiter. Das neue (N. Moser)-Thema ist wieder sehr stark, faszinierend und – zeitraubend! Dabei bin ich manchmal schon darüber hinaus; um dann wieder kraß rückfällig zu werden …

Die »Schlinge des Jägers« *wartet und wartet*!

★

Vorgestern bekamen wir die Ladungen zur B-Prüfung. Es ist höchste Zeit zu lernen. Durchfallen will ich ja doch nicht. Ob ich es in *einer* Urlaubswoche schaffe? Ob ich überhaupt noch richtig lernen kann? Genau genommen konnte ich es ja nie! Zu sehr vegetativ! Ich lasse die Dinge herankommen.

Wie alles.

★

Ich bin sehr wenig daheim. Und wenn, dann sehr müd und dämmrig. Die Enge bedrückt mich immer mehr. Die angeräumte Enge.

Mirli meutert ab und zu. Mit Recht. Ich hoffe *sehr* auf die Sanatoriumstraße! Es soll aber Herbst werden bis zur Vergebung.

Immerhin haben wir letzten Sonntag einen Ausflug gemacht: Mirli, Michl und ich. Michl hat sich tagelang darauf gefreut und dann war ein denkbar schlechter Start: das kalte

Winterwetter wich an diesem Morgen einem jähen Föhn, Glatteis und Matsch wie selten. Mirli kam spät aus den Federn hoch – ich war grantig und ungeduldig. Erst nach 10 kamen wir fort. Es wurde aber dann noch ganz harmonisch. Michl war selig, wir bauten einen Schneemann usw. Ich bemühte mich die Leere möglichst zu tarnen. Ich kam erst um 5 in ein Kaffeehaus (in der Stadt) und schrieb nur an der N.-Story.

Montag abend war ich daheim und gestern auch: da waren Jandl und seine Mayröcker auf Besuch. Ich war ziemlich animiert. Der Mayröcker mächtige (3er-Größe) schöne, verschlafene Sinnlichkeit. Jandl ehrgeizig krampfiger Intellekt …

★

Heute im Kurs empörte sich Schönbrunn, einer unserer Arbeiterbibliothekars-Petrefakte, maßlos über das Inserat der Tabakregie in den Bücherbriefen. Natürlich auch Ibaschitz. Die gefährdete Abstinenzler-»Kultur«!

Nachher sprach Kathrin Beer wieder über franz. Literatur. Gut anzuhören und anzusehen. Von der Ferne hat sie übrigens große Ähnlichkeit mit Christiane D. → Jutta. Erst heute bemerkt. Sie ist nur sicherer, welterfahrener. Intellektueller.

Den Abschluß bildete Lilly Wildgans. O diese Dichterwitwen! Dabei tut man ihr – vielleicht sogar auch dem toten Toni – Unrecht: es war eben alles so in pathetisch-ungenauen Adjektiven! Es war, auf seine Weise, *auch* echt! Und dazu das Geheimnis der Popularität …

★

Katalin, das »Helden«-Flitscherl, ist schon wieder krank. Nierenbeckenentzündung. Die Eltern der Nora Moser sind bereits in schwerer Abwehrhaltung. Das wird nicht gut ausgehen mit der guten.

★

23. Juni 1957, ein heißer Sonntagnachmittag

In dieser Zeit seit dem 30. Jänner hat sich für mich die Welt verändert. Völlig und plötzlich. Zu Pfingsten. Also vor zwei Wochen. Es ist nicht gut möglich, objektiv darüber zu schreiben.

Ja, schon vorher hat sich manches verändert, hat sich das Lebenstempo verschärft, von außen, aber auch von innen. Ich habe mit viel Glück die B-Prüfung gemacht, führe mit Müller (mit dem es seit Katalins Abreise ständig Spannungen gibt) den Ausbildungskurs, ich mache eine Menge Zeug nebenbei, ich schreibe unentwegt TV-Geschichten – ich war zweimal in Innsbruck, aber das alles ist es nicht. Wohl, ich kam auch von Innsbruck her nach Salzburg, einmal auf zwei, einmal auf einen Tag – und wie herrlich war es schon damals im Frühjahr »zwischen Abend und Nacht« im Wald an der Salzach, vorher in Maria Plain und nachher auf den Schienen – aber das Entscheidende war von Strobl aus, waren die Pfingsten dieses Jahres.

Wieder ist ein Haus der Bescheidung zusammengebrochen um mich, wieder einmal möchte ich neu beginnen. Schwarz auf Weiß klingt das wie Quatsch, ist es objektiviert vielleicht auch, aber dennoch: ich bin wieder in einen neuen Raum der Sehnsucht und Unbehaustheit hineingewachsen, in eine neue Liebe. Es ist die Beherrschung größer geworden, viel größer, dafür aber auch alles andere, auch der Schmerz angesichts der Unerfüllbarkeit.

Man soll weniger kommentieren, mir brauche ich ja nichts vorzumachen. Also Fakten. Am 2. Juni, einem Sonntag, fuhr ich mit Müllers und Berlinger (dessen Frau im Mai gestorben ist) nach Strobl zur Bibliothekarstagung.

Heft II

Jänner 1959

10. Jänner 1959

Vormittag im Büro begann ich meine Fächer zu räumen, die in großer Unordnung sind. Eilige Ablagerungen, immer wieder überschichtet. Unordnung ist unbewältigte Vergangenheit, wenn man sie nicht rasch beseitigt. Gefühl, im Unwesentlichen, Abgetanen zu ersticken. Aber die Peinlichkeiten sind weniger geworden, Erinnerung wird frei. Auch die Erinnerung! Sie war es bisher noch nie.

Ich werde von nun an »deutlich leben«, um es mit Eisenreich zu sagen. Bewußt und bestimmt. Das Bekenntnis zum vegetativen Erleben (Aufzeichnungen von 1956), zum Betrachten gilt nicht mehr. Meine Kraft hat gerade noch gereicht, um aus dem Gestrüpp herauszukommen, in das ich mich immer tiefer verwirrt hatte, gefangen von jeder Gelegenheit, wenn auch die meisten glaubten, ich wäre immer ruhig, ja berechnend. Es lag bis vor 1½ Jahren wirklich fast alles an der Zeit und der Gelegenheit.

Das ist der vierte Versuch, Tagebücher zu führen. Der erste war 1939, das Goal auf dem Wihokoplatz als Beginn. Pubertät und Entdeckungsangst. Wann wurde das Büchl vernichtet? Von mir? Vielleicht lag es mit den Briefen von Luise und Rudi und den anderen »Geheimsachen«, den Zeichnungen usw. am 21.2.45 verstreut im Garten oder hing wie der Drahteinsatz in den Bäumen des Schloßparks. Die Eingeweide eines gebombten Hauses. Die Vorstellung hat keinen Schrecken mehr. Ich wunderte mich nur vor einigen Monaten über den kindischen Ton der wenigen Briefe aus dem Krieg, die sich erhalten haben. Cada, aber auch Lehner (der einzige, der mich zum Nazi hätte machen können) – Banalitäten, kaum ein echter Satz. Echt war nur der Tod.

Die zwei oder drei dicken Notizbücher im Funkwagen, die Kladioko fand, hätten mir einen Tatbericht einbringen können, wegen Hören des Senders London und anderer konkreter Angaben. Am inkriminierendsten war wohl die allgemeine Grundstimmung; die Notizen müssen aber auch sehr phrasenhaft gewesen sein, wenn ich an manches denke. Noch mehr waren es aber die Aufzeichnungen über den Zusammenbruch (von Jänner bis Juli), die ich im Garten der Frau Lohnecke machte. Widerliche Posen vor mir selber. In der Gartenlaube des Zusammenbruchs, buchstäblich. Dabei hätte ich – auch für Erna – nichts Gescheiteres tun können, als abzuhauen. Ich träumte davon, in Göttingen, in Northeim – aber ich hielt mich für viel zu verpflichtet. Damals, später (1948–50) drückte mich das kaum!

1956, nach dem Saarvortrag in der Raxstraße begann ich echte Aufzeichnungen. Heute kommen sie mir wie Auswirkungen von Pavese vor. Sind sie auch in gewissem Maß, obwohl mir die Exhibition vor mir selber damals uneingeschränkte Neigung war. Ich hatte nichts anderes. Landschaften, im Urlaub und bei den paar Vorträgen in Innsbruck, Strobl usw. höchstens und die Kaffeehäuser, die Illustrierten mit ihren fatalen Assoziationen. Und diese Ehe, aus der ich immer mehr entfloh, nach innen, nicht nach außen. Es ist mir nur mehr schwer vorstellbar, wie das alles war. Ich weiß nur, daß ich nie daran dachte, sie zu verlassen. Die Ehe mit Annemarie war eine Gegebenheit – ihr Zusammenbruch, der Zusammenbruch der Konvention hat mich schwer erschüttert, ich wehrte mich auch – schrecklicher Augustmorgen 1957. Und darauf die Szenerie im Café Monopol …

Man soll auch an das Fatale denken: man kann es, wenn man es bestanden hat, nicht nur überstanden. Ob es Annemarie leidtut, daß sie die Scheidung vorschlug? Eine müßige Frage, die Realität ist nicht aufzuhalten. Und nichts war in dieser Ehe realer als die Fremdheit zwischen den Partnern. Sie wollte nicht diese Fremdheit überwinden – und ich konnte es nicht. Sie ist mir eigentlich immer ein Rätsel gewesen, ich konnte mir manches erklären, aber die tieferen Gründe ihrer verqueren Sturheit nicht. Sie wollte stets nur für sich fühlen – ihre melancholischen Perioden kamen und gingen ohne mein Zutun, und wenn ich zurückdenke, ist Schweigen gewesen. Sie wollte sich nicht entäußern, lösen – auch in der totalsten Hingabe, an der es ja nicht mangelte. Ihre Äußerungen (schon im ersten Ehejahr), sie hätte doch lieber einen Knecht, Holzfäller, Hilfsarbeiter oder so jemanden heiraten sollen, sind erschütternd: heute. Damals hielt ich sie für kindische Romantik. Das ist sie zwar, aber diese Romantik, früh versehrt durch psychopathische Umwelt (und gesteigert durch eigene Anlage), ist ihr Lebensklima. Daß ich ihr alles Gute wünsche, ist nicht Michls wegen gedacht oder zur Beruhigung meiner selbst – es gilt ihr selber.

Wie ein Schlafwandler bin ich in zwei von Haus aus unmögliche Ehen getanzt. Am eigenen Leid lernt man, zumindest sich selber. Vor fremdem steht man erschüttert, wie bei einem Begräbnis, dessen Toten man nicht wecken kann. Und ich war bereit, beiden Frauen alles zu geben, Erna eine zeitlang, Annemarie fast bis zuletzt. Vor Erna bin ich schuldig, wenn es auch bei bestem Willen nicht gutzumachen wäre. Annemarie, das heißt unsere Ehe, hätte mich mit der Zeit ruiniert, wogegen ich mich nicht einmal gewehrt hätte. Selbst nicht, wenn ich Bärbel nicht zwei, sondern zehn Jahre gekannt hätte – ich hätte es versucht, auf meine Kosten, Mirlis Traumstuben nicht zu zerstören.

Müller, vielleicht auch Christl fragen sich, woher ich den Mut nehme, noch einmal eine Ehe einzugehen. Müller kann das nie verstehen, denn er ist feig wie viele Sportsleute. Christl würde es begreifen, wenn sie Bärbel kennte. Besser als vom Sehen. Überdies – und das ist auch vor dem Buben keine Blasphemie – wird es meine erste und einzige wirkliche Ehe sein. Mit der Sicherheit meines heutigen Bewußtseins wäre mir in den Jahren von 1941 bis 1951 manches nicht passiert, aber für die echte Mannbarkeit (nicht für die physiologische, die ein Danaidengeschenk ist) muß man zahlen. Und müssen auch andere zahlen. Leider.

Es ist so gut, daß ich Bärbel mir nie verklärt habe. Daß sie wirklich die einzige Frau ist, die zu mir paßt (und zu der ich passe), von allen, die ich kannte, ist meine ebenso nüchterne wie herrliche Gewißheit. Seit Gleichenberg hat sich mein Leben geändert. Sie verdankt mir gewiß auch viel – ich ihr aber mehr. Viel mehr. Auf allen Ebenen und Schichtungen der Person (wobei »Ebenen der Person« ein scheußliches Wort ist).

Ringsum ist gedämpfter Lärm, 23^{h} Wimberger. Es stört mich nicht. Von 16 bis 21^{h} war ich bei Michl. Die Kleinbahn fuhr mit ihren winzigen Scheinwerferkegeln durch die Kulissen, die in der neuen Wohnung nur anders arrangiert sind. Dann baute ich aus Matador eine große Lok, die ich nach dem recht ungenauen Plan nur mit großer Anstrengung fertig brachte. Annemarie hantierte in der Küche, sie waren beide krank. Michl ist noch magerer. Verzogen und nervös war er schon – auch da vermochte ich nichts. Höchstens in den ersten beiden Jahren. Warum A. eigentlich dachte, daß Michl nicht zur Welt kommen werde? Hatte sie eine Schwangerschaftsneurose? Oder waren es Schuldkomplexe? Oder »nur« klinischpsychopatische Äußerungen?

Es war immer recht traurig. Viel trauriger als jetzt, wo ich zu Michel mehr Beziehung habe als je in der Ehe. Und das nicht, weil er größer ist und ich ihn seltener sehe.

Er hat sich sehr gefreut über unser Hantieren am Trafo – er informierte mich sehr geschäftig. Die Piaristen tun ihm gut, ein Glück, daß ich A. wenigstens dazu bewegen konnte.

Die Sache mit ihrer Wohnung ist eine Gemeinheit, die Tat roter Pharisäer des Wohlfahrtsstaates, die A. einerseits wegen der Scheidung bedauern, andererseits ihr das Recht auf eine größere Wohnung absprechen: Hubert Pfoch und Müller sind da ganz gleich. Hubert hätte *leicht* etwas machen können. Ich hasse da aber nicht, eher im Gegenteil, denn ich verstehe diese Kategorie von Spießbürger gehobenerer Spezies gewordenen Proleten besonders gut. Sie waren lang genug mein täglicher Umgang. Und sie sind besser als echte Bürger mit dem schon ererbten Spieß. Seltsam eigentlich, daß man die waffenfernsten Leute nach einer Waffe benennt: eine Glosse der Geschichte …

[…]

Wie herrlich einfach und zugleich umfassend ist Bärbels Liebe – ein echtes Geben und Nehmen. WIR …

11. Jänner 1959, Sonntag

Daß ich ein Schriftsteller würde, hatte ich mir nie ernsthaft gedacht, erhofft wohl, aber nur als Wunschvorstellung – ich sah mich sehr lange nur als Obergefreiten in allen Lebenslagen. Ich sah aber sogar Befriedigung darin. Das Lebensgefühl des unauffälligen Zeitgenossen als Ideologie. Für den Krieg mochte das vielleicht gut gewesen sein, dann war es ungeschickt, wenn auch lehrreich. Und nun möchte ich diese Erfahrungen gar nicht mehr missen. Nichts ist gesünder als eine kurierte Hemmung – und daraus hatte sich jene Haltung entwickelt. Umwege als gerade Linien, als *nächste* Wege im eigentlicheren Sinn.

Daß ich ein Schriftsteller bin, ist nicht mehr zu bezweifeln, macht mich aber gar nicht stolz. Es hat sich eben kein passenderer Beruf gefunden als dieser sich aus vielen geheimen Mängeln der jeweiligen Person herleitende. Jede beliebige – innere – Biographie beweist das. Ich bekenne mich aber zur Schriftstellerei als der mir gemäßesten Arbeit. Ob mit der Zeit mehr aus mir wird als eine ganz gute Begabung, wird an mir liegen und an meiner hoffentlich zunehmenden Unbeirrbarkeit.

Abends, beim Westbahnhof, aber wieder einmal bei »Charly«, wo ich die Absage an den »Abend« und den Kommunismus geschrieben habe. Wieviel Unsicherheit war damals noch in der »Flucht nach vorne«. Jetzt fliehe ich nicht nach vorne, sondern erwerbe mir eine echte Unabhängigkeit, die ich durchzuhalten hoffe. Und mit Würde durchzuhalten. Materiell ist es natürlich ein großes Risiko, auch die Sicherung durch ein hinreichend großes allgemeines Ansehen (Aufträge, usw.) ist nicht ganz gegeben. Ich habe Reserven für ein Jahr, wenn die Wohnungseinrichtung nicht allzuviel kostet. Aber es muß sein, und mußte jetzt sein. Und konnte nur mit Bärbel sein. Früher hätte ich nie den Mut gehabt. Genau wie Hiesel wahrscheinlich nie den Mut haben wird. Es gibt überhaupt nicht sehr viele »freie« Schriftsteller in Österreich. Die meisten sind außerdem an den Journalismus gebunden wie Weigel, Torberg, Fontana usw. Oder sind vielstellige Pensionisten wie Henz. Natürlich werde ich auch ohne Bindungen an die Presse nicht auskommen, will es auch vorläufig gar nicht. »Presse«, Fernsehen, vielleicht auch Rundfunk. Und die freie Verlagsmitarbeit und schließlich die »Bücherbriefe« …

Gefahr des »kleinen« Geschäfts. Ja, sicher! Aber es geht bis auf weiteres nicht ohne Kleinkram. Besser als der tägliche Dienst in der Bücherei ist es, wenn ich auch manchmal ein bißchen Heimweh nach der Regelmäßigkeit, Sicherheit und oberflächlichen Kameradschaft der Schmidgasse haben werde. Der Beamte in mir war ja lange viel stärker als der Meuterer und Einzelgänger. Man wird aber ein verläßlicherer Nonkonformist, wenn man nicht von Anfang (= Pubertät) einer war.

Charly hebt eben die Geige, um den verhungerten Alten am Klavier zu begleiten. Er schmalzt zwei Paare am andren Ecktisch an.

Der Alte ist wie aus einer Kurzgeschichte – nur die Story des Abends vor ein paar Monaten, sie wäre nicht leicht zu erfinden. Damals saß ein lächelnder junger Japaner bei der Tür, horchte zu, lange, lange, bis er ein Gespräch mit dem Alten begann. Zuletzt aber überwand er seine Schüchternheit (und seinen zurückhaltenden Takt) und nahm seine Geige aus dem Kasten. Er spielte herrlich. Die beiden überwanden im Spiel (nicht nur Operetten und Schlager) ihre Einsamkeiten. Sie waren glücklich. Nie sah ich den Alten so strahlen. Er überwand für eine Stunde seine Ergebenheit in den Verfall.

Ob dann wie immer nach Mitternacht betrunkene Eisenbahner kamen, weiß ich nicht. Vielleicht kam das Tito-Gesicht.

Charlies idiotischer Sohn (oder Ziehsohn) war übrigens schon lange nicht sichtbar.

Hier schreibe ich leichter als in den meisten anderen Lokalen. Auch heute. Vorhin, im Westend war ich unfähig dazu. Ich konnte nicht einmal mehr Zeitungen lesen. Zufällig in der »Süddeutschen« den Abdruck der »Letzten Grenze« entdeckt. Wohl statt einer Besprechung. In der »Presse« war heute der »Vollmond«. Auch die Besprechung des Hößbuches (Kommandant in Auschwitz). Leider verstümmelt. Jetzt sollte ich dringend den Operntext fortsetzen. Ich schiebe ihn aber noch auf.

In der Straßenbahn las ich Winkers schlechtes Maximilianbuch. Leider war in der Hauptbücherei kein anderes.

Ich habe große Sehnsucht nach Bärbel. Nach ihr, nicht nach »Situationen«. Das ist das grundlegend neue. Nicht nur aus einer endlich größeren Reife. Die erste wirklich »personale« Liebe. Sie ist nur einmal möglich, ich glaube fest daran und bin dabei zum erstenmal kein Opfer romantischer Verkennungen, wie sie wohl bei Mara und A., aber (zunächst) auch bei Erna und Luise mehr als deutlich waren.

Bärbel liebe ich auch »objektiv« – ja: das gibt es!

Im übrigen soll man mit Frauen auch nicht vor sich selber renommieren. Das ist wahrscheinlich nur eine psychische Notwehr für den Mann, der – im allgemeinen – ja die schlechtere Rolle spielt – und zudem sie auch schlechter spielt als die Frau.

Auf Bärbel bin ich stolz. Das ist etwas anderes. Unlängst erst erkannte ich *deutlich*, daß ich die seit 1938 (Großdeutschland und die erste Onanie) vorherrschende elegische Traurigkeit als Grundstimmung verloren habe, um nicht allzu großspurig überwunden zu sagen. Damit allerdings auch die Quelle meines Gedichteschreibens. Aber das macht nichts.

Die Gefährdungen besiegt haben – mehr gibt es nicht. Man kann es nicht allein. Ich mußte es nicht allein. Ich hätte dafür alle meine Gedichte gegeben, auch die ungeschriebenen. Indes: die Gefährdungen sind dauernd zu besiegen, *dauernd* bedarf es der Kraft, die nur aus der Gewißheit der Liebe kommt. Sonst gehst du unter: in den Elegien, in der Traurigkeit der Welt an einem Durchschnitts-Sonntagnachmittag. Mit allen Gedichten.

12. Jänner 1959, $1^{h}20$

Eingekehrt im Cafe der Taxifahrer. Heute ist es hier ruhiger als sonst: nur *ein* Betrunkener und sogar weniger Kartenspieler. Zum 5. Mal en suite die »Reise ins Glück«! Die jungen Schlurfs sind schlafengegangen, in der Früh sind sie keine Filmstardoubles. Die Veränderung auch der Gesichter in den letzten Jahren ist bestürzend. Im allgemeinen sieht man nur die Kleidung und die Frisuren – das eigentliche Phänomen der Halbstarken aber ist die Typisierung des Gesichts nach dem Klischee des Gangsterfilms neuerer Spielart.

Die NS-Zeit lieferte als Typ den Portier mit dem Appellgesicht. Das Caesarische vor dem Spiegel geübt. Caesar Radfahrer natürlich. Jetzt entsteht das internationale Gesicht der Verderbtheit mit der entrückten Miene des Boogietänzers. Und dahinter nichts – Leere, nicht Verderbtheit. Nur die Hasenleiten zeigt noch echte Typen individueller Verkommenheit. Das Halbstarkengesicht haben übrigens auch die Mittelschüler in zunehmendem Maß.

Dies gilt für Wien, die Provinz (Salzburg) hat ein anderes Jugendgesicht, gesünder? Bäuerlicher? Ich kann es nicht gut beschreiben. Es ist aber in einer Weise genauso unangenehm wie das Gesicht der Jugend von Simmering. Das Streberische darin vielleicht, das dem Großstadtschlurf fehlt; der ist lässig, hat Gummigelenke, ist gelockert, frei von allem.

Gestern sah ich in der Hauffgasse in einem Zimmer über dem Bett mindestens 50 ausgeschnittene Filmstargesichter an der Wand. So etwas kann heute auch ein männlicher Teenager schon fertigbringen.

Jetzt läuft zum 3. Mal »Am Brunnen vor dem Tore«. Na, also könnte man zynisch bemerken. —

– Ausgeglichen, müde, $1^h 45$. Ich möchte Bärbel spüren: Wirklichkeit …

Doch nur der flotte Nihilismus von Wienerliedern. Und draußen ein Milchwagen, pferdebespannt.

Heft III

Juni – November 1961

30. Juni 1961

Franz Joseph war ein Kleinbürger. Im Eisenbett und unter Schlachtenbildern von der Niederschlagung der ungarischen Revolution (besonders geschmackvoll für den König von Ungarn) und Bildern vom Krieg 1864. Nichts von 66, dafür schaurige Vasen, geschenkt von Wilhelm II. Die »Gemächer« sämtlich betont bürgerlich – kein altes Stück: eine Kunst bei der Fülle der Mobiliendepots. Mein historisches Gefühl hatte ihn verklärt und wohl auch »vergrößert«. Ein Rundgang mit Michl am Tag des Schulschlusses stellt manches klar in diesen traurig stimmenden »Prunk«-Räumen. Die Turngeräte Elisabeths, natürlich – aber das ist wenigstens skurril. – Karl der Letzte »residierte« großzügig, viel Licht, Aussicht auf Heldenplatz und Volksgarten. An den Wänden flämische Gobelins, im Raum Leere, Kühle – nicht nur von den winterlichen Gobelinmotiven.

⋆

In den Katakomben werben Knochen für den Fremdenverkehr. Michl berührt ergriffen den Sarg von Kollonitsch. Der Führer erzählt Schauergeschichten von elend im nun abgemauerten unteren Stockwerk Zugrundegegangenen, die sich nach einem Bombentreffer dort verlaufen hatten. Die Rutsche aus dem Sarg vor dem Hochaltar direkt hinein ins Massengrab: Pietas. Das Grundwasser, das steigt und fällt und die Toten einst hat stinken lassen und an der Pest (1713) Schuld gehabt haben sollte. Ein Labyrinth unter der ganzen Stadt (Kärntner = Karnerstraße) bis zu den Mauern. Schauplatz eines Romangeschehens (Kafkawelt unter uns) oder eines Hörspiels (die Verirrten!).

*

Sengende Hitze auf dem Nordturm bei der Pummerin. Durch ein Gitter, über das man geht, fällt der Blick hinunter auf den Platz: Angst und steinerne Rosen. Er »fällt« wirklich.

*

10. Juli 1961

Statt zu schreiben hastige, ungeduldige Versuche, zu zeichnen und zu malen. Smolensk, Venedig. Ausdrucksunfähigkeit als Erlebnis. Fieber des Gestaltungswillens wie längst nicht mehr beim Schreiben. Pubertärbasis. Zugleich deutlich wie selten auch die im Hintergrund stets lauernde Resignation, das Lähmen des nötigen Nachdrucks.

Das Unbehagen allein! »Schöpferische« Einsamkeit nur möglich im Bewußtsein, sofort und krisenlos wieder korrespondieren zu können.

12./13. Juli 1961

Flamhof. Barockharmonie, Einfälle, Kerzenschein und Grillennacht voll Hundegebell. Später kommt Wind auf, eine Nacht, die rauscht mit all ihren Blättern.

Appell zum Gedicht. Nachtfalterfarben, ihre Leiber stießen noch an mein Gesicht, als ich das Licht ausgeknipst hatte.

14./15. Juli 1961

Badgastein: Regenlandschaft aus Hotelklötzen und Fichtendreiecken. Ich wohne im Echo direkt über dem schäumenden ersten Fall der Ache. Sog hinab: blaugrün und gischtweiß. Tosendes Gleichmaß.

Gute Arbeit mit Schwitzke. Dramaturgie als Logik des Schicksals. Das Hörspiel als verwandte Form der Oper! Die

Statik meiner Einfälle (die Scheu vor der Fabel!) ist auflösbar – im Impetus des Gesprächs mit Formaten. Die Rolle der Anregung für den passiven Typ als Vorteil und Gefährdung.

⋆

Im Cafehaus venezianische Luster und polyglotte Jüdinnen. Parfümluft wie im Theater. – Schwere Irritationen durch meine nassen Hosenbeine.

⋆

24. Juli 1961

Cafe Bazar: zum zweitenmal an einem Nachmittag. Vormittag im Verlag, der langsam aber sicher an sich selber zugrundegeht – oder noch schlimmer: völlig bedeutungslos wird. Katholizismus als Neurose. Das erstemal saß ich keine fünf Minuten im üblichen Eck, als Selhofer kam. Der Exwerbeleiter mit dem Spitzbart ist jetzt Religionsprofessor an einer Wiener Mittelschule. – Nun sitzt Hans Moser neben dem Eingang: Österreich repräsentiert sich im Bazar. Moser nuschelt, Reinhardt filius inszeniert die Jedermann-Rufe und in Südtirol fliegen Leitungsmaste in die Luft. Aber natürlich alles viel komplexer, so wäre es zu einfach.

⋆

Obwohl ich es ziemlich sicher annahm, nicht drin zu sein, kaufte ich mir doch vorhin das Magnumheft mit den Lyrikerfotos. Ich fehle auch prompt. Auch die Busta. Ich fehle übrigens mit Recht: fast alle Konterfeiten sind ungleich bekannter: Lavant, Bachmann, Artmann als Österreicher. – Die ausgewählten Gedichte sind manieristischer Konfekt. Kein Trost, aber ich brauche keinen. Meine Eitelkeit möchte nur die Hubmannfotos besitzen, nicht gedruckt. Für später, an das ich noch glaube, für das ich aber langsam etwas tun muß. Eingeleisiger, mit mehr Durchschlagskraft. Die war allerdings nie meine Stärke. Auch nicht der totale Einsatz.

Wohl aber die Absichtslosigkeit. Mit der habe ich noch am meisten erreicht.

Bärbel sollte überzeugter von mir sein – und mehr verlangen. Nicht durch Schmollen. Ich habe aber wohl mein Bild selber verkleinert – sie denkt ja vegetativ wie ich.

Leben voll Hoffnung, aus einem Guß: das war es. Das muß es wieder werden.

⋆

Mit zunehmender Perfektion wird die Imaginationswelt brüchiger und problematischer. In der Faszination ebenso wie in dem Versuch, sie darstellend zu realisieren. Statik als Lähmung: der Erfindungskraft, der Prosa und der Vitalität.

⋆

Überarbeitet sein von dem, was man nicht getan hat.

⋆

Aber ich glaube noch immer fest an die Selbstverwirklichung, an das ominöse Weiterkommen im Werk. Nicht als Konfession, sondern als Klarwerden von Zusammenhängen. Und als Redlichkeit: die Welt dokumentiert sich selber.

⋆

Ein Vorwurf: der Erlösungstyp ohne Erlöser. Ein ewiges Altes Testament übrigens. Wahrscheinlich jedoch ohne Propheten.

⋆

Der »Photograph« ist mir schon wieder sehr fremd, sehr weit weg. Und doch muß er fertigwerden.

⋆

Plötzlich: der Roman (nicht auf den Photographen gezielt) müßte eigentlich doch objektiv erzählt werden. Dann ist er schon ein Stück aus der Krise und aus dem Psychologismus (Nachklang von Doderer? Vielleicht. Aber es kam aus dem Hin- und herspielen mit dem Altausseer Milieu).

⋆

27. Juli 1961

Ein großes blondes Roß, schwerfällig und sensibel. Deutsch und geil – das Bürgermädchen im nächsten Roman? Nein: die Hofrätin!

*

Hitze und wieder Eile und Unrast. Und unnötige Diskussionen mit B. Warum versteht sie nicht besser?

*

29. Juli 1961

Salzburg, im Europa abends. Müde vom langen Verlagsbesprechungstag. Draußen die beleuchtete Stadt im Regen. In der »Süddeutschen Z.« von heute ein Artikel über die Neutronenbombe, die alle Häuser usw. stehen läßt (nach 2–3 Wochen ohneweiters wieder beziehbar), aber die Menschen juiced (Fachjargon, wie es heißt), da sich die Körperzellen als Folge der Durchstrahlung in eine breiige Masse auflösen: Juiced for Freedom.

*

3. August 1961

Müde und traurig mit Micherl im Schweizerpark gesessen und auf die Öffnung des Heeresmuseums gewartet. Leichter Regen. Schwindelgefühle bei Kopfwendungen, in dieser Art noch nie gespürt. Die »Verfremdung« der Welt auch beim gehen: unsicheres Tappen fast. Aber der Wille ist stärker. – Michl ist von der Knabenwelt des Heims, in dem er einen Monat lang war, stark beeindruckt.

Wieder einmal die Requisiten der Geschichte. Als Buben haben sie mich feierlich, andächtig gemacht. Nun wirkt alles eher deprimierend, nebensächlich, klein. Andenken an eine abseitige, kleine Provinz, die man sich nicht mehr vorstellen kann, die *hier* weniger lebendig ist als im Anblick eines ehemaligen Öst. Ärargebäudes in Galizien oder eines Agramer Kaffeehauses. Es liegt nicht allein an der Aufstellung und der maurischen Neugotik des Baues. Das Auto von Sarajewo ist ein Auto und nichts sonst. Keine Mythe.

Der neue KK. Marinesaal. Fünf Gallionsfiguren von unbedeutenden Schiffen der öst. Marine aus der 1. Hälfte des 19. Jh. Österreichische Gallionsfiguren, das ist allerdings besonders rührend und sagenhaft. – Hat mich eigentlich – unter anderem – das Pathos der Gloire (Invalidendom usw.) verdorben für die Ausstrahlung der austriakischen Requisiten wie des betrenzten weißen Waffenrocks Radetzkys? Die französischen Marschälle waren vermutlich genauso kleinbürgerlich. 1870 und 14/18 bezwickert. Gerade die Spannung zwischen Zwickern, Bäuchen und Tragik ist ja das Wesentliche. Sie ist nur schwer zu dokumentieren.

⋆

Neulich bei Jan mit Christine und Felmayer, der es nicht erwarten konnte, seinen barocken »Kondukt« vorzulesen. Eher Schmonzes. Vorher erzählte Christl vom plötzlichen Tod der Frau Freisler, vom Tod des Mannes der Kostroun, daß das Kind der Born im Sterben liege, Schindlers Frau Krebs habe usw. Und Felmayer las den Kondukt, einen geschwätzigen Anlauf zum Großgedicht.

7. August 1961

Von gestern auf heute schwüle Nacht, die heißeste dieses Jahres wohl. Die Käuzchen schrien, am Abend schon. In der Nacht einmal so laut, daß ich aufwachte. Die dummen Assoziationen dabei (den Tod) wird man nicht so leicht los. Und wenn man aus dem Schlaf auffährt, kann man nicht drüber lachen.

In dieser Nacht kreiste Wostok II mit Major Titow etliche Male um die Erde.

⋆

Immer wieder fasziniert von der »geschlossenen« Form des Romans aus dem Inhalt: etwa der Monolog eines Betrunkenen (wie in Iwaszkiewisz' »Höhenflug«) oder der Darstellung eines einzigen Tagesablaufs.

Schön – und leicht. Die Aufgabe des Romans ist größer: die Bewältigung (objektiv) eines größeren Raumes.

⋆

8. August 1961

Durch meinen Besuch mit Jorda beim Ministerialrat gewordenen Brunmayr ist die Türkei-Reise für Ende Oktober gesichert. Hochstimmung angesichts eines weiterreichenden Zeitplans: bis dahin Hörspiel und Roman fertigzumachen. Ich muß mir – und der Umgebung – das abringen. Es ist höchste Zeit, etwas zu leisten. Gerade weil jetzt die Zweifel an mir so stark sind und ich meine Resignation immer mehr fürchte.

Die Hochstimmung ging übrigens direkt in einen überdimensionalen Nachmittagsschlaf über, der die Absicht, heute noch mit dem 13. Kapitel zu beginnen, zunichte machte.

★

11. August 1961

… plötzlich bemerkend, daß man aus seiner Biographie nicht mehr aussteigen kann, daß kein Hakenschlag des laufenden – gejagten – Hasen wirklich die Richtung ändern kann (Wazurak etwa). Sich rasch ausbreitendes, alles überschwemmendes Bewußtsein, gescheitert zu sein, in oder schon vor der Mitte des Lebens. Und hier beginnt eigentlich erst die Leistung – im Kampf gegen die Resignation. Die nie in Frage gestellte, sozusagen selbstverständlich vegetativ errungene wiegt leicht gegen sie.

★

Heute früh erhob sich unvermittelt, bei strahlendem Sonnenschein, ein Sturm aus Westen, der bald die Sonne verdunkelte mit Wolken aus Sand und Staub. Draußen in der Ebene ballten sich die Wogen ostwärts – dann wurde der Himmel wieder klar und tiefblau.

★

Eine Handlung auf- und ausbauen, scheint mir so schwer wie Schachspielen mit sich selber, wenn es um die letzten Konsequenzen und alle Möglichkeiten des Stoffes geht.

★

Verurteilt zur Stimmung, zur Situationsskizze? Auch dazu gehörte Konsequenz. Altenberg hatte sie. In Leben und Literatur. Und ging zugrunde.

*

15. August 1961

Gestern mit Richter im Cafe Museum: er fragt um Rat, ob er heiraten soll, ob die Ehe mit dem Schreiben vereinbar wäre, ob der andere Mensch nicht so viel Persönlichkeit okkupiere, daß für das Schreiben weder Zeit noch Kraft bliebe. Ich rate ihm, nicht allein zu bleiben. Ein Gespräch, anregend und intensiv wie selten. Nachher überlege ich eine Studie »Der Schriftsteller und die Sexualität«. Pavese, Hemingway, Kafka fallen mir ein, K. Kraus, Altenberg – Dor, Schreiber, von anderen zu schweigen.

Und daheim demonstriert Bärbel die Fragwürdigkeit meiner optimistisch-pragmatischen Thesen der Vereinbarkeit von Gutschreiben und Gutverheiratetsein von Nachmittag bis tief in die Nacht. Schließlich überwand ich meine Aufsässigkeit, die ja leicht herausgefordert ist.

*

Ein Brief aus Haunsperg bietet bei weiterer Verschärfung der Lage Exil in Haunsperg an, für die Eltern bei der Windhagauer. Wie rührend und ahnungslos zugleich, *denke* ich und *glaube*, damit rechtzuhaben. Das seit Sonntag entschieden geteilte Berlin kann nur einen Krieg auslösen, wenn die »Westler« die Nerven verlieren. Oder den Krieg wollen, was nicht wahrscheinlich ist. Wieviele Möglichkeiten wurden versäumt: die »österreichische« Lösung, die Realisierung eines erweiterten Rapacki-Planes! Jetzt können unter Umständen Krakeeler oder wirklich Empörte vor dem Brandenburger Tor oder auf dem Potsdamer Platz einiges Unheil anrichten.

Aber trotz den Atombombern, die seit 56 in der Luft sind (was wohl kaum ein Märchen ist), wird der gewisse Knopf bis auf weiteres nicht gedrückt werden. Besser die Angst als die ruchlose Sicherheit: Peace for our time.

★

Gründerzeithaus mit einem Dach wie ein Prunksalzfaß der Renaissance.

★

Welcher Schwulst in den Gedichten von 46–50, gerade in denen, die ich damals für die gelungensten hielt: »Ich weiß nun, daß des Alleinseins auch eine untere Grenze ist …« Schauerlich! Überhaupt, wenn man sich dazu der Verkitschung des Lebensgefühls dieser Jahre erinnert!

★

27. August 1961

Mittag, strahlende Spätsommerhitze im Europa über dem Salzburger Bahnhof. Alle Kellnerinnen umgirren zum Spaß einen mickrigen jungen Mann mit Brille. Wie mir der Ober sagt, ist es der Sohn eines schwerreichen belgischen Fabrikanten. Er ist schon seit sechs Wochen im Hotel, er hatte Gehirnhautentzündung. Jeden Abend geht er ins Theater oder Konzert.

Im Spaß der Mädchen ist der bittere Hohn des Weibes über den schüchternen, impotenten Mann. Im Spiel werden die naiven Zierschürzenträgerinnen unbewußt zu Mänaden.

★

Gestern, am Nonnberg, versuchte Zangerle salbungsvoll »christliche« Dichtung zu definieren. Bieder, altmodisch, lehrerhaft, verliebt in seine Versuche, normative Punkte aufzustellen. Wie traurig ist alles Klassifizieren – auch das eigene zuweilen. Dichtung lebt und entzieht sich aller Einteilung, aller »Forderung«. Ich versuchte, insgeheim lächelnd, nachzuweisen, daß alle »wirklichkeitsgerechte« Dichtung in hohem Maße »christlich« wäre, wenn Zangerles Poetik stimme. Mit Augenaufschlag sagte er, der Stoff der »christl. D.« wären »etiam peccata«. (!)

★

Am Weg von Hallein nach Haunsperg, nachts um ½1, schien der Mond so hell, daß ich die Sonnenbrille aufsetzte: auch durch sie waren die Häuser noch leuchtend weiß. Erregender Frühherbstgeruch aus dem letzten Heu, frischen Äckern und reifenden Gärten. Etwas wie Geilheit und Tod in einem.

★

Ich möchte Bärbel ein Lederkleid kaufen, grau bis schwarz, glänzend. Symbol für souveränere Haltung? Sie wird sie erreichen. Sie hat sie, wenn sie nicht kindisch opponiert. Ich liebe sie mehr als sie weiß. Sie ist das Vollweib schlechthin: bis zur wechselseitigen Folter.

★

Über die hitzeflimmernde Stadt, gegen Bayern hin, das Nachmittagslicht des späten August: verschleiert und grell zugleich. Es macht ruhig und glücklich. Ahnung von Erfüllungen. Meditativ.

★

Bürgerlich gelangweilte Damen bei Káffe und Kuchen, zeitungslesend. Wo sind ihre Männer? Sie zeigen Erziehung und Haltung – für wen?

★

Denken, für mich allein, ist stets assoziativ, nie konsequent. Denken mit den Augen. Daher auch der ständige Bedarf an Illustrierten.

★

Zwei Menschen ohne Tabus – eine einzige Orgie in höchster Freiheit der gegenseitigen Sklaverei.

★

Erst durch Bärbel liebe ich meine Kinder wirklich.

★

30. August 1961

Um drei Uhr nachts schwammen einige Pappelflügel <?> wie kleine Inseln im Nebelmeer unter dem Flamhof. Etwas nach sieben weckte mich das sanfte Klicken der großen Klapotetz im nahen Weingarten.

★

4. September 1961

Leer, müde und irritiert nach einer Dreiviertelstunde über den neuen Zand bei Lechner und seinen Vertretern im Cafehaus Ecke Schönlaterngasse: vorgestern vormittag bin ich vergeblich wegen eines Negligees für Bärbel durch die Stadt gelaufen, aber es war herrlich. Geburtstagsfeier, Brentanogedichte und eine neue Dimension der Liebe. Völlige Offenheit voreinander, die geistige Kommunikation – registrierend sind nur Schlagworte möglich. Lektüre der Aufzeichnungen als »Beweis« angeboten. Hingabe auch des Geistigen, einschließlich aller Reservate und Objektivierungsversuche – Glück!

[…]

★

5. September 1961

Bei Winter zwischen Biedermeier-, Makartzeit- und Ikonenbildern, Verfall, dumpf und traurig, die Brokatdecke verblaßt, das Leben kann nicht mehr ganz bewältigt werden: Zeitungsstöße, Bücher verstauben, die Residuen wachsen. Nicht nur bei ihm, der um seine Frau, die vor zwei Jahren gestorben ist, trauert (sie war eine Russin, adelig) – und sich gleichzeitig an seiner eingebildeten Wichtigkeit freut. Er sieht sie bestätigt und geehrt, weil ihn Peter Weiser kommen ließ und um Rat gefragt hat. Der neue Wiener Musikmanager ist musikalisch noch ahnungsloser als literarisch.

In Winters Erinnerungen an seine Moskauer Zeit, die er mir für Müller mitgegeben hat, mischen sich verzopfter Snobismus mit intensiver Anschauung, Ungeschicklichkeit, Hölzernheit der Darstellung mit gescheiten Pointen: Unzulänglichkeit und Bewältigung – besonders markant: das (allgemeine) Darunter- und Darüberstehen.

⋆

7. September 1961

Bärbel hat die Fahrprüfung bestanden. Nach dem »üblichen« Fahrlehrer-Ausführen im Museum gehe ich mit ihr in die Stroblgasse, wo ich mittag in trüber Stimmung in einer Boutique eine Lederbluse gesehen habe.

⋆

Die Nacht vorher bei Federmann wegen der Seitentitel für Sacher-Masoch – lange aufgehalten durch Qualtinger, der jetzt einen Orson-Welles-Bart trägt (Moby Dick-Pastor). Bevor wir beginnen, in Qu. Wohnung an seiner Bar mit den Dutzenden »exotischen« Schnäpsen. Ich bin auf zwei Grappa, einen Mexikaner und ein, zwei andere blau und kann erst nach einer halben Stunde »Ruhe« anfangen. Um 3^{h} sind wir fertig – und wieder holt uns Qu. in seine Wohnung. Er meditiert über seine Zores. Gescheit und pubertär, unlösbar verquickt.

Im zyklamrot scharfen Morgen mit dem Taxi heim.

⋆

Neulich mit Jorda Lehmden getroffen, das Lautlos-Lauernde gesellschaftlich getüncht, Unsicherheit und Souveränität. Es ist bei allen Begabten alles so nahe beieinander. Lehmden: ein Bauernbursch aus der Slowakei erfaßt die Größe und Dauer des Verfalls: sein Romzyklus. Großartig das Kolosseum: Schiff und von Maden zerfressenes Geschlechtsteil in einem. – Wir sprachen über P. Leppich. Kirchlich erlaubter Hysteriker, man setzt alle Mittel ein. Die Una Sancta eine alternde Dame, die ihr Verblühen nicht wahrhaben will: sanft und bös, mit tausend Listen buhlt sie um die Gunst.

Ich bin vom Abebben der neokatholischen Welle überzeugt, die der Krieg gesteigert hat und der Antikommunismus hochhält.

⋆

Gerhard Fritsch (2. v. l.) und Freunde, Burgruine Streitwiesen bei Pöggstall 1941

Gerhard Fritsch, erster Heimaturlaub, Wien 1943

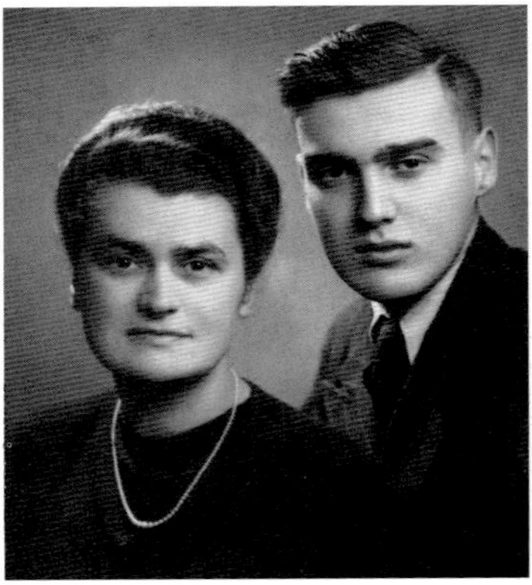

Gerhard und seine Mutter Hermine Fritsch 1942

Die Eltern Hermine und Otto Fritsch Gföhl 1946

Gerhard Fritsch und Luise König (später Myerson, Postfräulein in Purgstall) 1941

Gerhard Fritsch und Rudolfine Reinhofer Wolfpassing 1944

Hochzeit von Gerhard und Erna Fritsch
Bilshausen 1945

Hochzeit von Gerhard und
Annemarie Fritsch, Wien 1951

Gerhard, Georg und Erna Fritsch, Gföhl, Sommer 1947

Gerhard und Annemarie Fritsch
Wien 1955

Gerhard und Annemarie Fritsch
Marchfeld 1953

Gerhard, Michael und Annemarie Fritsch, Kärnten 1956

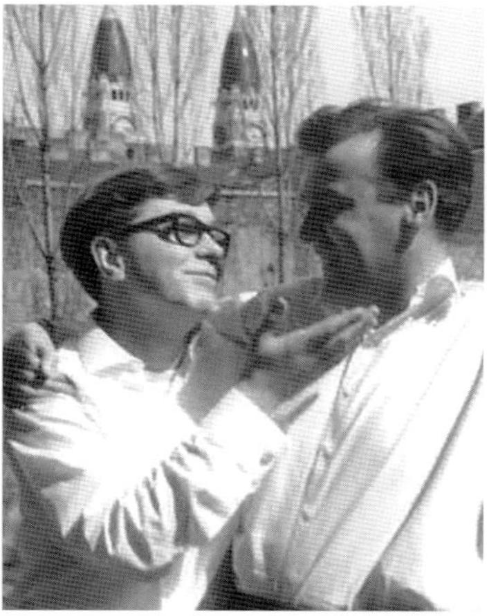

Gerhard und Georg Fritsch
Wien Simmering 1963

Gerhard, Barbara und Martina Fritsch
Wienerberg 1967

Gerhard, Georg und Martina Fritsch, Wienerberg 1967

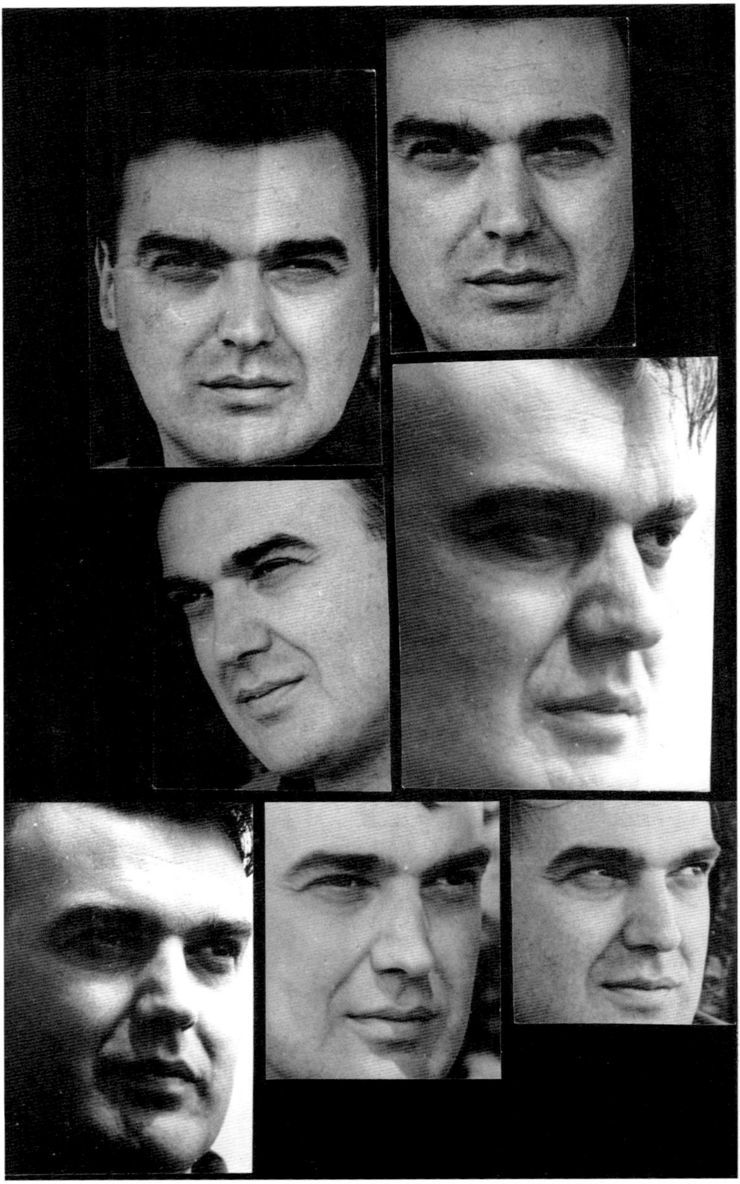

Porträts von Renate Uschan, 1966

Gerhard Fritsch als Bibliothekar der Städtischen Büchereien 1952

Gerhard Fritsch bei Friederike und Eugen Smerda, Wien 1953

Gerhard und Barbara Fritsch, Thomas Bernhard, Hedwig Stavianicek und Wieland Schmied, Obernathal Silvester 1968

Gerhard Fritsch, Thomas Bernhard, Barbara und Martina Fritsch, Niederweiden 1966

Michael Fritsch 1967

Barbara Fritsch 1966

Barbara und Martina Fritsch 1966

Diese drei Fotografien trug Gerhard Fritsch in seiner Brieftasche bei sich

Gerhard, Barbara und Georg Fritsch 1962

Gerhard, Georg, Erna und Barbara Fritsch, Wien, Restaurant Beograd 1962

Gerhard Fritsch, um 1966

Erste Buchveröffentlichung
Wien 1952

Erster Gedichtband
Wien 1954

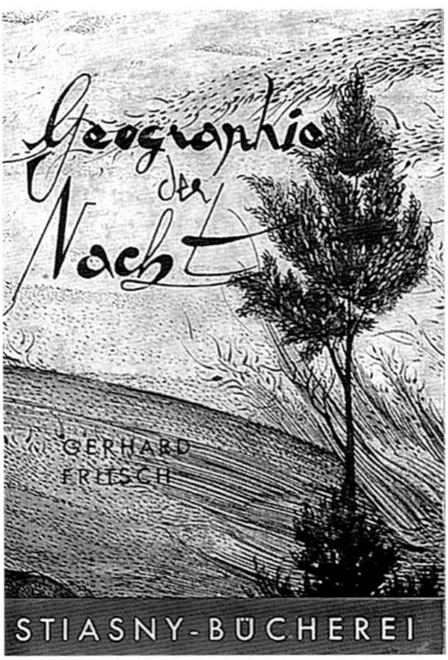

Coverzeichnung von Anton Lehmden
Graz 1962

»... die spezifisch österreichische
Situation der Stunde ...« (Klappentext)
Salzburg 1956

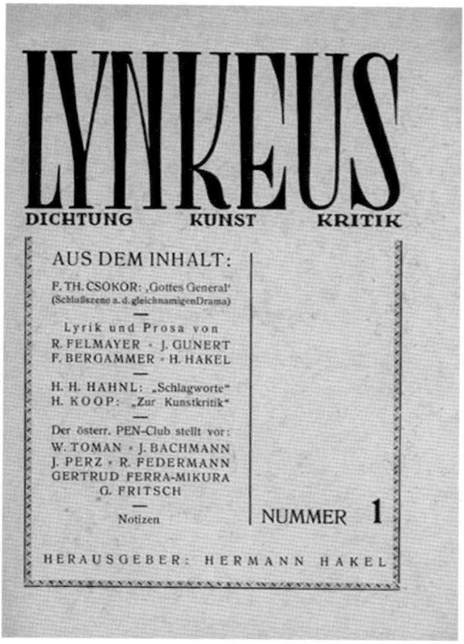

»Lynkeus« Nr. 1
Wien 1948

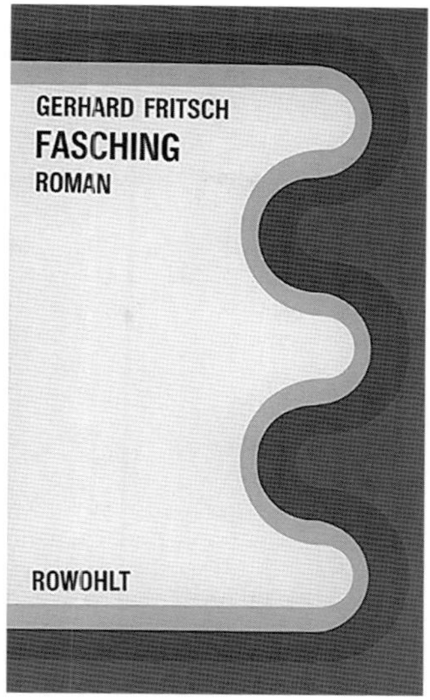

Cover von Walter Pichler
Reinbek 1967

Collage von Otto Breicha

Cover von Walter Pichler
Salzburg 1974

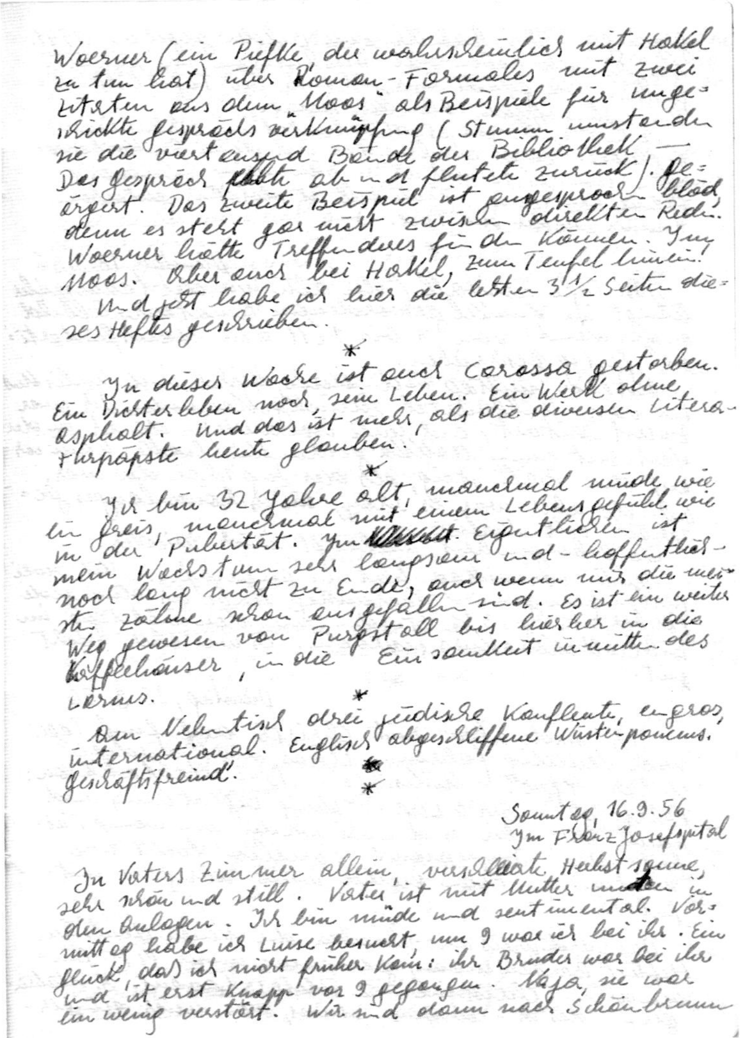

Woerner (ein Piefke, der wahrscheinlich mit Hakel zu tun hat) über Roman-Formales mit zwei Zitaten aus dem „Moos" als Beispiele für ungeschickte Gesprächsverknüpfung (Stimmungsumstände wie die viertausend Bände der Bibliothek — Das Gespräch ebbte ab und flutete zurück). Geärgert. Das zweite Beispiel ist ausgesprochen blöd, denn es steht gar nicht zwischen direkter Rede. Woerner hätte Treffenderes finden können. Im Moos. Aber auch bei Hakel, zum Teufel hinein!

Und jetzt habe ich hier die letzten 3 1/2 Seiten dieses Heftes geschrieben.

*

In dieser Woche ist auch Carossa gestorben. Ein Dichterleben noch, sein Leben. Ein Werk ohne Asphalt. Und das ist mehr, als die diversen Literaturpäpste heute glauben.

*

Ich bin 32 Jahre alt, manchmal müde wie ein Greis, manchmal mit einem Lebensgefühl wie in der Pubertät. Im ~~[illegible]~~ Eigentlichen ist mein Wachstum sehr langsam und – hoffentlich – noch lang nicht zu Ende, auch wenn mir die meisten Zähne schon ausgefallen sind. Es ist ein weiter Weg gewesen von Purgstall bis hierher in die Kaffeehäuser, in die Einsamkeit inmitten des Lärms.

*

Am Nebentisch drei jüdische Kaufleute, en gros, international. Englisch abgeschliffene Wiener-Pointen. Geschäftsfreund.

*

*

Sonntag, 16.9.56
Im Franz Josefspital

In Vaters Zimmer allein, verschleierte Herbstsonne, sehr schön und still. Vater ist mit Mutter unten in den Anlagen. Ich bin müde und sentimental. Vormittag habe ich Luise besucht, um 9 war ich bei ihr. Ein Glück, daß ich nicht früher kam: ihr Bruder war bei ihr und ist erst knapp vor 9 gegangen. Naja, sie war ein wenig verstört. Wir sind dann nach Schönbrunn

Einträge im September 1956, erstes Heft der Tagebücher

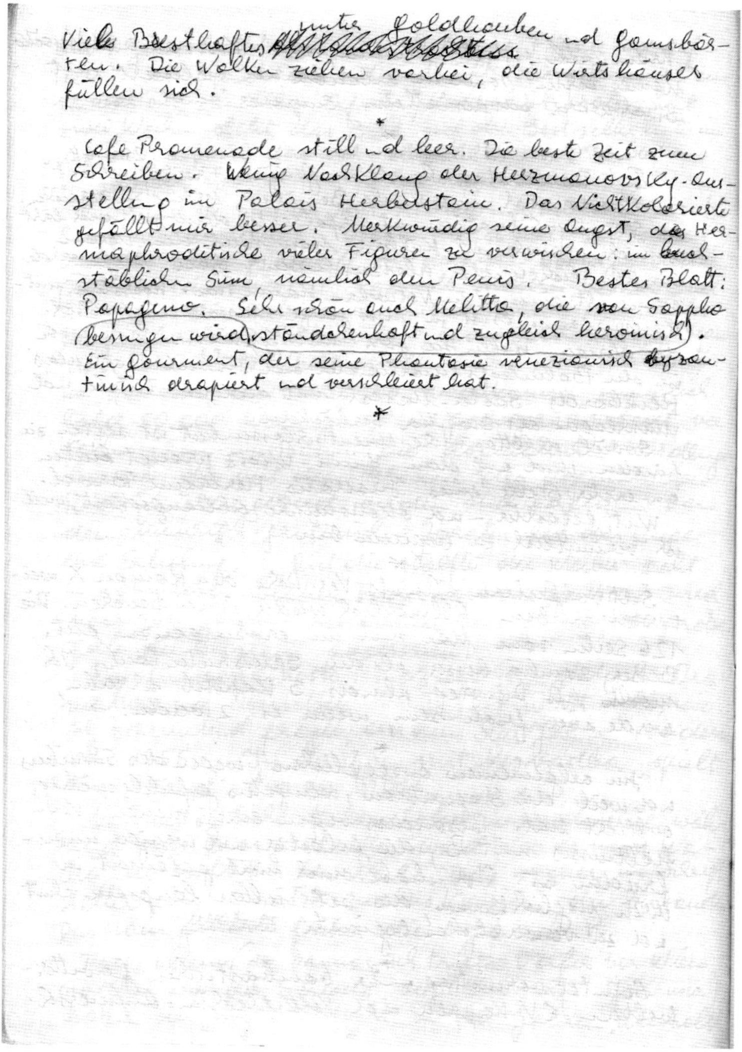

Viele Biesthaftes ~~[illegible]~~ unter Goldhauben und Gamsbärten. Die Wolken ziehen vorbei, die Wirtshäuser füllen sich.

*

Cafe Promenade still und leer. Die beste Zeit zum Schreiben. Wenig Nachklang der Herzmanovsky-Ausstellung im Palais Herberstein. Das Nichtkolorierte gefällt mir besser. Merkwürdig seine Angst, das Hermaphroditische vieler Figuren zu verwischen: im buchstäblichen Sinn, nämlich den Penis. Bestes Blatt: Papageno. Sehr schön auch Melitta, die von Sappho besungen wird, ständchenhaft und zugleich heroisch. Ein Gourmet, der seine Phantasie venezianisch byzantinisch drapiert und verschleiert hat.

*

Letzte Seite des letzten Hefts der Tagebücher, Juli 1964

Otmar Herbst, Schürzen, Abzug um 1967, Nachlass Gerhard Fritsch

Mit Henz beim Heurigen. Nachher zeigt er mir seine Orden.

⋆

Bei der Rückfahrt von Micherl sehe ich in der Thaliastraße das neulich so lang gesuchte Negligee für Bärbel. Es ist schon nach 18^{h}, aber ich bekomme es.

⋆

Durch die russischen Atombombenversuche nimmt die Radioaktivität angeblich stark zu. Nach den Zeitungen könnte man fast von einer bösen und einer guten (= amerikanischen) R.-A. sprechen, denn vor etlichen Jahren (während der russ. Anti-Atomtod-Kampagne) war immer von der Übertreibung der Strahlungsgefahr zu lesen.

⋆

11. September 1961

Immer neue Hindernisse vor dem Roman: den ganzen gestrigen Sonntag Zeitschrift (Oktobernummer) und Briefe. Völlig utopisch bis Ende Oktober fertig zu werden. Vermutlich werde ich nicht einmal »ehrenvoll« scheitern. Heute beginnt (nach Telegramm von Schwitzke) die Arbeit an der Zweitfassung des Hörspiels.

⋆

Eine Woche lang Abend für Abend die zweite Fassung der »Persephone«. Kampf gegen die Müdigkeit, der Dialog wächst aus »Kontemplation« und Erschöpfung. Bärbel hält nur mühsam durch, aber es gelingt. Ich bin manchmal ungerecht gegen sie – und sie dann gegen mich: Samstag vormittag ihre Vorwürfe wegen der nie »freien« Sonntage. Und was waren unsere Reisen, frage ich wirklich gekränkt. […]

Und dann, auf einmal, ist alles groß und herrlich: Sonntagabend, nach dem Besuch der Eltern bei uns, reißt uns das Gespräch mit. Ich improvisiere, nach dem Vorlesen einiger Sätze aus Krležas »Filip Latinovicz« Prosa voll Aktion und Dynamik. Wir wollen versuchen, in Haunsperg etliche Romankapitel im Diktat zu bauen, im ersten Ansturm sozusagen. Dann vielleicht mehr Bewegung als Statik und Beschreibung, bei der ich sonst wohl stets zu lang verweile.

⋆

Am nächsten Abend mit B. bei Kraus schließlich über das selbe Thema, er spricht dem Diskursiven und dem Atmosphärischen das Primat zu. Angeregt, nicht als Phrase. Er ist einer der wenigen, mit denen man sich ernsthaft über Literatur unterhalten kann.

⋆

Bei Brunmayr: Umständlichkeit und Reduktion des Türkeistipendiums. Er sitzt im Aktenwirrwarr und lächelt gequält ins ständig läutende Telefon: Küß die Hand.

⋆

Durch häusliche Unzulänglichkeit zweimal aufgeschobene Erledigung der Tag der Fahne-Feier fürs Burgtheater. Schließlich geht für B. eine ganze Nacht drauf. Ich liefere bei Schwarz am Tag, da Skoda starb, der als Sprecher vorgesehen war.

⋆

Mit Micherl im Museum der Stadt Wien: überraschend schön exponiert. Die drei Turmzieren von St. Stephan: am längsten zierte ihn der Halbmond mit der schmähenden Inschrift gegen Sultan Soliman. Herrliche gotische Figuren von beiden Türmen – besonders schön durch ihre Verwitterung. Die Grillparzer-Wohnung riecht ungelüftet, als hätte man auch ihren Mief konserviert. Das Loos-Zimmer überraschend stimmungsvoll. Rustikale Romantik habe ich von ihm nicht erwartet. Sie ist aber nicht zu dick.

⋆

Als der von einem Direktor Weber empfohlene »Nachwuchsdichter« und Stiasny-Berater bei Dr. Pirnat, den ich nach dem von ihm sehr dringlich geführten Telefongespräch für einen Juden hielt, der aber vermutlich ein Nazi war oder noch ist. Sein Manuskript heißt »Adolar der Schalk«. Naja. Eine traurige Mischung aus Eitelkeit, Anmaßung, Impertinenz, Ahnungslosigkeit und Positiverem. Der Autor war Steuerberater, hat durch einen Unfall ein Bein verloren und glaubt nun, an die Siebzig, ein Dichter zu sein. Rollstuhl und die Zuversicht des Geschäftsmanns: »Hier lacht Adolar, der Schalk«.

⋆

Am letzten Abend vor der Abreise ruft Kraus an, er hat bei Weikert für mich das erste der geplanten höheren Stipendien erreicht. 8–10.000,– für die ruhige Fertigstellung des Romans. Ich bin gerührt. B. ist stolz. Ihr – allerdings totales, nie abgeschwächtes – Verständnis wäre das beste Stipendium, das möglich ist.

⋆

Am 22. ein gehetzter Vormittag mit Post, Einpacken usw., Bärbel kommt nicht recht weiter, der übliche Ärger bei solchen Anlässen. Im letzten Augenblick mit dem Taxi zur Südbahn. Unwahrscheinlich heißer Sonnenschein über verschleiertem Herbstland. Ich schreibe für den Altenberg-Band die Seitentitel.

In Graz holt uns Suchy schon von der Bahn ab. Im Verlag Durcheinander bis gegen 19^{h}, dann erst Ruhe und Fahrt zum Flamhof, in eine andere Welt.

⋆

Nachtspaziergang, reife Zwetschgen aus dem Dunkel, Mond über dem Nebel, Kognak und Kerzenschein.

⋆

Am 23. um 10 an der Grenze, dann gleich in Marburg. Durch Verfahren zum Stadtmuseum, ein aufgelassenes Barock-Kloster, im Hof Römersteine und Barockstatuen. Im Hintergrund, im Schatten, eine Dutzendplastik von Erzherzog Johann als Jäger.

Der Hauptplatz groß, staubig und grell.

⋆

Pettau steigt aus der ebenen Aulandschaft, plötzlich, ohne Zubauten am Stadtrand. Mittag auf dem Schloßberg. Der wilde Wein rötet sich. Die Wappen sind restauriert. Im Erdgeschoß ein Partisanenmuseum. Bärbel meint, daß der Schrecken des Krieges besonders berührt, wenn man die Bilder der Opfer sieht und sie als Menschen wie wir erkennt. Und wenn man alle Opfer der Geschichte als Menschen wie wir erkennt? Blumenpracht im Hof. Über die Brüstung Blick über die vielfach geflickten alten Dächer gegen Fluß und Brücke, über die sich ein Lastzug quält.

Jugendstilrathaus (wahrscheinlich vom Jubiläum 1908) und gegenüber ein üppiger Barockflorian.

⋆

Überall winken auf der Landstraße Schulkinder, der Chevrolet ist eine Sensation. Viele sind bloßfüßig. Erwachsene winken nicht. Sie hocken auf Pferdewagen mit Maisstroh. Vor Varašdin ein Wagen voll kartenspielender Burschen. Viele Radfahrer. Die Häuser werden immer kleiner, das Land ganz flach. Ein paar Angerdörfer im fränkischen Stil.

⋆

Varašdin: nichts von Operettenlieblichkeit. Kaserne, Staub, ebenerdige schäbige Häuser. Die Tiefe der Provinz. Ein paar Barockfassaden und ein schöner Hauptplatz, hitzeleer. Bei der Ausfahrt (nach dem Mittagessen unter Feuerbohnen im Hof hinter einer Fassade mit Einschußlöchern) vor dem Kino Zusammenballungen von Jugendlichen.

⋆

Auf und ab auf schlechter Straße durch Slawonien; gegen Agram zu, das wir früher als vorgesehen erreichen, viel mehr Verkehr. Im Kaffee Dubrovnik am Platz der Republik vergebliche Versuche, Gorjans tel. zu erreichen. Später erfahren wir, daß sie hier Zehntelanschlüsse haben. Kurz bei Gorjans, überraschender Eindruck von Enge und Schäbigkeit, der sich am nächsten Tag gibt.

Durch die Zagreber Messe Mangel an Quartieren: wir wohnen durch »Putnik« (die Wirtin wartet dort!) in zwei Zimmern in der Moše Pijade. Blick in den ehemaligen bischöflichen Park. Zerlings sind sehr unglücklich. Sie erkunden auch bald, daß es im »Esplanade« doch Zimmer gegeben hätte (für Ausländer). Die Fassaden sind nun sehr häufig neu gestrichen und tadellos, dagegen sieht es in den Häusern trostlos aus. Verfallene Stiegenhäuser, eingeschlagene Briefkästen neben der Einfahrt usw. Durch Zerlings beinah unwillkürliche »Kapitalistenaugen«.

Das Badezimmer in M.P. 14 ist dreckig. Jenseits der Save und der Seife (Roda-Roda)? Nicht ganz so arg wie am Campiello Mosca in Venedig, aber es reicht. Doch dafür kann Tito wenig. Immerhin enthält es auch eine elektr. Waschmaschine.

⋆

Dreimal Zagreb: die Oberstadt mit ihren Palästen, Gärten und Barockkirchen, mit St. Markus und der Stelle im Pflaster davor, wo der glühende Thron des Bauernkönigs stand, mit dem Steintor und den Gaslaternen: Österreich wo man hinschaut, verzaubert, verwunschen: seit 1900 nichts verändert. Wir gingen Sonntag nachts von ½3 bis ½4 durch die gepflasterten Gassen. Eine Stunde kein Mensch außer einem Polizisten vor der Markuskirche. Gaslicht und Mondschein. Ab und zu ein welkes Blatt.

Die Unterstadt zwischen Ilica und Bahnhof – vielfältige Gründerzeit und Zubauten zwischen 1918 und 41. Schön der Park mit den beiden Platanen-Alleen, die neugotische Universität, das Theater (wie das Dt. Volkstheater), alles behäbig, ein bißchen verfremdet durch Schlamperei und anderes Schicksal.

Neu-Zagreb jenseits der Bahn, wo früher nur Hütten standen: die Straße des Sozialismus, Str. d. prolet. Brigaden genannt. Großzügigste Planung, Riesenfahrbahn, Monsterklötze betont modern, Hochhäuser – dazwischen die Buden von früher. Nicht ohne Stil, z.B. Rathaus, Universitätsbauten, Etagenwohnungen (zweigeschoßig) in Wohnmaschinen nach Corbousier. Aber alles seltsam dunkel und grau, als stünden sie schon 20 und nicht erst 2 Jahre.

⋆

Autoput Z. – Lubljana: wir fahren am Sonntag mit Gorjans ca 70 km nach Otočec, einem restaurierten Schloß nah der Autostraße an der Krka (Gurk) das der Sitz der Studentenbrigade war, die die Autostraße (von Belgrad her) gebaut haben. Renaissance – Barock, jetzt Hotel. Prachtvolles Essen mit Blick in eine wunderschöne Fluß-Parklandschaft. Wir gehen durch sie später spazieren: ich rede mit Gorjan über den Kommunismus, den er – in gewandelter Form – für die allgemeine Zukunft hält, über Djilas und Kolakowski, den er nicht kennt.

Von allen Ideologien ist der Sozialismus für mich die einzig diskutable – aber eben nur mehr diskutabel! Ich stehe zwischen Sozialismus und Liberalismus, immer näher dem letzteren. Im Geistigen ist das klar, sozialpolitisch aber kaum möglich. Aber auch die Reglementierung nach Thesen nicht. Als Autor gesellschaftskritisch – gut, als Historiker soziologischen Entwicklungen nachspürend – ja, aber …

Ideologien dürfen eben nicht ganzheitlich sein!

⋆

Sonntag abends bei Gorjans mit Matkovićs (Er: geistreicher Nußknacker, sie: eine Verkörperung der Durrellschen Justine auf kroatisch) und Petar Šegedin, dessen Roman »Gottes Kinder« zur Übersetzung vorgesehen ist. Ebenso soll 62 Krležas »Bankett in Blitvien« und Horvats »Weder Traum noch Wirklichkeit« bei Stiasny erscheinen. Šegedin, ebenso schüchtern wie weltmännisch, war fünf Jahre Kulturattaché in Paris. Er ist Dalmatiner und schwärmt, halb echt, halb gespielt, von Österreich-Ungarn (am Nachmittag waren wir auch in Samobor, wo einmal ihre Grenze war). Ich definiere, möglich fair, das Austriakische. Austriak nennt man um Fiume jene, die weder Italiener noch Slowenen oder Kroaten sein wollen. Österreichisch als Haltung. Ein sehr schöner und geistreicher Abend unter der diskret-väterlich-kameradschaftlichen Hut Zlatko Gorjans.

⋆

Montag vormittag bei Joža Horvat, der Direktor in der »Matica« ist (1830, ältester kroat. Verlag). Ein kleiner, drahtig-unauffälliger Mann etwas über 40. Er war Partisanenkommissar und macht lt. Gorjan keinerlei Gebrauch von seinem Ruhm. Rakija und Gorjan als Dolmetsch. H. lädt Zerling zur Jagd auf einen kapitalen Hirsch während der Brunft 62 ein.

Krleža kommt leider erst Donnerstag zurück. Hoffentlich bekommen wir »Blitvien«. Da alle mit größtem Respekt von ihm sprechen glaubt Z., der Chef ist vor allem Bonze. Ich denke (und hoffe), der Respekt gilt dem großen Dichter K., dem wir in Österreich nichts gleichrangiges entgegenzusetzen haben, wenn man vom Latinovicz aufs Gesamtwerk schließt, das allein auch schon quantitativ unglaublich ist.

⋆

Montag um 14^h kommen wir in Laibach an (Stundendurchschnitt des automatischen »Chevvi«, den alle bestaunt haben, 125 km). Buffett, Konditorei. Frau Z. findet L. viel westlicher, was auch zweifellos stimmt. Verkehrspolizisten in weißen, marineähnl. Uniformen wirken italienisch. Vor den Auslagen des staatl. Antiquitätenladens ikonensüchtig. Leider bis 17^h geschlossen. Und die Preise gegen 1959 gut verdoppelt, wenn nicht mehr!

⋆

Frau Z. nimmt uns zu ihren Treffen mit einer Kollegin mit, mit der sie brieflich etwas abgewickelt hat. Sie heißt Ljuba Prenner – es kommt ein etwa 55jähr. kleiner, dicker »Mann«, bis in jedes Detail der Bekleidung, der sehr burschikos lustig uns in einem Kastaniengarten bewirten läßt und dabei drauflos parliert. Vater aus der Gottschee, nach dem Krieg eine Ohrfeige für den Staatsanwalt, deshalb 7 Jahre Berufsverbot, Bramarbasieren gegen die »Volksrepublik«, Freund von Bruno Brehm usw.

Wir lachen noch lange über Herrn Ljuba, überhaupt als Dr. Z. von ihrer Naivität bei der Begegnung in der Kanzlei erzählt: »Ich dachte Ljuba ist ein Mädchenname« usw.

Berlin 1928 in Laibach 61. Und Bärbel feixt …

⋆

Unsere erste Ikone: ein halber Deckflügel, bäuerlich primitiv, sicher gar nicht alt, wahrscheinlich auch z. T. ausgebessert. Aber sehr froh darüber.

⋆

Fahrt durch den nächtlichen Pachern von Cilli nach Marburg. Um 22 an der Grenze, durch Nebelschwaden um 23 am

Flamhof, um 24 an der Bar im Grazer Daniel. Wir versichern einander alle vier, wie schön und interessant diese Reise war. Sie war es aber wirklich. Und recht kameradschaftlich waren Zerlings.

★

Ein Tag Wirbel im Verlag. Und die Nachricht vom plötzlichen Tod Hanns v. Winters: Er stürzte Samstag vormittag in der Kärntnerstraße zusammen.

Es geht mir sehr nahe, vor ein paar Tagen las ich seine Erinnerungen. Ich habe sie im Koffer für Müller. Wieviel hat er noch erwartet und erhofft. Nicht nur die Romreise dieser Tage.

★

30. September 1961

In Haunsperg ab 27.9. abends. Irritation und Ruhe gemischt wie immer. Nervosität und Tabus als Grundhaltung der Familienfrühstücke und Abende.

Briefe und Erledigungen schieben sich Tag für Tag vor dem Fortsetzen des Romans. Und heute waren es sechs Seiten in diesem Heft.

3. Oktober 1961

Goldener Herbstdunst. In vielen Salzburger Durchhäusern Mauerschwamm, Kruzifixe, Kisten und Gerümpel. Nistplätze der Angst von Trakls Jugend: Tod, der schwesterliche Knabe, im dunklen Eck. Armut, die verkommene Trödlerin.

Draußen Teenager: der Austrian-Look wird Mode.

★

Der große Kitsch-Hofer auf dem Berg Isel wurde gesprengt. Sein Finger zeigt angeblich zum Brenner. Wird in bürgerlichen Gehirnen faßbar sein, wenn sich herausstellt, daß es Nazis waren? Es liegt doch recht nahe.

Sie haben noch nicht einmal begriffen, daß am 31.8.39 KZ-Häftlinge in polnischer Uniform den Sender Gleiwitz »angegriffen« haben.

★

6. Oktober 1961

Das Diktieren des Romans scheint zu gehen, zeitlich kein großer Gewinn, aber vielleicht einer an Dynamik. Bestimmt an Konzentration, da meine Ablenkbarkeit wegfällt, die besonders stark ist, wenn ich allein schreibe. Häufig jedenfalls.

★

7. Oktober 1961

Seit vorgestern brennen große Latschenflächen im Tennengebirge. Das Massiv ist von Qualmwolken gekrönt. Über dem Paß Lueg zieht manchmal eine Rauchfahne. Der starke Sturm trieb sie heute morgen bis über den Hohen Göll.

★

Heinrich Klier, der in Rief so vernünftig für die »Reise« eintrat, wurde verhaftet: er soll einer der Hauptrrädelsführer der Sprengstoffanschläge in Südtirol sein.

★

12. Oktober 1961

Milder Nachmittag, herbstverschleiert. Ich sitze erschöpft im Kaffee Haag und schaue in den Schottenhof.

[…]

★

Ein Tagebuch wird unweigerlich zur Aufzeichnung des Sterbens von Bekannten. Heute in der Bücherei, im Gespräch mit Schindler, erfuhr ich, daß Schneider, der Heizer, vor einem Jahr aus der Straßenbahn gefallen ist. Vor ein paar Tagen starb der dicke Buchhalter Franke von der MA 7, der Kommunist und

Liebhaber von Pornographien war. Dafür hat die Dr. Reinemer geheiratet. Ihren langjährigen Freund Hossarek. Den Vater der »schönsten« Leserin in der 33er Bücherei (laut Bächer).

⋆

Vorgestern nachts war Bärbel großartig, als es unseren alten Nachbarn schlecht ging. – Wie wunderlich nahe wohnt alles in uns.

⋆

Hiesels »Herr Pum« neulich im Rundfunk. Ungeschicklichkeit als Hörspiel frisiert – Routine des »Dramaturgen«? Aus Nichts nichts zu machen: dies aber perfekt.

⋆

Man schreibt ab – für die Steuer gern, im Leben dafür mehr. Ab-Schreiben sollte dennoch für den Schriftsteller ein Problem bleiben. Schon wegen des teuflischen Wortspiels.

⋆

Montherlants Tagebücher 1930–44: weniger unsympathisch als erwartet. Großartig die Seiten über das »Heraushalten« des Schriftstellers aus allen »Gesellschafts«-Pflichten, und vor allem: seine Meditationen über die Zeit, die er haben muß!

⋆

Aber (beim Gehen durch die Wipplingerstraße eingefallen): Wenn man die anderen durchschaut und ihre Schwächen vor sich nicht beschönigt, dürfte man nicht vergessen, daß man sie umso klarer erkennt, je mehr man über seine eigenen Fehler, Jämmerlichkeiten und alles Unzulängliche der geschätzten (oder ungeschätzten) eigenen Person unterrichtet ist. Und ferner: daß man möglichst denselben Maßstab anlegen sollte: den an sich gewonnenen. Den der sehr unzulänglichen Beherrschung. Man bereitet sich mit sich selber doch auch einige Enttäuschungen!

⋆

Vielleicht doch einmal eine neue »Dimension«?

⋆

Die Monarchie wurde vor allem von ihren Deutschen verraten, von den alpinen klerikalen allerdings viel weniger als von den Sudetengermanen mit den tschechischen Namen (Beim Denken an Gespräche in Agram).

★

13. Oktober 1961

Mit Reinhard im Eiles, Hakel, gealtert und blaß wirbt für sich und sein neues Buch Wiener Witze. Seine Unerträglichkeit rührt – wenn man nicht viel mit ihm zu tun hat.

★

Reinhard fragt mich nachher nach »günstigen« Stundenhotels – etwas umständlich und aus der »Übung« gekommen. Nach zwei Stunden ruft er an und verpflichtet mich noch ausdrücklich zum Schweigen, auch vor Bärbel. Er wäre bis jetzt mit mir zu einer Besprechung zusammengesessen. Das uralte Spiel.

Ich tanze aus der Reihe, da ich es Bärbel doch erzähle. Sie zieht übrigens den richtigen Analogieschluß. Völlig instinktiv.

P.S. Ich empfahl R., statt des Hotels mit dem Auto in den Wienerwald zu fahren. Er fragte: Bin ich a Turner?

★

23. Oktober 1961

Tag und Tag vergeht, am Roman geschieht nichts. Immer wieder andere Arbeiten.

[...]

★

Der lange Sonnenherbst ist zuende, seit Mittwoch, als ich mit Micherl in Simmering gratulieren war, schüttet es jeden Tag ein paar Mal. Ich gehe mit dem neuen Regenschirm, dem einst verachteten Apparat, habe seit Freitag einen neuen Anzug, elegant wie noch nie einen, und besitze einen neuen Wintermantel – aber mir ist in jeder Beziehung sehr mies. Was sollen mir die türkischen Eindrücke, wo der Roman so schauerlich in der Luft hängt? Ein paar Tage am Meer, in einer verregneten italienischen Kleinstadt, oder Venedig im November – das würde mir guttun. Und vor allem: nichts als Schreiben.

Keiner geht mit seiner Begabung so scheußlich schlecht und nachlässig um. Und ich kann es mir weniger leisten als andere, denn die Begabung ist nicht gerade stark. Es reicht so auf Anhieb auf einen vorderen Mittelplatz, wie in der Schule – und das Weitere ereignet sich nicht, denn es erforderte Kraft und Nachdruck.

*

Ein PEN-Vorstand als Nebbochantentagung: skurril wie für einen »veristischen« italienischen Film – der Regisseur bräuchte nichts zu arrangieren. Großaufnahme Nüchtern, den stotternden Carry Hauser und Csokor, senil und infantil zugleich, noch immer und schon wieder nur von sich redend, unfähig, irgendetwas anderes aufzufassen. Das Pathos von St. Schnee, die Hofmann mit einem Arm und 1000 Ellbogen, Gunert verfallend, der fette Felmayer geradezu noch ein Jüngling und Geistesriese.

Alles in der makabren Schlamperei der Hanelschen Wohnung. Boheme als Lebensschwäche und Unfähigkeit. Vereinsmeierei, Phrasen und alles längst unwirklich und überlebt.

*

Die angesagte russische 50 Megatonnenbombe, die Revolte des »stalinistischen« Albanien, der Herbst und der Regen. Der Regen.

*

Ob die Verschiebung der Türkeireise sinnvoll war? Ich *muß* es hoffen. Wenigstens ein paar Kapitel der versickernden Zeit abtrotzen. […]

*

Vater ist fünfundsiebzig. Rosen, Briefmarken und Harmonie, die nicht nur Oberfläche ist. Seit Jahren rede ich mit Vater nichts »Grundlegendes«, überhaupt nichts »Wichtiges« – und doch ist da eine verbindende »Konversation« der Achtung und der Liebe. »Konversation des Schweigens«? Eigentlich möchte ich ihm noch vieles sagen, ja sogar auch fragen, wie früher, auf den Feldwegen, auf dem Schulweg auch – aber das geht wohl nicht mehr. Scheu; Angst auch, vor Gemeinplätzen? Vor eigenen und seinen?

Er hat das Leben gemeistert. Oder nicht?

Wieviel Resignation hat er gebraucht? Oder darf man alles »Bescheidung« nennen?

⋆

Es fehlt mir immer mehr die nicht sofort begrenzte Zeit der »Kontemplation«. Nicht nur für die Lyrik (meine letzten »Gedichte« entstanden im Dezember 59!).

⋆

27. Oktober 1961

Alles kommt zusammen und verhindert jede Konzentration auf den Roman. Nach der Jury für den Wiener Jugendbuchpreis (»Kampf« für Habeck, fast im Alleingang) und dem Brief von der Ablehnung auch der Zweitfassung des Hörspiels (ab S. 25) kam Hiesel auf eine Nacht zur Diskussion (von 10 bis 4) – ich bin ärgerlich, aber auch unsicher (so überzeugt, daß ich für die Endgültigkeit meiner Sachen »kämpfen« kann, bin ich selten). Zur »Profilierung« der Figuren fällt mir für Grigorios Männerbündelei und politische Verschwörerabsicht ein. Hiesel (arrivierter Schaffner, von seiner eigenen Tüchtigkeit ergriffen – und doch sympathisch) stimmt begeistert zu. Lec rief an, er ist nach Jahren wieder in Wien, ich muß zu Weikert wegen der Förderung des Romans und mit Kraus alles Mögliche besprechen …

Wann soll man nachdenken?

Und dann kam gestern Habeck und blieb und blieb. Schließlich lud er mich ein, in seine Loge zu kommen! Das Ergebnis war bei mir zunächst nichts als Überraschung. Daß er FM ist, daß ich soll usw. Gefühlsmäßig bin ich dagegen (Klimbim, Hierarchie usw.), verstandesmäßig zwiespältig. Haltung des Spielers. Ich bat natürlich um Bedenkzeit und beschäftige mich mit diesem völlig neuen Komplex: ich empfinde starke Abneigung, andrerseits auch gewisse Sympathien und natürlich auch das leidige Geschmeicheltsein.

B. ist völlig dagegen, von ihr aus klar und richtig: ein schöner Nachtspaziergang durch fallendes Laub.

★

Bei Weikert. Mit Kraus. Wohlwollende Geschäftigkeit: Förderung durch 10.000,– S Stipendium. Leider muß ich darum ansuchen.

★

Ivo Andrič erhielt den Nobelpreis. Krleža hätte ihn eher verdient. Viel eher. Aber das ist ja das Übliche. Immerhin haben schon weniger wichtige Leute diese Million erhalten. Vor zweieinhalb Jahren sahen wir Andrić in der Ecke des Agramer Fischlokals in der Ilica sitzen; ein älterer Bürger, friedlicher Pensionist höheren Ranges.

★

Beim Aussteigen aus dem 66 neben dem Blumenstand braunes Packpapier, viele Polizisten, die Neugierige abwiesen (der Tote – oder mehrere? sollte gerade abgeholt werden): Wollens mit der Rettung weggefahren wern, wenn Ihna schlecht wird?

★

Die 30 Megatonnenbombe ist schon explodiert. Nowoja Semlja. Die radioaktive Wolke zieht über Rußland, der gefährlichste Niederschlag soll erst im Frühjahr mit dem Regen herunterkommen. Vor allem zwischen dem 60. und d. 30. Breitengrad. Die Presse tobt, zwischen Wien und den USA. Einmal mit *vollem* Recht. Der Weltfriedensrat schweigt und wird eingehen. Mr. K. scheint in den Händen der Militärs zu sein. Er muß sich megatonnenstark machen.

★

Der Tag der Fahne, die offizielle Feier zum zweitenmal von mir. Diesmal im Burgtheater und nichts »Gedichtetes«, nur Zusammenstellung und verbindender Text. Die Radio-Übertragung hörte ich nach B.s Vorstellungen, widerstrebend. In der Loge im Theater saßen die Eltern. Ich bin sehr froh, mit gutem Grund Arbeit vorgeschützt zu haben. Ich will Gelegenheitsarbeiten von mir nicht hören, auch wenn sie soweit gelungen sind. Tick? Eine seltsame »Keuschheit«, etwas grotesk.

★

Molotow wird am Moskauer Parteitag weitgehend angebelfert, man fordert seinen Parteiausschluß und eine gerichtliche Verurteilung. Der Kommunismus kann auch, relativ unblutig zur Zeit (wenigstens in der Führungsschicht), nicht über seinen fatalsten Schatten springen (die dogmatische Lächerlichkeit des ideologischen Opportunismus). Der pensionsreife Berufsrevolutionär, einer der vorletzten der großen Garde, der in Wien seit einem Jahr bei der Atombehörde agiert, geht inzwischen im Belvederepark und im Prater spazieren. Ein altmodischer Herr, der in der Wohllebengasse logiert, mit seiner Frau eingehängt geht und der Zeitungsfrau zu Weihnachten eine Dose Kaviar geschenkt hat.

Was (und wie!) denkt der bürgerliche alte Herr?

★

Der Tote von heute morgen steht schon in der »Abend-Zeitung« – Ein Vierundsechzigjähriger, der aufspringen wollte.

★

Wien ist mehr amerikanisiert als Warschau russifiziert.

Im Zuckerbäckerpalais (Stalins Geschenk an die Polen) sind zwei Theater, die dem betonten Avantgardismus huldigen, dort spielt man Ionesco, Dürrenmatt, Beckett. Zudem finden im Palais Jazz-Orgien statt.

Vom Haß auf die PAX-Leute, von Reich-Ranickis Vergangenheit (Gettopolizist), von der Zensur, Gomulka, seinem Schicksal von 50 an erzählt mir Stanislaw Jerzy Lec, den sie in Polen in einem Gedicht den Erzherzog Stanislaus Georg genannt haben.

Er erzählt spritzig, pointiert und versinkt dazwischen in scheinbare Gedankenlosigkeit. Ab und zu horcht er, als würde er auf einen Spitzel achten müssen. Ungebrochen, wenn auch gealtert, von souveräner Aufsäßigkeit, klar, Stalinistenhasser, ein großer Mann, ebenso gescheit wie sentimental – nach

9 Jahren zum erstenmal wieder vor dem Vorhang. Ein Dichter, ein Pole und ein Jude: ein Mensch unserer Zeit.

Er versprach, mir Gedichte zu schicken, und bat um mein Polen-Gedicht, gerührt ohne Getue. Er besitzt nur eine Maschinschrift. Er will versuchen, meinen Roman und auch Gedichte in Polen erscheinen zu lassen: Freude.

⋆

Warum verstehe ich Leute wie Lec und Gorjan viel eher als unsere Dichter und Literaten? Ich halte sie für bedeutender und bin sogar davon überzeugt: im Gesamtmenschlichen. Sie sind Persönlichkeiten. Qualitäten. Und sie haben Schicksale, nicht nur Erfolgsbilanzen und Steuerbekenntnisse.

⋆

28. Oktober 1961

In den Vorstadthöfen von Baumgarten gilbende, fallende Kastanienblätter, der Herbst ist noch wie immer traurig und schön. Die elegische Idylle, Erinnerung an Spaziergänge. Das viel stärkere Gefühl für Landschaft, Wetter und Stimmung, die größere, ungleich tiefere innere Ruhe – das Allein- und Fürsichsein, die viel geringeren Wünsche an das Leben.

Vorstadtidyllik eben, was aber nicht verächtlich hergeschrieben ist. Breitenfurterstraße, Eibesbrunnergasse, Altmannsdorf …

⋆

Ein wässriger Mond zwischen Wolken, nahe noch den Schrebergartenbäumen, die schon vielfach bis auf die letzten Triebe entlaubt sind. Langhin die Rauchfahnen der Liesinger Schornsteine. Seltsames Licht. Der Rauch hell vor starkem Dunkelblau.

⋆

29. Oktober 1961

Zufälle: Randak ruft an, er will Rat für einen Job, der Rundfunk beschäftige ihn kaum noch, die Literatur (Schönwiese;

Glaser, Giese usw.) sei völlig in Händen der Dorotheergasse. Stichwort FM, Freund Habeck!

★

Was für ein Sonntag! Verzweiflung erschöpft mehr, als die schwerste und verhaßteste Arbeit je könnte. Bärbels Unzufriedenheit (in jeder Beziehung) ruiniert mich allmählich ganz. Sogar heute trifft sie messerscharf, nachdem ich mich gestern abends im Hurenkaffee über Zeitungen ein wenig beruhigt und befriedet hatte.

Vergeblich allein in der Dämmerung um die alten Häuser der Ziegelarbeiter gelaufen. Was hilft der Herbst mit seiner »Stimmung«, die fernen Lichter der Stadt! Lauter alte Rezepte, die nicht mehr wirken!

★

Die Steine verwittern. Man braucht sie nicht zu »erweichen«.

★

30. Oktober 1961

Die Superbombe ist (doch!) heute explodiert, Good old Joe wird zum selben Datum aus dem Mausoleum geschleppt – Lektüre der Abendzeitung im stinkenden, tristen Kaffee Hohenstaufen. Draußen schüttet es. Man wird sich allmählich vor dem Regen zu fürchten beginnen, wie in Japan vor ein paar Jahren. Vielleicht auch mehr.

★

Zwischendurch lese ich byzantinische Geschichte, erstes Einstimmen auf die Reise, die wie alle größeren Unterbrechungen des Alltags und der Arbeit wie eine Flucht sein wird. Daß ich mit Bärbel die Zeit (= das Leben!) nicht besser bewältigen kann, macht mich fertig.

★

Mittag bei Ellenberger für Zerling. Ein Phrasenonkel, der ebenso Widerwillen wie Achtung erregt. Letzteres, weil er so viel bewältigen kann und auch etliches weiß.

★

31. Oktober 1961

Im Haashaus, Blick über Dämmerdächer. Erschöpft, mutlos nach neuerlichem Streit mit B. und Ärger in der Zentrale. Wieviel Borniertheit und Schwäche!

Um fünf Uhr dröhnen die Glocken vom Dom, als könnten sie alles wieder einrenken.

Hoffentlich kann *ich* es – für B. und mich. Wieviel ist das immerhin!

*

3. November 1961

Die Totentage waren in diesem Jahr sonnig und noch voller Blätter, die Bäume leuchten am Nachmittag gelb, bevor sie den langen Schatten zum Opfer fallen. Allerheiligen, den ersten richtigen Arbeitstag seit langer Zeit, waren wir gegen Abend auf dem Inzersdorfer Friedhof, hinter dem groß und unverbaut wie eh und je die Ebene beginnt. Die Lieblingslandschaft der Jahre 40, 41 ist mir noch immer nahe in ihrer beziehungslosen, unverbindlichen Elegie.

Allerseelen waren wir mit Mutter am Hetzendorfer Friedhof und nachher am Hietzinger. Dollfuß, Conrad, die pompösen Gruftkapellen und Hermanns Grab: eine schlechte H. Moore-Nachempfindung, die B. allerdings sehr schön deuten kann.

Ich bin der letzte der drei Freunde, die Burenkrieg, Eisenbahn, Bazar, B. Rosenmayer usw. gespielt haben. Vor dem Grab fällt mir vieles wieder ein – unter dem Hakenkreuz war die Jugend noch seltsamer als sonst. Der eine verschwand in den letzten Kriegsmonaten, Hermann holte der Krieg bei der Europa-Brücke ein, fünfzehn Jahre nachher. Ich bin übrig und könnte so vieles aufzeichnen, wenn ich es wollte. Aber noch lebe ich vorwärts, wenn auch immer schwerer.

*

9. November 1961

Letzter Tag vor der Reise, Herbstnebel. Am 8. August nahm ich mir vor, bis zur Türkeifahrt den Roman fertigzuschreiben. Vorgestern ist das 18. Kapitel nach vier Anläufen gelungen. Also die Hälfte statt des ganzen. Unvermögen, elende Konzentration und die ständigen Reibereien mit B. sind daran schuld. Wie wird es *nach* Istanbul werden? Ich fürchte, nicht viel besser, das »Programm« ist schon jetzt ziemlich umfangreich. Und zu alledem leben wir weit über unsere Verhältnisse. Mit der Vorauszahlung von 20.000,– für das Auto sind alle Reserven bis auf die Steuer 62 weg.

⋆

Kleines Kaffee in der Argentinierstraße, meistens Pensionisten. Früher fand ich in solchen Lokalen rasch Konzentration und Arbeitsfreude – nun fast immer nur stärkere Resignation. Ich bin, so grotesk das ist, vom vielen Ungetanen wirklich »fertig«. Vielleicht macht es Istanbul besser. Ich tue B. bestimmt oft unrecht, aber sie trifft so leicht genau ins Zentrum der Irritation. Nicht selten allein durch ihre Konzentrationslosigkeit. Sie ist der verkörperte gute Wille des Menschen, dem immer wieder die Kraft fehlt. Und ich erwarte von ihr zuviel. Wie von mir selber.

Aber wenn man nichts verlangt?

[…]

⋆

Kleines Kaffeehaus am Abend, Rastplatz der Melancholie, uninteressant sind die Zeitungen und Illustrierten geworden, das Lesen eine abflauende Gewohnheit wie das Skizzieren der nie vollendeten Geschichten …

Und doch: weiter. Überwundene Krisen sind Siege, sagt ein Gemeinplatz, der wie sehr viele seinesgleichen richtig ist. Auf nach Istanbul!

⋆

Stalingrad wird angeblich umbenannt – das hat Mythen noch nie gut getan.

*

Die dunklen Vorstadtgassen sind schon wie vor Weihnachten, am Abend. Der Geruch des Brikettrauchs und noch manches unwägbare, nicht zu beschreibende.

*

Heft IV

Mai – Oktober 1963

Mai / Juni 1964

Hungerburg, 15. Mai 1963

Am Morgen Nebel, aus dem dann immer schneller und dichter Regen fällt. Gelegenheit zur Arbeit im Tagesraum des Heims, völlige Ruhe, keine Ablenkung von außen. Dafür von innen – vor jeder Beschäftigung mit meinen Plänen, vor der ersten Zeile wie immer der Zwang, eine Zeitung durchzublättern, auch wenn sie alt ist wie hier. Und dann kommen die Bilanzgedanken. Hemmend mehr als anspornend. Der Ehrgeiz hat – leider – mit den Jahren zugenommen. Die Konzentrationsfähigkeit ist schwächer geworden. Die Belastung mit dem Kram, von dem ich lebe, ist stärker, als ich mir zugebe. Aber das ist bis auf weiteres nicht zu ändern: ich habe Verantwortung (fühle sie viel stärker als früher) und will vor allem Bärbel ein ordentliches Leben sichern.

⋆

Vor der »Arbeit« im leeren Tagesraum (unpersönliche »Gemütlichkeit« der Heime aller Couleurs) um Zigaretten. Das Auftauchen der Gondel aus dem Nebel bemerkend: zu wenig Geduld, die Einfahrt in die Station abzuwarten. Rasch ins Geschäft (Verlust der »Zeit«, die ich dann potenziert vertrödle) – und zu spät gekommen. Die Gondel schaukelte schon aus. –

⋆

Verhältnis zur Landschaft (während des Rückwegs überlegt) anders als früher. Nicht mehr spontane Harmonie. Sie bleibt kulissenhaft, nur Details ergreifen. Weniger elegische Romantik, dafür immer gehetzt von selbstgestellten Terminen, die ohnehin nicht erfüllt werden. Total»ergebung«, Vergessen der Zeit, der Pläne, nur für B. und die Träume mit und von ihr. Statt Landschaft Fleisch. Besser: der Mensch, das Du. Wenn es nur nicht so geschwollen klänge!

★

D. Zeemann beim Nachtmahl gestern: Der starke Lebenswille, das Interesse an allem seien entscheidend für das Weiterkommen eines Schriftstellers. –

Daran fehlt es wohl nicht, nur an Entschiedenheit, das Interesse umzusetzen.

★

Die Gewißheit des Scheiterns darf nicht dazu führen, die Hände gleich in den Schoß zu legen. Es kommt auf das Niveau des Nichtbewältigens an.

★

Ist das vegetative Denken wirklich ausschlaggebend für die literarische Leistung? Da es eher feminine Vorzeichen hat, taucht dieser Zweifel auf. Ich denke allerdings auch, daß das »andere« Geschlecht, von seinen Konventionen befreit, schöpferisch viel stärker als im Lauf der bisherigen Literaturen hervortreten wird.

Konstruktives (strukturell männliches) Denken führt zu dürren Skeletten, zu Arbeiten von Johnson, Jens etc.

Geistige Bisexualität des Autors als günstigste Basis?

★

Es regnet in die Fichten und Gedanken. Wahrscheinlich genügten drei Monate ohne Ablenkung und ohne Sorgen um die Kinder, das Geld, die Familienangehörigen (und eine Bärbel, die auch keine Sorgen hat), um den Laskaris-Gellert-Roman in erster Fassung hinzuschreiben.

★

Gelassene Heiterkeit auch sich selbst gegenüber.

Die Problematik meines »anderen Zustands« überwinden – am besten durch kurzfristige totale Realisierung? Die vielen, die zahllosen Erscheinungsformen des Absurden.

★

Das Absurde sucht nach Symbolen. Caligula, Camus überall, aber auch die Ghettokämpfer von Warschau. Am deutlichsten in der Zeitgeschichte wohl der Kavallerieangriff einer polnischen Brigade auf deutsche Panzer im Sept. 1939.

★

Stift St. Florian im Krieg (Erzählung von Zinnsoldaten-Maler Stein): ein hoher SS-Funktionär in prunkvollen Meßgewändern treibt Schabernack. Ist seine »Verwandlung« auch *a*christlich darstellbar?

★

Prix Formentor und der Intern. Verlegerpreis wurden in diesem Jahr (ein Spanier und Gadda) auf Korfu in der gespenstischen Makartgriechenpracht des Achilleions verliehen. Die modernistischen Verleger und die Autorenjury in diesem Milieu regten nur Johnson auf, der allerdings verlas eine betont schlicht-schmockante Erklärung, nachher. – Wieso eigentlich Gegensatz? War der Eklektizismus von 1870, 80 soviel ärger als der vielgepriesene Manierismus von 1963? Die »Manierismen« haben, schaut man auf Details, diverse Ähnlichkeiten. Warum preist man nicht die Manieristen der Ringstraße und des II. Kaiserreichs? Man wird sie noch entdecken – »verfremdet« wie die Schaukelstühle, die k.u.k. Bassenas und Gaslaternen.

Mir gefällt längst alles Mögliche am Plüschstil. Natürlich auch seine spezifische »Schwüle«. Petroleumlampe und Cul de Paris …

★

Es regnet ununterbrochen. Beim Hinausschauen aus dem Hochhauscafe (die Wolkenbäuche schleifen schon über den Berg Isel) denke ich, daß ich ohne B.s Lebensmut (auch wenn er oft versagt) eine leichte Beute der Lethargie werden könnte.

★

18. Mai 1963, Haashaus

Samstagabend, nach einem Nachmittag bei Michel, der wieder seine Raketen-»Konstruktionen« fortsetzt. Beim Spaziergang unter Gewitterwolken an der Westbahn erzählte ich ihm von Panzerfäusten, Raketen, Weltraum-Kapseln und der Relativität der Zeit. Wozu? Mein Mitteilungsbedürfnis verwirrt ihn doch nur. Dabei dachte ich, wie meist in dieser Gegend, an Jirgal.

*

Mittag eine Taschenbuchausgabe des Talmuds gesehen und gekauft. Kopfüber in die Lektüre. Anfangs wegen Karon, bald nicht mehr an den Roman gedacht.

*

Vorgestern als Folge des Gesprächs mit Keyserling u. Bronold Pauwels' »Gurdjew der Magier« begonnen. Sprunghaft und zum Teil selbstgefällig wie »Aufbruch ins dritte Jahrtausend«. – Gurdjew als Phänomen die wahrscheinlich charakteristische Mischung: Pauwels prophetistisch, aber auch informativ, z. B. über die Ausgangspositionen der Meditation. Ich-Erfahrung statt Ich-Verleugnung. Selbst- statt Fremd-Identifikation. Eigentlich klar und doch überraschend für mich.

Sehr schön »Innenkino« für die Assoziationsreihen.

*

[...]

*

Von 16 bis 21 bei Henz mit Umbruchkorrekturen der Biographie. Seine Herzanfälle verstärken sich in den letzten Tagen. Verblühter Flieder vor Gewitterwolken. Verbissen versucht ein Schwerkranker, der den Tod nah spürt, noch sein Werk zu mehren. Insgeheim weiß er ja, daß seine früheren Erfolge alle provinziell waren – er sucht die große Bedeutung und kommt nicht aus seinem Bereich, der immer kleiner wird. Trost mit einer Stimme, die sich unwillkürlich belegt. Dabei die Aussicht, daß aus mir wahrscheinlich nicht einmal ein Henz wird.

*

Von dieser Feststellung ausgehen und nachdenken über Egoismus und Herzlosigkeit. Klares Denken, besser »Erkennen«, hat keine Gefühlsvorzeichen. Ich decke meinen »Herausgeber« ohnehin besser, als die meisten an meiner Stelle tun würden. – Selbstgerechtigkeit (die sich gern im Familiendisput einstellt) ist zum Kotzen. Die meine macht mir oft genug Übelkeit – aber mit wem kann man analytisch einen Streitfall klären?

Tragikomödie: Zofe, die ins Polemisieren gerät, weil der Herrin nicht die Macht, sondern der Wille, sie auszuüben, fehlt (Nouveau Genet).

⋆

Das Muster der Stoplichter die Seilergasse hinein. Wieviele Rot! Keines bleibt in den geschlossenen Augen. Keines kann, nach Sekunden, noch erinnert werden.

⋆

Und jetzt Irene?

⋆

Ein Seismograph, der richtig zeigt. Die Skalen sind nicht, oder nicht eindeutig, beschriftet – also zeigt er falsch. Wir brauchen die Skalen.

⋆

In der Staatspreisjury für 63 löste mich – bei Bleiben von Kraus und Riemerschmid – Suchy ab. Darüber leichter Ärger, nicht nur wegen des Ausfalls von 4000,–. Über die Wahl meiner (schrecklich zusammengestoppelten) Jungbürgerfeier dagegen keinerlei Freude. Nur Bedrückung.

⋆

Sich frei denken und dann in die Knechtschaft der Assoziationen. Schriftsteller = Kommentator des Innenkinos, der zum Regisseur aufrückt. Zuschauer und Akteur, Hitchcock und Lieschen Müller zugleich. Absoluter Herr und absoluter Sklave in einer Person: die in sich realisierte Hierarchie des Autors.

⋆

Der Athos als »Republik« feiert in einigen Tagen seinen tausendjährigen Bestand. Der apokryphe Jesus, der kam »um die Werke des Weiblichen zu vernichten« – Gegenspieler Hekates, die sich in seine Mutter verwandelt hat, um auf bessere Zeiten zu warten.

★

Die Diana der Masochisten, die Göttin des Films.

★

Graz, 26. Mai 1963

Grün. Grüner Sonntagnachmittag im Stadtparkcafe mit den klassizistischen Säulen. Elegisch. Schreiben als Qual – das »Leben« draußen, Bärbel nicht da. Lethargie und Ablenkbarkeit. Warten auf ein Gewitter, das den Sonnenschein aber nicht tilgen kann.

Abends, in der Dämmerung, die leeren Gassen der Altstadt, die muffige Luft aus den dunklen, verkommenen Höfen.

★

Gestern und vorgestern Flamhof, Pläne, Ezes, die Pfaue. Die nahezu vollkommene Schönheit des Ganzen als Gegensatz zu dem verlegerisch grotesken Dillettantismus Zerlings. Ausrede auf Mitarbeiter zählt nicht viel.

★

Samstag vormittag in etlichen Monographien (Rowohlt) gelesen. Benn, Miller, Borchert (die armseligen Anfänge rufen unweigerlich die Erinnerung an die eigenen Dummheiten herauf; nicht Trost, sondern Peinlichkeiten). Camus, Proust, Apollinaire. Schauder vor der eigenen »Biographie« bis 1959. Zu wenig Konsequenz oder zu wenig Charakter? Das beste noch das Nichtvordrängenwollen. Das Gefühl, soviele divergierende Möglichkeiten zu haben, war ein folgenschwerer Irrtum. Jetzt ist es Zeit, etwas zu leisten. Da liegt Papier, da ist der ziemlich genaue Plan für den Istanbul-Roman. Also? Sogar zwei Tage ohne Ablenkung wären organisiert. Und?

★

Gedichte! Auf einmal, mitten hinein in die Überlegungen zur Prosa, prälyrische Gestimmtheit. Verschwommen, keine klare Thematik. Und formal völlig ratlos. Weder mehr naiv, noch sicher und überlegt. Spät-Chaotiker. Im übrigen: die läppische Ablenkbarkeit durch die Kellnerinnenbekleidung. Die Erinnerung an B.'s Lachen nahe den Tränen macht es nicht besser.

Aber dennoch Auftriebe. Unklar, aber spürbar. Ich hoffe auf den Urlaub mit B. und Martinchen. Rationierte Einsamkeit als beste Möglichkeit. In der umgebenden Gefahr des Ertrinkens.

⋆

Die Geduld zum Detail (Proust). Die lapidare Epik liegt mir nicht, sie ist eine unglückliche Liebe von mir. Der Eindruck der Olewagensaga im Lager von Buschowitz! – Wahrscheinlich war es nicht glücklich, mich von den »Skizzen« her ganz auf das subjektive Erzählen einzustellen. Die Konturen des Autors, der ohnedies keine festen hat, zerfließen in Banalitäten.

⋆

Ungeduld vor dem Detail. Neigung zu Gemeinplatz-Botschaften – »Schlinge des Jägers«! Auch der Symbolzwang kann bös werden: Laskaris! Du solltest eine Chronik schreiben. Im Ton des ironisch-elegischen Berichters. Für die Literaturmoden hast du angeblich ohnehin nichts übrig, wenn sie dich auch ganz schön bedrängen. Zurück zum objektiven Erzählen?

⋆

Distanz und Gelassenheit: das Glück des unbekannten Beobachters.

⋆

27. Mai 1963

Mittags ein Brief von Bärbel. Alltägliche Details und viel Liebe. Ich möchte mit ihr durch eine ruhige Landschaft fahren.

⋆

Griechische Studenten lernen im Cafehaus Mathematik. Der Wortführer und Einpauker predigt, aber ohne Eitelkeit des

Besserwissens. Ungeheuer sachliche Atmosphäre. Nur ab und zu ein resignierender Blick eines, der nicht mitkommt.

★

31. Mai 1963, Wien

Haashaus: die Gewitter, die nicht kommen. Imposantes Wolkenballen im dunstschmutzigen Himmel. Vormittag als Zeuge in der Finanzlandesdirektion zu Hermann Stafs Ansuchen um Entschädigung des Bombenschadens. Ein Gesuch läuft länger, als der Mensch lebt. Warum er nicht seine Mutter einreichen ließ, ist eine andere, wohl auch traurige Perspektive.

Mittagessen mit Hermann Friedl, der vorgestern in Wien gelesen hat, sich anschließend bis gestern mittag mit Reinhard u. Co. besoffen hat und dann den Scheidungsanwalt konsultiert hat. Ein elegischer, dicker alter Frosch, der plötzlich um ein besseres Leben für sich und natürlich auch um Ruhm kämpfen will. Die Freundin war mit bei der Lesung. Die Frau (3 Kinder) ist, wie er schon lange sagt, ziemlich paranoid. Ich werfe auch nicht den letzten Stein. Im übrigen hat er Sorgen und ist viel weniger kameradschaftlich gewesen als im Winter.

Gestern abend nach einem Bürotag und einem geradebrechten Vortrag im Palffy (Univprof aus Preßburg über das Verhältnis der kleinen zu den großen Nationallit. Tatsächlich soziol. im Parteijargon gehaltene Binsenweisheiten v. a. über die slowakische Literaturentwicklung), lauschend für Zerling (der wieder animiert vom fatalen Weikert), daheim durch Achtlosigkeit, Müdigkeit und kleinem Ärger über das Nichtzurandekommen mit dem Alltag in ein Trommelfeuer von Vorwürfen geraten: […]

★

Ich glaube an die Befreiung des Intellekts aus der Kaste, wenn er redlich ist. Das ist wichtiger als seine Potenz.

★

Die Lesung im Grazer Forum Stadtpark war zur allgemeinen Überraschung von gut 40 Personen besucht. Ich las mich frei – trotz des ewigen und mir zum Hals heraushängenden Wazuraks. Hammer, Hergouth, Holzinger im Lauf der Jahre, die ich sie kenne – jeder auf seine Art so steckengeblieben wie ich. In meiner Generation zeigt sich im »literarischen« Österreich allmählich so etwas wie das stille Verkommen der Talente, das Erzählungen und Romane über russische Provinzstädte des 19. Jh. so oft vorbringen. Tschechowtschina austriaka.

Man kann das heutige Graz schildern wie Tschechow oder ein zeitgenössischer Saar, mit seinen verfallenden und seinen modernen Fassaden, den Lodenjanker- und den amerikanisierten Nazis, den levantinischen Studenten und den bäuerlich-proletarischen Typen samt allem dazugehörigem Weiberzeug. Das hätte alles Platz – und das hohe, hohe Gras auf den Wiesen des Universitätsplatzes, die Uni selber, rettungslos veraltet, skurril armselig wie Hergouths Volkskunde-Institut, aber zugleich liebenswert und herzergreifend. Szene einer tausendfältigen unbemerkten Kapitulation vor dem Leben.

★

Wie wirkte Wien auf mich, wenn ich hier nicht mehr daheim wäre? Schwer auszufühlen – aber erst dann sähe man klar. Und vielleicht auch richtig.

★

[…]

★

Wenn ich mit einiger Sicherheit wüßte, daß ich unbegabt bin oder mit größter Anstrengung nicht mehr als ein freundliches Provinztalent werden kann, gäbe ich ohne jedes Bedauern – entlastet und froh – meine Schreibversuche auf. Trotz des möglichen Darstellungstriebs. Das Dilemma, das immer größer wird, kommt aus einem (vielleicht lächerlichen) Verantwortungsgefühl für meine schlecht und schlampig genutzte Möglichkeit.

★

Am 30. Artmann im Büro, sein Gesicht nun verlebt bis zur Zerstörung der Züge: er ist auf der Flucht vor dem Haftbefehl. Sechs Wochen wegen Vernachlässigung der Unterhaltspflicht – bei einer Lesung in Kärnten tauchte vor 1 oder 2 Jahren ein Mädchen auf, das seinem »Vater« Blumen überreichte. Jetzt setzt sich H. C., der souverän alle Vorladungen weggeworfen hat, voll ängstlicher Eile nach Deutschland ab. Die letzten Monate war er angeblich in Paris. Er ist ein Antibürger, aber deswegen nicht minder unsympathisch als ein kleinkarierter Karrierist. Nur anders. Auch er turnt hemmungslos über andere hinweg und bedauert sich dabei selbst. Hier kann man nicht leben, dort nicht und dort nicht. Manierismus und Infantilität.

Indes sitzt sein einstiger Mäzen Lampersberg (angeblich entmündigt) nach seinem Aufenthalt in Lehen im Art-Center und gibt laut Artmann täglich 1500,– Schilling für Wiener Pseudobeatniks aus, um den Warmen spielen zu können.

⋆

2. Juni 1963

Gestern Nachmittag unvermutetes Auftauchen von Krischke mit Frau und Kind, einem dreijährigen Mädchen, das herzig, aber eine exemplarische Nervensäge ist. Traugott K., verträumt und doch auf sein Weiterkommen ziemlich geschickt bedacht. Er war in Prag und hat 14 Tage Theateraufführungen gedreht. Er, der vertriebene Sudetendeutsche, ist nun begeistert von den Tschechen, nicht nur vom Theater. Kurzsichtig, gewiß, aber noch besser als die sturen, stumpfen Hasser, für die das Unrecht der Geschichte erst 1945 begonnen hat.

⋆

20. Juni 1963

Salzburg, Cafe Europa. Die Festung zum Greifen nah, der Untersberg mit jeder Schrunde. Tiefe Wolken. Seit vorgestern abends sind wir – mit viertägiger Verspätung – in Haunsperg. Martina hat die Fahrt gut überstanden.

Nach einer hastigen Woche ohne Auftrieb bin ich am Montag vergangener Woche krank geworden. Diesmal waren die Därme noch ärger dran als früher, mit dem Fieber über 39° konnte ich nicht einmal denken. Bin neugierig, ob man etwas bei der, wahrscheinlich scheußlichen, Untersuchung finden wird. Ich bilde mir ein, es kann etwas mit der Galle sein. So wird man noch ein Hypochonder, wenn man nicht aufpaßt. Die Brille sitzt jetzt endlich auf der Nase, und ich sehe wirklich viel besser. WidZ-Korrekturen gestern in der halben Zeit.

⋆

Inzwischen ist der Papst gestorben, viel zu früh, war die erste Frau im Weltraum, lieferte Österreich innenpolitische Groteskszenen um die Rückkehrbewilligung Ottos durch den Verwaltungsgerichtshof, die vor allem Pittermann als unmöglichen Demagogen gezeigt haben. Der Niveaulosigkeit von SP und VP schloß sich freiwillig die FP in schöner Selbstentlarvung an, soweit man ihre Opposition als »Wert« betrachtete. –

[…]

Und allmählich wieder zurück zum Roman, an den ich schon gar nicht mehr recht glaube. Es geschieht einstweilen vor allem aus Eigensinn.

⋆

Durch das Lesen von Schwitzkes Hörspielbuch (so redlich wie selten eine Leistung) hat die Gattung für mich viel Suspektes verloren, das sie solange gehabt hat. Trotz oder gerade durch meine diesbezüglichen (Brot-)Arbeiten.

⋆

Gestern an ein Österreich-Gedicht in der Art einer Symphonie gedacht. Wahrscheinlich aber Käse. Die Bilanzen wären besser, soweit man das überhaupt programmieren kann. Ein Witz! Kraus hat meine Anregung aufgegriffen und neben einem Roman-Seminar (Zand!) auch ein Lyrikseminar für

Herbst angesetzt. Ich bin daran zweifellos schuld, also muß ichs »leiten«, auch wenn ich nicht mehr weiß, was ein Gedicht ist außer in plötzlicher Überwältigung beim Lesen. Aber Theorien sind ohnehin armselige Hakeleien. Mehr oder minder. Jedenfalls dürften es nicht viel mehr als zehn Personen sein bei diesem Seminar, sonst kann ich überhaupt nichts entwickeln.

★

Gefühl der Schwachköpfigkeit, des immer schwerer Formulierenkönnens. Die Sätze machen sich selbst banal, oder werden sie unehrlich.

★

24. Juni 1963

Gestern früh um 4^h umgefallen wie ein Scheit Holz. Außer Rückenschmerzen und einem Kratzer auf der Stirn keinerlei Folgen. Wie lange es gedauert hat? Nur nicht zuviel Innenschau – es ist schon alles in Ordnung. Es hat in Ordnung zu sein. Schade, daß ich B. so erschreckt habe.

★

[...]

★

»Frost« von Thomas Bernhard. Er selbst, seine genialen Unzulänglichkeiten, sein ganzes Welt-Bild (die düstere Enge des Salzachtals bei Schwarzach-St. Veit), aufgespalten in einen verrückten Maler und den diesen beobachtenden Medizinstudenten. Bekenntnis des tragisch-pathetischen Einzelgängers nahe dem Irrsinn – darum unvergeßliche Stellen der Weltentlarvung. Die Dämonie der Landschaft und des Bäuerlichen (der Hintergrund) hart und klar ohne jede Billingerei, objektiv: ein Buffet des Schlachtens und Erfrierens. Das Innermenschliche reine Selbstdarstellung, Ausweichen vor dem Banal-Unzulänglichen in die Überhöhung. Nur hier in »Literatur«. Bei mancher Schlamperei des Sprachlichen gute, sehr gute Prosa.

★

Martina beginnt, sich aufsetzen zu wollen. – Immer wieder Staunen über ihre nahezu nie unterbrochene elementare Fröhlichkeit. Hoffentlich bleibt sie ihr lange.

★

Graz, 11. Juli 1963

Blick in den verregneten Stadtpark aus dem dunklen Cafe, das mir in Graz das liebste ist. Am vierten Tag kurze Zeit für mich – in Wien wird mich B. mit Georg abholen, der etwa gleichzeitig, am Westbahnhof, ankommt.

★

Im Flamhof sind die Pfauen tot, er hat sich an den Hühnern der Umgebung zu Tod geliebt, sie starb ihm am selben Tag nach. Der Knecht Adi soll in die Irrenanstalt, Sibylle wurde von einer Biene in die Zunge gestochen, der Stiasny-Verlag ist in arger Geldnot – dennoch war es schön, die Gewitter und Krleža, mit dem ich zwei Tage lang die Auszüge aus den Essays bearbeitet habe.

Seine Schilderung von Verhören und die Geschichte der serbischen Könige von 1804 – eine improvisierte Ballade eines düsteren Realismus. Bela K. »dürrenmattisiert«, wie er sich ausdrückt, eine sehr auf jung spielende alte Dame voll Ironie über den Sozialismus. Souveräne Menschen, beide. Die Zerlings dagegen unsichere, hoffnungslos schlecht vorbereitete Schüler, die außerdem die Psychologie nicht kennen.

★

In der Vorwoche Abend für Abend in der Hitze der nächtlichen Wohnung das erste Kapitel des Romans. […] Die Gellertschau von Galata dürfte gut sein, meine beste Prosa bisher, hoffe ich. B. bestätigte den Titel »Mondphasen«.

★

[…]

★

Am Samstag statt den Artikel für Merian (Seewinkel) Briefe für Mike nach Haunsperg.

★

Krleža erzählte gestern abend von einem Belgrader Pascha, der zwei steuersäumige serbische Bauernfürsten zu sich bestellte und sie stumm von 7^{h} früh bis in den Nachmittag hinein warten ließ. Er saß auf dem Divan und rauchte. Draußen wurden zwei Bauern gepfählt. Als ihre Schreie erloschen, sagte der Pascha: Das war, was ich euch sagen wollte und entließ die zum Rapport befohlenen.

★

15. Juli 1963

[…]

★

2. August 1963

Spiegel (auf gegenüberliegenden Wänden), die einander die Bilder zuwerfen. Verzweiflung, Spieltrieb des Erschöpften.

★

Ich keuche hinter dem Zug her, mit dem ich hätte fahren müssen, und werde allmählich von der Sinnlosigkeit meines Vorhabens langsamer, atemloser. Ich befinde mich in trostloser, nicht sentimental gemütlicher Provinz. Das hätte mir ja gepaßt. Hier wird in einer Währung gezahlt, die ich nicht anerkennen kann. Andrerseits sind meine letzten Schecks ab morgen ungedeckt.

★

Gleichenberg, 2. September 1963

Der diesjährige Urlaub, auf 3 Tage zusammengeschrumpft, nachdem wir ihn durch drei Tage von einem auf den anderen verschoben haben, da das Exposé für »Kopf oder Adler« (hoffentlich bleiben Titel und dazugehörige Pointe!) und die Einrichtung der Krleža-Essays immer und immer nicht fertig gewesen sind. Erschöpfung Bärbels, auch meine, noch von der Wohnungsrenovierung nach Maler und Bodenversiegelung her. Auch das hat viel länger gedauert als die »Planung«. – Dennoch nach der Überwindung von Streit, Unzulänglichkeiten und begreiflicher Nervosität neue Harmonien, besseres Verstehen und Nähe dessen, was ich neulich eine Spielart des anderen Zustands genannt habe. Es ist möglich: die Freiheit in absoluter Abhängigkeit vom anderen …

⋆

Gestern abends nach einer Fahrt durch die Dämmerung von Mattersburg an (weiße Giebelhäuser im Mondlicht, das allmählich an Kraft gewinnt) in Oberpullendorf übernachtet. Trotz Suche elendes Quartier. Durch die Müdigkeit besonders gespenstische Impressionen eines Sonntagabends in hoffnungsloser Provinz. Betrunkene Burschen, ein eunuchoider Straßenkehrer, der Cafehausgast mit Elefantitis auch im Gesicht, ungarisch-kroatisch-deutsche Bauern, die Wirtin eine asiatische Matrone, Hundegebell, unorganische Fassaden und Mopedlärm bis in den Schlaf.

⋆

Unterwegs schwärmte B. von einem fränkischen Giebelhof als eigenes Haus – der Hof als Atrium. Sehnsucht nach dem Abgeschlossenen; das Tor fest zu, sagte sie. Warum nicht? Ich passe meine Wunschvorstellungen nun leichter an.

⋆

Heute vormittag Güssing. Sonne, Hitze und Lärm durch den Markttag. Die Burgruine zunächst enttäuschend, erst retrospektiv, nach dem Lesen einer Broschüre über die Batthianys eindrucksvoll. Der Kastellan und »Archivar« (seit 25 Jahren) hütet vor allem Plunder, Selbstgesammeltes und barbarische Ahnenbilder der B., etwa 1790 von einem jämmerlichen Maler hergestellt – manches atmet den hunnischen Feudalismus abstoßend aus. Die noch erhaltenen Räume bestürzend geschmacklos, in der Kapelle braune Schauergotik eines einheimischen Tischlers der Munkaczy-Zeit. Dies war einmal die Zitadelle des westlichen Ungarn, Sitz des Generalkapitäns der Stephanskrone, der Herzöge von Slavonien und Kroatien, die mit ungarischen Königen und den Habsburgern auf eigene Faust Kriege führten. Güssing (Ujvar) war der Sitz einer Renaissance-Druckerei, ein kultureller Mittelpunkt.

Die Särge der B.s unter der Kirche sind dick verstaubt. Der rührend ahnungslose und intuitiv <?> dilettantische Kastellan (echte Römer, 2000 Jahre alt) weist in die Ferne und sagt gerührt: Die Staubwolke dort – da fährt der junge Herr Graf selber auf dem Traktor.

★

Zwischen Plunder des Markts (wie in Ungarn auf der Erde ausgebreitet) Keramik aus Stoob. Die paar alten Formen hilflos und verloren in der Industrieware.

★

Bei Jennersdorf am Eisernen Vorhang entlang: das hohe Unkraut des späten Jahres deckt den Stacheldraht fast zu. Dabei an die Pollaks und Gespräche von 1952 gedacht. Er starb vergangene Woche im Urlaub, sie nahm sich zwei Tage später in der Bossigasse das Leben. Sozialistisches Beispiel einer harmonischen Ehe. Sie werden übermorgen gemeinsam eingeäschert.

★

In Gleichenberg statt in Güssing für die 3 Tage Urlaub. Die so schön altmodisch vornehme Villa Albrecht am Kurpark, rosa mit weißen Fensterläden. »Klima« auch für die Arbeit. Es müßte nur mehr Zeit sein.

★

15. Oktober 1963

Müde und leicht fröstelnd im Innsbrucker Theaterkaffee. Gestern ebenso in Haunsperg bei Gesprächen über Mike. Vorgestern die lange Nacht allein mit den WidZ-Korrekturen. Angst, vorzeitig ausgebrannt zu sein: geringe Ergebnisse, die »Mondphasen« nur Wunsch und Anlaß zu überlegen, nichts verwirklicht. Ich weiß nach Sarraute und der anderen »theoretischen« Lektüre der letzten Zeit immer weniger, wie ich schreiben soll. Wo führt die Linie zwischen Experiment und »selbstverständlichem« Erzählen, die ich erschreiben will? Ich bin weder naiv genug noch so konstruktiv, um ohne lähmende Skrupel arbeiten zu können. Ich glaub noch immer an meine »Möglichkeiten«, die Resignation bietet sich aber öfter an: Mach halt Geschäfte, die halbwegs vertretbar sind, ab und zu ein Gedicht – und Schluß! Die Qual der Prosa, die ich will.

⋆

Die Farben der Laubbäume unterwegs und das Licht – wie sind sie »umsetzbar«, ohne optisch abzuschildern?

⋆

Kompromißler, der ich bin. Zuwenig exaltiert, der verquere Ehrgeiz, den ich so gern loshabe und ihn doch nicht dauernd anbringe.

⋆

Die Filme des Innenkinos sind abgespielt und langweilen bisweilen schon wie die Illustrierten. Verläßliche Auftriebe nur durch B. und Martina, die jetzt geht, wenn man sie führt.

⋆

16. Oktober 1963

Mittag Taschenbücher gekauft: Camus' Fremden, Walsers Ehen in Philippsburg, Rezzoris Oedipus und »Nachtgewächs« von der Barnes, das ich plötzlich wieder lesen wollte und das nun stark wirkt. Lektüre und Gedanken im gelbbraunen Licht (Hochhauscafe).

Abends in der Hofburg, plötzlicher Entschluß die Ausstellung »Tirol, 600 Jahre bei Österreich« zu besuchen. Nachher allein durch die Prunkräume und den großen Saal gegangen: Kulissen eines Marionettentheaters, für eine Maria Theres an Schnürln: alles unwirklich. Geschichte auf einmal von zweitklassigen Heimatdichtern verfaßt, viel Kitsch und wenig Phantasie.

⋆

25. Oktober 1963

Welche unter den ziemlich vielen Möglichkeiten des Erzählens (der Mondphasen) ist die richtige? Es dürfte nur eine geben, die nicht in eine Sackgasse führt. Ich sehe viele und bin mutlos wie gestern nachmittag.

Wenn die Theorien klar sind, wird die Praxis dunkel.

*

Gleichenberg, 1. Mai 1964

Stille, fast keine Auto mehr. Vollkommene Einsamkeit am Ende des ersten Tages. Seit Nachmittag innere Ruhe wie seit Monaten nicht. Das habe ich nicht erwartet, eher die gestrige Irritation nach der Ankunft, die nervöse Erschöpfung, die betörende Wehmut des duftenden Höschens. Ich weiß, daß ich den Rüschen verfallen bin – aber was macht es aus? Heute nichts mehr.

Vormittag war ich noch zittrig, verloren in der großen Veranda, bei Blechmusik und vorbeigehenden roten Nelken, im Kurpark, in soviel strahlendem Grün, beim Bahnhof wurde es besser, ich staunte, daß der Graben vom 2. November so breit und ziemlich voll Wasser ist. Das Heim der Versicherungsanstalt: ich weiß noch das Fenster. Im Grazerhof Willi mit schnellen Bewegungen und blauem Bartboden. Dann Krleža durch fast fünf Stunden. Leider nicht fertig. Noch nicht der Roman, aber er wird, wenn die Windstille anhält, möglich sein. Vom Lyrikartikel habe ich noch kein Gefühl, außer die Erinnerung an das vergebliche Ansetzen und Hinausschieben in den letzten Tagen.

Kaum zu glauben, daß es erst gestern war: das Theresianum mit seinen Gängen, den Lehrern und den zweihundert Burschen, über deren Köpfe ich Phrasen sagte, unsicher, um eine Loyalität bemüht, die niemand verlangt hat; Loyalität gegen die österr. Literatur und das Vaterland. Gestern: der schrecklich kurze Abschied und die Fahrt zwischen greller Sonne und Düsternis. Zwischen Hetzendorf und Liesing hagelte es. Graz voll Menschen, eng wie noch nie, ich fiebrig und fremd, die Jagd nach dem Grotesken. Der Zug nach Feldbach voll, bedrohlich degeneriertes Landvolk, besoffen und abgerackert. Mit meiner Weiberseele, die ich allmählich bejahe, solidarisiere ich eher mit den Kittelträgerinnen zwischen 12 und 80. Was für ein stumpfes Gesindel sind diese Männer mit den Bierflaschen und ihren immer gleichen Renommiergeschichten! Ich versteh sogar Bärbels Angst vor solchem »Volk«, mit dem ich immer sympathisiert habe – eine sentimentale Lehrerin, die zufällig mit Hoden auf die Welt gekommen ist und deshalb keine schöngeistige Frauenrechtlerin sein kann. Wenn ich nicht »ironisch« bin, wie B. meint, verwende ich ja mehr als genug ähnliches Vokabular. Im »Moos« ganz naiv und unwissend. Und B. meint immer noch, daß sie potentiellen Grund zur Eifersucht hat! Wahrscheinlich ist es auch schwer, sich vorzustellen, daß ein Mann auch von den Attributen des weiblichen Daseins – bis zum Mieder und den »Rüscherln« – fasziniert ist, als wäre er eine an Mode, Strickmustern und Wohnungseinrichtung interessierte Durchschnittsfrau der »gebildeteren« Stände. In diesem Moment fällt mir meine deutlichste Identifikation mit einer Märchengestalt ein: das Aschenbrödel. Naja …

Warum ich das alles schreibe? Ein Fetischist vor dem Spitzenhöschen seiner Frau? Es ist außerdem auch nicht recht artikulierbar, alles wie ein Blick in den Spiegel mit Selbstporträtgesicht, das so oder so immer Pose wird. Ich müßte – und werde hoffentlich einmal – so schreiben wie Thomas Bernhard. Ob das mit einer Lehrerinnenpsyche geht, ist allerdings eine Frage. Thomas ist ein bäuerlich dekadenter Narziss, das ist besser als ich mit meinem Hang zu Objektivität, »Sicherheit«, Unauffälligkeit und den Schüben von Verantwortungsbewußtsein, Pflicht etc., etc. Er an meiner Stelle?

»Draußen« knallt die Tür eines Lastautos, eine weibliche Stimme »steiert« animiert. Männerlachen, aggressiv und sicher.

Das Zimmer ist eine angenehme Zelle. Man müßte mich vielleicht einmal einsperren, reduzieren auf Papier und Kugelschreiber – zwangsweise. Aber mit Bärbels Segen. Gegen sie will und kann ich nichts machen, so oft und heftig wir streiten, wobei das komische ist, daß jeder die Art des anderen übernommen hat.

Es wäre Zeit, die Kemenaten der Seele zu schließen, kräftig zu lachen und im Krleža fortzufahren, der ja übrigens auch eine ganz sensible Pflanze ist. Je länger ich brauche, desto weniger Zeit bleibt für die Photographengeschichte.

Apropos Aschenbrödel: im Spießrutenlauf ist mir die Pipsi draus geworden – und, aus vielerlei Gründen allerdings, ein schlechter, schlampiger Text. Phrasenhaft bis in die Deskriptionen. Mit dem Felix Golub müßte es besser gehen. Glücklicherweise habe ich mich an die Irene Laskaris und die Ihren nicht herangewagt. Ich wär jämmerlich untergegangen in den Klischees eines exotischen Pseudorealismus.

Jetzt könnte ich stundenlang schreiben: halbwahre Konfessionen auf jeden Fall. Aber wozu »selbstkritische« Lehrerinnenprosa häkeln? Mir ist viel mehr nach Verrüschelung zu Mute und nach Bärbels Busen als nach Nacktheit. –

In einer der Illustrierten dieser Woche steht, daß Böll ausschließlich fern der Familie schreibt: er hat ein Zimmer in der Kölner Innenstadt, das er angeblich geheimhält. Er braucht zum Schreiben sehr viel Kaffee und eine Flasche Kölnisch-Wasser.

In meiner Zelle müßte ein lebensgroßes Bild der nackten Bärbel sein – als Gegensatz zu meiner Selbstbetrachtung und –

Ja, das auch.

Ist das Aschenbrödel nicht das Dienstmädchen (= die »Zofe«) schlechthin? Der eigentliche Archetyp? Keine Frage bis zum Prinzen, denn so einfach homosexuell ist die Geschichte nicht, erklärt die Lehrerin dezidiert. Und sie hat recht. Gute Nacht, Aschenbrödel; du hast viel zu wenig den Busen deiner Frau geküßt.

2. Mai 1964

Abends an derselben Stelle mit dem selben Hang zu Bilanzen: aber die Gedanken wachsen nicht ungestört in labyrinthische Himmel: der Anruf am Vormittag; Bärbel nervös und ein wenig konventionell (?), vielleicht auch doch verärgert, eine Weile allein zu sein, sagt, daß Martinchen wahrscheinlich Röteln bekommt. Die Realität ist mit Recht stärker als mein Spintisieren – dafür habe ich mit Recht nur geborgte Zeit. In ihrem Brief schreibt B., daß wichtiger als die Romane die Gesundheit ist usw. Natürlich, wenngleich …

Aber wer weiß denn, ob ich wirklich etwas Ordentliches schreiben kann, das mehr wert ist als die zwei Seiten im fatal braven Adalbert Schmidt, wo ich als das Biederste vom Biederen verzeichnet bin. Auch das mit Recht, denn ich wollte ja ursprünglich ein Müller-Volksbücherei-Autor werden. Mit »positiver« Problematik.

Christl hat zum 1. Mai den Preis der Stadt Wien bekommen. Und Gisela Elsner für die »Riesenzwerg«-Kunstgewerblerei den Prix Formentor. Auch das ist in Ordnung.

Die Bearbeitung der »Fahnen« hat um ½23 das Soll erreicht, heute 40 Seiten. Viel und auch nichts. Abends habe ich im Parkhotel gesessen: eine Menge fetter Weiber mit echtem und falschem Schmuck behängt. Hier im Haus toben die entfesselten Familienväter aus dem Versicherungsheim im Keller zu den üblichen Rehlein-etc-Gesängen.

Im Zimmer ist es herrlich still. Die gestrige »Erkenntnis«, besser gesagt Diagnose Claustrophilie ist richtig und führt zu der überraschenden Beziehung zwischen Zofen und Nonnen, nicht nur wegen der Schwarz-Weiß-Parallele. Die große Angst vor Klosterschwestern, der Serientraum von der Mutter-Gottes …

5. Mai 1964

Ein Abendgewitter zieht gegen Südwesten ab; das Kaffeehaus im Kurhotel, das schönste im Ort, ist mir immer unangenehmer, im Augenblick unterhält sich ein Wiener Ehepaar mit dem Besitzer raumfüllend … Das Angenehmste zum Arbeiten ist das Zimmer mit dem Tisch vor dem Fenster. Heute ist endlich der Lyrikartikel weitergekommen, es wird Zeit, der Roman »muß«, soll wirklich …

Der Sonntag war für mich gedrückt, noch vom Samstagtelefonat, unruhig, unkonzentriert, gestern mittag kam die große Erleichterung, daheim ist alles in Ordnung. Die Arbeit ging dennoch nicht vom Fleck, mit Büchern im Kaffeehaus: ich genier mich immer noch der Schreiberei! Von der Arbeit weg in den Regen, der erste größere Spaziergang, die Kapelle auf dem Berg vor Trautmannsdorf, die Straße nach Dorf Gl., der Regen nimmt zu, Dämmerung, dampfende Wiesen, Naturgefühl, düsteres Wirtshaus in D. Gl., ein Innsbrucker und ein Plattdeutsches Ehepaar (er schwerhörig, sie: das mußte dir aufschreiben für den Stammtisch) erzählen einander Witze, heim über den Erzh. Johann-Weg: ich erkenne den Platz des ersten Nachmittags 57 …

Daheim dann ziemlich überstürzt schlafengegangen. – Am Morgen und bis Mittag Landregen, konzentrierte Arbeit bis Abends. – Seltener Zustand: außer bei Bestellungen den ganzen Tag kein Wort reden. Unangenehmes Gefühl, beobachtet zu werden. Ich muß mich an die Einsamkeit gewöhnen, auch abends, wenn nur die kleine Lampe im Zimmer brennt …

Den internationalen Verlegerpreis erhielt Nathalie Sarraute. Der Besitzer monologisiert von der Größe seiner Verantwortung und der weltwirtschaftlichen Lage.

6. Mai 1964

Der Lyrik-Artikel ist fertig, ein Abend genußvoller Ruhe. Spaziergang, Abendessen im Freien, dörfliches Ausflugsziel von anno Schnee; durch die Schlucht zurück. Illustrierte. Angenehm müde.

7. Mai 1964

Nach einem leeren Vormittag und einem verquälten Nachmittag ist der Anfang gefunden: von 8 bis ½12 entsteht das erste Kapitel, flüssig, kurz, unterschwellig ironisch, aber wahrscheinlich, fast sicher so, wie es bleiben kann.

13. Mai 1964

Gestern zwölf Seiten – das dritte Kapitel steht. Von der Einheit des Stoffes, der Sicht und des Stils getragen worden – ein seltenes Ereignis. – Heute ist der erste sommerliche Tag.

Nachmittag in Feldbach. Einer der trostlosesten Orte. Die weiten staubigen Plätze mit den unregelmäßigen, zum Teil modernistischen Fassaden und Portalen. Die verloren herumstehenden Bäume. Die Barockkirche von 1910 und der Sparkassenpalast mit Erkern, Balkonen, Türmchen, Zinnen und Freitreppe. Neben der Kirche wird ein Betonglockenturm errichtet.

Gestank nach Schweiß und Pfeifentabak in den Lokalen, trostlos verkommene Höfe, zum Teil noch Wirtschaften. Pannonische Hoffnungslosigkeit mit steirischen Provinztypen. Ein ungeheurer Kropf neben dem Bart eines Doktors.

Abends verklärt sich die Szene. Nicht nur subjektiv durch die endlich erledigten sechs Briefe. Um die Kirche alte Wehrbauten, Lagerräume, verwinkelt, skurril. In der schäbigen Bahnhofsrestauration spielt ein Bursch den Musikautomaten und singt zu den melancholischen Schinken für sich hin. Zweimal O my darling Caroline. Es gefällt mir auch …

Draußen krachen die Waggons beim Verschub aufeinander. Der Junge hat Liebeskummer, nach seiner Auswahl zu schließen. Ich blättere in zerfledderten Illustrierten. Ein Modeheft (Film und Frau) von 55/56. Unwahrscheinlich wie altmodisch nicht nur die Glockenkleider bis zur halben Wade, sondern auch das Make-up wirkt. Die dünnen Augenbrauenstriche. Wie der Erinnerung nach in den Dreißigerjahren.

Herum die Hügel gegen die Riegersburg hin. Die Landschaftsfremdheit & Unempfindlichkeit (15.5.63) verliert sich wieder. Auch das ein Erfolg von Gleichenberg?

Zufrieden auch, daß Bärbel und Martinchen gut in Haunsperg angekommen sind. Erst heute früh kam der Brief.

15. Mai 1964

Nach einem Weg durch verkommene Wälder zu einem Gasthaus »Bauernhansel«. Die »herrliche Aussicht« ist keine Übertreibung. Ein Panorama von der Riegersburg den Geschriebenstein bis Kapfenstein. Eine Nordsicht im Abendlicht. Wind in den Wäldern und Pappeln.

Speck und Wein und Erinnerungen an Träume vom einfachen Leben. Melodramatisch heroischer Heimweg in der einmal zu artikulierenden Ur-Stimmung, aus der das »Poetische« sublimiert wurde.

17. Mai 1964

Pfingstsonntag. Ein langer Marsch in der Mittagshitze über Bauernhügel. Etliche Traum-Keuschen. Den Sulzberg verfehlt, auf Umwegen zum Bauernhansel. Ein aktiver Flieger aus Feldbach mit lauter Stimme, einen hühnerjagenden Hund, einen unerzogenen Buben und Begleitung. Auch er redet vom gestrigen Flugzeugzusammenstoß über der Neubaugasse.

Geschrieben und bald von zuströmenden sonntäglichen Arbeiter-Kurgästen verjagt. Zwei hocken sich an meinen Tisch. Im Cafehaus beim Bahnhof weitergeschrieben. Ständiges Gelächter des Wirtsbuben und seiner Freunde, die bis in den Morgen getanzt und getrunken haben. Still ist die Ungarische Krone.

Im Cafehaus und im Zimmer das sechste Kapitel fertig. Gestern 5, heute 6. Es ist möglich, daß …

22. Mai 1964

100 Seiten und 8 Kapitel heute früh um 2^h. Und jetzt, wo auch die Details des Weiteren deutlich geworden sind, ohne Krampf kann sich die Katastrophe vollziehen: Stillstand nach einer Zeile im Cafehaus. Der Vormittag war kurz, der Nachmittag ein Spaziergang unter Gewitterwolken auf die verkommen düstere Albrechtshöhe. Das Gewitter zog vorbei, Elsners blöde Sprachstrickerei für eine halbe Stunde und Schlaf. Erschrecken über einen Anruf für mich, aber es ist Benesch: am 9./10. Juni mit Habeck und Lebert nach Preßburg als offizielle

Gäste vermutlich des Schriftstellerverbandes. Zusage. Komischerweise muß dadurch Vogel wieder verschoben werden!

Warum stockt es? Ich hoffe auf die Nachtstille ohne jede Ablenkung.

27. Mai 1964

Gestern im Nieselregen Fehring, in hohen Sumpfwiesen schlummerndes Landstädtchen, dem man die Zerstörungen von 1945 nicht mehr ansieht. Nichts »Modernes« wie in Feldbach bis auf ein riesiges Schotterwerk einen Kilometer östlich. Zwei siloartige Gebäude mit riesigem konischen Rohr verbunden. Roter Qualm. Schöne Baumgruppen und Fasane gegen Westen. Eine Mühle mit Herrenhaus an der grünlichgelben Raab. Der Tabor um die Kirche besser erhalten als in Feldbach. Goldstrotzende Heilige schlechter Ausführung, aber dennoch eine Kirche mit der archetypischen Stimmung. Großer Stadtplatz, zum Teil ebenerdige Häuser. Warenhäuser und zwei Juweliere.

Zwischen Stadt und Bahnhof fast 2 km Weg. Der Bahnhof besteht aus einem alten Heizhaus, ein Viertelsegment, einem verrußten einstöckigen Stellwerk und einem modernen Glas & Glanzziegelzelt als Station. Dahinter Wiesen und die Ahnung der nahen Grenze, wo im Juli die Dreihundertjahrfeier für St. Gotthard-Mogersdorf gefeiert wird.

⋆

In Bahnhofsnähe Hühnerversand Begovic, ein altes einstöckiges Haus unten ohne Verputz, offene Fenster: eine Fließbandanlage für den rationalisierten Hühnermord. Von Gurgelschnitt über Rupfen, Feinrupfen, bis die Leiber, aufgehängten Menschenzwergen ähnlich im Hintergrund verschwinden. Im Hof Steigen, Gepipse, im ersten Raum Männer, im Rupfsaal nur Frauen. Alle schweigen, das Laufwerk surrt laut und monoton.

⋆

Schon gestern bombastische Gewitterwolken, aufsteigend, abziehend. Heute seit Morgen das selbe. Tiefviolett in der

Sonne, Bäume hell davor. Der Kurpark wird weiter verschönt. Morgen ist Fronleichnam. Eben passiert ein weißer Ledermantel mit frischer grellblonder Dauerwelle darüber, begleitet von zwei kleinen bulligen Galans ohne Krawatte. Eine Roßfleischhauerin? Die Kellnerin ist von einem alten Steireranzug, dessen Kur beendet ist, fotografiert worden. Sie revanchiert sich mit dem Erzählen ihrer Lebensgeschichte und dem Vorzeigen des Fotos ihrer unehelichen Tochter. Sie spart auf ein Haus und hat schon die Pläne. Der Kindesvater, Exverlobter?, hat eine Reiche geheiratet und ist mit der glücklich, der Steireranzug fragt nach Details.

*

Bei Stocker, wo die Abendsonne am längsten über dem Horizont bleibt, gibt es einen alten fetten und einen jungen dürren Wolfshund, beide sind räudig. Der zweijährige Bub, der Enkel vermutlich der Wirtin, hat den größten Wasserkopf, den ich gesehen habe. Aber: er ist so gescheit, er singt Hänschen klein und Rosen haben Dornen, sagt mir die Oma. Der alte Hund heißt Alma. Er beißt sich öfters leise jaulend in seine Zitzen und noch weiter nach hinten.

Am 29. fuhr ich nachmittags nach Graz, nachdem mir der Hauseunuche, dessen Schwäbeln nicht zu überhören ist, erzählt hatte, daß er ein Wolgadeutscher ist. In Graz das letzte Zimmer im »Erzh. Johann«, skurril und erbärmlich. Ohne Wasser, usw. Das Pawlatschenhotel, das sich in sich selber lüftet, da der Hof in der Höhe des fünften Stockwerks seit vielleicht 1890 mit Glas überdacht ist.

Am 30. erwartete mich B. in Bischofshofen, Hitze, Verwirrung des Wiedersehens, geile Trance und Goldegg im Sommer. 57 war es Dezember, nasser Schnee und Kampf.

Am 1. Juni holten wir uns in Salzburg ›Finale und Auftakt‹. Es ist pünktlich und geglückt, die Vernissage am 12. war ein ziemlicher Erfolg, das Lob ist groß. Seit zwei Wochen steht das Buch auf der Bestsellerliste im Kurier, Auftrieb dadurch, obwohl es doch weder ein Kunststück noch etwas so Besonderes ist.

Am 9. und 10. war ich mit Habeck und Lebert in Preßburg und Umgebung. Deprimierend und »verfremdet«, was ein Lieblingsbegriff der dortigen »Avantgardisten« (mit Parteilizenz) ist. Pezinok, Modra, Schloß Budmerice. Zum Heurigen in Limbach, das noch so heißt. Die folkloristische Hirtenhütte, »in der Sartre und die Beauvoir eine ganze Nacht gesoffen haben«, die Neubauten im Südosten von Preßburg, amerikanisch, angeblich bald 80.000 Wohnungen, eine Goldgräberstadt, verfallen schon im Bau. Die »dogmatischen« Siedlungshäuser, die mit dem Abscheu des dogmatischen Revisionisten gezeigt werden, sind abgesehen von den maurisch-grusinischen Zieraten für das Auge eine Erholung. Gut die Hälfte der Weiber geht in formlosen blauen Fischerhosen. Die Burg wird – nach 150 Jahren – restauriert, das Ghetto und große Teile der Altstadt abgerissen.

Der Interessanteste: Rožner, ein jüdischer Dramaturg und Übersetzer. – Das Devin ist nicht, wie ich vermutend fragte, aus den 30er Jahren, sondern von 1955. In der Bar, mit Nesvadba, spielt eine »Band« aus der DDR.

Nachmittägliche Melancholie in Budmerice, während das Gras geschnitten wird und es nach Wacholder duftet. Am Nachmittag vorher im Schriftstellerheim Ansätze zur Diskussion, die versandet. Das Haus war früher die Loge von P.

Trotz allem (die pannonisch tristen Dörfer vor Wien wirkten wie die Schweiz, verglichen mit Jür usw.) haben sie »uns« vielleicht in 30 Jahren »überholt«.

Kraus will es nicht glauben, daß Karvaš und Mnačko keine echten, sondern erlaubte und vielleicht mit Stichwort ausgestattete »Empörer« sind.

⋆

21. Juni 1964

Seit Donnerstag abends in Graz. Freitag »privat« im Verlag, nach einer Woche Bemühen, Zerling zu erreichen. Die

Stiasny-Situation ist verfahrener denn je, nur läßt es mich manchmal kühler. Man sollte den Verein, einschließlich WidZ, platzen lassen. Aber! Ich werde es – nicht einmal in Notwehr – kaum tun. Höchstens mitkonspirieren. Es ist in fast jeder Hinsicht erbärmlich. Im übrigen wollen sie jetzt mit Schreibers Casanova in den Bahnhofsbuchhandel und ihn samt Habecks Beer plus Reinhards Sacher-Masoch mit anderen Titeln und Umschlägen als Erotika verhöckern.

Soviel dilettantische Unentschlossenheit ist selten zu finden. Und auf dem Juni-WidZ prangt hinten an erster Stelle eines Inserates Hermann Brod.

Wut, Gelächter – und ökonomische Abhängigkeit, weil ich vermutlich zu bequem bin.

⋆

Seit vorgestern abends Versuche, den Roman X weiterzuschreiben. Allmählich wieder hineintauchen. Die 126 Seiten vom Mai sind im großen ganzen gut. Besser, ziemlich besser, als der »Spießrutenlauf«. Ich möchte bis Dienstag abends 3 Kapitel schreiben, werde aber froh sein, wenn es 2 werden.

⋆

Im allgemeinen ausgeglichen, wegen des Schreibens und weil die Stagnation, wenigstens gefühlsmäßig, aufgehört hat. Besonders wegen eines neuen Verhältnisses mit B., die gelöster und weniger unzufrieden ist. Ich habe mich nicht getäuscht in ihren Möglichkeiten, die sie selber langsam ahnt – und zu verwirklichen beginnt.

⋆

Sonntagvormittag unter bombastischen Gewitterwolken CV Kappen und Volkstrachten-Aufmarsch. Viel Bresthaftes unter Goldhauben und Gamsbärten. Die Wolken ziehen vorbei, die Wirtshäuser füllen sich.

⋆

Cafe Promenade still und leer. Die beste Zeit zum Schreiben. Wenig Nachklang der Herzmanovsky-Ausstellung im Palais Herberstein. Das Nichtkolorierte gefällt mir besser. Merkwürdig seine Angst, das Hermaphroditische vieler Figuren zu verwischen: im buchstäblichen Sinn, nämlich den Penis. Bestes Blatt: Papageno. Sehr schön auch Melitta, die von Sappho ständchenhaft und zugleich heroinisch besungen wird. Ein Gourment, der seine Phantasie venezanisch byzantinisch drapiert und verschleiert hat.

★

Editorische Notiz

Der Wortlaut der Tagebücher folgt den handschriftlichen Vorlagen, die sich im Nachlass von Gerhard Fritsch in der Handschriftensammlung der Wienbibliothek im Rathaus befinden. Fehler in der Orthografie und bei Eigennamen wurden nicht korrigiert, die richtige Schreibweise ist den Anmerkungen zu entnehmen. Abkürzungen werden in der Form der Vorlage belassen und, wenn erforderlich, im Kommentar aufgelöst.

Hervorhebungen durch Unterstreichung werden im Druck kursiv wiedergegeben.

Unterschiedliche Datumsangaben wurden ergänzt und vereinheitlicht. Gelegentlich wurden fehlende Satzzeichen zur besseren Lesbarkeit stillschweigend ergänzt. Auf Schwierigkeiten bei der Entzifferung der Handschrift wird durch <?> hingewiesen.

Aus familiärer Rücksichtnahme und aus Gründen des Schutzes noch lebender Personen wurden von der Erbengemeinschaft Gerhard Fritsch im Text des Tagebuches einige wenige, kurze Passagen gestrichen. Diese Streichungen sind mit […] markiert.

Klaus Kastberger
Stefan Alker-Windbichler

Stefan Alker-Windbichler

Kommentar

13.6.1956

Vorstadtkaffeehaus] Wahrscheinlich das Kaffeehaus Bruno Niederle, Margaretengürtel 96, Wien 5, im Metzleinstaler Hof.

»Dichterstunde Ferdinand v. Saar« … die Steinklopfer] Veranstaltung in der Außenstelle der Wiener Städtischen Büchereien, Raxstraße 15 (Wien 10, Favoriten). Während der 1950er Jahre traten Fritsch und Christine Busta gelegentlich gemeinsam bei Autorenabenden in Büchereien und anderen Volksbildungsinstitutionen auf.

Christl] Christine Busta (geb. 1915 in Wien, gest. 1987 ebd.), Lyrikerin, Kinderbuchautorin und Bibliothekarin. 1950–75 hauptberuflich bei den Städtischen Büchereien in Wien beschäftigt, ab 1951 Leiterin der Hauptbücherei und damit bis zu seinem Ausscheiden Ende 1958 Fritschs Arbeitskollegin.

Helmut-Story] Als »Helmut-Story« oder »TV-Story« bezeichnete Fritsch seine Texte mit einem Transvestiten (hier namens Helmut Berger) als Hauptfigur. Das Tagebuch verweist unter Bezeichnungen wie »Story« oder »Story-Trümmer« immer wieder auf diese Prosastücke, die im Nachlass von Gerhard Fritsch nicht überliefert sind.

Mirli] Annemarie Fritsch (geb. Niebler, eigentl. Anna Maria Theresia, geb. 1927 in Budapest, gest. 9.7.2014 in Wien), kaufmännische Angestellte. 1951–58 Ehefrau von Gerhard Fritsch.

Saiko] George Saiko (geb. 1892 in Seestadtl (Böhmen), gest. 1962 in Rekawinkel (bei Wien)), österreichischer Schriftsteller. Seinen Roman »Der Mann im Schilf« (Hamburg: Schröder 1955) rezensierte Fritsch 1956 in den »Wiener Bücherbriefen«.

Beichtprotokoll Okopenkos] Andreas Okopenko (geb. 1930 in Kosice (Slowakei), gest. 2010 in Wien), österreichischer Schriftsteller. 1950–51 Mitglied des Arbeitskreises der Kulturzeitschrift »Neue Wege« (Lyrik-Lektorat), 1951–53 Herausgeber der »publikationen einer wiener gruppe junger autoren«, in denen wiederholt Texte von Fritsch gedruckt wurden.

»Wie herrlich, eine Frau zu sein«. Sophia Loren] »Wie herrlich eine Frau zu sein« (»La Fortuna di essere Donna«) Komödie, Italien 1956, Regie: Alessandro Blasetti, mit der italienischen Schauspielerin Sophia Loren in der Hauptrolle der Antonietta Fallari.

Frei] Bruno Frei (geb. als Benedikt Freistadt 1897 in Pressburg (Slowakei), gest. 1988 in Klosterneuburg), Schriftsteller und Journalist. 1936–47 im französischen und mexikanischen Exil, leitete 1948–56 für den Wiener Globus Verlag die kommunistische Zeitschrift »Der Abend«, bei der Fritsch 1950 als Reporter tätig war.

Michel] Michael Fritsch (geb. 1952 in Wien), Sohn von Annemarie und Gerhard Fritsch.

14.6.1956

Salon Freisler] Vermutlich die von Antonie Freisler geleitete Städtische Bücherei Hintzerstraße (Wien 3).

Zentrale] Hauptanstalt der Städtischen Büchereien, Schmidgasse 18 (Wien 8).

Luise Myerson] Luise Myerson (geb. König, 1924–?), Jugendliebe von Gerhard Fritsch. Sie war um das Jahr 1941 im Postamt von Purgstall an der Erlauf (Niederösterreich), wo die Eltern des Schulfreundes Kurt Weissenborn ein Sommerhaus hatten, beschäftigt.

Kaffee Rathaus] Café Rathaus, Landesgerichtsstraße 5 (Wien 8).

Jutta = Christiane] Christiane Draxlmayer, verh. Norden (1924–2001), 1949 Fritschs Freundin und Studienkollegin. Sie ist Vorbild für die Figur der Jutta Suchy-Sternberg in »Moos auf den Steinen«.

15.6.1956

Rudi] Rudolfine Reinhofer (später Mantler, geb. 1919 in Wien, gest. 2003 in Arbesbach), 1942–44 Freundin von Gerhard Fritsch. Der Briefwechsel zwischen Reinhofer und Fritsch ist im Nachlass überliefert.

Erna] Erna Fritsch (geb. Ratensperger, geboren 1926 in Kowno / Kaunas, gest. 2008 in Alkmaar (NL)), 1945–50 Ehefrau von Gerhard Fritsch; geflüchtete Litauendeutsche, die Fritsch im Landkreis Schröttersburg / Plozk an der Weichsel als Soldat im August 1944 kennenlernt; zu Weihnachten 1944 verloben sich die beiden, nach dem Rückzugschaos treffen sie einander in Bilshausen bei Duderstadt am Harz wieder, wo sie im Oktober 1945 heiraten. Nach dem Zweiten Weltkrieg wohnt sie bei Fritschs Eltern in Gföhl im Waldviertel, nach der Scheidung geht sie mit dem gemeinsamen Sohn Georg 1953 nach Osterode.

Mara] Mara Ghosta (eigentl. Margarete Bauer), Schriftstellerin und Schauspielerin. 1948/49 Freundin von Fritsch. Ghosta veröffentlichte in den »publikationen einer wiener gruppe junger autoren« und spielte in mehreren Kurzfilmen von Herbert Vesely.

Anneliese] Anneliese Eulau-Felsenstein (geb. Fritz, geb. 1918 in Wien, gest. 1981 ebd.), Lyrikerin, Dramatikerin, Essayistin und Jugendbuchautorin. 1938 gemeinsam mit dem Intendanten Walter Felsenstein (1901–1975) Emigration in die Schweiz. 1945 heiratete sie den Musiker Günther Eulau, mit ihm kam sie 1946 nach Wien zurück und wurde dort Musikreferentin der RAVAG und Leiterin der »Russischen Stunde«. 1946–56 Mitglied der KPÖ, wo sie Fritsch, dessen Freundin sie 1948–50 war, kennenlernte; veröffentlichte 1955 den Jugendroman »Die Zauberflöte« im kommunistischen Globus Verlag.

Bisinger] Gerald Bisinger (geb. 1936 in Wien, gest. 1999 ebd.), österreichischer Schriftsteller. 1962–70 Lyrik-Redakteur der Zeitschrift »Neue Wege«, 1964–86 Mitarbeiter des Literarischen Colloquiums Berlin, später redaktioneller Mitarbeiter für Literatur beim ORF.

Philosophie des Sandlers … »Salome Grasspointner«] Zu beiden Projekten sind in Fritschs Nachlass keine Aufzeichnungen überliefert.

17.6.1956

Wassilij-Stellen] Fritsch las neben Gedichten auch Passagen seines Romans »Moos auf den Steinen«, die sich um den in der Gegend herumstreifenden »Oberleutnant der Besatzungsarmee« Wassilij Wassilijewitsch drehen.

St.B. 24] Städtische Bücherei Karl-Löwe-Gasse 17 (Wien 12). Die Bemerkung »nebenan« bezieht sich auf Fritschs Wohnung an derselben Adresse.

Rikki und Eugen] Friederike und Eugen Smerda; Friederike Smerda war Mitarbeiterin der Österreichischen Länderbank, Eugen Smerda Schriftsetzer bei der Druck- und Verlagsanstalt »Vorwärts«, die u. a. die »Arbeiter-Zeitung« druckte.

M + M] Annemarie (Mirli) und Michael Fritsch.

»Tivoli«] Tivoli, Koppreitergasse 2 (Wien 12). Fritsch erwähnt das »idyllische Restaurant Tivoli, das zur Waldmüllerzeit eines der belieb-

testen Wiener Ausflugsziele war« in seinem Beitrag über Meidling in: Wien von A–Z. Hg. von Hermann Hakel. Wien: Wiener Verlag 1953, S. 22f.

»Die Stundentrommel« … das Antifaustische Prinzip … »Evangelium des Ägypters«] Erhart Kästner: Die Stundentrommel vom heiligen Berg Athos. Wiesbaden: Insel 1956. – Fritsch bezieht sich auf folgende Passagen: »Es ist wohl so, daß der Athos der eigentlich antifaustische Ort ist. Faust, der nur forschend und wirkend zu sich kommt, *nur in der Unrast*: Faust ist hier keine Gestalt.« (S. 175) sowie »Unter den sogenannten Agrapha, das heißt Jesus-Worten, die außer der Schrift überliefert sind, […] ist das aufregendste jenes, das aus dem fast ganz verschollenen Ägypter-Evangelium stammt: ›Ich bin gekommen, die Werke des Weiblichen aufzulösen […].‹ Die Werke des Weiblichen. Das ist das Matriarchale, das Muttergöttliche, das die Welt zum Zuhause, zur Heimat macht und zum immergebärenden Schoße.« (S. 205f.).

Mirlis Mutter] Rudolfine Niebler, wohnt in Wien-Ottakring.

Kaffee Eos] Kaffee-Espresso »Eos«, Rennweg 33A (Wien 3).

Gedicht … »dumpfe Scheune«] Fritschs Gedicht »Scharf und Nah«, erstmals veröffentlicht in »Der Geisterkrug« (Salzburg: Otto Müller 1958, S. 35). Vgl. Gesammelte Gedichte, S. 162.

Schmied] Wieland Schmied (geb. 1929 in Frankfurt am Main, gest. 2014 in Vorchdorf), Lyriker, Journalist und Kunsttheoretiker. Fritsch verfasste das Vorwort für Schmieds Gedichtband »Landkarte des Windes« (Salzburg: Otto Müller 1957) und gab später einen Sammelband in der Stiasny-Bücherei heraus, für den er auch die Einleitung verfasste: Wieland Schmied: Links und rechts die Nacht. Eingeleitet und ausgewählt von Gerhard Fritsch. Graz, Wien: Stiasny 1962 (= Stiasny-Bücherei 93).

Simmering] Wohnort von Fritschs Eltern Hermine Fritsch (geb. Teller, geb. 1902 in Karlsbad, gest. 1987 in Wien) und Otto Fritsch (geb. 1886 in Oberleutensdorf (Nordböhmen), gest. 1965 in Wien) ab 1920 Mittelschullehrer in Wien – damals wohnhaft in der Felsgasse 5 (Wien 11).

18.6.1956

Hakel] Hermann Hakel (geb. 1911 in Wien, gest. 1987 ebd.), Lyriker, Erzähler, Übersetzer sowie Mentor und Förderer junger Schriftsteller im Rahmen seiner Vorstandsfunktion im Österreichischen PEN-

Club. 1939–47 im italienischen und palästinensischen Exil. Fritsch arbeitete 1949 für Hakel und war als Redakteur für einzelne Nummern seiner Zeitschrift »Lynkeus« (1948–51) verantwortlich. Fritschs Anstellung bei den Städtischen Büchereien 1951 und schließlich die Veröffentlichung von »Moos auf den Steinen« führten zu zunehmendem Abstand zwischen Hakel und Fritsch.

Unzulänglichkeit meines Romans] Hermann Hakel bringt seine Kritik an Fritschs »Moos auf den Steinen« in seiner Rezension des Romans auf den Punkt: »Das klingt schön und heißt – geistig, weltanschaulich gesehen, gar nichts« (in: Neue Welt 1956, Nr. 96/97, S. 4). In einem Brief bezeichnet Fritsch die Rezension als »eine persönlich gezielte äußerst blöde« (Fritsch an den Otto Müller Verlag, 2.9.1956).

20.6.1956

Schönwiese] Ernst Schönwiese (geb. 1905 in Wien, gest. 1991 ebd.), Schriftsteller, Hörspielautor und Übersetzer. 1938 Emigration nach Ungarn, 1946–52 Herausgeber der Zeitschrift »das silberboot«, 1945–54 Leiter der literarischen Abteilung des Senders Rot-Weiß-Rot in Salzburg, 1954–71 Programmdirektor für Literatur, Hörspiel und Wissenschaft beim Österreichischen Rundfunk, später Präsident des Österreichischen PEN-Clubs.

Kurs] Ernst Schönwiese sollte in den regelmäßig mittwochs stattfindenden Zusammenkünften der Städtischen Büchereien sprechen, wo im Anschluss an Besprechungen Vorträge von Dichtern und Volksbildnern zur Weiterbildung abgehalten wurden.

25.6.1956

St. Oswald] St. Oswald ob Hornburg, im Kärntner Bezirk St. Veit an der Glan im oberen Görtschitztal.

»Nacht aus Blei« … Hauptkloake der Alptraumstadt] Hans Henny Jahnn: Die Nacht aus Blei. Hamburg: Wegner 1956. Der Protagonist der Erzählung trifft auf sein jüngeres Alter Ego namens Anders und versucht, »in den Jüngeren hinüberzugleiten« (S. 83), nachdem er folgende Überlegungen angestellt hat: »Ein männliches Wesen ist von männlicher Beschaffenheit. Man kennt sich somit im Vorfeld der Empfindungen« (S. 55). Schließlich wird er über den Ort der Handlung über der »Hauptkloake« (S. 88), in der die Abwässer der Stadt fließen, aufgeklärt und versucht, die Anders aus einer Bauchwunde

austretenden Eingeweide »in die Leibeshöhle zurück« zu drücken (S. 104), dieser stößt den Arm des Protagonisten in seine Wunde und stirbt.

Eberstein] Eberstein, kleiner Sommertourismusort im Kärntner Bezirk St. Veit an der Glan, im Görtschitztal am Fuß der Saualpe und des auf einem Felshügel gelegenen Schlosses.

Roman … Geheimnis des Waldes] Der ursprünglich als Beginn des Romans »Die Schlinge des Jägers« konzipierte Text, an dem Fritsch von Ende 1955 bis Anfang 1958 arbeitete, wurde schließlich unter dem Titel »Die Geographie der Nacht« als Erzählung veröffentlicht. Gerhard Fritsch: Die Geographie der Nacht. Eingeleitet und ausgewählt von Viktor Suchy. Graz, Wien: Stiasny 1962 (= Stiasny-Bücherei 110), S. 32–37.

Mirnig … Kirche] Filialkirche Sankt Andrä der Streusiedlung Mirnig, spätgotischer Bau in beherrschender Lage auf einem Hügel des westlichen Ausläufers der Saualpe.

St. Johann am Hohen Pressen … romanischen Kircherl in der Höhe] St. Johann am Pressen, zur Gemeinde Hüttenberg gehörende Streusiedlung über dem Mosinztal.

Hüttenberg … Mosinzgraben] Hüttenberg, Hauptort des oberen Görtschitztals an der Vereinigung von Steier- und Mosinzbach zur Görtschitz, Zentrum eines ehemaligen Erzabbaugebietes.

verfallenen Hochöfen im Arsenalstil] In Heft im Mosinzgraben, etwa zwei Kilometer nordöstlich von Hüttenberg, stehen zwei 1901 und 1908 stillgelegte, aber weitgehend erhaltene Hochöfen von 1857 in gotisierendem Baustil.

Pfarrhaus … Kirche] Die genannte Kirche von St. Johann am Pressen beherbergt u. a. einen barocken Hochaltar (um 1720) sowie barocke Konsolstatuen der Heiligen Josef, Johann Nepomuk und Martin. Im Boden der Kirche befindet sich der erwähnte Grabstein von 1727. Der Pfarrhof ist ein barocker Bau mit schmiedeeisernen Fensterbögen.

Grabsteine der Hammerherren und Gewerken] Außen an der Langhaussüdwand der Kirche befinden sich das Grabmal der Bergwerkseigentümer (Gewerken) Rauscher, eine Biedermeier-Ädikula mit Eisengussgrabplatte von 1829, sowie mehrere barocke Schmiedeeisenkreuze.

Presserngut … Schoß der Hammerherrn] Schloss Hohenpressen, zweigeschossiger Bau aus dem 16. Jahrhundert, wiederholt teilweise erneuert. Hammerherren: Besitzer des örtlichen Hammerwerkes.

Auftrag für den Eröffnungsprolog in Strobl] Fritschs Prolog zur Eröffnung des Bundesstaatlichen Volksbildungsheims St. Wolfgang des Bundesministeriums für Unterricht erschien unter dem Titel »Zu sehen das Ganze in seiner Größe und Vielfalt ...« in der Zeitschrift »Neue Volksbildung« (1956, Heft 8, S. 297f.).

30.6.1956

denke an Posen 1945] Fritsch war laut eigenen Aufzeichnungen am 21.1.1945 in Posen (Poznań), das 1939–45 von den Deutschen besetzt war. Vgl. sein im Mai 1949 verfasstes Gedicht »Die Schule in Ditfurt / Posen (Jänner 1945)«, erstmals veröffentlicht in »Neue Wege« (1950, Nr. 59, S. 84; vgl. Gesammelte Gedichte, S. 40), und das Gedicht »Polen« (Gesammelte Gedichte, S. 68f.).

Sprecher des amerik. Verteidigungsministeriums ... »je nachdem, wie der Wind weht!«] Unter dem Titel »Je nachdem, wie der Wind weht ...« berichtet die Zeitung »Neues Österreich« am 29.7.1961 von den Aussagen des Leiters des amerikanischen Heeresentwicklungs- und Forschungsamtes, Generalleutnant Garvin; *SU*: Sowjetunion.

Hornburg ... Ruine ... Bergfrit] Doppelruine Hornburg (Hoch- und Niederhornburg) auf dem Gipfel des Hornberges zwischen Klein St. Paul und Eberstein am Westhang der Saualpe. Hoch-Hornburg besitzt einen rechteckigen romanischen Bergfried mit Einstiegstor im Obergeschoß sowie eine hohe gotische Ringmauer mit Wehrgang und Rundturm, verfallen seit dem 17. Jahrhundert.

Bärbel Eichhausen] Barbara Nestel von Eichhausen (geb. 1934 in Karlsbad, gest. 1996 in Wien), damals Mitarbeiterin des Salzburger Otto Müller Verlags, von März 1959 bis zu seinem Tod 1969 Ehefrau von Gerhard Fritsch.

Buchbesprechungen des »Mooses«] Die Rezension zu Fritschs »Moos auf den Steinen« von Rudolf Bayr erschien am 28.2.1957 in den »Salzburger Nachrichten«, Alfred Holzingers Besprechung wurde am 14.5.1956 in der Reihe »Bücherecke« gesendet und die Sendung von Radio Bremen nach einem Manuskript von Elisabeth Kuntze in der Reihe »Aus neuen Büchern« am 21.5.1956. Die von Fritsch erwähnte Rezension erschien nicht in der »Tiroler Tageszeitung«, sondern in den »Tiroler Nachrichten« am 9.5.1956, wo es heißt: »Man wird dieses Buch zu den [!] wenigen zählen müssen, was seit 1945 an Bleibendem geschrieben und gedruckt wurde.« Die »Stadt Gottes« aus Steinhausen in der Schweiz schreibt in ihrer Ausgabe vom Juni 1956 über das Buch: »Man muß es an einem ganz strahlenden Sonnentag lesen, sonst wird man melancholisch, zumal wenn man merkt, daß sich darin das moderne Österreich widerspiegelt.«

Ein alter Mann ging ... und Wassilij] Gemeint ist die mit den Sätzen »Ein alter Mann ging über einen Damm aus großen, unbehauenen Steinen. Dieser alte Mann hieß Suchy-Sternberg« beginnende Passage aus »Moos auf den Steinen« (S. 27f.).

Porzellaneum] Studentenheim des Asylvereines der Universität Wien (Wien 9, Porzellangasse 30), wo Fritsch 1946–50 wohnte.

Almenwanderungen ... Turtsch] Turtsch, Dorf etwa vier Kilometer östlich der Stadt Duppau im Kreis Karlsbad. Turtsch ist die Heimat von Fritschs Vorfahren, die dort seit 1729 nachgewiesen sind. Bis 1945 war der Hof Nr. 22 im Besitz der Familie Fritsch. Der Urgroßvater (geb. 1834), später Schneider und Gastwirt in Duppau, ist noch dort geboren, der Großvater (Bürgerschuldirektor in Oberleutensdorf, zuletzt Bezirksschulinspektor) in Radonitz, der Vater in Oberleutensdorf. Gerhard Fritsch besuchte Turtsch im Sommer 1939 im Zuge einer Reise durch Nordböhmen mit seinem Vater. Vgl. Langhans: Gerhard Fritsch. In: Kaadner Heimatbrief 1974, F. 290, S. 2–5.

2.7.1956

Ernst Hammer] Ernst Hammer (geb. 1924 in Stanz im Mürztal, gest. 1990 in Graz), österreichischer Schriftsteller, 1967–84 Lektor der Literaturabteilung des ORF Steiermark. Ernst Hammer war ein langjähriger Freund von Fritsch, der auch den Kontakt zum Salzburger Otto Müller Verlag hergestellt hatte. Fritsch widmete ihm sein Langgedicht »Dieses Dunkel heißt Nacht« (Wien: Bergland 1955; Neue Dichtung aus Österreich 11).

St. Donat, St. Sebastian, St. Michael am Zollfeld] Am Fuß des Magdalensberges liegen St. Donat, St. Sebastian und im Zollfeld, einer lang gestreckten Talebene der Glan im nördlichen Klagenfurter Becken, St. Michael.

Bergwertungsfahrt] Zweite Etappe der Österreich-Radrundfahrt von Graz nach Villach über 189 Kilometer mit zwei Bergwertungen auf der Pack und dem Griffener Sattel.

Magdalensberg-Ausgrabungen ... Flügelaltar ... Becken mit 3 Köpfen] Auf dem Kärntner Magdalensberg befindet sich eine der bedeutendsten archäologischen Ausgrabungsstätten Österreichs mit umfangreichen Ruinen einer spätkeltischen und frührömischen Siedlung. Die spätgotische Wallfahrtskirche St. Helena und Magdalena befindet sich an der Stelle des römisch-keltischen Tempels der ehemals befestigten Bergkuppe, ihr spätgotischer Hauptaltar (1502/12) aus der St. Veiter Werkstätte zählt zu den schönsten Flügelaltären Kärntens, der Altar der Magdalenenkapelle zeigt eine außergewöhnliche Verschmelzung von gotischen mit barocken Elementen (um 1700). Im Kirchenschiff befindet sich ein zylindrisch ausgehöhlter Dreikopfstein, wahrscheinlich von einem vorrömischen Dreikopfbecken als Opferstein.

Vierbergewallfahrt] Die 1578 erstmals beschriebene Vierberge-Wallfahrt, traditionell am zweiten Freitag nach Ostern durchgeführt, führt über mehr als 40 Kilometer auf Magdalensberg und Ulrichsberg, außerdem auf den Veits- und Lorenziberg nördlich von Klagenfurt.

Tempel der »Isis Noreia« … gotische Kirche auf dem Ulrichberg] Auf dem Ulrichsberg, einem isolierten Berg am Westrand des Zollfelds nördlich von Klagenfurt, befinden sich Ausgrabungen des Kulthauses der Isis-Noreia aus dem ersten Jahrhundert n. Chr. sowie Reste einer spätantiken Höhensiedlung mit frühchristlicher Kirche.

Bildstock mit der Kreuzigung bei St. Wallpurg] Das Streudorf St. Walburgen am Osthang des Görtschitztals. Der 1973 versetzte Bildstock an der Bundesstraße bei der Einfahrt nach St. Walburgen zeigt in der westlichen Nische das Fresko einer Kreuzigungsgruppe, flankiert von den Heiligen Paulus, Barbara, Katharina und Petrus, darüber die erwähnte ›Vera Icon‹ (um 1425/30), in der rückwärtigen Nische eine barocke Darstellung der Dreifaltigkeit mit Heiligen.

»Der Wind weht, wie er will« … Novellen] Tarjei Vesaas: Der Wind weht wie er will. Neun Erzählungen. Deutsch von Elisabeth Ihle und Hg. von Born-Pilsach. Berlin: Universitas 1953 – Vom »Tod des kleinen Sven« und vom Verhältnis zum Vater berichtet die erste Erzählung »Der kleine Reiter« (S. 7–52), mit der Bezeichnung »Novelle« ist wohl der Text »Samstagabend« (S. 53–98) gemeint.

Curtius (Kritische Essays zur europ. Lit.)] Ernst Robert Curtius: Kritische Essays zur europäischen Literatur. 2., erw. Aufl. Bern: Francke 1954. – Im Folgenden zitiert Fritsch aus dieser Ausgabe unter Angabe der Seitenzahlen in eckigen Klammern.

T. S. Eliot: »Tradition … Ordnung darstellt«] Fritsch übernimmt die Passage T. S. Eliots (1888–1965) von Curtius zeichengenau, wobei er an drei Stellen abkürzt , a. a. O., S. 352.

Zola … ihre Schicksale] Fritsch übernimmt Curtius' Text über Émile Zola (1840–1902) unter Auslassung eines ganzen Satzes, a. a. O., S. 176.

James Joyce! … Bloom as a w. m.] Vgl. das Kapitel »James Joyce und sein Ulysses«, a. a. O., S. 290–314. Die von Fritsch erwähnte Formulierung lautet bei Curtius: »In der Groteske des 15. Kapitels wird dann Bloom als *a finished example of the new womanly man* vorgeführt. Er ruft *O, I so want to be a mother* und gebiert unter dem Beistand der Hebamme Mrs. Thornton acht schöne Knaben ›mit wertvollen metallenen Gesichtern‹. Später erscheint er als Dirne, während die Bordellwirtin Mrs. Bella Cohen sich in das männliche Scheusal Bello verwandelt.« (S. 308) Curtius erklärt diese Verwandlungen im Anschluss als »halluzinierte Realisierungen der masochistischen und fetischistischen Triebperversionen, mit denen Bloom ausgestattet ist«. Diese hätten sich aus Pubertätserlebnissen herausgebildet, »besonders aus seinem Auftreten in einer Frauenrolle«. Das wären Blooms »kleine ethische Defekte«, der im Grunde eine »gutartige, ja liebenswerte Natur« mit stark ausgeprägtem Familiensinn sei, resümiert Curtius.

Müller] Rudolf Müller (geb. 1914 in Wien, gest. 1998 ebd.), Bibliothekar, Volksbildner und Politiker. Ab 1945 Personalreferent und 1950–76 Direktor der Wiener Städtischen Büchereien, 1948–82 Vorsitzender des Verbands Österreichischer Volksbüchereien und Volksbibliothekare, später auch Gemeinderat der Stadt Wien.

6.7.1956

Kaffee in der Favoritenstraße] Kaffee Kolschitzky, Favoritenstraße 64 (Wien 4). Die Bemerkung »altbekannt« bezieht sich auf die Nähe zu Fritschs ehemaliger Adresse Wiedner Hauptstraße 40 (Wien 4), wo er von August 1950 bis Mai 1951 wohnte.

Felmayer] Rudolf Felmayer (geb. 1897 in Wien, gest. 1970 ebd.), Schriftsteller, Lyriker und ab September 1948 als Referent in der Zentrale der Städtischen Büchereien, für die er bis 1966 tätig war, verantwortlich für das sogenannte Autorenlektorat. Er gehörte zu den bedeutenden Förderern der jungen österreichischen Nachkriegsliteratur. Die ersten drei Bände der von Felmayer herausgegebenen Lyrikanthologien »Tür an Tür« (1950, 1951 und 1955) enthalten Gedichte von Fritsch, sein Langgedicht »Dieses Dunkel heißt Nacht« (Wien: Bergland 1955) erschien in der von Felmayer herausgegebenen Reihe »Neue Dichtung aus Österreich«.

Hakel … sehr persönlich über mich ausfällig] Zu Hakels Kritik am Roman »Moos auf den Steinen« vgl. Tagebucheintrag und Kommentar zum 18.6.1956; Hakels persönliche Vorwürfe sind in einer Ausgabe seiner nachgelassenen Schriften nachzulesen, wo es heißt: »Nichts an diesem wohlgefälligen Menschen ließ erkennen, daß er jahrelang

Flieger im zweiten Weltkrieg gewesen war, daß er von einer Litauendeutschen einen Sohn hatte und sich samt seiner Mutter von dieser in die Fremde verschleppten Frau aushalten ließ. Sie ging arbeiten und er auf die Universität, um Germanistik zu studieren und sentimentale Gedichte zu schreiben.« Hermann Hakel: Die Idyllen des literarischen Aktivisten Gerhard Fritsch [1974]. In: Ders.: Dürre Äste, welkes Gras. Begegnungen mit Literaten. Bemerkungen zur Literatur. Wien: Lynkeus 1991, S. 313–323, hier S. 316.

Lebert] Hans Lebert (geb. 1919 in Wien, gest. 1993 in Baden bei Wien), Erzähler, Lyriker. Sein Roman »Die Wolfshaut« (Hamburg: Claassen 1960), in dem er sich mit der nationalsozialistischen Vergangenheit seiner Heimat auseinandersetzt, sicherte Lebert eine bedeutende Stellung in der österreichischen Literaturgeschichte. Fritschs Fürsprache (Gutachten) hat wesentlich dazu beigetragen, dass Lebert 1962 für »Die Wolfshaut« den Förderpreis des Österreichischen Staatspreises für Roman erhielt.

Auftrag Hermann ... 6-Seiten-Film-Exposé] Fritsch verzeichnet im August 1956 den Eingang von 2000 Schilling Honorar vom Bildungsreferat des Österreichischen Gewerkschaftsbundes für ein sechsseitiges Filmtreatment »Ole und der Mann aus den Bergen«, das nicht im Nachlass überliefert ist.

Hiesel] Franz Hiesel (geb. 1921 in Wien, gest. 1996 in Oberpullendorf (Burgenland)), Hör- und Fernsehspielautor, Erzähler, Lyriker, Dramatiker, Rundfunkdramaturg. Nach der Rückkehr aus der Kriegsgefangenschaft verdiente er seinen Lebensunterhalt zunächst als Straßenbahnschaffner, ab 1951 als Bibliothekar bei den Städtischen Büchereien. 1953–56 war er Leiter der Städtischen Bücherei Schüttaustraße 39 (Wien 22), anschließend zentraler Referent, außerdem regelmäßiger Mitarbeiter der »Wiener Bücherbriefe« und enger Freund von Gerhard Fritsch. 1960 geht Hiesel als Hörspieldramaturg und stellvertretender Leiter der Hauptabteilung Hörspiel des NDR nach Hamburg, 1967/68 leitet er die Abteilung, später wird er Leiter der Produktionsabteilung Hörspiel und Literatur des ORF-Landesstudios Wien (1977–83). Fritsch schrieb mehrere Hörspiele im Auftrag des NDR, außerdem zusammen mit Hiesel den fünfteiligen Hörspielzyklus »Die Reise nach Österreich« (NDR 1960). Zudem gab er 1961 den Hiesel-Auswahlband »Ich kenne den Geruch der wilden Kamille« (Graz, Wien: Stiasny 1961) in der Stiasny-Bücherei heraus.

Jorda] Ludwig Jorda, 1951–63 Lehrer für Deutsch und Latein am Österreichischen Sankt Georgskolleg in Istanbul und zum Zeitpunkt der Einladung österreichischer Kulturbeauftragter in der Türkei. Erst

1961 kam es tatsächlich zu einer Reise Fritschs nach Istanbul (vgl. 9.11.1961).

Brodil … Ministerium] Alfred Brodil (geb. 1915 in Deutsch-Wagram, gest. 1993 in Wien), Beamter. Sektions- bzw. Ministerialrat in der Volksbildungs-Abteilung des Bundesministeriums für Unterricht.

Tante Sophie] Sophie Fritsch, Schwester von Otto Fritsch, wohnte seit den 1920er Jahren in Plattling (Niederbayern), gelegentlich zu Besuch in Wien.

die Parisini] Die Fotografin Tatjana-Jowa Parisini (geb. König, 1923–2014) nahm als literaturinteressierte junge Frau Kontakt mit Fritsch auf.

Luise] Luise Myerson.

Roberta Cowell] Roberta Cowell (geb. 1918 in Croydon / London als Robert Cowell, gest. 2011 in Hampton / London) wurde im Mai 1951 als erster Mensch chirurgisch von einem Mann zu einer Frau umoperiert. Vgl. Roberta Cowell: Ich war ein Mann. Die vollständige Autobiographie einer ungewöhnlichen Frau. Aus dem Englischen von Pia Hartungen. Wien: Zsolnay 1954. Vgl. auch den Tagebucheintrag vom 5.9.1956.

Anneliese] Anneliese Eulau-Felsenstein.

Christiane] Christiane Draxlmayer.

Walter Hosnedl-Norden] Walter Norden (eigentl. W. Hosnedl, 1924–2014), Verleger, Zeitschriftenherausgeber und Tourismus-Journalist, später Ehemann von Christiane Draxlmayer. Ab Mitte der 1940er Jahre freier Mitarbeiter der »Österreichischen Wirtschaftszeitung« und des »Österreich-Tagebuchs«, damals bei der Boulevardzeitung »Bildtelegraf«. Er machte mit seiner Namensänderung von Hosnedl zu Norden und einem unrechtmäßig angemaßten Doktortitel von sich reden.

»Er hat zur Welt ein metatropisches Verhältnis« – das ist der Dichter] Metatropismus: Umkehrung von Emotionen und Gefühlsleben im sexuellen Bereich, Übernahme geschlechtsspezifischen Verhaltens des anderen Geschlechts.

Herakles] Herakles, griechischer Gott, Sohn von Zeus und Alkmene. Er wird als Gatte der Omphale von dieser zu jahrelangen Magddiensten in Frauenkleidern gezwungen. Vgl. den Eintrag vom 15.7.1956.

Magnus Hirschfeld] Magnus Hirschfeld (1868–1935), Nervenarzt und Sexualforscher. Hirschfeld, der v. a. über Entwicklung und Störungen des sexuellen Verhaltens arbeitete, trat für Geburtenkontrolle, Erleichterung der Ehescheidung und vor allem gegen die strafrechtliche Verfolgung der Homosexualität ein. Er entwickelte die Theorie eines »dritten Geschlechts« zwischen Mann und Frau und prägte 1910 den Begriff »Transvestit«.

8.7.1956

Lenaugasse … zum Zweier] Die Lenaugasse im 8. Bezirk quert die Schmidgasse, wo Fritsch in der Zentrale der Städtischen Büchereien seine Arbeitsstelle hatte. Die Straßenbahnlinien E2, G2, H2 fuhren damals durch die sogenannte Lastenstraße, der Straßenzug wird noch heute als »Zweierlinie« bezeichnet.

Hitze des 71ers am Weg nach Simmering] Straßenbahnlinie 71 vom Schwarzenbergplatz zum Zentralfriedhof. Fritsch benutzte die Linie auf der Fahrt zu seinen Eltern, die in der Felsgasse in Wien-Simmering wohnten.

Neubauten bei der Zipperergasse] Eigentlich Zippererstraße (Wien 11), quert die Simmeringer Hauptstraße.

James Dean soll angeblich gar nicht tot sein] Das Gerücht, Dean wäre noch am Leben, hielt sich hartnäckig und verschaffte ihm angeblich noch Ende der fünfziger Jahre mehr Fanpost als jedem lebenden Hollywoodstar. Auch in Fritschs Gedicht »James Dean« (Gesammelte Gedichte, S. 106f.) wird das Gerücht aufgenommen: »Deine Legende erzählt, daß du jetzt / verrückt wärst oder verstümmelt, / denn das sei ja doch / besser als tot – ich weiß nicht, / ob es wahr ist.«

Gottfried Benn gestorben … »Vom armen Hölty ein paar Verse«] Die Bemerkung vom »zu kleinen Homburg« bezieht sich auf eine Formulierung des Journalisten und Übersetzers Helmuth de Haas (1928–1970), der in seinem »Stenogramm über Gottfried Benn« von einem Treffen berichtet: »Benn […] hatte einen schwarzen Homburg-Hut aufs rechte Ohr gesetzt, beinahe keß und vielleicht eine Nummer zu klein.« (Helmuth de Haas: Das geteilte Atelier. Essays. Düsseldorf: Rauch 1955, S. 69–73, hier S. 71).

M + M und Oma Fina] Annemarie (Mirli) und Michael Fritsch sowie Annemaries Mutter Rudolfine Niebler.

Ruppe] Hans Ruppe (1907–1962), Bibliothekar und Volksbildner. Als fanatischer Nationalsozialist in das Deutsche Reich übersiedelt und ab 1933 bei den Städtischen Büchereien in Leipzig, 1938–45 Leiter der Städtischen Büchereien in Wien, anschließend Beitritt zur SPÖ, Direktor der Städtischen Bücherei in Salzburg und stellvertretender Leiter des Verbands österreichischer Volksbüchereien. In diesem Zusammenhang will ihn Fritsch bei seinem Salzburgaufenthalt besuchen.

Moissl] Richard Moissl (geb. 1914 in Karlsbad-Fischern, gest. 2014 in Salzburg), seit 1947 Lektor des Otto Müller Verlags in Salzburg, ab 1963 Verlagsleiter. Moissl war Fritschs Ansprechpartner im Verlag und als Lektor nach dem Weggang von Hansjörg Graf für seinen Roman »Moos auf den Steinen« verantwortlich. Später Trauzeuge bei Fritschs Hochzeit mit Barbara Eichhausen 1959.

Buschowitz] Fritsch war von 10.5. wohl bis 9.7.1945 in Buschowitz (Bušovice), etwa 80 Kilometer westlich von Prag, wo er das Kriegsende erlebt hatte, in Kriegsgefangenschaft.

15.7.1956

Kaffee Pitter] Café Pitter im Zentrum der Stadt Salzburg gegenüber dem Mirabellgarten und dem neuen Kongresshaus, entstanden 1926 bei Umbauarbeiten des traditionsreichen Hotels Pitter (Rainerstraße 6–8).

Link] Kurt Link (geb. 1922 in Wien, gest. 1991 ebd.), 1947–65 Leiter der Büchereiabteilung des ÖGB, dann Leiter der Kulturabteilung.

ČSD] Tschechoslowakische Staatsbahnen (Československé státní dráhy).

Graschnitz war intim] Fritsch hatte im August 1954 bei der Neunten Graschnitzer Volkskundewoche im Bäuerlichen Volksbildungsheim im Mürztal aus eigenen Werken gelesen.

Georg Wagner-Type] Aller Wahrscheinlichkeit nach Georg Wagner (geb. 1916 in Wien, gest. 1985 ebd.), Schriftsteller, Publizist und Historiker, späterer Begründer der Gesellschaft »Pro Austria« (1969). – Im Nachlass befindet sich ein Exemplar von Wagners Versbuch »Herold des Abendreiches« (Graz, Wien, München: Stiasny 1952; Dichtung der Gegenwart 27) mit einer Widmung an Fritsch »Zur Erinnerung an unsere brüderliche Begegnung in der Historie« vom 26.5.1954.

»Dir.« Gruber] Hans Gruber (1914–1987), Lehrer und Bildungsfunktionär. Ab 1953 Vorstand des Niederösterreichischen Bildungs- und Heimatwerks, bis 1963 Direktor der Hauptschule Kirchberg am Wagram, dann Bezirksschulinspektor. Ab 1946 Bezirksobmann der ÖVP-Lehrerschaft und Bezirkskulturreferent des ÖAAB.

Thalhammer] Hans Thalhammer (Pseudonym: Thaddäus Erler, geb. 1892 in Freiland bei Deutschlandsberg, gest. 1973 in Wilhelmsburg), Hauptschuldirektor, Autor heimatkundlicher Schriften, niederösterreichischer Mundartdichter.

Kießlinge in Taschenausgabe] Möglicherweise bezugnehmend auf den aus Wien stammenden, später in Drosendorf (Waldviertel) ansässigen deutschvölkischen Heimatforscher Franz Xaver Kießling (1859–1940), Verfasser der Schrift »Turnerisches und völkisches Geschehen im Wandel der Zeiten« (Horn: Berger 1940).

Fink] Humbert Fink (geb. 1933 in Salerno (Italien), gest. 1992 in Maria Saal), Schriftsteller und Journalist. Veröffentlichte ab 1953 Gedichte in der Zeitschrift »Neue Wege«, gab mit Paul Kruntorad 1957/58 »Die österreichischen Blätter«, die als Gegenprojekt zu »Wort in der Zeit« gedacht waren, und ab 1959 »Hefte für Literatur und Kritik« heraus, entwickelte 1977 mit Ernst Willner die Idee des Ingeborg-Bachmann-Wettbewerbs.

Feldmesse … Reden, Reden] Am Programm des Eröffnungsaktes standen nach Fritschs von Heinz Moog gelesenem Prolog die Begrüßungen durch den Direktor des Heims Hans Wittmann, Bürgermeister Mathias Hödlmoser, Landesrat Hermann Kletzmayr, Oberbaurat Karl Jander, Sektionschef Erich Fröhner vom Ministerium für Handel und Wiederaufbau und die Eröffnung durch den Bundesminister für Unterricht Heinrich Drimmel. Bischof von Linz war seit Jahresbeginn 1956 Franz Salesius Zauner.

Wittmann] Hans Wittmann (1910–1970), seit 1947 Leiter des Bäuerlichen Volksbildungsheimes, zuerst in St. Stefan ob Leoben, dann im Schloss Graschnitz, 1956–61 Direktor des Bundesstaatlichen Volksbildungsheims St. Wolfgang, dann Ministerialrat im Bundesministerium für Land- und Forstwirtschaft.

Bojer von der »Lebensschule«] Ludwig Boyer (geb. 1926 in Obersulz, Niederösterreich), ab 1966 Professor für Grundschuldidaktik an der Pädagogischen Akademie des Bundes in Wien, hielt zahlreiche Vorträge und Kurse für den Verband der Wiener Volksbildung und den ÖGB. In der »Lebensschule«, einer sechs Semester umfassenden Kursform, war er in der Jugendgruppe des ÖGB gemeinsam mit Hugo Pepper tätig. Fritsch hatte laut eigenen Aufzeichnungen im Juli 1956 einen Vortrag mit Lesung in der »Lebensschule« des ÖGB absolviert.

im Verlag] Otto Müller Verlag, Salzburg.

Alter Fuchs] Stadtwirtshaus Alter Fuchs, Salzburg, Linzer Gasse 47–49.

Rikkis] Friederike und Eugen Smerda.

Sebastiansfriedhof … Grab des Paracelsus] Sebastiansfriedhof, 1600 im Stil eines italienischen Campo Santo angrenzend an die Sebastianskirche angelegt, mit dem Grabstein des Paracelsus.

Spruch über dem Hauptaltar] Die genannte Passage aus den Psalmen (Ps. 11,2) lautet in der Einheitsübersetzung: »Schon spannen die Frevler den Bogen, / sie legen den Pfeil auf die Sehne, um aus dem Dunkel zu treffen / die Menschen mit redlichem Herzen.«

Halleiner Autobus] Barbara Eichhausen fährt zurück nach Schloss Haunsperg (Hallein-Oberalm), wo sie und ihre Familie zur Miete wohnen.

Vorarlberger Zeitung: Der Stifter des Marchfeldes] In der anonym erschienenen Rezension von »Moos auf den Steinen« in den »Vorarlberger Nachrichten« vom 30.6.1956 heißt es: »so hat in diesem Buch das Marchfeld sein Epos erhalten wie der Böhmerwald im Werk Stifters«.

Bespr. von Claus Pack in Wort und Wahrheit] Claus Packs Besprechung von »Moos auf den Steinen« unter dem Titel »Modo Austriaco« in »Wort und Wahrheit« (1956, Heft 6, S. 276f.).

Othmar Spann] Othmar Spann (geb. 1878 in Wien, gest. 1950 in Neustift an der Lafnitz), Volkswirtschaftler, Philosoph und Soziologe. Spann entwarf eine umfassende Gesellschafts- und Volkswirtschaftslehre, die im Ideal eines hierarchisch gegliederten Ständestaates mündete, er übte bedeutenden Einfluss auf den österreichischen Konservatismus aus und gilt als intellektueller Vordenker und Wegbegleiter des Österreichischen Ständestaates. Vgl. den Tagebucheintrag zu Fritschs Text über Spann in der »Stifterbibliothek« vom 25.11.1956.

George-Kreis] Gruppe von Dichtern, Künstlern und Intellektuellen rund um den deutschen Schriftsteller Stefan George (1868–1933) und die von ihm herausgegebenen »Blätter für die Kunst« (1892–1919).

Kästner (Stundentrommel)] Fritsch verborgt sein Exemplar von Kästners »Stundentrommel« (vgl. 17.6.1956) bei dieser Gelegenheit an Richard Moissl und urgiert die Rückgabe noch im Oktober 1956 (vgl. Briefe von Richard Moissl an Fritsch, 13.9. und 10.10.1956).

Gedanken der Gynaikratie] Der Begriff Gynaikratie, aus dem Altgriechischen für »Frau« und »Herrschaft«, wurde als »Gynäkokratie« von Johann Jakob Bachofen in seinem Hauptwerk »Das Mutterrecht« (1861) geprägt. Er beschreibt darin eine aus der Beschäftigung mit antiken Mythen und Symbolen gewonnene, der patriarchalen Struktur vorangegangene, Gesellschaft eines intuitiven Matriarchats.

Omphale] Gestalt der griechischen Mythologie; lydische Königin, die Herakles als Sklaven kauft und ihn jahrelang Magddienste in Frauenkleidern verrichten lässt.

Erentraud Müller] Erentraud Müller (geb. 1933), Tochter des Verlegers Otto Müller, übernahm nach dem Tod ihres Vaters im Februar 1956 im Alter von 23 Jahren die Leitung des Otto Müller Verlags. 1963 verließ sie den Verlag, studierte Medizin und arbeitete dann als Psychotherapeutin in Salzburg.

Dr. Mayer] Monika Mayr (geb. 1922 in Bludenz, gest. 1983 in Sistrans bei Innsbruck), 1953–55 Redaktionsassistentin und Redakteurin der Zeitschrift »Neues Abendland«, 1956–66 Lektorin im Otto Müller Verlag, dann Rückkehr nach Innsbruck und Ausbildung zur Psychoanalytikerin.

franz. »Moos«-Besprechung] In der Zeitschrift »Allemagne d'aujourd'hui« (Paris 1956).

Katakomben] Wohl die Katakomben am Rand des Petersfriedhofs beim Stift Sankt Peter, wo sich in aus dem Berg herausgearbeiteten Hohlräumen mehrere Kapellen befinden.

Museum im Monatsschlößl … hl. Kümmernis] Volkskundemuseum im Monatsschlössl des Salzburger Museums Carolino Augusteum. – Vgl. die Heimatmuseums-Szene mit den Erläuterungen zur Heiligen Kümmernis in »Fasching« (S. 150ff.).

Erna Piffl] Erna Piffl-Moser (auch: Moser-Piffl, geb. 1904 in Wien, gest. 1987 in Salzburg), Malerin und Grafikerin. Mitarbeiterin der Zeitschrift »Die Pause« (Wien), freiberufliche Grafikerin in Salzburg, beschäftigte sich wiederholt mit Volkskultur und Volkstrachten.

»Jörgl«] Hansjörg Graf, vgl. 25.11.1956.

Blasiuskirche] Pfarrkirche St. Blasius, ehemalige Bürgerspitalskirche (Bürgerspitalgasse 2), auch Heilig-Geist-Kirche genannt, direkt am Mönchsberg am östlichen Ende der Getreidegasse.

Eulau] Günter Eulau, Ehemann von Fritschs früherer Geliebter Anneliese Fritz-Eulau.

17.7.1956

Cupidus rerum novarum → feminae novae?] Aus der lateinischen Formel »begierig nach Neuem« folgert Fritsch: »neue Frauen?«.

Gürt] Elisabeth Gürt (geb. 1917 in Wien, gest. 1998 ebd.), Erzählerin, Feuilletonistin, Hörspiel- und Filmautorin. Zunächst Volksschullehrerin, dann freie Schriftstellerin.

118er] Die Straßenbahnlinie 118 fuhr von der Josefstädter Straße bis nach Erdberg und querte am Landstraßer Gürtel zwischen Belvedere und Schweizerpark.

Eulau-Gegend] Das Ehepaar Günter Eulau und Anneliese Fritz-Eulau wohnte zum Zeitpunkt von Annelieses Verbindung mit Fritsch in der Argentinierstraße 53 (Wien 4), also in Belvedere-Nähe.

22.7.1956

W. Schmied ... Kunstaufsätze] Gemeint sind wohl Wieland Schmieds Aufsätze im Band »Von den Chinesen zu den Kindern. Notizen zur Malerei« (Wien: Bergland 1957; Neue Dichtung aus Österreich 27/28), der im Nachlass mit Schmieds Widmung »Meinem Freund Gerhard Fritsch / Weihnachten 1956« vorhanden ist.

im Kurs über Benn] Vgl. Fritschs Sammelnachruf auf Gottfried Benn, Bertolt Brecht und Hans Carossa, der unter dem Titel »Drei tote Dichter« in den »Wiener Bücherbriefen« (1956, Heft 6, S. 1–3) erschienen ist. Vgl. auch den Tagebucheintrag vom 15.8.1956 anlässlich von Brechts Tod.

Müller] Rudolf Müller.

Speising ... Straßenbahnhofabfertigung] Betriebsbahnhof Speising, Hetzendorfer Straße 188, (Wien 13).

Schindler] Leo Schindler (geb. 1911 in Wien, gest. 1991 ebd.), Bibliothekar. Arbeiterbibliothekar bis 1934, 1945–77 Mitarbeiter der Städtischen Büchereien in Wien, zentraler Referent für Buchbestand. Austritt aus der KPÖ im November 1956.

B. E.] Barbara Eichhausen.

Herderlexikon] Fritsch schrieb für das letztlich erst 1960/61 erscheinende »Lexikon der Weltliteratur im 20. Jahrhundert« des Freiburger Herder Verlags Artikel über Felix Braun, Gerrit Engelke, Walter Flex, Hans Grimm, Oskar Jellinek, Ernst Jirgal, Wolfgang Koeppen und Theodor Kramer.

Krois] Erich Krois (1924–2016), nach seinem Studium der Klassischen Philologie 1951–54 Mitarbeiter der Städtischen Büchereien, dann im Herder Verlag in Wien. Krois war während Fritschs Ehe mit Annemarie mit Fritsch befreundet (vgl. die Wanderung bei Baden am 20.1.1957).

Vogelhuber … hat gekündigt] Hedwig Voglhuber (1923–2011), ab 1945 Kanzleibeamtin in der Zentrale der Städtischen Büchereien in Wien, kündigt mit Wirkung vom 19.9.1956 »aus privaten Gründen«.

Gasolin] Tankstellenkette »Deutsche Gasolin Aktiengesellschaft«.

noch immer in »C«! … O. Müller-Lektorat] Fritsch bezieht sich vermutlich auf die mit dem Weggang Hansjörg Grafs im Otto Müller Verlag freigewordene Stelle. Bei seiner Anstellung bei den Städtischen Büchereien 1951 war Fritsch in die Entlohnungsgruppe D eingereiht, im November 1954 wurde er in die Verwendungsgruppe C überstellt. Seit Jänner 1956 hatte Rudolf Müller versucht, Fritsch auf einen pensionsbedingt freigewordenen Posten der Dienstklasse B zu setzen, was aber erst im September 1956 erfolgreich war.

Petrik hat keine Durchschlagskraft] Fritsch vergleicht sich mit der Figur Michael Petrik aus seinem Roman »Moos auf den Steinen«, von dem es heißt: »Er hatte keine glückliche Hand. Er hatte keine Durchschlagskraft.« (S. 10).

Wohnung … Baustelle in der Sanatoriumstraße] Sonderbau der Gemeinde Wien in der Nähe der Baumgartner Höhe und Steinhof (Wien 14), wo Fritsch auf Vermittlung von Hubert Pfoch eine größere Wohnung erhalten sollte.

Proletenkaserne am Fuchsenfeld] Der 1922–25 errichtete Fuchsenfeldhof (Karl-Löwe-Gasse, Wien 12) ist eine der ersten Wohnhausanlagen der Gemeinde Wien. Die Anlage mit knapp 500 Wohnungen folgt dem Konzept des »Volkswohnungspalastes«. Fritsch wohnte seit 1953 mit Frau und Kind in einer 36 m^2 großen Wohnung, einem ehemaligen Büchermagazin der Städtischen Bücherei Karl-Löwe-Gasse 17. In einem Schreiben an den Stadtrat für Wohnungswesen Franz Glaserer vom 2.5.1956 beschwert er sich: »Die derzeitigen Wohnungsverhältnisse verhindern eine sach- und zweckmäßige Aufstellung der mir gehörenden Buchbestände; […] Ich habe unter den gegebenen Umständen keinen eigenen Arbeitsraum, ja nicht einmal einen auch nur einigermaßen entsprechenden Arbeitsplatz […] Meine derzeitigen Wohnverhältnisse verhindern jede Möglichkeit von Besprechungen mit Fachkollegen, Kritikern und Autoren in meiner Wohnung und erschweren damit den notwendigen persönlichen Kontakt mit wesentlichen Persönlichkeiten des geistigen Lebens.«

Bernhard will sich jetzt Th. Haarlem nennen … in der Biographie ist er schmockant wie nur] Angelehnt an Bernhards niederländischen Geburtsort Heerlen. Tatsächlich hatte Bernhard das ähnlich lautende Pseudonym »Niklas van Heerlen« wie auch »Thomas Fabjan« bereits 1950 verwendet. In der Kurzbiografie des Juni-Heftes von »Wort in der Zeit« 1956 berichtet »Thomas Niklas Bernhard« über sich: »arbeitete unter anderem als Kanzlist, Kofferträger und Kunstkritiker verschiedener Zeitungen, lebte in Wien, Seekirchen und Bayern. Dann Reisen nach Italien und Jugoslawien. [...] Frühjahr 1956 Conference-Sänger in einer modernen Revue [...]«.

Geschichte von Günther Fritsch] Günther Fritsch (1926–1982) veröffentlichte Erzählungen u. a. in »Stimmen der Gegenwart« (hg. von Hans Weigel. Wien: A. Dürer 1954). Im Anhang dieses Bandes heißt es, Günther Fritsch wolle »aus privaten Gründen« auf weitere biografische Angaben verzichten. Bei dem von Gerhard Fritsch hier erwähnten Text handelt es sich um die Erzählung »Jüdische Legende« (Wort in der Zeit 1956, Heft 6, S. 36–39).

TV] Abkürzung für Transvestit / transvestitisch.

Erna] Erna Fritsch.

7.8.1956

Rust] Rust, burgenländische Stadt westlich des Neusiedler Sees.

Umsteigen in Neusiedl und Schützen] Neusiedl am See, burgenländische Stadt am Nordende des Neusiedler Sees; Gemeinde Schützen am Gebirge, Weinbauort am Ostfuß des Leithagebirges.

Ungar ... Pamhagen] Die Gemeinde Pamhagen im burgenländischen Seewinkel lag seit 1948 als Straßengrenzübergang zu Ungarn unmittelbar am »Eisernen Vorhang«. Der Ungar war offenbar über den zwischen Österreich und Ungarn geteilten Neusiedler See geflüchtet.

zweite Hälfte des Treatments] Vgl. den Eintrag vom 6.7.1956 zum Auftrag der ÖGB-Filmstelle für »Ole und der Mann aus den Bergen«.

Woller] Pauline (Paula) Woller (geb. 1910 in Wien, gest. 1996 ebd.), seit 1935 Bibliothekarin, zunächst beim Verein Arbeiterbüchereien, dann bis 1951 an der Städtischen Bücherei Weimarer Straße 8 (Wien 18), 1951–71 zentrale Referentin für Zentralkataster und Statistik.

Karli] Vermutlich Karl Ajdovic (geb. 1916 in Wien, gest. 1999 ebd.), Bibliothekar. Nach seiner Rückkehr aus sowjetischer Kriegsgefangenschaft 1945 Mitarbeiter der Städtischen Büchereien in Wien, 1946–53 Leiter der Bücherei Felberstraße 42–46 (Wien 15), 1953–77 zentraler Referent für Kinder- und Jugendliteratur.

Gedicht über den Sebastiansfriedhof] Fritschs Gedicht »Sebastiansfriedhof«, im Manuskript mit der Angabe »Salzburg, 29.7.1956«, ist der Mittelteil des »Salzburger Triptychons«, zu dem »Weg auf den Festungsberg« und »Auf einen alten Engel in St. Peter« gehören. Vgl. Gesammelte Gedichte, S. 154–156.

»Picknick« … W. Holden, Kim Novak] Picknick (Orig.: Picnic), USA 1955, mit William Holden und Kim Novak. Regie: Joshua Logan; gewann 1955 zwei Oscars.

Zehner] Die Straßenbahnlinie 10 fuhr von der Hadikgasse (Wien 14) bis nach Ottakring, wo Annemaries Mutter Rudolfine Niebler wohnte (Wiesberggasse 13, Wien 16).

Roman läuft … im Radio] Fritschs Roman »Moos auf den Steinen« dürfte in einer Radiofassung als Fortsetzung unter dem Programmpunkt »Roman« jeweils von 10:00 bis 10:10 Uhr auf Ö1 gesendet worden sein.

Langer (St.B. 6)] Hans Langer, 1945–65 Mitarbeiter der Städtischen Büchereien, ab 1946 Leiter der »St.B. 6«, Favoritenstraße 16 (Wien 4).

Glühwürmchen … das Buch] Bezug auf eine Passage in Fritschs Roman »Moos auf den Steinen«, wo es heißt: »Sie sahen den Leuchtkäfern zu und den Sternen.« (S. 166)

Gastwirt Teufl aus P.] Gasthof Teufl im niederösterreichischen Purgstall an der Erlauf (Kirchenstraße 9).

Autostop: der Arzt] Zur Person des Arztes vgl. 9.9.1956.

MKl.] Männerkleidung.

Karli Wawra] Karl Wawra (geb. 1924 in Wien, gest. 2007 ebd.), Lyriker, Erzähler, Schauspieler und Industrieangestellter. Nach dem Zweiten Weltkrieg Studium am Wiener Reinhardt-Seminar, zunächst als Schauspieler tätig, ab 1951 Industrieangestellter in Wien. Ab Anfang der 1950er Jahre zunächst religiös geprägte Lyrikveröffentlichungen, später u.a. autobiografisch gefärbte Romane; erhielt den Alma-Johanna-König-Preis 1957.

Finanzamt … Georg] Georg Fritsch (geb. 1946 in Gföhl), Sohn von Erna und Gerhard Fritsch, der nach der Scheidung 1953 mit seiner Mutter nach Osterode zieht und 1964 dauerhaft nach Wien zurückkehrt, dort Buchhändler und Antiquar.

15.8.1956

Aufsatz für die Vetter] Gemeint ist Fritschs später erwähnter Aufsatz »Moderne Literatur in der Volksbücherei«, der in der von Gertrude Vetter redigierten Zeitschrift »Neue Volksbildung« erschien (1956, Heft 9, S. 337–340);

Kamilla Jirgal … Ernst Jirgal] Ernst Jirgal (geb. 1905 in Stockerau, gest. 1956 in Wien), Schriftsteller, Gymnasiallehrer und Redakteur, nach dem Zweiten Weltkrieg bei Otto Basils Kulturzeitschrift »Plan«. Vgl. die Tagebucheinträge zur Beerdigung (26.8.1956) und zur Gedenkstunde im Bibliothekarskurs sowie Fritschs Nachrufe (30.8.1956). Camilla Jirgal (1917–2012) wurde nach dem Tod ihres Mannes in den Dienst der Städtischen Büchereien aufgenommen, um ihr ein Einkommen zu sichern.

26.8.1956

Kurt Benesch … erzählt mir seinen »Maßlosen«] Kurt Benesch (geb. 1926 in Wien, gest. 2008 ebd.), Schriftsteller, Herausgeber und Redakteur. Ab 1952 zahlreiche Beiträge in Zeitungen und Zeitschriften, 1961–64 Vizepräsident der neu gegründeten Österreichischen Gesellschaft für Literatur, Mitbegründer und Organisator des dort eingerichteten »Forums der Jugend«, an dem auch Fritsch mitwirkte. 1956 erschien Beneschs hier erwähnter Roman »Der Maßlose« (Hamburg, Wien: Zsolnay 1956).

Schulenburg] Monsignore Josef Schulenburg (geb. 1897 in Wien, gest. 1967), Stadtdechant a.D., unterrichtete 1933–38 und 1945–62 katholische Religion in der Rosasgasse.

Pfarrer Meyer von Hetzendorf] Prälat Joseph Ernst Mayer (geb. 1905 in Wien, gest. 1998 ebd.), 1946–79 Pfarrer in Wien-Hetzendorf.

Rosasgasse] Ernst Jirgal unterrichtete 1947–56 Deutsch und Geschichte am Bundesrealgymnasium Wien XII, Rosasgasse 1–3, das auch Gerhard Fritsch besucht hat.

Jan und Lene] Oskar Jan Tauschinski und Helene Lahr. – Oskar Jan Tauschinski (geb. 1914 in Zabokruki (Polen), gest. 1993 in Wien), Schriftsteller und Übersetzer. 1952–79 Mitarbeiter des Österreichischen Buchklubs der Jugend. Lebensgefährte von Helene Lahr, deren Nachlass er später verwaltet (wie auch den von Alma Johanna König); Helene Lahr (geb. Obermayer, eigentl. H. Birti-Lavarone, geb. 1894 in Wien, gest. 1958 ebd.), Lyrikerin, Erzählerin und Übersetzerin, u.a. Nachdichtungen aus dem Gesamtwerk von Stanislaw Jerzy Lec.

Apollo] Kino, Gumpendorferstraße 63 (Wien 6).

James Dean … Ode auf ihn] Fritschs Gedicht »James Dean« wurde erst posthum in den »Gesammelten Gedichten« (S. 106f.) veröffentlicht.

Dalmatia] Dalmatia Weinhaus, Rechte Wienzeile 27 (Wien 4).

29.8.1956

Otto Horn] Otto Horn (geb. 1923 in Wien, gest. 1991 ebd.), Schriftsteller und Journalist. Widerstandskämpfer in der 1943 gegründeten »Mischlingsliga Wien«, nach 1945 Funktionär der »Freien österreichischen Jugend« und der KPÖ, Redakteur der kommunistischen »Volksstimme« in Wien. Veröffentlichte Lyrik, Reiseberichte und autobiografische Romane, u.a. den Schlüsselroman »Zeitzünder« (Wien: Globus 1972). Fritsch lernte Horn 1949 kennen, zum Jahreswechsel 1949/50 gab es Pläne für ein gemeinsames Projekt »Wir haben uns nach dem Krieg getroffen«, das Horn später absagte.

Jugoslawien-Reportage] Otto M. Horn: Ich liebe Jugoslawien. Leipzig: VEB Brockhaus 1965. Horn berichtet darin von einer Reise nach Jugoslawien 1956 mit seiner Frau Trude und von zwei weiteren Reisen 1963 und 1964, bei denen er sein bereits fertiggestelltes Manuskript für das Deutschen Fernsehen verfilmen sollte.

Müller] Rudolf Müller.

Hubschi] Hubert Pfoch (geb. 1920 in Wien, gest. 2008 ebd.), Politiker und Funktionär. Ab 1949 Mitglied des Wiener Gemeinderats, bis 1951 auch Mitarbeiter der Städtischen Büchereien, 1963 Obmann der SPÖ Ottakring, ab 1964 amtsführender Stadtrat für öffentliche Einrichtungen und Wohnen, 1973–78 Vizebürgermeister und Landeshauptmannstellvertreter, 1979–84 Erster Präsident des Wiener Landtages.

Kurt Heller] Kurt Heller (geb. 1919 in Wien, gest. 1990 in Hohenruppersdorf (Niederösterreich)), Politiker und Funktionär. 1945–51 Beamter der Stadt Wien im Wohnungswesen, 1951–56 Sekretär des amtsführenden Stadtrates für das Bauwesen, 1956–62 Generalsekretär des Österreichischen Städtebundes, 1958–79 amtsführender Stadtrat, Abgeordneter zum Wiener Landtag und Mitglied des Wiener Gemeinderates.

30.8.1956

Heirat Ljuba Welitsch – Schmalvogl] Die Kammersängerin Ljuba Welitsch (1913–1996), 1946–62 Sopranistin an der Wiener Staatsoper, heiratete im August 1956 den jungen Wiener Polizisten Karl Schmalvogel (1928–2000). Die ungewöhnliche Eheschließung beschäftigte die Presse, die Ehe wurde 1969 geschieden.

Traum der letzten Nacht] Der folgende Absatz ist in der Vorlage durch einen Strich am Seitenrand hervorgehoben, daher im Druck kursiv.

Jirgal-Gedächtnis im Kurs] Vgl. Fritschs Nachrufe »Zum Tode Ernst Jirgals« in »Wort in der Zeit« (1956, Heft 10, S. 46f.) und »Ernst Jirgal, der Dichter« in »Neue Wege« (1956, Nr. 117/118, S. 9f.).

Jirgals lange Besprechung des »Mooses«] Ernst Jirgals Rezension von Fritschs »Moos auf den Steinen« in: Wort in der Zeit 1956, Heft 8, S. 53f.

Eisenreich] Herbert Eisenreich (geb. 1925 in Linz, gest. 1986 in Wien), Erzähler, Hörspielautor und Essayist. 1952–56 freier Schriftsteller und Mitarbeiter mehrerer Rundfunkanstalten in Hamburg, ab 1956 in Wien. Eisenreich wurde für Fritsch mit seinem Aufsatz »Das schöpferische Mißtrauen oder Ist Österreichs Literatur eine österreichische Literatur?« (zuerst in: »Wort in der Zeit« 1961, Heft 6, S. 21–39) bedeutsam, in dem er feststellt, kein anderer Autor hätte einen so symptomatischen Roman geschrieben wie Fritschs »Moos auf den Steinen«, und den Fritsch in den Stiasny-Jubiläumsband »Das Große Erbe« (Graz, Wien: Stiasny 1962; Das österreichische Wort 100, S. 94–126) aufnahm.

5.9.1956

Fünferkommitee ist bei Nasser] Die Mitglieder des auf der Londoner Suezkanal-Konferenz (16.–23.8.1956) gewählten Fünferausschusses, in dem neben dem australischen Ministerpräsidenten der schwedische, der persische und der abessinische Außenminister sowie ein US-amerikanischer Staatssekretär vertreten waren, nahmen am 4. September Gespräche mit Nasser und ägyptischen Politikern auf.

Im neuen »Stern« … Bild der Roberta Cowell] Die Wiener Illustrierte »Der Stern« berichtet in ihrer Ausgabe vom 8.9.1956 (Jg. 9, H. 36, S. 29): »Roberta fliegt jetzt Düsenjäger«. Zu Roberta Cowell vgl. Kommentar zum 6.7.1956.

Skalnik] Kurt Skalnik (geb. 1925 in Wien, gest. 1997 ebd.), Journalist. Ab 1949 Redakteur, 1954–69 Chefredakteur der katholischen Wochenzeitung »Die Furche«, dann Pressechef in der Präsidentschaftskanzlei.

Caffee Haag] Kaffee-Konditorei Haag Adolf, Schottengasse 2 (Wien 1).

Franz-Joseph-Spital] Kaiser-Franz-Josef-Spital, Kundratstraße 3 (Wien 10).

9.9.1956

Autostop-Aufriß Dr. Grüneis] Paul Grüneis (geb. 1908 in Wien, gest. 1972 ebd.), Internist, Röntgenologe, Mediziner. Vorstand der Abteilung für Innere Medizin an der Wiener Poliklinik. Vgl. die erste Erwähnung der Episode am 7.8.1956.

Franz Seraphikus] Franz Seraphikus Vetter (1914–1974), Bibliothekar. 1935–38 an der Universitätsbibliothek Wien, 1940–42 und 1945–60 Mitarbeiter der Städtischen Büchereien, Gruppenleiter der Sichtungskommission zur Überprüfung des Buchbestandes auf NS-Literatur, 1956–61 Leiter der Bücherei Felberstraße, 1956–62 nebenberuflich Direktor der Volkshochschule Wien West.

Hilde Weinberger] Hilde Weinberger (geb. 1913 in Wien, gest. 2002 ebd.), Schauspielerin, Regisseurin, Theaterpädagogin und Volksbildnerin. 1945–49 Mitarbeiterin und Regisseurin im »Studio der Hochschulen«, 1956–71 Produktionen im Theaterensemble »Dramatisches Studio« der Volkshochschule Ottakring. Leitete Kurse für Rhetorik und Sprecherziehung and den Wiener VHS.

Franz Taucher] Franz Taucher (geb. 1909 in Eggenberg (Steiermark), gest. 1990 in Wien), Schriftsteller und Publizist. Zunächst Hilfsarbeiter, dem über Arbeiterbildungseinrichtungen der soziale Aufstieg gelang, ab 1939 Feuilletonredakteur der »Frankfurter Zeitung«, 1945–50 Chefredakteur der Zeitschrift »Wiener Bühne«, freier Publizist und Rundfunkmitarbeiter.

Niederweiden wird jetzt wirklich restauriert] Schloss Niederweiden im niederösterreichischen Engelhartstetten im Marchfeld.

Schloßhof] Schlosshof, wie Niederweiden bei Engelhartstetten.

Felsen von Theben … wimmelt von Soldaten] Felsmassiv am Zusammenfluss von March und Donau vor Bratislava, darauf die Ruine der Thebener Burg / Burg Devín. Von den dort befindlichen Posten an der stark bewachten Grenze berichtet auch eine Passage in Fritschs Roman »Moos auf den Steinen«: »Der Posten auf der Felsenfaust von Theben stand immer noch in hellem Licht.« (S. 157)

Ort vor Marchegg … Schönfeld] Schönfeld im Marchfeld, Katastralgemeinde von Lassee im Bezirk Gänserndorf.

10.9.1956

B-Kurs] Der Kurs und die später erwähnte »B-Prüfung« stehen mit der Einstufung in Dienstklasse B des Beamtendienstrechts der

Stadt Wien in Zusammenhang, Fritsch wird unter der »Bedingung der Ablegung der vorgeschriebenen Fachprüfungen« in die höhere Dienstklasse überstellt.

Pi-Bestand] Bestand der Hauptbücherei zum Bereich Philosophie, Psychologie, Pädagogik, Religion.

Alpbach ... Diskussion Mozer – Meerkatz] Das »Europäische Forum Alpbach« in Tirol stand 1956 unter dem Motto »Evolution und Revolution«, im Rahmen der »Europäischen Gespräche« sprachen unter der Leitung von Friedrich Torberg Hans-Joachim Merkatz und Alfred Mozer zum Thema »Rechts und Links als Kategorien der Geistesgeschichte und Politik«; der deutsche Bundesminister für Angelegenheiten des Bundesrates Hans-Joachim Merkatz (1905–1982) unter dem Titel »Ein konservatives Leitbild in unserer Zeit«, der Internationale Sekretär der »Partij van de Arbeit« aus Amsterdam, Alfred Mozer (1905–1979), zu »Wandlungen im Leitbild des freiheitlichen Sozialismus«.

Marchfeld-Fotos ... Groß-Reportage] Der später erwähnte »Marchfeldartikel« »Ebene der sterbenden Schlösser« (Die Furche, 27.10.1956, S. 7).

Justine Maurer] Großmutter von Erna Fritsch (1875–1956).

12.9.1956

Behandlung des Budget... Marek und Kohl] Gemeint sind die SPÖ-Politiker Bruno Marek (1900–1991, 1965–1970 Bürgermeister von Wien) und Josef Kohl (1899–1969), beide damals im Wiener Gemeinderat.

Skalniks Vortrag über die öst. Presse] Vgl. die wenig später erschienene Publikation von Kurt Skalnik: An der Wiege der österreichischen Journalistik. Die Wiener Presse im Jahre 1848. Wien: Bergland 1958 (= Österreich-Reihe 55).

Ulrich, Hirsch...Schindler] Bibliothekare bei den Städtischen Büchereien.

15.9.1956

Einmann-Zeitschrift] Fritsch bezieht sich auf seine zentrale Verantwortung für Redaktion und Produktion der »Wiener Bücherbriefe«.

Polakovits] Friedrich Polakovics (1922–2011), Schriftsteller und Übersetzer. 1948/49–57 Redakteur der Zeitschrift »Neue Wege«, entlassen wegen der Veröffentlichung avantgardistischer Texte von H. C. Artmann, Ernst Jandl und Gerhard Rühm. Mitverantwortlich für Artmanns Bestseller »med ana schwoazzn dintn«, der 1958, nach Begutachtung und Zuspruch auch von Fritsch, im Otto Müller Verlag erscheint. Ab 1951 Lehrer (Zeichnen / Kunstpflege) an der Bundesrealschule Wien IV., Waltergasse 7.

die Wied] Martina Wied (eigentl. Alexandrine M. Weisl, geb. Schnabl, geb. 1882 in Wien, gest. 1957 ebd.), Schriftstellerin. Ab 1912 Mitarbeiterin an der Zeitschrift »Der Brenner«, 1939–47 als Lehrerin im schottischen Exil, ab 1947 wieder in Wien.

Abrechnung 15.3.–30.6.] Die Abrechnung des zweiten Quartals 1956 bringt Fritsch 3.740,– Schilling, er reagiert auf die hier vermuteten Unregelmäßigkeiten nicht in seinen Briefen an den Verlag.

Zumfeld] Heinz Zumfeld (geb. 1925 in Heinsfeld), 1956–59 im Otto Müller Verlag für den Vertrieb zuständig, Verlagslektor in Frankfurt am Main, Köln und Recklinghausen, später bis 1989 im Schuldienst.

Reutlingen] Reutlinger Einkaufsstelle für öffentliche Büchereien. Fritsch bekommt diese Informationen in einem Brief von Richard Moissl vom 13.9.1956.

Borromäuswerk] Österreichisches Borromäuswerk, 1928 gegründeter Verband öffentlicher Büchereien in katholischer Trägerschaft zur »Förderung von Geistes- und Herzensbildung auf katholischer Grundlage«.

10 »C« gebracht] Zigaretten der Marke »Austria C«.

Artikel »Moderne Literatur in der Volksbücherei«] Gerhard Fritsch: Moderne Literatur in der Volksbücherei. In: Neue Volksbildung 7 (1956), Heft 9, S. 337–340.

Erwin Weiß … Kantatenform] Erwin Weiss (geb. 1912 in Wien, gest. 2004 ebd.), Komponist und Musikpädagoge. Nach Rückkehr aus dem englischen Exil ab 1946 Lehrer am Konservatorium der Stadt Wien, 1960–78 dessen Leiter. 1956–96 Leiter der Chorvereinigung des ÖGB. Weiss vertonte Texte von Fritsch zu organisationsoffiziellen Anlässen der Gewerkschaft; Fritsch verfasste z. B. im Mai 1956 im Auftrag von Weiss den Text »Es ist kein Weg nach Texas. Zehn Jahre Metallarbeiterjugend« für die ÖGB-Metaller.

DGB] Deutscher Gewerkschaftsbund.

Buchkartentexte] In die Bücher der Städtischen Büchereien wurden Karten eingelegt, auf denen die Entlehnvorgänge vermerkt wurden. Sie enthielten neben der Titelaufnahme auch einen kurzen zusammenfassenden Text zum Inhalt.

Briefe aus dem Krieg] Von den unten genannten sind nur die von Johann Lehner sowie der Briefwechsel mit Rudolfine Reinhofer im Nachlass überliefert.

Jonny Lehner] Johann Lehner, genannt »Jonny« (geb. 1923 in Wien), fiel 1944. In den genannten Briefen aus der Jahresmitte 1944 beschreibt Fritsch seine Situation als Soldat: »Ich habe einen furchtbaren Fehler gemacht, der mir heute erst so richtig zum Bewusstsein gekommen ist. Ich habe mich verloren. [...] Das Grauenhafteste ist die Gewoehnung. Sie kommt ganz unmerklich und bedeutet immer Verfall. [...] Wir leben als geistige Leichen weiter, im besten Fall als geistige Krueppel.« (Fritsch an Johann Lehner, 25.6.1944).

Rudi] Rudolfine Reinhofer – die intensive Korrespondenz reicht von November 1942 bis Herbst 1944, im Nachlass sind Fritschs Briefe und Antwortbriefe aus dem Jahr 1944 überliefert.

Erna] Erna Fritsch.

C. Ecke 13er, 67er] Café Frey (Favoritenstraße 44, Wien 4) an der Ecke Rainergasse–Favoritenstraße, wo sich die Straßenbahnlinien 13 und 67 kreuzten.

C. Hauswirth] Kaffee Hauswirth, Bridgestube u. Klubräume, Favoritenstraße 1 (Wien 4).

Jirgals letzte Gedichte] Ernst Jirgal: Hellas [u.a. Gedichte]. In: Neue Wege 12 (1956), Nr. 115, S. 3f.

Nachruf von Häußler] Franz Häußler: In memoriam Ernst Jirgal. In: Neue Wege 12 (1956), Nr. 115, S. 4.

lyrische Prosa von Buchebner] Walter Buchebner: Sommerliches Skizzenbuch. In: Neue Wege 12 (1956), Nr. 115, S. 9–12.

Aufsatz von Gert Woerner ... Beispiele für ungeschickte Gesprächsverknüpfung] Gert Woerner (1932–2012), Verlagsleiter und Lexikograph. Arbeitete später u.a. an Kindlers Literatur Lexikon, als Lektor im Econ-Verlag in Düsseldorf und literarischer Leiter des Scherz Verlags in München. – Woerner kritisiert die aus Amerika stammende lapidare Technik der Gesprächsanführung mit »sagte er« / »sagte sie«, um dann fortzusetzen: »Ähnlich ungeschickt ist die Ausfüllung vermeintlicher Löcher zwischen einer Rede und der anderen mit Stimmungsbildern wie: ›Stumm umstanden sie die viertausend Bände der Bibliothek‹, ›Das Gespräch ebbte ab und flutete zurück.‹« Gert Woerner: Das Leben schreibt keine Romane. In: Neue Wege 12 (1956), Nr. 115, S. 5f., hier S. 6.

Carossa gestorben] Hans Carossa (geb. 1878 in Tölz, gest. am 12.9.1956 in Rittsteig / Passau), Arzt und Schriftsteller. Carossa, Bataillonsarzt im

Ersten Weltkrieg und ab 1929 freier Schriftsteller, verstand sich in der Zeit der nationalsozialistischen Herrschaft als Vertreter der »inneren Emigration«. Vgl. Fritschs Sammelnachruf »Drei tote Dichter« (Wiener Bücherbrief 1956, Heft 6, S. 1–3).

16.9.1956

Schulmeister] Otto Schulmeister (geb. 1916 in Wien, gest. 2001 ebd.), Journalist. Ab 1946 bei der Tageszeitung »Die Presse«, ab 1953 stv. Chefredakteur und ab 1961 Chefredakteur, 1976–89 Herausgeber; 1947–68 Mitherausgeber und Redaktionsleiter von »Wort und Wahrheit«.

Frau Lill] Gemeint ist die im September 1956 gestorbene Hermine Lill, die gemeinsam mit Rudolf Lill im gleichen Haus wie Fritschs Eltern (Felsgasse 5, Wien 11) wohnte und am 7.9.1956 begraben wurde.

18.9.1956

Cafe Horvath … Wunderteamspieler] Johann »Hansi« Horvath (1903–1968), 1924–34 Stürmer des österreichischen Nationalteams, kurze Gastspiele im »Wunderteam«, wie die österreichische Fußball-Nationalmannschaft 1931 bis 1933 genannt wird. Das Kaffeehaus befand sich Simmeringer Hauptstraße 20 (Wien 11).

Marchfeldartikel] Gerhard Fritsch: Ebene der sterbenden Schlösser. In: Die Furche, 27.10.1956, S. 7.

in Neuwaldegg im Bibliothekarskurs gesprochen] Fritsch hielt im Herbst 1956 insgesamt drei Vorträge im Kurs für Betriebsbibliothekare des ÖGB in dessen Schulungs- und Bildungsheim Wien-Neuwaldegg, Neuwaldeggerstraße 35–37 (Wien 17).

25.9.1956

mit Christl auf fünf Tage nach Venedig … Müller-Pfoch-Mikesch(?)-Bücherbriefaktion] Fritsch fährt gemeinsam mit Christine Busta auf Anregung von Rudolf Müller und Hubert Pfoch, die auch die Reise finanzierten, nach Venedig; Alfred Mikesch war möglicherweise als Geldgeber beteiligt. – Alfred Mikesch (geb. 1914 in Wien, gest. 2010 in Kapfenberg), Politiker, Industrieller, Schriftsteller und Übersetzer.

Frau Grether] Hilda Grether (geb. Luise, geb. 1896 in Waldshut / Hochrhein, gest. 1984 in Wien), 1941–47 bei den Städtischen Büchereien, dann Sekretärin im von Rudolf Müller geleiteten Verband österreichischer Volksbüchereien, enge Freundin von Christine Busta.

Lyrikpreisausschreiben der Neuen Deutschen Hefte] Das Ergebnis des Lyrik-Preisausschreibens der »Neuen Deutschen Hefte« (Gütersloh: Bertelsmann) wurde erst im Heft 30 von November 1956 (S. 504) bekannt gegeben. Fritsch muss seine Informationen also aus einer anderen Quelle vorab erhalten haben.

Lavant] Christine Lavant (eigentl. Chr. Habernig (geb. Thonhauser, geb. 1915 in Großedling (Wolfsberg / Lavanttal), gest. 1973 in Wolfsberg), österreichische Schriftstellerin. Lavant erhielt zahlreiche Preise, darunter den Georg-Trakl-Preis für Lyrik (1954 und 1964) und den Förderungspreis des Österreichischen Staatspreises für Lyrik (1956 und 1961).

Mühringer] Doris Mühringer (geb. 1920 in Graz, gest. 2009 in Wien), Lyrikerin. Ab 1954 freie Schriftstellerin, Gedichtveröffentlichungen in Zeitschriften und Anthologien, ab 1957 Buchveröffentlichungen, erhielt 1954 wie Christine Lavant den Georg-Trakl-Preis für Lyrik.

heurigen Staatspreis für Lyrik] Der eigentliche Förderpreis für Literatur ging 1956 an Rudolf Felmayer, geringer dotierte »Auszeichnende Förderungen« an Christine Lavant, Johann Gunert und Gerhard Fritsch.

Auswahlband Ezra Pounds] Ezra Pound: Dichtung und Prosa. Mit einem Geleitwort von T. S. Eliot. Im Einvernehmen mit dem Dichter ausgewählt und übertragen von Eva Hesse. Frankfurt am Main: Ullstein 1956 (= Ullstein Buch 129; Gestalten und Wege 2).

Friedrich, Struktur der modernen Lyrik] Hugo Friedrich: Die Struktur der modernen Lyrik. Von Baudelaire bis zur Gegenwart. Reinbek bei Hamburg: Rowohlt Taschenbuch 1956 (= rowohlts deutsche enzyklopädie 25).

Andau] Andau, Bezirk Neusiedl am See, Dorf im burgenländischen Seewinkel, nahe der ungarischen Grenze.

Tadten] Tadten, wie Andau im Bezirk Neusiedl am See im Seewinkel, unweit der ungarischen Grenze.

St. Andrä] Sankt Andrä am Zicksee, Sommerfremdenverkehrsort im Seewinkel.

daß diese Woche der »Abend« sein Erscheinen einstellt] Am 29.9.1956 stellte die seit 1948 im kommunistischen Wiener Globus Verlag erscheinende Zeitung »Der Abend« nach acht Jahren ihr Erscheinen ein.

w. Plunder] Weiblicher Plunder, also Frauenkleidung und Accessoires.

Überreihung in die B-Gruppe] Vgl. den Tagebucheintrag vom 22.7.1956. Fritsch wird mit Dekret vom 20.9.1956 und Wirksamkeit vom 1.10.1956 »unter der auflösenden Bedingung der Ablegung der vorgeschriebenen Fachprüfungen binnen 3 Jahren zum Fachbeamten des Volksbibliotheksdienstes im Schema II in die Verwaltungsgruppe B« überstellt.

Venedig-Diarium in ein eigenes Heft] Weder ein eigenes Heft noch eine dahingehende Veröffentlichung sind bekannt. Fritsch macht Notizen zum Reiseverlauf auf einem beidseitig beschriebenen A4-Blatt.

Bilder von Eugen] Von Eugen Smerda angefertigte Fotografien, vgl. Tagebucheintrag vom 15.9.1956.

von Horn bis Schulmeister und Skalnik] Fritsch beschreibt mit den schon erwähnten Publizisten Otto Horn von der kommunistischen »Volksstimme«, Otto Schulmeister von den konservativen Organen »Die Presse« und »Wort und Wahrheit« und Kurt Skalnik von der katholischen »Furche« seine disparate Positionierung im politischen Spektrum der österreichischen Medienlandschaft.

3.10.1956

streiken die Bäcker seit 3 Tagen] In der Nacht vom 30. auf den 31. Oktober traten die Bäckereiarbeiter nach ergebnislosen Verhandlungen über die Nachzahlung ihrer zurückgebliebenen Löhne in einen unbefristeten Streik, der österreichweit vier Tage aufrechterhalten wurde.

Schulmeister … Besprechungsbücher] Fritsch schrieb Rezensionen in den von Otto Schulmeister betreuten Periodika »Presse« und »Wort und Wahrheit«. In der »Presse« erschienen im November 1956 die Sammelbesprechung »Neue Hoffnung auf den deutschen Roman« (20.11.1956) und im Dezember »Romane der Heimkehr aus der Fremde« (12.12.1956), wo Fritsch gleich acht Bände abhandelt.

25.11.1956

»faschistischen Reaktionäre«, gegen die die »Volksstimme« gegeifert hat] Die »Volksstimme«, das Zentralorgan der KPÖ, titelte am 9.11.1956: »Faschisten organisieren Kravalle in Wien« und berichtete, angeheizt von »berüchtigten Gangsterblättern wie ›Bild-Telegraf‹ und ›Kurier‹«, hätte sich Gesindel beim Messepalast zusammengerottet,

um die sozialistischen Oktoberfeiern zu stören. Angeführt von einer Kommandotruppe »wie einst SA und SS« wurden die Fensterscheiben der Buchhandlung am Fleischmarkt und der sowjetischen Handelsvertretung in der Wohllebengasse zertrümmert, mehrere Lokale in Brand gesteckt und das »Volksstimme«-Haus am Fleischmarkt sowie mehrere Parteilokale angegriffen. Wie in anderen Städten Europas hätten die »Faschisten« versucht, in Ungarn die Konterrevolution zu stärken.

Paulister] Wilhelm Paulista (1911–2009), ab 1945 bei den Städtischen Büchereien, 1948–53 und 1960 in der Bücherei Raxstraße 15 (Wien 10), dazwischen in der Bücherei Geiselbergstraße 64 (Wien 11) und ab 1964 bis zur Pensionierung 1971 beim Bücherbus.

Weiß] Josef Weiß (1894–1971), Bibliothekar. 1938/39 im KZ Dachau, nach Flucht 1940 im italienischen KZ Campagna, ab 1946 Bibliothekar bei den Städtischen Büchereien, ab 1950 bis zur Pensionierung 1962 in der Bücherei Rabengasse 6 (Wien 3). Austritt aus der KPÖ im November 1956.

Mira Lobe] Mira Lobe (geb. 1913 in Görlitz, gest. 1995 in Wien), Kinder- und Jugendbuchautorin. 1936 Emigration nach Palästina, ab 1950 in Wien, wo sie zunächst am KPÖ-nahen Neuen Theater in der Scala engagiert war und im Globus Verlag, dann im Schönbrunn-Verlag publizierte. Lobe war von 1950 bis 1956 Mitglied der KPÖ, die sie, ebenso wie der Leiter des Schönbrunn-Verlags und spätere Lebensgefährte Lobes, Hans E. Goldschmidt, infolge der Ereignisse in Ungarn verließ.

Johann Muschik] Johann Muschik (geb. 1911 in Wien, gest. 1979 ebd.), Journalist, Kunstkritiker. Nach 1945 Publizist bei der Zeitschrift »Plan« und beim kommunistischen »Tagebuch«. Infolge der Ereignisse um den Ungarnaufstand 1956 löste sich Muschik von der KPÖ und war als Kunstkritiker u. a. für den »Kurier« tätig. Er prägte 1956 den Begriff »Wiener Schule des Phantastischen Realismus«.

Hermann Schreiber … »Hotel Newa«] Hermann Schreiber (geb. 1920 in Wiener Neustadt, gest. 2014 in München), Übersetzer, Erzähler und Fachbuchautor. Nach 1945 zunächst Mitarbeiter der Zeitschriften »Plan« und »Österreichisches Tagebuch« sowie Chefredakteur von »Geistiges Frankreich«, 1948–54 Wiener Repräsentant des »Daily Mirror«, ab 1962 als Publizist und Verleger in München. – Schreiber verbrachte jährlich zwei Monate im Hotel Newa, dem Luxushotel in der Ostberliner Invalidenstraße, wo er die Tantiemen seiner im Verlag der Nation und in ostdeutschen Tageszeitungen nachgedruckten Werke ausgab.

Maleter] Pál Maléter (geb. 1917 in Eperjes, gest. 1958 in Budapest), ungarischer General. Als Kommandant der ungarischen Militärschule von Budapest trat Maléter 1956 als einer der Führer des ungarischen Volksaufstandes hervor, wurde Verteidigungsminister der Regierung Imre Nagys und während Verhandlungen mit den sowjetischen Interventionstruppen verhaftet und gemeinsam mit Nagy und anderen am 15.6.1958 hingerichtet.

Imre Nagy] Imre Nagy (geb. 1896 in Kaposvár, gest. 1958 in Budapest), ungarischer Politiker. 1953–55 Ministerpräsident, bevor er unter dem Druck der stalinistischen Parteiführung zurücktreten musste und als »Revisionist« aus der KP ausgeschlossen wurde. Als populärer Reformkommunist und Führer des Ungarnaufstandes im Oktober 1956 wieder zum Ministerpräsidenten berufen, nach dessen Niederschlagung er verschleppt und schließlich hingerichtet wurde.

Georg Lukacz] Georg (György) Lukács (geb. 1885 in Budapest, gest. 1971 ebd.), ungarischer Philosoph und Literaturwissenschaftler. 1918 Beitritt zu ungarischen KP, ab 1919 stv. Volkskommissar für Unterrichtswesen, 1945–58 Professor für Ästhetik und Kulturphilosophie in Budapest, 1949–56 Mitglied des ungarischen Parlaments. 1956 einer der führenden Intellektuellen des ungarischen Volksaufstandes, Kultusminister der Regierung von Imre Nagy, nach der Niederschlagung des Aufstandes zusammen mit Nagy verhaftet, mehrere Monate nach Rumänien verbannt, in der Folge Lehr- und Publikationsverbot.

Peter Straßer] Peter Strasser (geb. 1917 in Jena, gest. 1962 in Wien), Techniker und Politiker. 1938 Flucht nach Frankreich und Kontakt zur Résistance, KZ-Haft und Dienstverpflichtung in Rüstungsbetrieb. Ab 1946 Obmann der Sozialistischen Jugend, 1948–54 Vorsitzender der Sozialistischen Jugendinternationale IUSY und in dieser Funktion in Kontakt mit Fritsch, der einen Festspiel-Text zum IUSY-Camp im Wiener Hörndlwald 1952 verfasste. 1949–62 Abgeordneter zum Nationalrat. Aus Ungarn brachte er seine dort verfolgte spätere Frau Maria Strasser mit. Sein Bericht über die politischen Zustände in Ungarn wurde als Bericht der Sonderkommission der Vereinten Nationen unter dem Titel »Ein Atemzug Freiheit. Volksaufstand und Konterrevolution in Ungarn« (Wien: Wiener Volksbuchhandlung 1957) veröffentlicht.

Fritz Molden] Fritz Molden (geb. 1924 in Wien, gest. 2014 in Schwaz (Tirol)), Publizist und Verleger. 1944/45 Mitglied der österreichischen Widerstandsbewegung. Nach 1945 zunächst Sekretär im Außenministerium und Diplomat in den USA, 1950–53 Verlagsleiter, bis 1961 Herausgeber der »Presse«, (Mit-)Begründer der »Wochenpresse«, des »Express« und des Molden-Verlags. – Molden berichtete am 22.11.1956 bei einem Vortrag unter dem Titel »Ich war in Budapest dabei« im Volksheim Wien IV (Königseggasse 10) von seinen Erlebnissen. Strasser stieß erst in Budapest zu einer internationalen Gruppe von Journalisten und ging gemeinsam mit Molden auf »einen längeren Rekognoszierungsgang in die Umgebung« (Molden, Vielgeprüftes Österreich, 2007, S. 92). »Mit Strasser sollte mich nach den Abenteuern der Budapester Kriegswoche eine bleibende Freundschaft verbinden« (S. 91), erinnert sich Molden.

Graf] Hansjörg Graf (geb. 1922 in Feldkirch (Vorarlberg), gest. 2017 in München), Verlagslektor und Publizist. 1950–55 Lektor im Otto Müller Verlag und bis zu seinem Weggang verantwortlich für »Moos auf den Steinen«, dann beim Piper-Verlag, später bei verschiedenen deutschen Verlagen.

Ignaz Zangerle] Ignaz Zangerle (geb. 1905 in Wängle (Tirol), gest. 1987 in Innsbruck), Volksbildner. Bundesstaatlicher Volksbildungsreferent für Tirol, Gründer des katholischen Volksbildungswerks Tirol. Herausgeber der Trakl- und der Brennerstudien und ab 1937, wie später auch Fritsch, externer Berater des Otto Müller Verlags.

»Fuchsenloch«] Fritschs Wohnung im Fuchsenfeldhof, vgl. 22.7.1956.

Geburtstag] Annemarie Fritsch wird am 16. November 29 Jahre alt.

Finzi] Familiärer Vorname für Rudolfine Niebler.

in Australien Olympia] Die 16. Olympischen Sommerspiele fanden von 22.11. bis 8.12.1956 im australischen Melbourne statt, sie wurden erstmals live im Fernsehen übertragen.

Über Othmar Spann geschrieben … Stifterbibliothek] Fritschs Text zur Ankündigung der von der Stifterbibliothek herausgegebenen Werkausgabe Othmar Spanns (= Stifterbibliothek. Fragen der Zeit 95, 5 Bde., 1957–1958) erschien ohne Titel und Verfasserangabe als Nr. 24 der »Handschreiben der Stifterbibliothek« (hg. von der Stifterbibliothek Salzburg-Klosterneuburg, Nr. 24, 1956). Fritsch verfasste einen weiteren Text über Arthur Rimbaud (Handschreiben der Stifterbibliothek Nr. 28, 1957), das Honorar betrug laut seinen Aufzeichnungen jeweils 300 Schilling.

Forsthuber … Festschrift für die SPÖ Ottakring] Franz Forsthuber, damals Geschäftsführer der Druckerei Floridus, druckte für die Gemeinde Wien die »Wiener Bücherbriefe«, zugleich arbeitete er im Auftrag des Stifts Klosterneuburg an der »Stifterbibliothek«. Der hier erwähnte Auftrag einer Festschrift kam nicht zustande.

Urzidils ... »Die verlorene Geliebte«] Johannes Urzidil: Die verlorene Geliebte. München: Langen Müller 1956. – Zu Fritschs Rezension des Textes vgl. den Tagebucheintrag vom 30.1.1957.

Wendts »Notopfer Berlin« ... Langes ... »Verlöschende Feuer«] Ingeborg Wendt: Notopfer Berlin. Ein Familien-Roman aus unseren Tagen. Hamburg: Rowohlt 1956; Horst Lange: Verlöschende Feuer. Roman. Stuttgart: Scherz & Goverts 1956. – Fritsch bespricht die beiden Bücher zusammen mit Hans Erich Nossacks »Spirale« unter dem Titel »Neue Hoffnung auf den deutschen Roman« in der »Presse« (20.11.1956), Langes »Verlöschende Feuer« außerdem in den Wiener Bücherbriefen (1957, Heft 2, S. 15).

Gide-Biographie von Pierre-Quint] Léon Pierre-Quint: André Gide. Der Mensch und sein Leben. Sein Werk. Gespräche mit Gide und seinen Zeitgenossen. Deutsche Übertragung von Ingeborg Frank. Darmstadt, Berlin-Frohnau, Neuwied am Rhein: Luchterhand 1956.

Frau Temper ... Loisl] Nachbarin von Rudolfine Niebler. Für ihr Begräbnis streckte Fritsch ihrem Sohn Loisl die Kosten vor.

27.11.1956

Harald Zusanek ...] Harald Zusanek (geb. 1922 in Wien, gest. 1989 ebd.), österreichischer Schriftsteller. Nach dem Zweiten Weltkrieg Regiestudium am Reinhardt-Seminar, Leiter des Landestheaters Vorarlberg, ab 1967 Professor an der Akademie für Musik und darstellende Kunst in Wien. In den 1950er Jahren viel gespielter Dramatiker, Fernseh- und Hörspielautor.

Pension Residenz] Pension »Residenz«, Ebendorferstraße 10 (Wien 1).

Café Beethoven] Beethoven, Universitätstraße 11 (Wien 9).

2. Roman ... Waldangst] »Und sie begann zu laufen, [...] sie stürzte durch die Wälder, in denen der Tod wohnte«. Fritsch: Geographie der Nacht, S. 36; vgl. den Tagebucheintrag vom 25.6.1956.

28.11.1956

St.Ex.-Stunde] Dichterstunde der Städtischen Büchereien über den französischen Schriftsteller Antoine de Saint-Exupéry. Vgl. Fritschs Text über St. Exupéry »Ehrfurcht vor dem Menschen« in: Wiener Bücherbriefe 1 (1955), Heft 4, S. 1f.

Straubinger] Johann Straubinger (1921–2003), 1956–64 Bibliothekar der Städtischen Büchereien, Leiter der Lehrlingsbücherei Hütteldorfer Straße, dann in der Abteilung Bildung und Kultur des Bundesministeriums für Landesverteidigung für staatsbürgerliche Erziehung und Soldatenbüchereien zuständig; in dieser Funktion fortgesetzter Kontakt zu Fritsch, der wiederholt Auftragstexte für die »geistige Landesverteidigung« verfasst.

Simmerl] Vermutlich der Maler Johannes / Hans Simmerl (1897–1965), seit 1930 Mittelschullehrer, unterrichtete Zeichnen / Kunstpflege an der BRS/BRG Wien X (damals Reinprechtsdorferstr. 24, Wien 5).

Lesung in der H.b ... Mikesch ... Übertragungen amerik. Lyrik] Lesung in der Zentrale der Städtischen Büchereien gemeinsam mit Alfred Mikesch. Zu den Übertragungen vgl.: proben amerikanischer lyrik der gegenwart. übersetzt von a mikesch. [Kapfenberg]: Alfred Mikesch [1956]. In Fritschs Nachlass findet sich ein Exemplar mit Widmung an Fritsch »und Frau«, Weihnachten 1956, mit der Shakespeare-Zeile »We few, we happy few, we band of brothers ...«.

29.11.1956

Dr. Massimo ... Stifterbibliothek] Hermes Massimo (geb. 1915 in Matrei / Osttirol, gest. 1999 in Wien, von Jänner 1956 bis Juni 1957 Verlagsleiter im Stift Klosterneuburg, das die »Stifterbibliothek« herausgab.

Wildgans ... in der Schüttaustraße] Dichterstunde in der Städtischen Bücherei Schüttaustraße 39 (Wien 21). Die Bemerkung »diesmal« verweist darauf, dass Fritsch schon am 31. Oktober eine Lesung zum Schriftsteller Anton Wildgans (1881–1932) bei der Gewerkschaft der Gemeindebediensteten eingeleitet hatte.

Café Pöchhacker] Café Pöchhacker, Kärntnerstraße 46 (Wien 1).

30.11.1956

Egger] Bertrand Alfred Egger (geb. 1924 in Graz, gest. 1988 in Wien), Journalist und Schriftsteller, Bediensteter der Gemeinde Wien. Nach Desertion in Frankreich 1944 kehrte er als französischer Fremdarbeiter nach Wien zurück und arbeitete in handwerklichen Berufen und als Dolmetscher für die amerikanische Besatzung. Seit Kriegsende als Schriftsteller tätig, in den unmittelbaren Nachkriegsjahren enge Freundschaft mit Fritsch.

Cafe Maria Treu] Maria Treu, Maria-Treu-Gasse 8 (Wien 8).

unbetamten] unbetamt, aus dem Hebräischen für ungeschickt, grob, gewöhnlich.

Piperger] Alois Piperger (geb. 1904 in Wien, gest. 1991 ebd.), sozialdemokratischer Politiker, Industriekaufmann. Ab 1945 Redakteur der »Arbeiter-Zeitung«, 1947 Chefredakteur von »Welt am Montag«, 1950 der »Weltpresse«, 1951–62 Leiter des »Vorwärts«-Verlags, 1956–66 Zentralsekretär der SPÖ mit Schwerpunkt Öffentlichkeitsarbeit, 1956–88 Mitglied bzw. Vorstand des Aufsichtsrats der Österreichischen Länderbank.

SPÖ Parteitag] Auf diesem Parteitag von 26. bis 28.11.1956 in Wien wurden unter anderem die »Richtlinien für die Aktion der Sozialisten« verabschiedet (vgl. Arbeiter-Zeitung vom 29.11.1956) und Bruno Kreisky in einer Kampfabstimmung in den Parteivorstand gewählt.

Sozialismus … in der Art Silones (in »Gott, der keiner war«)] Fritsch bezieht sich hier auf den Beitrag des italienischen Schriftstellers Ignazio Silone (1900–1978) in dem Buch »Ein Gott der keiner war« (Zürich u.a.: Europa 1950, S. 83–119). Silone resümiert: »Mein Glaube an den Sozialismus aber, von dem wohl mein ganzes Leben Zeugnis ablegt, ist in mir lebendiger denn je. In seinem wesentlichen Kern ist er heute wieder das, was er war, als ich mich zum erstenmal gegen die alte Ordnung auflehnte: die Weigerung, das Walten eines deterministischen Schicksals anzuerkennen, die Ausdehnung sittlicher Impulse von der beschränkten individuellen und familiären Sphäre auf den ganzen Bereich des menschlichen Lebens, das Bedürfnis nach wirklicher Brüderlichkeit und der Glaube, daß der Mensch dem ganzen wirtschaftlichen und sozialen Apparat, der ihn bedrückt, im Grunde überlegen ist.« (S. 118f.)

1.12.1956

Schmidgasse] Zentrale der Städtischen Büchereien.

Cafehaus (Buchheim)] Buchheim, Rauhensteingasse 1 (Wien 1).

Venezianerstory] Analog zur »Helmut-Story« eine von den Eindrücken des Venedig-Aufenthalts inspirierte Story, nicht im Nachlass überliefert.

Budapester Arbeiterrat proklamiert wieder den Generalstreik] Nach gescheiterten Verhandlungen des Arbeiterrates mit der Regierung Kadar über die Reorganisation aller Gewerkschaften.

8.12.1956

Volksbüchereitagung] Neunte Jahreshauptversammlung des Verbands österreichischer Volksbüchereien, 3.–5.12.1956 im Gästehaus der Stadt Wien Schloss Pötzleinsdorf.

zum erstenmal in der neuen Oper] Im März 1945 waren Zuschauerraum und Bühne der Wiener Staatsoper nach amerikanischen Bombardements ausgebrannt, die Oper wurde erst im November 1955 neu eröffnet.

Michel ist in Ottakring] Michael Fritsch ist bei seiner in Ottakring wohnenden Großmutter Rudolfine Niebler.

Zeitung druckt Orwells »1984«] Fritsch bezieht sich auf einen Artikel in der »Arbeiter-Zeitung« (8.12.1956), wo ein Sonderkorrespondent aus Warschau unter dem Titel »Die Polen reden wie freie Menschen« u.a. vom Abdruck von George Orwells »1984« in der Warschauer Wochenschrift »Swiat« berichtet.

15.12.1956

Kaffee »Zur schönen Helena«] Zur schönen Helena, Margaretenstraße 51 (Wien 5).

Gauko Gaukoff] Ganko Gankoff, ein Student aus Bulgarien, war mit Erna Fritsch nach deren Scheidung 1950 bis 1953 befreundet.

Lyrik-Besprechungen für die Presse] Gerhard Fritsch: Gedichte sind Welt in der Kelter. In: Die Presse (Wien), 17.2.1957.

»Wie einst Lilli Marlen«] »... wie einst Lili Marlen«, Spielfilm mit Adrian Hoven, Marianne Hold u.a.; BRD 1956, Regie: Paul Verhoeven.

Besprechungen österr. Romane] Gerhard Fritsch: Romane der Saison – Saison der Romane. In: Die Presse (Wien), 1.1.1957.

2 *Rezensionen für die Büchereien]* In der folgenden Ausgabe der »Wiener Bücherbriefe« erschienen Fritschs Besprechungen von Adelbert Muhrs »Sie haben uns alle verlassen« und Alexander Sacher-Masochs »Die Ölgärten brennen« (beide: Wien: Zsolnay 1956). In: Wiener Bücherbriefe 3 (1957), Heft 1, S. 16.

drei Gedichte über Venedig] San Pantaleone / San Sebastiano / Santa Maria Maggiore. Vgl. Gesammelte Gedichte, S. 159–161. Das Manuskript im Nachlass enthält alle drei Gedichte – anders als die »Gesammelten Gedichte« – in der oben genannten Reihenfolge und den Entwurf für eine Widmung »Herrn Dr. Müller als kleiner Dank für vielfältiges Verständnis – und für die Venedigaktion / von seinem Gerhard Fritsch, Weihnacht 1956«.

Dichterstunden im Alleingang (Zweig und Jünger)] Fritsch hielt im Dezember 1956 insgesamt vier Dichterstunden in den Städtischen Büchereien Schüttaustraße 39 (Wien 22), Donaufelder Straße 259 (Wien 22), Hasengasse 38 (Wien 11) und Hintzerstraße 1 (Wien 3), er sprach dabei zweimal über Wildgans und je einmal über Stefan Zweig und Ernst Jünger.

Brunmayr] Hans Brunmayr (geb. 1912 in Brünn, gest. 1993 in Wien), Literaturwissenschaftler. Von 1937 bis März 1938 und ab 1946 Sektionsrat im Bundesministerium für Unterricht (Abteilung Literatur und Verlagswesen, kulturelle Angelegenheiten des Rundfunks), Mitglied des Österreichischen PEN-Clubs, später Leiter des Österreichischen Kulturinstituts in Paris.

Staatspreis für Lyrik ... auszeichnende Förderungen] Fritsch erhält eine »Auszeichnende Förderung« – ein mit 6.000 Schilling dotierter Anerkennungspreis. Vgl. den Eintrag zum 25.9.1956.

Gunert] Johann Gunert (geb. 1903 in Mödritz bei Brünn, gest. 1982 in Wien), Lyriker, Essayist und Beamter. Ab 1927 Bibliothekar an der Wiener Stadtbibliothek, nach dem Zweiten Weltkrieg Lektor des Amts für Kultur und Volksbildung in Wien und Mitarbeiter des ORF.

Weikhart] Alfred Weikert (1910–1990), Beamter und Schriftsteller. Sektionschef für Kunstangelegenheiten. Weikert wird für Fritsch als Zuständiger für die Förderung der Zeitschrift »Wort in der Zeit« wichtig, weil er sich auch inhaltlich in die Redaktion der Zeitschrift einmischt. Seine finanzielle Verquickung in den Stiasny-Verlag führte 1965 zur »Affäre Weikert«, er und Gerhard Zerling wurden wegen Missbrauchs bzw. Hinterziehung von Subventionen verurteilt.

Drucklegung des »Geisterkrugs«] Gerhard Fritsch: Der Geisterkrug. Gedichte. Salzburg: Otto Müller 1958.

Dimt] Gemeint ist Christine Busta, die 1940 den Musiker und Schriftsteller Maximilian Dimt geheiratet hatte, der 1942 zur Wehrmacht einberufen wurde und seit 1944 als in Russland vermisst galt.

Hannig] Othmar Hannig (1908–1979), Bibliothekar der Städtischen Büchereien. 1950–65 an der Bücherei Elterleinplatz (Wien 17), 1965–71 an der Bücherei Rosa-Luxemburg-Gasse 4 (Wien 16).

Story von Gerhard Heß] Analog zur »Helmut-Story«, nicht im Nachlass überliefert.

Die Menschen haben seltsame Geschichten, schrieb die Christl] Wohl bezugnehmend auf die Passage »Die Menschen haben böse Geschichten, / gesponnen aus Laster, Irrtum und Not.« aus Christine Bustas Gedicht »Der Fremde«. Christine Busta: Der Regenbaum. Gedichte. Wien: Herder 1951, S. 63.

E. J.'s Kugelschreiber] Kugelschreiber des verstorbenen Ernst Jirgal.

23.12.1956

Aussage der »Schlinge des Jägers«] Zum Romanprojekt »Die Schlinge des Jägers« vgl. 25.6.1956; Fritsch beschreibt die intendierte Aussage des Textes in seinem Exposé: »nicht nur Vergnügungen und der Besitz der Modegüter (Auto, usw.) machen das wirkliche Leben aus, es besteht letztlich doch in erster Linie aus Verantwortung und Pflicht sich selbst, der Gemeinschaft und – den Kindern gegenüber.«

Kobé] Albin Kobé, Fotograf, Marco-d'Aviano-Gasse 1 (Wien 1). Ein bei dieser Gelegenheit entstandenes Foto findet sich im Nachlass.

Verleihung der Staatspreise durch Drimmel] Am 20.12.1956 werden vom Unterrichtsminister Heinrich Drimmel die zuvor erwähnten Staatspreise verliehen.

Malerpreise] Auf dem Gebiet der bildenden Kunst wurden 1956 Preise im Bereich Grafik vergeben, den eigentlichen Förderungspreis erhielt Anton Lehmden (1929–2018), vier Anerkennungspreise gingen an Paul Flora (1922–2009), Kurt Moldovan (1918–1977), Oskar Schmal (1904–1976) und Theobald Schmögner (1911–1978).

Gerti bei Lahner-Plohner-Story] Analog zur »Helmut-Story«, nicht im Nachlass überliefert.

Hausmusik von Eibners] Der Volksmusikforscher und Musiker Franz Eibner (1914–1986) lehrte an der Akademie für Musik und darstellende Kunst in Wien, war ein enger Freund von Rudolf Müller und trat, auf der Oboe von seiner Tochter Therese begleitet, bei der Weihnachtsfeier der Städtischen Büchereien auf.

»Deutschen Nachrichten« ... »Moos« abdrucken] Die seit 1948 in São Paulo erscheinenden »Deutschen Nachrichten« sollten laut Brief von Richard Moissl (vom 19.12.1956) Fritschs Roman »Moos auf den Steinen« als Fortsetzungsroman drucken. Moissl verspricht sich auch aufgrund der Auflage von 30.000 Exemplaren eine erhebliche

Werbewirkung und rechtfertigt so das niedrige Honorar. Über einen tatsächlichen Abdruck liegt im Nachlass nichts vor.

24.12.1956

Weitzer] Rudolf Weitzer (geb. 1923 in Wien, gest. 1997 ebd.) Klassenkollege von Fritsch, der die Schule noch in der Unterstufe verließ.

Briefe von Hans Lehner] Jonny Lehner, vgl. 15.9.1956.

Otto Wimmer] Otto Ernst Wimmer (geb. 1924 in Horn, gest. 1991 in Wien), politischer Journalist, Aphoristiker. Nach dem Zweiten Weltkrieg zunächst Redakteur der Zeitung »Neues Österreich« sowie der kommunistischen Blätter »Der Abend« und »Tagebuch«, dann Chefredakteur von »Weg und Ziel« und Redakteur beim Zentralorgan der KPÖ »Volksstimme«. Schulkollege von Gerhard Fritsch.

Altmannsdorf] Teil des 12. Wiener Gemeindebezirks. Altmannsdorf-Hetzendorf war Fritschs Wohnort in seiner Jugend, an die er sich hier erinnert. Vgl. Fritschs Ausführungen über Meidling in: Wien von A–Z. Hg. von Hermann Hakel. Wien: Wiener Verlag 1953, S. 22f.

Kaulbachstraße] Kaulbachstraße (Wien 12), hinter dem Schloss Hetzendorf, wo Fritschs in der Jägerhausgasse wohnten.

Casa Piccola] Casa piccola, Mariahilfer Straße 1b (Wien 6).

Grete Redtenbacher] Schulkollegin von Annemarie Fritsch, ihr Mann Viktor Redtenbacher war Orchestermusiker (Violine) und später Konzertmeister beim Rundfunkorchester.

26.12.1956

Hemingway's »Über den Fluß ...« ... fliegenden Enten] Ernest Hemingway: Über den Fluß und in die Wälder. Roman. Reinbek bei Hamburg: Rowohlt 1951.

Geschichte (Erzählung) vom Treckführer (Lauks?)] In Fritschs Notizen zu belletristischen Texten findet sich die Figur Paulus Lauks, wie Adolf Hitler 1889 geboren. Fritsch plante einen Text, der Erzählungen in fünf Sprachen (Deutsch, Litauisch, Russisch, Polnisch und Jiddisch) über diese Figur enthalten sollte. Lauks stammte aus der Verwandschaft von Erna Fritsch in Kaunas.

13.1.1957

bei Pfoch] Vgl. 29.8.1956

Nachwort zu Schmieds »Landkarte des Windes«] Fritschs Nachwort in Wieland Schmieds Gedichtband »Landkarte des Windes« (Salzburg: Otto Müller 1957, S. 99–101).

mit Thomas Bernhard bei Christine] Thomas Bernhard erinnert sich in einem Brief an Fritsch an den Abend: »Der Abend mit Dir bei Christine B. erweckt in mir von Zeit zu Zeit das Gefühl, daß alles gut gehen muß, solange es Geister wie Dich und Christine Busta gibt.« (Thomas Bernhard – Gerhard Fritsch. Der Briefwechsel. Hg. von Raimund Fellinger und Martin Huber. Mattighofen: Korrektur Verlag 2013, S. 10)

Weltmystik Thomas Wolfes] Thomas Wolfe (1900–1938), amerikanischer Schriftsteller. – Thomas Bernhard hatte sich insbesondere in seiner Frühzeit mit Thomas Wolfe beschäftigt und über dessen posthum erschienenes Stück »Herrenhaus« (»Mannerhouse«, New York: Harpers 1948) am Salzburger Mozarteum seine Regie-Abschlussarbeit verfasst.

Mandl] Hans Mandl (geb. 1899 in Szeged (Ungarn), gest. 1970 in Wien), Politiker und Pädagoge. 1948–64 Obmann der österreichischen »Kinderfreunde«, 1949–64 Stadtrat für Kultur und Volksbildung in Wien, 1959–64 Wiener Vizebürgermeister.

bin jetzt in B] Zur Dienstklassen-Überstellung vgl. Tagebucheintrag und Kommentar zum 25.9.1956.

Kurs] Der schon öfter erwähnte B-Kurs des Wiener Magistrats, nicht der von Fritsch organisierte Fortbildungskurs der Büchereien.

Schmeller] Alfred Schmeller (geb. 1920 in Erlangen, gest. 1990 während einer Reise nach New York), Kunsthistoriker. 1951–53 Sekretär des Art Club, 1954–56 Redakteur von »magnum«, 1954–64 Kunstkritiker des »Kurier«, ab 1950 im Bundesdenkmalamt, später Landeskonservator für Wien und das Burgenland und Leiter des Museums des 20. Jahrhunderts. – Das Redaktionsbüro von »magnum« befand sich in der Wallnerstraße 8 (Wien 1).

Pawek] Karl Pawek (geb. 1906 in Wien, gest. 1983 in St. Peter bei Freiburg), Publizist und Theoretiker. 1935–44 Herausgeber der rechtskonservativen und später NS-nahen Zeitschrift »die pause«, Gründer und 1954–59 Mitherausgeber von »magnum«, Redakteur beim »Stern«, Förderer der Life-Fotografie.

Artikel] Gerhard Fritsch: Und die junge Literatur? Ein Wiener Brief. In: magnum 12, April 1957, S. 105f.

Tode Theodor Körners] Theodor Körner (geb. 1873 in Komorn, gest. am 4.1.1957 in Wien), K.K. General, Politiker (SPÖ). 1945–51 Bürgermeister von Wien und Abgeordneter zum Nationalrat, 1951–57 österreichischer Bundespräsident.

zu Ehren des »großen« Usurpators im März 38] Einzug Adolf Hitlers in Wien am 14.3.1938, am selben Tag hielt Hitler eine Ansprache vom Balkon des Hotel Imperial.

Imperial] Hotel Imperial am Kärntner Ring 16 (Wien 1).

Kaffee und Hotel Westbahn] Hotel Westbahn, Pelzgasse 1 (Wien 15).

Hovaletten] Beruhigungsdragees (Baldrian-Hopfen-Präparat).

Schdanow] Andrei Schdanow (1896–1948), sowjetischer Politiker. Enger Mitarbeiter Stalins, ab 1939 Mitglied des Politbüros, Parteiideologe. Nach 1945 bekämpfte er als Führer einer nach ihm benannten repressiven Kulturpolitik, der sogenannten Schdanowschtschina, auf die hier Bezug genommen wird, Künstler und Intellektuelle.

Herzogs SEBEBULA] Wilhelm Herzog (1914–2002), Buchhändler, Antiquar und Volksbildner. Nach seiner Tätigkeit als Mitarbeiter der Städtischen Büchereien und Leiter des Volksbildungshauses Wiener Urania war er Inhaber von »Bücher Herzog« und der »Galerie Herzog«. – Herzog wirbt für seinen »SE-BE-BU-LA, den ersten SElbst-BEdienungs-BUch-LAden« (Mariahilfer Straße 1, Wien 6), in dem Autogrammabende, Dichterlesungen, Führungen und Lichtbildervorträge veranstaltet werden, u.a. in den »Wiener Bücherbriefen« (z.B. 1957, Heft 1, S. 37).

Wallischs »Geistig Schaffenden«] Friedrich Wallisch (1890–1969), Schriftsteller und Arzt, 1954 Gründer und Präsident des »Verbandes der Geistig Schaffenden Österreichs«.

Handle] Handle (Handlée), wienerisch für Hausierer.

Gedicht »Zum Andenken der Stadt Duppau in Böhmen«] Fritschs Gedicht wurde erstmals veröffentlicht in: Die Presse, 24.2.1957 (vgl. Gesammelte Gedichte, S. 165f.).

Nachricht von der Liquidierung 384 sudetendt. Orte] So berichtet z.B. der »Neue Kurier« vom 9.1.1957 in einem Einspalter: »CSR radiert deutsche Dörfer aus. Das vom Prager Innenministerium herausgegebene ›Verwaltungslexikon der Gemeinden der tschechoslowakischen Republik‹ bezeichnet in seinem Anhang 384 vormals sudetendeutsche Ortschaften als nicht mehr existierend.«

den Körner- und den Staatspreis] Fritsch erhielt 1956 (und noch einmal 1959) einen Förderpreis zum Theodor-Körner-Preis sowie im Dezember 1956 den Förderungspreis des österreichischen Staatspreises für Lyrik.

Besuch Schorschis in Wien] Georg Fritsch war von 13.5. bis 5.6.1956 zu Besuch in Wien.

Tod Otto Müllers und Ernst Jirgals] Vgl. den Nachruf auf Ernst Jirgal (30.8.1956) und Fritschs Gedicht »Am offenen Sarge Otto Müllers« mit dem Zusatz »Salzburg, 15.2.1956« (Gesammelte Gedichte, S. 150f.).

Otto Müller] Otto Müller (geb. 1901 in Karlsruhe, gest. 1956 in Salzburg), Verleger. 1930–37 Leiter des Verlags Anton Pustet in Salzburg, dann Gründung des Otto Müller Verlags, den er bis zu seinem Tod leitete.

B.E.] Barbara Eichhausen.

Scheidung] Gemeint ist die Scheidung von Annemarie Fritsch, die 1958 rechtskräftig wird.

»Wort und Wahrheit«] Monatsschrift für Religion und Kultur. Wien: Herder 1946–73. Die international angesehene Zeitschrift setzte sich für die Modernisierung der katholischen Kirche ein; ab 1949 brachte sie wiederholt Gedichte und Rezensionen von Fritsch.

»Presse«] Die Presse. Unabhängige Tageszeitung (Wien). In der als liberalkonservativ geltenden Zeitung erschienen ab 1957 häufig Gedichte und Rezensionen von Fritsch. (Vgl. die Tagebucheintragungen zu Otto Schulmeister, 16.9. und 3.10.1956.)

Wohnung in der Sanatoriumstraße] Vgl. 22.7.1956.

Gabriele Mistral gestorben] Die chilenische Lyrikerin Gabriela Mistral (geb. 1889), Trägerin des Nobelpreises für Literatur 1945, starb am 10.1.1957 in Hempstead / New York.

20.1.1957

Cafe Eisenbahnerheim] Hotel-Café-Restaurant »Eisenbahnerheim«, Margaretenstraße 166 (Wien 5).

Fritzi-Geschichte] Fragmente der als »Tanten-Briefe« bezeichneten Story, die Fritsch als Korrespondenz zwischen Fritzi K., seinen Tanten Gretl und Dolfi und seinem Cousin realisiert hat, sind im Nachlass überliefert. Fritzi, dessen Männlichkeit aufgrund physischer und psychischer Mängel angezweifelt wird, soll bei seiner Tante zu therapeutischen Zwecken gegen seinen Willen in Frauenkleidung als Dienstmädchen dienen.

Krois … Bruder] Der in Baden geborene Erich Krois und dessen Bruder.

Rezensionsartikel für die »Presse«] Fritsch bespricht unter dem Titel »Literatur über fünfzig Jahre Literatur« Léon Pierre-Quints schon erwähntes Buch »André Gide« (vgl. 25.11.1956), »Expressionismus« von Hermann Friedmann und Otto Mann (Heidelberg: Rothe 1956) und Hanns Arens' »Der große Europäer Stefan Zweig« (München: Kindler 1956). In: Die Presse, 31.3.1957.

Joszef Dudas] József Dudás (1912–1957), zunächst als Ingenieur tätig, war als einer der Anführer des Ungarnaufstands und Herausgeber der Widerstandszeitung »Magyar Függetlenség« hervorgetreten, bevor er sich mit allen Seiten überwarf und am 19.1.1957 hingerichtet wurde.

Heute »wählt« Polen … Streichungen] Bei den Parlamentswahlen in Polen, die das Schicksal des Regimes Gomulka entscheiden sollten, wurden von 723 Kandidaten 459 gewählt, die Wahlberechtigten konnten nur durch Streichungen eingreifen, um andere Kandidaten vorzureihen.

30.1.1957

flohen wir aus Frankfurt/Oder] Fritsch war laut seinen Notizen von 21. bis 31.1.1945 im Fliegerhorst Frankfurt/Oder.

Pogats] Erich Pogats (geb. 1919 in Kleinmeinharts (Niederösterreich), gest. 1983 in Wien), Verleger, Schriftsteller und Journalist. 1950–54 Verbandssekretär der Sozialistischen Jugend, kam in den 1950er Jahren durch einen literarischen Wettbewerb zur Büchergilde Gutenberg und so ins Verlagswesen des ÖGB, 1963–83 Generaldirektor der ÖGB-Verlagsgemeinschaft.

Fielhauer] Vermutlich Otto F. Fielhauer (geb. 1929 in Wien, gest. 1994 ebd.), Journalist und Karikaturist. Nach Studium an der Graphischen Lehr- und Versuchsanstalt in Wien redaktioneller Mitarbeiter der Zeitschrift »Der Strom« des Sozialistischen Studentenverbandes, grafische Gestaltung von Hans Weigels »Stimmen der Gegenwart« 1951, außenpolitischer Redakteur der »Arbeiter-Zeitung«, Beiträger der »Kronen-Zeitung« und des ORF. – Infrage kommt allerdings auch sein Bruder Helmut Paul Fielhauer (geb. 1937 in Wien, gest. 1987 ebd.), Volkskundler, Kulturwissenschaftler und Museologe).

Toch … KP] Josef Toch (geb. 1908 in Wien, gest. 1983 ebd.), kaufmännischer Angestellter, Schriftsteller und Journalist. Seit 1933 illegaler KP-Funktionär, kehrte nach Emigration, Teilnahme am Spanischen Bürgerkrieg und Internierung auf der Isle of Man 1946 nach Wien zurück, Dramaturg und Autor u.a. beim ORF, Redakteur der Zeitungen »Der Abend« und »Volksstimme«. 1956 in Zusammenhang mit dem Ungarnaufstand wegen parteischädigendem Verhalten aus der KP ausgeschlossen, 1957 Wechsel zur SPÖ, Mitarbeiter des Tagblatt-Archivs der Arbeiterkammer, später Mitarbeiter der katholischen Wochenzeitung »Die Furche«. Verfasser von zahlreichen Hörspielen, Erzähler und Übersetzer.

Otto Langbein] Otto Langbein (geb. 1910 in Wien, gest. 1988 ebd.), Historiker, Geograph und Sprachwissenschaftler. Beitritt zur KP unmittelbar nach seiner Matura, in den 1930er Jahren Leiter des Roten Studentenbundes in Wien, ab 1938 v.a. im französischen Exil. Langbein, Zentralsekretär der österreichisch-sowjetischen Gesellschaft ÖSG, trat nach der Niederschlagung des Ungarnaufstandes 1956 aus der KPÖ aus, nachdem er im »Österreichischen Tagebuch« wiederholt ein Umdenken gefordert hatte. Später Leiter der Wörterbuchstelle im Österreichischen Bundesverlag und Mitbegründer der Homosexuellen Initiative Wien (HOSI).

bei Vetter in Wien-West] Volkshochschule Wien West (Amerlingstraße 6, Wien 6) unter der Leitung von Franz Vetter, wo Fritsch am 22.1.1957 laut seinen Aufzeichnungen etwa 50 Minuten lang Gedichte und Auszüge aus »Moos auf den Steinen« las.

Martha Hofmann] Martha Hofmann (Pseudonym Melitta Holl, geb. 1895 in Wien, gest. 1975 ebd.), Lyrikerin, Essayistin, Übersetzerin und Lehrerin. 1938–49 im Exil in London, Palästina und Genf. Arbeitete als Journalistin und Dolmetscherin, später als Mittelschulprofessorin in Wien.

»Libretto«] Vermutlich ein Text für eine Feierstunde und nicht das von Fritsch verfasste Libretto zur Fernsehoper »Peter und Susanne« (ORF 1959). Zum Operntext vgl. 11.1.1959.

Helios] Helios-Film GmbH, österreichische Filmproduktionsgesellschaft mit Sitz in Wien.

UFA] Universum Film AG, deutsche Filmproduktionsgesellschaft.

Martina Wied wird morgen begraben] Martina Wied verstarb am 25.1.1957 in Wien und wurde am 31.1. auf dem Wiener Zentralfriedhof beigesetzt.

Hakels Tätigkeit] Zu Hermann Hakels Kritik an Fritschs Person und Verhalten vgl. 6.7.1956.

Johannes Urzidil] Johannes Urzidil (geb. 1896 in Prag, gest. 1970 in Rom), Schriftsteller, Kulturhistoriker und Journalist. 1921–32 Pressebeirat der deutschen Gesandtschaft in Prag, 1935–37 Mitherausgeber der Literaturzeitschrift »Das Silberboot«, Emigration 1939, lebte ab 1941 als Verlagslektor und Mitarbeiter des Radiosenders »Voice of America« in New York.

Besprechung in »Wort und Wahrheit«] Fritschs Rezension von Urzidils »Die verlorene Geliebte« (im Tagebuch erwähnt am 25.11.1956) und »Der Trauermantel« in »Wort und Wahrheit« (1956, Heft 12, S. 955). Fritsch sieht hier »nichts für Neuigkeitshyänen, nichts für Snobs, nur eine Dichtung, eine Dichtung unter Tausenden Neuerscheinungen« und jubelt: »welch ein Sprachkünstler!« »Dieser Autor ist einer der wenigen, der uns Menschen zeigt und keine Marionetten«, schließt Fritsch, »ein Dichter unter tausend Literaten«.

Paula Groggers ... Dankbrief] Die Schriftstellerin Paula Grogger (1892–1984) schreibt in ihrem Brief vom 18.3.1955 bezugnehmend auf Fritschs Besprechung ihres 1954 erschienenen Bandes »Gedichte« auf Radio Wien: »Aber es ist Ihnen gelungen, mich zu überzeugen, dass es doch noch Menschen meiner Welt gibt. [...] Dieser Brief gehört zu den wenigen, die ich aus wahrhafter Bewegtheit noch schreibe.«

Gedichtkorrekturen] Korrekturen an den Gedichten des 1958 erscheinenden Bandes »Der Geisterkrug«.

(N. Moser)-Thema] Analog zur »Helmut-Story«, nicht im Nachlass überliefert.

»Schlinge des Jägers«] Vgl. 25.6. und 23.12.1956.

Ladungen zur B-Prüfung ... Urlaubswoche] Vgl. 10.9.1956. Zur Vorbereitung der Prüfung bekommt der Kandidat eine Woche Sonderurlaub.

Jandl und seine Mayröcker] Ernst Jandl (geb. 1925 in Wien, gest. 2000 ebd.), Gymnasiallehrer und Schriftsteller. Veröffentlichte 1956 seinen ersten Gedichtband »Andere Augen« (Wien: Bergland 1956; Neue Dichtung aus Österreich 21), ein Jahr später sorgte er mit experimentellen Gedichten in »Neue Wege« (Nr. 123, S. 11) für Furore. Seine künftige Lebenspartnerin Friederike Mayröcker hatte er 1954 in Innsbruck kennengelernt. – Friederike Mayröcker (geb. 1924 in Wien, lebt ebd.), Lehrerin und Schriftstellerin. Frühe Texte von ihr erschienen in Otto Basils Zeitschrift »Plan« (Heft 4, 1947) und in Hakels »Lynkeus«. Erste Buchveröffentlichung: Larifari. Ein konfuses Buch. Wien: Bergland 1956 (= Neue Dichtung aus Österreich 18).

Schönbrunn] Leo Schönbrunn (1900–1980), Bibliothekar. In der Ersten Republik Arbeiterbibliothekar, verlor in der NS-Zeit Haus, Geschäft, Wohnung und Posten, ab 1945 bei den Städtischen Büchereien, 1946–66 an der Bücherei Siebenbrunnenfeldgasse 13 (Wien 5), Gewerkschaftler und Betriebsrat.

Inserat der Tabakregie in den Bücherbriefen] Das mehrmals in den »Wiener Bücherbriefen« abgedruckte Inserat der Österreichischen Tabak-Regie (hier: 1957, Heft 1, S. 35) zeigt einen auf einem Fauteuil sitzenden Mann mit Buch und Zigarette und die Zeile »so liest es sich leichter …«.

Ibaschitz] Franz Ibaschitz (geb. 1909 in Wien, gest. 1976 ebd.), Bibliothekar und darstellender Künstler. Leitete ab 1947 das Kunstkollektiv der Sozialistischen Bildungszentrale, 1952–73 in der Bücherei Karl-Löwe-Gasse 17 (Wien 12).

Christiane D. → Jutta] Christiane Draxlmayer und die Figur Jutta aus »Moos auf den Steinen«. Vgl. Tagebucheintrag und Kommentar zum 14.6.1956.

Lilly Wildgans … Toni] Lilly Wildgans (geb. Würzl, geb. 1886 in Hinterbrühl, gest. 1968 in Mödling), Schriftstellerin. Witwe von Anton Wildgans, Betreuerin des Nachlasses im »Anton-Wildgans-Archiv« in Mödling und Herausgeberin einer Werkausgabe (Anton Wildgans: Sämtliche Werke, 8 Bände, 1948–58), veröffentlichte zahlreiche Erinnerungsbücher und hielt Vorträge über Anton Wildgans.

Nora Moser] Figur von Story-Entwürfen analog zur »Helmut-Story«, vgl. 30.1.1957.

23.6.1957

führe mit Müller … den Ausbildungskurs] Fritsch war seit 1954 mitverantwortlich für den Ausbildungslehrgang für Volksbibliothekare bei den Wiener Städtischen Büchereien.

»zwischen Abend und Nacht«] Anspielung auf Fritschs Gedicht »Zwischen Abend und Nacht«, erstmals veröffentlicht in »Neue Wege« im Februar 1958 und im Band »Der Geisterkrug« (S. 80) enthalten, an dem er zum Zeitpunkt des Eintrages arbeitet.

Maria Plain] Maria Plain, Wallfahrtsort am nördlichen Stadtrand von Salzburg.

Müllers] Rudolf und Grete Müller.

Berlinger] Franz Berlinger (1903–1972), 1947–66 Referent für Buchankauf in der Zentrale der Städtischen Büchereien, De-facto-Stellvertreter des Direktors Rudolf Müller. Seine Frau Mathilde Berlinger verstarb Mitte Mai 1957.

nach Strobl zur Bibliothekarstagung] Arbeitswoche für Volksbibliothekare, 3.–8. Juni im Bundesstaatlichen Volksbildungsheim St. Wolfgang bei Strobl, veranstaltet vom Bundesministerium für Unterricht.

Rudolf Müller war am Vorsitz beteiligt, Fritsch las aus eigenen Werken und hielt am 4. Juni einen Vortrag mit dem Titel »Das Werk des Dichters Joseph Roth«.

10.1.1959

im Büro begann ich meine Fächer zu räumen] Fritsch, der mit Jahresende 1958 bei den Städtischen Büchereien gekündigt hatte, um freier Schriftsteller zu werden, räumt aus diesem Anlass sein Büro in der Zentrale in der Schmidgasse.

»deutlich leben«, um es mit Eisenreich zu sagen] Herbert Eisenreich: Einladung deutlich zu leben. Wien: Jungbrunnen 1952 (= Junge österreichische Autoren 11).

Bekenntnis zum vegetativen Erleben (Aufzeichnungen von 1956)] Vgl. die Eintragungen vom 13.1.1956 und 30.1.1957 im ersten Heft dieser Aufzeichnungen.

1939, das Goal auf dem Wihokoplatz] Fußballplatz der Wiener Holz- und Kohlenhandlung »Wihoko«.

Luise] Luise Myerson.

Rudi] Rudolfine Reinhofer.

am 21.2.45 … Eingeweide eines gebombten Hauses] Fritsch bezieht sich auf einen Bombentreffer auf sein Elternhaus in der Jägerhausgasse im 12. Bezirk und den Park des angrenzenden Schlosses Hetzendorf.

Briefe aus dem Krieg … Cada, aber auch Lehner] Von Ernst Cada sind im Nachlass fünf Briefe aus dem Zeitraum von September bis November 1944 überliefert, von Hans »Jonny« Lehner drei Briefe (Mai / Juni 1944).

Aufzeichnungen über den Zusammenbruch … Garten der Frau Lohnecke] Vgl. Fritschs im Nachlass überliefertes Prosafragment »Aufzeichnungen aus der Zeit des großen Zusammenbruches«. Fritsch verbrachte die unmittelbare Nachkriegszeit als Landarbeiter in Bilshausen bei Duderstadt im Eichsfeld, wo er, zusammen mit Erna Ratensberger, die er dort im Oktober 1945 heiratete, bei der Bauernwitwe Lohnecke untergebracht war.

in Göttingen, in Northeim] Vgl. Fritschs Gedicht »Begegnung in Northeim« vom 15.5.1947, veröffentlicht in der »Arbeiter-Zeitung« am 6.4.1952 (nicht im Band »Gesammelte Gedichte«).

Saarvortrag in der Raxstraße] Gemeint ist der Beginn der hier vorliegenden Tagebücher (vgl. 13.6.1956).

Auswirkungen von Pavese] Wohl auf das von Pessimismus und existenzialistischen Zweifeln an zwischenmenschlichen Beziehungen geprägte Tagebuch »Das Handwerk des Lebens« von Cesare Pavese anspielend (vgl. 6.7.1956).

Café Monopol] Monopol, Florianigasse 2 (Wien 8).

zwei von Haus aus unmögliche Ehen] Die Ehen mit Erna (1945–50) und Annemarie (1951–58).

Traumstuben] Zur Formulierung vgl. Fritschs 1955 entstandenes Gedicht »Aufgefahren aus der Traumstube«, zuerst veröffentlicht in »Wort und Wahrheit« (1957, Heft 2, S. 90) und enthalten in seinem Band »Der Geisterkrug« (S. 39); vgl. Gesammelte Gedichte, S. 144f.

vor dem Buben] Fritschs Sohn Michael.

Danaidengeschenk] »Danaergeschenk«, mit Bezug auf das Trojanische Pferd gebrauchte Bezeichnung für ein Geschenk, das sich nach anfänglicher Freude als für den Empfänger unheilbringend herausstellt.

seit Gleichenberg] Bad Gleichenberg, steirischer Kurort südlich von Feldbach.

Wimberger] Kaffee Wimberger, Neubaugürtel 34–36 (Wien 7).

in der neuen Wohnung] Annemarie Fritsch wohnte mit ihrem Sohn Michael in der zuvor mehrmals in Aussicht genommenen Wohnhausanlage in der Sanatoriumstraße (Griesingergasse 19, Wien 14), allerdings in einer Kleinstwohnung.

Piaristen] Katholische Privatvolksschule, die Michael Fritsch besuchte.

Sache mit der Wohnung … Hubert Pfoch] Hubert Pfoch erinnert sich an seine Aktivitäten in dieser Wohnungsangelegenheit.

11.1.1959

Obergefreiten] Über diesen Rang ist nichts aktenkundig, die Materiallage ist allerdings sehr dürftig; im März 1944 wurde Fritsch Gefreiter.

»Charly«] Richtig: »Charlie«, Gerstnerstraße 15 (Wien 15).

Absage an den »Abend« und den Kommunismus] Fritsch, der 1950 für die von Bruno Frei redigierte Zeitung »Der Abend« (Wien: Globus 1948–56) tätig war, kündigt seine Mitarbeit bei der Zeitung und seine Mitgliedschaft bei der KPÖ, in die er im Jänner 1950 eingetreten war, und schreibt am 30.12.1950 »An die Leitungsmitglieder der Zelle ›Abend‹«: »Seit Monaten ist in mir der Zwiespalt zwischen den Grundsätzen und Zielrichtungen der Partei auf der einen und den eigenen Anschauungen auf der anderen Seite ständig größer geworden. Er hat jetzt eine Spannung erreicht, die ich nicht länger aufrecht erhalten kann, ohne ein Doppelzüngler und ein schlechter Arbeiter für die Sache der Partei zu werden. Ich war bis in die allerletzte Zeit ehrlich bemüht, die Kluft in mir zu überbrücken und aus mir ein echtes, kongruentes und vorbehaltloses Mitglied der KP zu machen.«

Wohnungseinrichtung] Fritsch zieht mit seiner neuen Frau Barbara, die er im März 1959 heiratet, zusammen, er übersiedelt zunächst nach Rodaun (Talgasse 2), im August in die neue Wohnung am Wienerfeld West (Servaesgasse 7, Wien 10).

Weigel] Hans Weigel (geb. 1908 in Wien, gest. 1991 in Maria Enzersdorf), Theaterkritiker und Schriftsteller. Wie Rudolf Felmayer und Hermann Hakel ein wichtiger Förderer der österreichischen Nachkriegsliteratur, u. a. als Herausgeber der Jahrbücher »Stimmen der Gegenwart« (Wien: Jugend und Volk / Jungbrunnen 1951–56) und Betreuer der Reihe »Junge österreichische Autoren« (Wien: Jungbrunnen 1950–52). In beiden Reihen ist Fritsch vertreten (vgl. »Stimmen der Gegenwart« 1951 und 1952), Band 7 der »Jungen österreichischen Autoren« ist seine erste selbstständige Buchveröffentlichung »Zwischen Kirkenes und Bari« (1952).

Torberg] Friedrich Torberg (eigentl. F. Kantor-Berg, geb. 1908 in Wien, gest. 1979 ebd.), Schriftsteller und Publizist. 1951 Rückkehr aus dem amerikanischen Exil, Mitbegründer und 1954–65 Herausgeber der kulturpolitischen Zeitschrift »Forum«, später Verfasser der äußerst populär gewordenen Sammlung »Die Tante Jolesch oder Der Untergang des Abendlandes in Anekdoten« (München: Langen Müller 1975).

Fontana] Oskar Maurus Fontana (geb. 1889 in Wien, gest. 1969 ebd.), Schriftsteller, Kritiker und Journalist. 1945–49 Chefredakteur der Tageszeitung »Wiener Kurier« und zum angegebenen Zeitpunkt Theaterkritiker der »Presse«.

Henz] Rudolf Henz (geb. 1897 in Göpfritz an der Wild (Niederösterreich), gest. 1987 in Wien), Schriftsteller und in unzähligen Funktionen tätig, u. a. 1931–38 als wissenschaftlicher Leiter beim Österreichischen Rundfunk, 1948–58 als Präsident der Katholischen Aktion und 1945–1958 als Programmdirektor des ORF. Für Fritsch war er v. a. als Herausgeber der Literaturzeitschrift »Wort in der Zeit« (Graz: Stiasny 1955–65) und später Mitherausgeber von »Literatur und Kritik« von Bedeutung.

freie Verlagsmitarbeit] Fritsch war als freier Mitarbeiter für den Grazer Stiasny-Verlag und den Salzburger Otto Müller Verlag tätig.

Westend] »Westend«, Mariahilfer Straße 128 (Wien 7).

in der »Süddeutschen« ... Abdruck der »Letzten Grenze«] Fritschs Gedicht »Letzte Grenze« (vgl. Gesammelte Gedichte, S. 139f.) erschien am 10./11.1.1959 in der »Süddeutschen Zeitung«.

In der »Presse« war heute der »Vollmond«] Fritschs Gedicht »Vollmond« (vgl. Gesammelte Gedichte, S. 161f.) erschien am 11.1.1959 in der »Presse«.

Besprechung des Hößbuches ... verstümmelt] Fritschs Rezension zum Band »Kommandant in Auschwitz. Autobiographische Aufzeichnungen von Rudolf Höß« (Stuttgart: Deutsche Verlags-Anstalt 1958) erschien unter dem Titel »Autobiographie eines Ja-Sagers und Massenmörders« am 11.1.1959 in der »Presse«.

Operntext] Gerhard Fritsch: Peter und Susanne. Fernsehoper, ORF 1959. Musik: Paul Kont.

Winkers schlechtes Maximilianbuch] Will Winker: Kaiser Maximilian I. zwischen Wirklichkeit und Traum. München: Oldenbourg 1950. – Fritsch arbeitet in der ersten Jahreshälfte 1959 zusammen mit Karl Stanzl (nach einer Idee von Friedrich Hansen-Löve) für den Österreichischen Rundfunk an einem Fernsehfilm über Maximilian I. unter dem Titel »Der Weißkunig«.

Mara und A., aber (zunächst) auch bei Erna und Luise] Mara Ghosta, Fritschs Ehefrauen Annemarie und Erna, Luise König.

12.1.1959

»Reise ins Glück«] Schlager »Eine Reise ins Glück« (deutsche Version von »Sail Along Sily'ry Moon«), 1958 getextet von Franz Rüger; Titellied des gleichnamigen Musikfilms unter der Regie von Wolfgang Schleif, Deutschland 1958.

Hasenleiten] Barackensiedlung in Wien-Simmering, später Wohnhausanlage an der Ostbahn.

Hauffgasse] Wien-Simmering, parallel zur Felsgasse, wo Fritschs Eltern wohnten.

30.6.1961

Eisenbett ... »Gemächer«] Die als Museum zugänglichen Kaiserappartements in der Wiener Hofburg, während der Wintermonate genutzte Wohn- und Amtsräume von Kaiser Franz Joseph I. und Kaiserin

Elisabeth. Die Einrichtung der Privatgemächer des Kaisers mit dem sehr einfachen Bett soll dessen viel zitierte Bescheidenheit und seinen spartanischen Lebensstil veranschaulichen.

Niederschlagung der ungarischen Revolution] Im Zuge der Aufstände 1848 forderten die Ungarn den Sturz des Hauses Habsburg und die Etablierung eines eigenen Nationalstaates, im März 1849 führten Auseinandersetzungen um die Verfassung zum Unabhängigkeitsaufstand, der durch den Einmarsch kaiserlicher und russischer Truppen niedergeschlagen wurde.

Krieg 1864] Deutsch-Dänischer Krieg, Jänner bis Oktober 1864. Österreich stand in der Auseinandersetzung um die Herzogtümer Schleswig, Holstein und Lauenburg auf der Seite Preußens, gemeinsam wurde ein Sieg über Dänemark errungen.

Nichts von 66] Preußisch-Österreichischer Krieg 1866. Nach anfänglichen Siegen erlitt Österreich in der Schlacht bei Königgrätz eine entscheidende Niederlage. Vgl. Fritschs Jugendbuch »Feldherr wider Willen. Das Leben des FML Ludwig Benedek« (Wien / München: Österreichischer Bundesverlag 1966) über den bei Königgrätz unterlegenen Feldherrn.

Wilhelm II.] Wilhelm II. (1859–1941), 1888–1918 Deutscher Kaiser und König von Preußen.

Turngeräte Elisabeths] Legendäres Turn- und Toilettezimmer in den Privaträumen von Kaiserin Elisabeth, Sprossenwand und Turnringe zeugen von ihrem Bemühen um eine jungmädchenhafte Figur.

Karl der Letzte] Karl I. (1887–1922), letzter österreichischer Kaiser. 1916–18 Kaiser von Österreich und (als Karl IV.) König von Ungarn. verzichtete im November 1918 auf die Ausübung seiner Regierung, 1919 Emigration in die Schweiz.

Katakomben] Zu Grüften mit Zwischengängen adaptierte Kellerräume unter dem Chor des Wiener Stephansdoms und dem Stephansplatz, Mitte des 18. Jahrhunderts mit etwa 11.000 Toten belegt.

Sarg von Kollonitsch] Metallener Sarg von Sigismund Graf Kollonitsch (1677–1751; 1722 erster Erzbischof von Wien, 1727 Kardinal) in der Bischofsgruft in der Unterkirche des Wiener Stephansdoms.

Pest (1713)] Bei der letzten großen Pest-Epidemie in Wien 1713/14 kamen etwa 9.000 Menschen ums Leben. Sie bewirkte das Gelübde von Kaiser Karl VI., das zum Bau der Karlskirche führte.

Kärntner = Karnerstraße] An der Kärntnerstraße (Wien 1), die vom Stephansplatz zum Karlsplatz führt, auch Karnerstraße oder Venedigerstraße genannt, wurden Reste des mittelalterlichen Coloman-Friedhofs gefunden; Karner bezeichnet ein Beinhaus, das meist in der Friedhofskapelle untergebracht war.

Pummerin] Pummerin, Glocke auf dem Nordturm des Wiener Stephansdoms, größte Glocke Österreichs.

10.7.1961

Smolensk, Venedig] Fritsch war als Soldat in Smolensk (vgl. das Gedicht »Zwischen Kirkenes und Bari«, Gesammelte Gedichte, S. 43f.), zu seinem Venedig-Aufenthalt vgl. 25.11.1956.

12./13.7.1961

Flamhof] Fritsch fuhr am 12. Juli mittags nach Graz und war von 18 bis 2:30 Uhr zur Besprechung auf dem Flamhof, einem Schlösschen nordwestlich von Leibnitz in der Südsteiermark, das sich im Besitz des Stiasny-Verlagsleiters Gerhard Zerling befand. – Gerhard Zerling (geb. 1916 in Berlin, gest. 1969 in Graz), ab 1950 Leiter des Stiasny-Verlags. Ab 1940 Ehemann von Erika Stiasny, der ältesten Tochter des Verlagsgründers Ludwig Stiasny, und gemeinsam mit seiner Schwägerin Herta Eilers persönlich haftender Gesellschafter des Verlags. Zerling war bekannt als großbürgerlicher Bonvivant und Literaturförderer, bevor ihm die »Affäre Weikert« (Subventionsbetrug gemeinsam mit Alfred Weikert, Leiter der Sektion für Kunstangelegenheiten im Unterrichtsministerium) zum Verhängnis wurde, in deren Folge er gemeinsam mit seiner Ehefrau Selbstmord beging.

14./15.7.1961

Badgastein] Nachdem er Barbara Fritsch, Erna und seinen Sohn Georg nach Salzburg begleitet hatte, befand sich Fritsch allein im Salzburger Kurort Bad Gastein.

Echo] Kurhotel Echo in Bad Gastein (Karl-Heinrich-Waggerl-Straße 21) direkt am oberen Wasserfall der Ache.

Schwitzke] Heinz Schwitzke (geb. 1908 in Helbra, gest. 1991 in Eutin), Hörspieldramaturg, Autor und Redakteur. 1951–71 Leiter der Hörspielabteilung des NDR in Hamburg, einer der einflussreichsten Hörspieltheoretiker und -praktiker nach 1945. Fritsch schrieb mehrere Hörspiele im Auftrag des NDR und hatte immer wieder mit den strikten Vorstellungen Schwitzkes zu kämpfen. Vgl. auch den Tagebucheintrag zu Schwitzkes Buch »Das Hörspiel« (20.6.1963).

24.7.1961

Verlag … Katholizismus] Otto Müller Verlag, 1937 von Otto Müller gegründet, nach Zwangsliquidation Neugründung 1946. Der Verlag mit den Programmschwerpunkten Literatur, Theologie und Geisteswissenschaften, der u. a. das Werk von Georg Trakl oder Christine Lavant betreute und Erstveröffentlichungen Thomas Bernhards und H. C. Artmanns brachte, vertrat eine betont katholische Position, Fritsch als externer Berater versuchte durchzusetzen, »Romane nicht allein wegen ihrer guten Absicht zu veröffentlichen«, wie er in einem Gutachten fordert.

Selhofer] Herbert Selhofer (geb. 1930 in Wien, gest. 1994 ebd., unterrichtete seit April 1961 katholische Religion an mehreren Bundesrealschulen in Wien.

Hans Moser] Hans Moser (eigentl. Jean Julier, 1880–1964), einer der beliebtesten Theater- und Filmschauspieler Österreichs, u. a. am Wiener Burgtheater und bei den Salzburger Festspielen engagiert.

Reinhardt filius inszeniert die Jedermann-Rufe] Der Regisseur und Filmproduzent Gottfried Reinhardt (1913–1994), Sohn von Max Reinhardt, inszenierte 1961 und 1962 Hugo von Hofmannsthals »Jedermann« bei den Salzburger Festspielen, 1961 auch eine Verfilmung desselben.

in Südtirol fliegen Leitungsmaste in die Luft] In der Nacht zum 12.6.1961 kam es in Südtirol zu einer Reihe von Sprengstoffanschlägen. In der sogenannten »Feuernacht« wurden 19 Telefon- und Hochspannungsmasten gesprengt, um Öffentlichkeit für das »Südtirolproblem« zu erlangen.

Magnumheft mit den Lyrikerfotos] Die Nummer 36 (1961) der »Zeitschrift für das moderne Leben«, »magnum«, enthält unter dem Titel »Querschnitt: Lyriker unserer Zeit« Fotos von Hans Arp, H. C. Artmann, Ingeborg Bachmann, Hans Magnus Enzensberger, Günter Bruno Fuchs, Günter Grass, Helmut Heißenbüttel, Christine Lavant, Christoph Meckel und Franz Mon sowie eines von Walter Höllerer und Henry Miller (S. 45–48), außerdem auf den folgenden Seiten (S. 49–52) Gedichte der Abgebildeten.

Hubmannfotos] Franz Hubmann (geb. 1914 in Ebreichsdorf (Niederösterreich), gest. 2007 in Wien), Fotograf. Mitbegründer und 1953/54–66 Bildredakteur der Zeitschrift »magnum«, von ihm stammen die Fotos von Hans Arp, Christine Lavant und H. C. Artmann im zuvor genannten Magnum-Heft.

»Photograph«] Fritschs unveröffentlichter Roman »Der Spießrutenlauf«, dessen Niederschrift zu diesem Zeitpunkt schon zurückliegt und der ursprünglich »Der Photograph (oder: die Tiefe der Provinz)« betitelt war. Das unveröffentlichte Romanprojekt hat Fritsch 1961/62 vergeblich beim Otto Müller Verlag und bei einigen deutschen Verlagen eingereicht. Es ist einer von mehreren Vorgängern des 1967 publizierten Romans »Fasching«.

Nachklang von Doderer] Heimito von Doderers Erzählweise und Romantheorie (u. a. »Grundlagen und Funktion des Romans«, Nürnberg: Glock und Lutz 1959) waren von großer Bedeutung für Fritsch, wie dieser 1966 in einem Artikel zum 70. Geburtstag Doderers einräumt, wo er bedauert, dessen »Romane zunächst vor allem mit der Freude an Details, Skurrilitäten usw. gelesen zu haben und kurioserweise nicht sofort die Machart in ihrer ganzen Bedeutung für jede Beschäftigung mit dem Erzählen mit Fingern gegriffen zu haben« (Fritsch: Nachtrag zu einem Gespräch. In: Die Furche, 3.9.1966).

27.7.1961

Hofrätin] Fritsch notiert die »Romanidee um die Mödlinger Hofrätin« erstmals am 20.6.1961 in seinem Kalender, noch ein Jahr später, am 19.6.1962, verbringt er laut Kalender einen Vormittag mit einer »Romanskizze zur Hofrätin«. In einem Entwurfsblatt im Nachlass findet sich die Bemerkung »die Hofrätin – übersetzen in *Generalin oder dgl.*«, was darauf hindeutet, dass die Figur später in Frauengestalten wie der Generalin Vittoria Pisani (»Fasching«) oder Bella Pulpratis (»Katzenmusik«) aufgegangen ist.

29.7.1961

Europa] Hotel Europa (Salzburg, Rainerstraße 31) gegenüber dem Hauptbahnhof. Im Erdgeschoß des 1956/57 errichteten 15-geschossigen Gebäudes (erstes Hochhaus der Stadt Salzburg) befand sich eine Cafeteria.

3.8.1961

Schweizerpark] Schweizergarten, Parkanlage in Wien 3, vor dem Arsenal.

Heeresmuseums] Heeresgeschichtliches Museum in der Anlage des Arsenals (Wien 3), 1891 als »K. u. k. Heeresmuseum« eröffnet, nach schweren Kriegsschäden 1955–61 als Heeresgeschichtliches Museum in Etappen wiedereröffnet. Vgl. Fritschs unveröffentlichten Gedichtentwurf »Mädchen im Heeresmuseum« (Nachlass Fritsch) und seine schon 1953 erschienene Darstellung zu Arsenal und Heeresmuseum in »Wien von A–Z« (Wien: Wiener Verlag 1953, S. 141).

Auto von Sarajewo] Automobil des österreichischen Thronfolgers Franz Ferdinand (1863–1914), in dem er und seine Gattin Herzogin Sophie von Hohenberg (1868–1914) während der Fahrt durch Sarajevo am 28.6.1914 tödlich getroffen wurden, im Franz Joseph-Saal des Heeresgeschichtlichen Museums.

Pathos der Gloire (Invalidendom usw.)] Fritsch hatte 1960 zwei Frankreich-Reisen unternommen und war im Oktober in Paris, wo er einen Vortrag am österreichischen Kulturinstitut hielt und auch den Invalidendom besichtigte.

Waffenrocks Radetzkys] Der Radetzky-Saal des Heeresmuseums zeigte Schaustücke vom Wiener Kongress bis zur Schlacht bei Königgrätz (1814–66).

1870 und 14/18] Anspielung auf den Deutsch-Französischen Krieg 1870/71 zwischen Preußen und Frankreich um die spanische Thronfolge, und den Ersten Weltkrieg 1914–18.

bei Jan mit Christine und Felmayer] Bei Oskar Jan Tauschinski trifft sich die aus Christine Busta, Rudolf Felmayer und Fritsch bestehende Jury des Alma Johanna König-Preises 1962 zur Besprechung des Preisausschreibens.

barocken »Kondukt«] Rudolf Felmayer: Barocker Kondukt, oder: A schene Leich anno 1765. Mit 16 Tafeln von Hans Fronius. Wien: Belvedere 1968.

Tod der Frau Freisler] Antonie Freisler verstarb am 31.7.1961.

Tod des Mannes der Kostroun] Viktor Kostroun, der am 3. August auf dem Wiener Zentralfriedhof begrabene Ehemann von Friederike Kostroun (geb. 1920 in Wien, gest. 2004 ebd.), Bibliothekarin. Nach Ausschluss vom Hochschulstudium und Verlust des gesamten Vermögens in der NS-Zeit ab 1945 bei den Städtischen Büchereien, 1946–49 an der Bücherei Linzer Straße 309 (Wien 14), 1949–55 zeitweilig zusammen mit Fritsch in der Bücherei Felberstraße 42–46 (Wien 15), schließlich 1955–86 in der Stumpergasse 60 (Wien 6).

Schindlers Frau] Tony Schindler, Ehefrau von Leo Schindler.

7.8.1961

Wostok II mit Major Titow] Der sowjetische Kosmonaut German Titow (1935–2000) umkreiste im Raumschiff »Wostok II« vom Morgen des 6. bis zum Morgen des 7.8.1961 die Erde.

Iwaszkiewisz' »Höhenflug«] Jarosław Iwaszkiewicz: Der Höhenflug. Aus dem Polnischen übertragen von Kurt Harrer. München: Langen Müller 1959.

8.8.1961

Ministerialrat gewordenen Brunmayr] Hans Brunmayr war vom Sektionsrat zum Ministerialrat befördert worden, Fritsch ist wegen einer finanziellen Unterstützung der Istanbul-Reise im Bundesministerium für Unterricht.

Türkei-Reise für Ende Oktober gesichert] Zum tatsächlichen Reiseantritt vgl. Tagebucheintrag und Kommentar zum 9.11.1961.

Hörspiel und Roman fertigmachen] Hier vermutlich eine Fassung von »Die große Mutter« / »Die Stufen hinunter« und »Der Spießrutenlauf«.

11.8.1961

bemerkend, daß man aus seiner Biographie nicht mehr aussteigen kann] Vgl. die Passage aus Fritschs Hörspiel »Nachtfahrt«: »da hat man gedacht / die Kraft zu vier bis fünf Lebensläufen zu haben und erfährt / in staunender Wut reichlich spät, daß man aus seiner Biographie / aus der einzigen nicht aussteigen kann« (Fritsch: Nachtfahrt. Baden: Grasl 1983, S. 35).

Wazurak] Der Name einer Figur in Fritschs Roman »Fasching« findet sich schon in den unveröffentlichten Vorgängerfassungen »Der Photograph«, »Der Spießrutenlauf« und »Denkmal für einen Deserteur« und auch als fingierter Urheber des Mottos des posthum erschienenen Romanfragments »Katzenmusik«. Die Verwendung des Namens im Tagebuch (vgl. Eintrag vom 28.5.1963) deutet darauf hin, dass er damit einen bestimmten Typ Mensch charakterisiert (oder es in Graz tatsächlich ein entsprechendes Vorbild gegeben haben könnte).

Altenberg] Peter Altenberg (eigentl. Richard Engländer, geb. 1859 in Wien, gest. 1919 ebd.), Schriftsteller. Lebte nach zwei abgebrochenen Studien und ärztlich attestierter Berufsunfähigkeit als literarischer Bohemien in Wien. Seine kurzen Prosaskizzen sind von flüchtigen Begegnungen, Eindrücken und Gesprächen bestimmt, die Schilderung des subjektiv-spontan Erlebten wird zu impressionistischen Skizzen der Wiener Gesellschaft. – Fritsch beschäftigt sich hier auch deshalb mit Altenberg, weil er Tage zuvor, am 7.8.1961, von Wolfgang Kraus ein Exemplar mit Widmung des von diesem herausgegebenen Altenberg-Auswahlbandes »Das Glück der verlorenen Stunden« (München: Kösel 1961) erhalten hatte.

15.8.1961

Richter] Franz Richter (geb. 1920 in Wien, gest. 2010 ebd.), Lyriker, Essayist und Lehrer. Nach Kriegsgefangenschaft 1945–48 Lehrer an Wiener Handelsakademien und am »Theresianum«, Mitherausgeber der Buchreihe »Lyrik aus Österreich« (Baden: Grasl 1976ff.), später Präsident des Österreichischen Schriftstellerverbands und Generalsekretär des Österreichischen PEN-Clubs. – Am 18.8.1961 schreibt er als Resümee des erwähnten Treffens an Fritsch: »(−1) + (+1) = 0 / Die zweite Hälfte seines Lebens verbringt man damit, die Irrtümer auszumerzen, die man uns in der ersten Hälfte eingetrichtert hat.«

Cafe Museum] Cafe Museum, Friedrichstraße 6 (Wien 1), 1899 von Adolf Loos (1870–1933) eingerichtetes Wiener Kaffeehaus.

Haunsperg] Schloss Haunsperg in Oberalm bei Hallein, seit 1939 im Besitz der Familie Gernerth-Mautner Markhof, die es als Schlosshotel betreibt. – Die Eltern von Barbara Fritsch wohnten in Haunsperg, bevor sie 1966 eine Stadtwohnung in Salzburg bezogen.

seit Sonntag entschieden geteilte Berlin] In der Nacht vom 12. auf den 13.8.1961 wurde Westberlin vom Ostteil der Stadt und der umgebenden DDR durch die Mauer getrennt.

»österreichische« Lösung] Anstelle einer Teilung oder fortgesetzten Besetzung Österreichs nach dem Zweiten Weltkrieg kam die 1955 im Moskauer Memorandum auf den Weg gebrachte Unabhängigkeit durch die »immerwährende Neutralität« zustande.

Rapacki-Planes] Vom polnischen Außenminister Adam Rapacki (1909–1970) im Oktober 1957 erstmals vorgelegter Plan einer atomwaffenfreien Zone in Mitteleuropa, die das Gebiet Polens und beider deutscher Staaten, später auch der Tschechoslowakei umfassen sollte.

Peace for our time] Fritsch zitiert den britischen Premierminister Neville Chamberlain (1869–1940), der 1938 in einer Rede meinte, er habe mit dem Münchner Abkommen »den Frieden für unsere Zeit« (»Peace for our time«) gesichert. Die Phrase ist ein Musterbeispiel der heute als verfehlt geltenden Appeasement-Politik vor dem Zweiten Weltkrieg.

»Ich weiß nun, daß des Alleinseins auch eine untere Grenze ist ...«] Die Zeile stammt aus Fritschs unveröffentlichtem Gedicht »In das Dunkel gesagt« (Nachlass Fritsch).

27.8.1961

»etiam peccata«] Bezieht sich auf Lukas 7,49: »et coeperunt qui simul accumbebant dicere intra se quis est hic qui etiam peccata dimittit« (Da dachten die anderen Gäste: Wer ist das, dass er sogar Sünden vergibt?). Stoff christlicher Dichtung wären laut Zangerle also »sogar Sünden«.

30.8.1961

Klapotetz] Klapotetz, vom slowenischen ›klopótec‹, Vogelscheuche mit von einem Windrad betriebenen Klöppeln.

4.9.1961

über den neuen Zand] Herbert Zand: Erben des Feuers. Roman. Salzburg: Otto Müller 1961. – Fritsch bespricht den Roman für die »Wiener Bücherbriefe« (1961, Heft 6, S. 193f.). Herbert Zand (geb. 1923 in Knoppen (Pichl-Kainisch / Steiermark), gest. 1970 in Wien), Schriftsteller und Übersetzer. Ab 1954 Verlagslektor in Wien, ab 1961 Mitarbeiter der Österreichischen Gesellschaft für Literatur.

bei Lechner und seinen Vertretern] Vermutlich Rudolf Lechner & Sohn, Seilerstätte 5 (Wien 1). Im Kalender notiert Fritsch zu diesem Treffen: »16–17 bei Lechner als Müller-Mann für Zand (ungut und auch spaßig)«. Fritsch ist als Repräsentant des Otto Müller Verlags tätig.

Cafehaus Ecke Schönlaterngasse] Kaffee Holzer, Schönlaterngasse 11 (Wien 1).

Geburtstagsfeier] Zu Barbara Fritschs 27. Geburtstag am 3.9.

Brentanogedichte] Im Kalender notiert Fritsch zum 2.9.1961 »Abends spazieren und Geburtstagsfeier für B.: statt Z. Gedichte gelesen, von Brentano bis Mc. Leish«.

5.9.1961

Winter] Hanns von Winter (geb. 1897 in Edirne / Adrianopel (Türkei), gest. 1961 in Wien), Schriftsteller, Diplomat und Redakteur. Winter war bis zu seiner vorzeitigen Pensionierung als Legationsrat 1945 im diplomatischen Dienst u. a. in Moskau tätig, war Kritiker für verschiedene Zeitschriften, 1955–57 Redakteur von »Wort in der Zeit« und bis zu seinem Tod am 22.9.1961 als Theaterkritiker und Rezensent Mitarbeiter dieser Zeitschrift.

Peter Weiser] Peter Weiser (geb. 1926 in Mödling, gest. 2012 in Wien), Publizist und Kulturmanager. Ab 1948 Journalist bei der »Furche«, ab 1951 bei der Sendergruppe Rot-Weiß-Rot, 1955 Chefdramaturg. Theaterkritiker des »Kurier« und der FAZ. 1961–77 Generalsekretär der Wiener Konzerthausgesellschaft, Publizist und Leiter einer Veranstaltungsagentur in Wien.

7.9.1961

Museum] Café Museum.

Federmann ... Seitentitel für Sacher-Masoch] Reinhard Federmann (geb. 1923 in Wien, gest. 1976 ebd.), österreichischer Schriftsteller und Übersetzer. Zum angegebenen Zeitpunkt 1961 wohnte Federmann in der Daringergasse 12–22 (Wien 19). Fritsch arbeitet mit Federmann im Auftrag des Stiasny-Verlags an den Kolumnentiteln von dessen Publikation »Sacher-Masoch oder die Selbstvernichtung« (Graz, Wien: Stiasny 1961).

Qualtinger] Helmut Qualtinger (geb. 1929 in Wien, gest. 1986 ebd.), österreichischer Schauspieler, Kabarettist und Schriftsteller. Er lebte damals in der Daringergasse 12a (Wien 19), in unmittelbarer Nachbarschaft von Reinhard Federmann.

Orson-Welles-Bart ... Moby Dick-Pastor] Anspielung auf den amerikanischen Filmschauspieler und -regisseur Orson Welles (1915–1985) und dessen Rolle als Pfarrer Mapple in der Verfilmung des Herman-Melville-Romans »Moby Dick« von 1956 (Regie: John Huston).

Romzyklus] Von den 21 Radierungen des im Wiener Schroll-Verlag publizierten Zyklus »Rom« von Anton Lehmden erscheinen zwei (Pantheon, Engelsburg) in »Wort in der Zeit« (1961, Heft 10) mit Fritschs Einleitung »Dauer im Verfall. Zu den Rom-Graphiken von Anton Lehmden«.

P. Leppich] Pater Johannes Leppich (geb. 1915 in Ratibor (Oberschlesien), gest. 1992 in Münster), Priester, Jesuit, in den 1950er und 1960er Jahren bekannt als »Maschinengewehr Gottes«.

Una Sancta] Verkürzende Selbstbezeichnung der römisch-katholischen Kirche, vollständig: »Una sancta catholica et apostolica ecclesia« (die eine und heilige katholische und apostolische Kirche).

Henz … Orden] Rudolf Henz wohnte zum angegebenen Zeitpunkt in der Zehenthofgasse 30 (Wien 19). Er hatte bis dahin u. a. das Österreichische Ehrenkreuz für Wissenschaft und Kunst (1934) und das Große Ehrenzeichen für Verdienste um die Republik Österreich (1954) sowie den Großen österreichischen Staatspreis für Literatur (1953) und den Preis der Stadt Wien für Dichtkunst (1956) verliehen bekommen.

russ. Anti-Atomtod-Kampagne] Bemühungen der sowjetischen Führung, eine westdeutsche Beteiligung an der Nuklearstrategie der NATO sowie amerikanische Atomstützpunkte durch eine meinungsbildende Kampagne 1957/58 zu verhindern.

11.9.1961

Roman] »Der Spießrutenlauf«.

Zeitschrift (Oktobernummer)] »Wort in der Zeit« 1961, Heft 10.

Telegramm von Schwitzke … zweite Fassung der »Persephone«] Am 7.9.1961 erreicht Fritsch ein Telegramm Heinz Schwitzkes mit dem Text »Was macht Proserpina? Erbitte gleich Nachricht«. Die mehrfach in Briefen von Schwitzke und Franz Hiesel vorgebrachte Kritik u. a. an »trivialer Pathetik« und »allzu blühender Metaphorik« endet mit der Bearbeitung des ursprünglich »Die große Mutter« betitelten Hörspiels zur Letztfassung »Die Stufen hinunter« (NDR/ORF 1981).

Krležas »Filip Latinovicz«] Miroslav Krleža: Die Rückkehr des Filip Latinovicz. Aus dem Serbokroatischen von Klaus Winkler. Frankfurt am Main: Suhrkamp 1961.

Kraus] Wolfgang Kraus (geb. 1924 in Wien, gest. 1998 in Lienz (Osttirol)), Essayist, Kulturpublizist und -funktionär. Gründer und 1961–94 Leiter der Österreichischen Gesellschaft für Literatur, die ihr Büro neben dem von »Wort in der Zeit« im Palais Wilczek in der Herrengasse 5 (Wien 1) hatte.

Reduktion des Türkeistipendiums] Gezahlt werden im Oktober 1961 schließlich 2.500 Schilling.

Tag der Fahne-Feier fürs Burgtheater] Feierstunde zum Tag der österreichischen Fahne. Aus Dichtung, Memoiren, Essays und Dokumenten. Zusammenstellung und Text Gerhard Fritsch. Hg. von Anton Kolbabek für das Bundesministerium für Unterricht. Wien: Kletterl 1961.

Schwarz] Helmut Schwarz (geb. 1928 in Wien, gest. 2009 ebd.), Regisseur, Dramaturg und Schriftsteller. 1951–63 Dramaturg am Burgtheater, 1960–77 Leiter des Reinhardt-Seminars, dann Rektor der Hochschule für Musik und darstellende Kunst in Wien.

am Tag, da Skoda starb] Albin Skoda (geb. 1909 in Wien, gest. am 22.9.1961 ebd.), Kammerschauspieler. 1924–28 am Wiener Volkstheater, 1934–45 am Deutschen Theater in Berlin, 1946–61 am Wiener Burgtheater.

Museum der Stadt Wien] Laut Kalender besucht Fritsch mit seinem Sohn Michael am 20. September das Historische Museum der Stadt Wien am Karlsplatz (Wien 4). Das 1954–59 erbaute Haus wurde zunächst mit einer Grundausstellung im Erdgeschoss eröffnet, der zweite Stock, in dem sich die später erwähnten Wohnungs-Nachbauten befinden, war erst 1961 voll zugänglich.

Turmzieren von St. Stephan] Die metallenen Turmbekrönungen des Südturms des Stephansdomes waren im Stiegenhaus des Museums zu sehen. Die 1433 fertiggestellte doppelte Kreuzblume wurde 1519 durch eine Mondsichel mit achtstrahliger Sonne, den sogenannten »Mondschein«, ersetzt. Dieses Symbol löste bei der von Süleiman I. (1494/95–1566) angeführten Türkenbelagerung 1529 Unwillen in der Bevölkerung aus, wurde aber erst 1686 abgenommen und mit der erwähnten Inschrift versehen.

Grillparzer-Wohnung] Rekonstruierte Wohnung des österreichischen Schriftstellers Franz Grillparzer (1791–1872) samt originaler Einrichtung mit Fenstern und Türen aus seinem Wohnhaus in der Spiegelgasse (Wien 1) im zweiten Stock des Museums.

Loos-Zimmer] Wohnzimmer mit anschließendem Kaminraum mit originaler Einrichtung aus der 1903 gestalteten Wohnung des Architekten Adolf Loos (1870–1933) im zweiten Stock des Museums.

Direktor Weber … Dr. Pirnat] Fritsch trifft Karl Pirnat, dessen Buch von Regierungsrat Dir. Weber dem Stiasny-Verlag vorgelegt wurde. Pirnats Manuskript wird in einem Schreiben des Verlags vom 25.9.1961 mit Bezugnahme auf »eine unverbindliche persönliche Unterhaltung« mit Fritsch abgelehnt. Zu Pirnats beruflicher Laufbahn vgl. seine Veröffentlichung: Karl Pirnat: Dämon Steuer. Ein Leidensweg der Menschheit. Wien, München: Fromme 1956.

Stipendien] Fritsch muss schließlich noch schriftlich um das Stipendium ansuchen, vgl. 27.10.1961.

für den Altenberg-Band die Seitentitel] Ernst Randak: Peter Altenberg oder das Genie ohne Fähigkeiten. Graz, Wien: Stiasny 1961. – Fritsch schreibt die Kolumnentitel, die den Seiteninhalt markant zusammenfassen, auf der Zugfahrt nach Graz.

Graz … Verlag … Flamhof] Fritsch befindet sich am 22. September in Graz zu Besprechungen im Stiasny-Verlag und am Flamhof mit Gerhard Zerling. Anschließend brechen Barbara und Gerhard Fritsch zusammen mit dem Ehepaar Erika und Gerhard Zerling zu einer im Folgenden beschriebenen Reise nach Jugoslawien auf. Der Stiasny-Verlag plante im Herbst 1962 die Veröffentlichung von drei Romanen zeitgenössischer jugoslawischer Autoren, wozu Fritsch Zerling »heftig ermuntert habe«, wie er in einem Brief schreibt (Fritsch an Zlatko Gorjan, 14.6.1961). Zlatko Gorjan kümmerte sich um die »Anwerbung« von Krleža, Šegedin und Horvat, mit den letzten beiden gab es am 24./25. September persönliche Besprechungen in Zagreb.

Suchy] Viktor Suchy (geb. 1912 in Wien, gest. 1997 ebd.), Verlagslektor, Literaturkritiker und Schriftsteller. 1948–54 Redakteur von »Wissenschaft und Weltbild«, 1957–64 Cheflektor des Grazer Stiasny-Verlags und Herausgeber der Stiasny-Bücherei (»Das österreichische Wort«) und in dieser Funktion in engem Kontakt mit Fritsch. Gründer und 1965–78 Generalsekretär der Dokumentationsstelle für neuere österreichische Literatur in Wien.

Pettau] Ptuj (dt. Pettau), Stadtgemeinde im Nordosten Sloweniens, 25 Kilometer drauabwärts von Marburg.

Schloßberg … Partisanenmuseum] Schloss Ober-Pettau, im 15. Jahrhundert erbaut, bis zum Ende des Zweiten Weltkriegs im Besitz der Familie Herberstein, 1945 dem Landesmuseum Ptuj (Pokrajinski Muzej Ptuj) übergeben. Enthält neben der Innenausstattung der Familie Herberstein eine Wohnkultur-, Waffen- und Musikinstrumentensammlung.

Chevrolet] Auto des Ehepaars Zerling.

Varašdin ... Kaserne] Stadt am rechten Ufer der Drau, ökonomisches und kulturelles Zentrum Nordkroatiens. Das von einstöckigen Gebäuden umgebene Palais Erdödy im historischen Stadtkern wurde 1850 zu einer zweistöckigen Kaserne mit eindrucksvollen Arkaden umgebaut.

Slawonien] Slawonien, historische Region in Ostkroatien zwischen Drau und Save, kam 1918 zum späteren Jugoslawien.

Gorjans] Zlatko Gorjan (geb. 1901 in Syrmisch-Mitrowitz, gest. 1976 in Zagreb), kroatischer Schriftsteller und Übersetzer. Ab 1957 stehen Gorjan und Fritsch in intensivem Briefwechsel, an dem auch Barbara Fritsch und Kitty Gorjan beteiligt sind, ab 1961 sind sie per Du, es kommt zu wechselseitigen Besuchen.

Zehntelanschlüsse] Sogenannte Gesellschaftsanschlüsse, bei denen mehrere, hier zehn, Haushalte an eine Telefonleitung angeschlossen waren, um technische Ressourcen zu sparen.

»Putnik«] Putnik, 1923 in Belgrad gegründete jugoslawische Tourismusagentur.

ehemaligen bischöflichen Park] Stadtpark Maksimir, größte Parkanlage Zagrebs östlich der Innenstadt im gleichnamigen Bezirk. Der Name geht auf den Zagreber Bischof Maksimilijan Vrhovac (1752–1827) zurück.

»Esplanade«] Das 1925 erbaute Hotel Esplanade im Herzen der Zagreber Altstadt ist eines der berühmtesten und ältesten Gebäude der Stadt. Fritschs und Gorjans verbrachten dort den Abend des 23.9.

Jenseits der Save und der Seife (Roda-Roda)?] Die Formulierung konnte bisher nicht beim Humoristen und Schriftsteller Roda Roda (Sándor Rosenfeld, 1872–1945) nachgewiesen werden, wohl aber an anderer Stelle: »Zu Gunsten der Kriegswitwen- und -Waisenwoche konzertiert in einem Eisenbahnknotenpunkt irgendwo jenseits von Save und Seife die Garnisonsmusik.« Rifat Gozdovic Pascha: Transsavinisches Kriegs-Kunstgespräch. In: Jugend 22 (1917), H. 31, S. 613.

Campiello Mosca in Venedig] Fritsch bezieht sich auf das Hotel, das er während seines Venedig-Aufenthaltes 1956 (vgl. 25.11.1956) am Campiello Mosca bewohnte.

Oberstadt ... St. Markus] Der Markusplatz an der im 13. Jahrhundert erbauten Pfarrkirche der alten Oberstadt Gradec, der St. Markus-Kirche (Crkva sv. Marka), war bis 1850 das politische Zentrum Kroatiens, hier wurden u. a. der Ban und die Stadtmandatare vereidigt.

Unterstadt zwischen Ilica und Bahnhof ... Universität] Die Unterstadt (Donji grad) südlich der nach Westen bis in die Vororte führenden

Haupteinkaufsstraße Ilica war im 20. Jahrhundert zum Geschäftszentrum geworden. Hier liegen rund um ein U-förmiges Ensemble von Parkanlagen aus der kroatischen Gründerzeit u. a. das Alte Rathaus und das Rektoratsgebäude der Universität an der Nordseite des Titoplatzes (Trg maršala Tita).

Theater (wie das Dt. Volkstheater)] Das 1895 eröffnete Kroatische Nationaltheater (Hrvatsko narodno kazalište) wurde wie das »Deutsche Volkstheater« in Wien (seit 1945 Volkstheater), von Ferdinand Fellner (1847–1916) und Hermann Helmer (1849–1919) entworfen.

Wohnmaschinen nach Corbousier] Fritsch nimmt Bezug auf die Theorien des Schweizer Architekten und Stadtplaners Le Corbusier (1887–1965), dessen Lehre die Funktionalität der Maschine zum Vorbild für die Gebäudegestaltung nimmt.

Autoput] Autoput, serbisch für Autobahn, bezeichnet im deutschen Sprachraum meist das Kernstück der ersten jugoslawischen Autobahn von Ljubljana nach Zagreb.

Otočec … Schloß] Fritschs, Gorjans und Zerlings besuchen am 24. September das Schloss Otočec auf einer Insel des Flusses Krka, das in der Zeit des Barock fertiggestellt, 1942 von Partisanen verbrannt und nach dem Zweiten Weltkrieg renoviert und zu einem Hotel umgebaut wurde.

Djilas] Milovan Djilas (auch: Đilas, geb. 1911 in Polja (Montenegro), gest. 1995 in Belgrad), Politiker und Schriftsteller. Wurde vom überzeugten Ideologen und Wegbegleiter Titos zum Dissidenten und exponierten Kritiker, ab 1955 immer wieder in Haft.

Kolakowski] Leszek Kołakowski (geb. 1927 in Radom, gest. 2007 in Oxford), polnischer Philosoph. Lehrte ab 1953 an der Universität Warschau, 1959–68 Professor für Geschichte der Philosophie, dann Ausschluss aus der KP und Übersiedlung ins westliche Ausland. Nach dem Bruch mit den stalinistischen Ansichten seiner Jugend entwickelte Kołakowski eine Position, die oft als »Humanistischer Marxismus« bezeichnet wird.

Matkovićs] Marijan Matković (geb. 1915 in Karlovac, gest. 1985 in Zagreb), Publizist und Intendant. 1946–49 Literatursekretär im Verlagsinstitut Kroatiens, 1949–53 Intendant des HNK, 1959–64 künstlerischer Direktor von Zagrebfil, 1962–63 und 1966–85 Redakteur der Zeitschrift »Forum«.

Verkörperung der Durrellschen Justine] Bezugnehmend auf die Titelgestalt des Romans »Justine« (1957, dt. 1958) des englischen Schriftstellers Lawrence George Durrell (1912–1990). Justine ist die nymphomanische Ehefrau eines befreundeten Millionärs, die mit dem Erzähler während seines Aufenthalts in Alexandria ein Verhältnis eingeht.

Petar Šegedin … Roman »Gottes Kinder«] Petar Šegedin: Kinder Gottes. Ins Deutsche übertragen von Reinhard Federmann. Graz, Wien: Stiasny 1962 (Orig. »Djeca Bosla«, Belgrad 1960). – Petar Šegedin (geb. 1909 in Žrnovo / Korčula, gest. 1998 in Zagreb), jugoslawischer Schriftsteller. Šegedin war 1956–60 Ratgeber für kulturelle Fragen an der jugoslawischen Botschaft in Paris.

Krležas »Bankett in Blitvien«] Miroslav Krleža: Bankett in Blitwien. Aus dem Serbokroatischen von Bozena Begovic und Reinhard Federmann. Graz, Wien: Stiasny 1963.

Horvats »Weder Traum noch Wirklichkeit«] Joža Horvats Roman »Ni san ni java« (Zagreb 1958) sollte in Übersetzung von Zlatko Gorjan bei Stiasny erscheinen, wozu es aber letztlich nicht kam. – Joža Horvat (geb. 1915 in Kotoriba, gest. 2012 in Zagreb), kroatischer Schriftsteller und Verleger. Seit 1938 Mitglied der KPJ, 1942 Partisanenkämpfer, nach dem Zweiten Weltkrieg Gründer der Literaturzeitschrift »Republika«, die u. a. von Miroslav Krleža redigiert wurde, veröffentlichte 2005 seine Memoiren »Svjedok prolaznosti«.

Samobor] Samobor, kroatische Stadt nahe der slowenischen Grenze.

Austriak … Fiume] Fiume (ital. / ung. Rijeka), bis zum Ende des Ersten Weltkriegs Teil des habsburgischen Länderkomplexes, 1920–24 ungarischer Freistaat, dann italienisches Staatsgebiet und ab 1947 bei Jugoslawien. Im Zuge der Italianisierung nach dem Ersten Weltkrieg Vertreibung bzw. Assimilation von Kroaten und Nichtitalienern, nach dem Zweiten Weltkrieg Volksabstimmung und Wahl zwischen jugoslawischer Staatsbürgerschaft oder Ausweisung.

Matica] Matica hrvatska, kroatischer Kulturverein mit den Aufgaben eines Verlages und einer Akademie der Wissenschaften, 1842 in Zagreb gegründet. Fritsch war am Vormittag des 25. September (10–12 Uhr) Gast in der »Matica«.

Rakija] Kroatischer Schnaps.

Z.] Gerhard Zerling.

Laibach] Fritschs und Zerlings erreichen am 25. September Ljubljana (dt. Laibach), die größte Stadt Sloweniens.

Ikonensüchtig] Ikonen, die Faszination und der Handel mit ihnen, spielen eine große Rolle in Fritschs Romanfragment »Mondphasen«.

Preise gegen 1959 gut verdoppelt] Fritsch war schon Mitte 1959 in Ljubljana und Zagreb gewesen.

Ljuba Prenner] Ljuba Prenner (geb. 1906 in Slovenj Gradec (Windischgrätz), gest. 1977 in Na Fari bei Prevalje (Prävali)), slowenische Schriftstellerin, Politikerin und Juristin. Nach wechselvoller Schullaufbahn in Kärnten, Pettau, Cilli, Belgrad und Ljubljana 1930–38 Studium der Rechtswissenschaften (Promotion 1941), in ihrer Studentenzeit aktives Mitglied der slowenischen KP. 1942 Bruch mit der Partei und Parteiausschluss, 1946/47 als Verteidigerin in Prozessen gegen Regierungsgegner beschuldigt, antikommunistische Elemente zu schützen, 1947 Ausschluss aus dem Slowenischen Schriftstellerverband und bis 1954 Berufsverbot, im April 1947 in einem Frauengefängnis, nach Freilassung 1949 erneut festgenommen und in einem Strafarbeitslager, nach achtzehnmonatiger Haft bis zum Ende des Berufsverbotes Sekretärin in einer Anwaltskanzlei, Veröffentlichungsverbot.

Gottschee] Deutsche Sprachinsel in Slowenien rund um die gleichnamige Stadt etwa 60 Kilometer südlich von Ljubljana.

Bruno Brehm] Bruno Brehm (geb. 1892 in Laibach / Ljubljana, gest. 1974 in Altaussee), Schriftsteller, engagierter Anhänger des Nationalsozialismus.

Berlin 1928 in Laibach 61] Bezug auf die in männlichem Stil gehaltene Damenmode im Berlin der 1920er Jahre, die sogenannte Garçonne-Mode.

durch den nächtlichen Pachern von Cilli nach Marburg] Bachern (Pohorje / Bacherngebirge), bewaldetes Mittelgebirge westlich von Marburg; Cilli (Celje), drittgrößte Stadt Sloweniens, Verkehrsknotenpunkt etwa 70 Kilometer nordöstlich von Laibach.

Grazer Daniel] Hotel Daniel, Graz, Europaplatz 1.

Nachricht vom plötzlichen Tod Hanns v. Winters] Fritsch erfährt vom Tod Hanns von Winters am 22.9.1961 laut Kalendereintrag erst am 26. September, im Nachruf in »Wort in der Zeit« (1961, Heft 10, S. 15) heißt es: »Sein jäher Tod, nach einem heftigen Herzleiden, trifft uns auch menschlich hart.«

3.10.1961

Nistplätze der Angst von Trakls Jugend] Vermutlich bezugnehmend auf Trakls Gedicht »Der Gewitterabend« und die Zeile: »Drinnen nisten Angstgespenster.« (Georg Trakl: Dichtungen und Briefe. Salzburg: Otto Müller 1969; Historisch-kritische Ausgabe, hg. von Walther Killy und Hans Szklenar, Bd. 1, S. 27).

Tod, der schwesterliche Knabe] Sowohl ein androgyner Knabe als auch die Figur der Schwester, die wiederholt vor dem biografischen Hintergrund einer innigen Beziehung Trakls zu seiner jüngeren Schwester Margarethe gesehen wurde, sind häufige Motive in Trakls Lyrik. – Fritsch verweist mehrfach auf die Beeinflussung seiner frühen Lyrik durch Trakl und hat wiederholt über diesen publiziert. Vgl. Fritsch: Die Landschaft in den Dichtungen Trakls. In: Wort in der Zeit 10 (1964), Heft 10, S. 21–25; Die Salzburger Landschaft in den Dichtungen Trakls. In: Das Salzburg-Buch. Stimmen, Zeichen, Kräfte. Hg. von Max Kaindl-Hönig. Salzburg: Festungsverlag 1964, S. 28–33.

Kitsch-Hofer … Finger zeigt angeblich zum Brenner] Das 1892 errichtete Andreas-Hofer-Denkmal auf dem Bergisel in Innsbruck wurde in der Nacht zum 1.10.1961 mit mehreren Plastiksprengsätzen vom Podest gesprengt. »Durch die Explosion stürzte das Standbild nach vorn und blieb, sich im Sturz seitlich drehend, auf dem Rücken liegen. Die Hand, die Andreas Hofer auf dem Denkmal nach Norden reckte, zeigt nun nach Süden …«, heißt es in der »Presse« (3.10.1961).

KZ-Häftlinge in polnischer Uniform … Sender Gleiwitz] Hitler schaffte sich für seinen am 1.9.1939 geplanten Überfall auf Polen einen Vorwand, indem er die SS am Vorabend einen scheinbar polnischen Angriff auf den deutschen Sender Gleiwitz inszenieren ließ. Bei verschiedenen (anderen) Aktionen im polnischen Grenzgebiet wurden KZ-Häftlinge in polnischen Armeeuniformen getötet aufgefunden.

7.10.1961

brennen große Latschenflächen im Tennengebirge … über den Hohen Göll] Am Tennengebirge, einem Hochplateau der Salzburger Kalkalpen östlich der Salzach, hatte sich am 5.10.1961 im Gemeindegebiet von Werfen auf einer Fläche von 40 Hektar ein Latschenbrand entwickelt. Der Pass Lueg trennt das Tennengebirge vom Hagengebirge, der Hohe Göll in den Berchtesgadener Alpen ist der höchste Berg des Tennengaues (2.523 Meter).

Heinrich Klier] Heinrich Klier (geb. 1926 in Zirl), Schriftsteller, Südtirol-Aktivist und Tourismusmanager. Seit den 1950er Jahren freier Schriftsteller, als Dramatiker, Romancier, Übersetzer und Hörspielautor erfolgreich. Anfang der 1960er Jahre intensives Engagement als Südtirol-Aktivist, musste Österreich 1961 vorübergehend verlassen,

Verurteilung im Mailänder Südtirolprozess (Begnadigung 1998), 1964 Freispruch beim Prozess in Graz, 1963 Gründer der »Wintersport Tirol AG«.

Rief … »Reise«] Beim Dritten Autorentreffen im Oktober 1960 im Aus- und Fortbildungsinstitut »Haus Rief« des Verbands Österreichischer Volkshochschulen bei Salzburg wurde der umstrittene vierte Teil des von Fritsch und Franz Hiesel verfassten Hörspielzyklus »Die Reise nach Österreich« (NDR 1960) aufgeführt. Fritsch berichtet in einem Brief vom heftigen Beifall einerseits und andererseits von der Ablehnung durch Vertreter der Politik und des Österreichischen Rundfunks wegen einer »unösterreichischen Haltung« (Fritsch an Rudolf Henz, 15.10.1960), Hiesel fühlte sich »geadelt als Nestbeschmutzer« (Franz Hiesel: Reise nach Österreich. Schreiben mit Gerhard Fritsch. In: Literatur und Kritik 1994, Heft 281/282, S. 55–63, hier S. 60).

12.10.1961

Dr. Reinemer … Hossarek] Edith Reinemer (ab 10.8.1961 verh. Hossarek, geb. 1914 in Erfurt, gest. 1992 ebd.), 1945–75 Mitarbeiterin der Städtischen Büchereien in Wien, 1954–68 in den Büchereien Meiselstraße 15 und Hütteldorfer Straße 81a (Wien 15).

33er Bücherei (laut Bächer)] Friederike Bächer (ab 1954 Kostroun) arbeitete 1949–55 in der erwähnten »St.B.33« in der Felberstraße 42–46 (Wien 15), wo Fritsch von 1951–54 tätig war, bevor er Referent in der Zentrale wurde.

Hiesels »Herr Pum«] Franz Hiesel: Herr Pum sucht seinen Mörder. Hörspiel, BR / NDR / ORF 1961. Nach einer Idee von Josef Knecht, Regie: Gerlach Fiedler.

Montherlants Tagebücher 1930–44] Henry de Montherlant: Tagebücher 1930–1944. Aus dem Franz. übertr. von Karl August Horst. Köln, Berlin: Kiepenheuer & Witsch 1961. – Montherlant wehrt sich gegen eine gesellschaftliche Verpflichtung Talentierter oder Berühmter zu »Antworten auf Umfragen, Präsidentschaften, Komitees, Lektüre von Manuskripten Unbekannter, Vorworte, Einladungen Unbekannter, Jurys, Kongresse, Reisen auf Staatskosten, Ehrungen«. (S. 144)

Sudetengermanen mit den tschechischen Namen] Fritschs Eltern waren selbst Sudetendeutsche, die nach dem Ersten Weltkrieg nach Wien gekommen waren.

13.10.1961

Reinhard] Reinhard Federmann.

Eiles] Café Eiles, Josefstädterstraße 2 (Wien 8).

Hakel … Wiener Witze] Hermann Hakel: Wienärrische Welt. Witz Satire Parodie einst und jetzt. Wien, Hannover, Bern: Forum 1961.

23.10.1961

Micherl in Simmering gratulieren] Zum Geburtstag von Gerhard Fritschs Vater Otto, der am 20.10.1961 75 Jahre alt wird und in Simmering, Felsgasse 5, wohnt.

türkischen Eindrücke] Fritsch antizipiert die Eindrücke seiner Türkeireise im November 1961 (vgl. 9.11.1961), die er literarisch im Romanfragment »Mondphasen« verarbeitete.

vorderen Mittelplatz, wie in der Schule] Die im Maturazeugnis vom März 1942 vorgenommene Beurteilung »Geistig guter Durchschnitt« hat Fritsch nachhaltig beschäftigt und fand auch Eingang in sein literarisches Werk: »Guter Durchschnitt, das war auch in sein Reifezeugnis geschrieben worden, damals hatte er sich darüber geärgert«, heißt es im unveröffentlichten Roman »Wild und bitter die Hoffnung« (Nachlass Fritsch).

PEN-Vorstand] Dem in der Generalversammlung im Mai 1961 gewählten Vorstand des Österreichischen PEN-Club gehörten neben Fritsch und den von ihm Genannten auch Otto Basil, Christine Busta, Hans Flesch-Brunningen, Siegfried Freiberg, Kurt Frieberger, Rudolf Henz, Rudolf Holzer, Franz Kiessling, Ernst Lothar, Albert Mitringer, Franz Nabl, Wilhelm Szabo, Walther Schneider, Ernst Schönwiese, Josef Luitpold Stern, Adrienne Thomas und Friedrich Torberg an; die hier beschriebene Vorstandssitzung fand am Nachmittag des 19.10.1961 statt.

Nüchtern] Hans Nüchtern (geb. 1896 in Wien, gest. 1962 ebd.), Leiter der Literaturabteilung des Österreichischen Rundfunks, Lyriker, Erzähler und Hörspielautor.

Carry Hauser] Carry (Carl Maria) Hauser (geb. 1895 in Wien, gest. 1985 in Rekawinkel (Niederösterreich)), Maler, Graphiker und Schriftsteller. 1939–47 im Schweizer Exil, 1928–38 Präsident des »Hagenbundes«, zur Zeit von Fritschs Tagebucheintrag Generalsekretär des Österreichischen PEN-Zentrums.

Csokor] Franz Theodor Csokor (geb. 1885 in Wien, gest. 1969 ebd.), Schriftsteller. 1938–46 im Exil in Polen, Rumänien und Jugoslawien, 1947–69 Präsident des Österreichischen PEN-Clubs.

Hofmann] Martha Hofmann.

Hanelschen Wohnung] Erika Hanel (geb. 1916 in Wien, gest. 1965 ebd.), Journalistin und Übersetzerin, bis 1965 Generalsekretärin des Österreichischen PEN-Clubs. – Hanels Wohnung in der Sigmundsgasse 16 (Wien 7) war zugleich Zentrale und Geschäftsadresse des PEN.

russische 50 Megatonnenbombe] Die sogenannte »Zar-Bombe« mit einer Sprengkraft von 50 Megatonnen TNT war die stärkste je zur Explosion gebrachte Nuklearwaffe. Sie wurde nach mehreren Ankündigungen der Sowjets am 30.10.1961 über der Insel Nowaja Semlja im Arktischen Meer gesprengt.

Revolte des »stalinistischen« Albanien] Der Konflikt zwischen Albanien und der Sowjetunion im Rahmen der sowjetischen Entstalinisierung trat ab 1960 offen zutage, 1961 stellte sich Albanien auf die Seite der Volksrepublik China, im Dezember kam es zum Abbruch der diplomatischen Beziehungen durch die Sowjetunion. Am 22. Oktober meldet die Arbeiter-Zeitung: »Albanien bricht mit Chruschtschew. Offene Erklärung gegen die Sowjetunion und für China«.

27.10.1961

Jury für den Wiener Jugendbuchpreis … »Kampf« für Habeck] Am Nachmittag des 23.10.1961 fand die Jury-Sitzung zum Jugendbuchpreis der Stadt Wien statt. Fritsch hatte schon in seinem Gutachten zu Fritz Habecks »Die Stadt der grauen Gesichter« (Wien: Jugend & Volk 1961) resümiert: »Ich schlage dieses Buch für den Jugendbuch-Preis 1961 vor.« Der Text war aber nicht nur in dieser Jury umstritten, er wurde von Seiten katholischer Jugendschriften-Fachleute und im Zusammenhang mit dem österreichischen Staatspreis für Jugendliteratur u.a. wegen vermeintlich kirchenkritischer Schilderungen und Positivdarstellung der Habsburger kritisiert. Fritsch fasst in seinem Beitrag »Fritz Habeck oder die Kunst, Anstoß zu erregen« in »Wort in der Zeit« (1961, Heft 1, S. 7f.) zusammen: »Fritz Habeck erhielt im Übrigen nicht den österreichischen Staatspreis für Jugendliteratur. Der Preis wurde bemerkenswerter Weise *nicht* verliehen. Saßen etwa in der Jury des Jugendbuchpreises der Stadt Wien einige Kryptomonarchischen? Der Jugendbuchpreis der Stadt Wien fiel nämlich an Habeck.« Zu Fritz Habeck siehe weiter unten.

Brief von der Ablehnung auch der Zweitfassung des Hörspiels ... Hiesel auf eine Nacht zur Diskussion] In seinem Brief an Fritsch vom 24.10.1961 kritisiert Heinz Schwitzke die Neufassung des Hörspiels »Die Stufen hinunter« und fordert weitere Überarbeitungen: »Sie müssen bitte die zweite Hälfte, wenn Sie sie noch einmal langsam und mit vollem Einsatz machen, ganz mit diesem Gefühl des frommen Schauders schreiben, der von der Klosettfrau und dem Griechen ausgehen muß.«

Grigorios Männerbündelei] Die Figur des griechischen Installateurs Gregorios, der der weiblichen Hauptfigur Cora auflauert, sie vergewaltigt und schließlich aus Eifersucht ermordet, ist in der Erstfassung des Hörspiels »Die Stufen hinunter« unter dem Titel »Die große Mutter oder Immer diese Griechen« weit weniger betont.

Hiesel ... arrivierter Schaffner] »Ich hatte damals, 1951, die Wahl zwischen der Laufbahn eines Schwarzkapplers und der Ausbildungschance bei den Wiener Städtischen Büchereien«, erinnert sich Franz Hiesel (in: Für Rudolf Müller. Im Mittelpunkt der Mensch. Wien: Verlag der Wiener Volksbuchhandlung [o. J.], S. 20).

Lec ... nach Jahren wieder in Wien] Stanisław Jerzy Lec (geb. 1909 in Lemberg, gest. 1966 in Warschau), polnischer Schriftsteller und Aphoristiker. Im Zweiten Weltkrieg zunächst Mitarbeiter der sowjetischen Propaganda in Lemberg, ab 1941 im KZ Tarnopol. Mitglied der KP und des kommunistischen Widerstands, veröffentlichte ab 1956 staatskritische Aphorismen, 1949/50 Presseattaché in Wien, wo er Fritsch mehrmals traf.

Habeck ... FM] Fritz Habeck (geb. 1916 in Neulengbach, gest. 1997 in Baden), Schriftsteller und Übersetzer. Ab 1953 Leiter des Funkstudios beim Sender Wien, 1953–55 Generalsekretär des Österreichischen Schriftstellerverbandes, 1968–77 Leiter der Literaturabteilung des Studios Wien des ORF, 1978–80 Präsident des Österreichischen PEN-Clubs. Bei Habecks Besuch kommt es zu einer Einladung in die Loge der Freimaurer.

Weikert ... Stipendium] Drei Tage nach dem Besuch mit Wolfgang Kraus im Unterrichtsministerium bei Alfred Weikert richtet Fritsch das erwähnte Ansuchen an das Ministerium, in dem er seine Lage als Schriftsteller beschreibt: »Bis vor drei Jahren (meinem 35. Lebensjahr) war ich als Bibliothekar angestellt. Meine schriftstellerische Tätigkeit war sozusagen reine Freizeitbeschäftigung, wodurch vor allem die größeren Prosaarbeiten sehr verzögert wurden und gelitten haben. Ermuntert durch einige Erfolge [...] entschloß ich mich damals, meinen Posten aufzugeben und als freier Schriftsteller zu leben. Im großen und ganzen gelingt mir das seither auch leidlich, wenn man davon absieht, daß ich gezwungen bin, für den geregelten Lebensunterhalt meiner Familie vor allem durch Verfassen von Rundfunksendungen, Buchbesprechungen, Zeitungs- und Zeitschriftenartikeln zu sorgen. [...] Als Hauptziel meiner schriftstellerischen Tätigkeit sehe ich aber das Schreiben von Romanen und hier bin ich leider durch die Vielfalt lebensnotwendiger schriftstellerischer Sekundärarbeit stark gehandicapt.« Im Antwortschreiben des Bundesministeriums für Unterricht vom 8.11.1961 wird das Arbeitsstipendium in der Höhe von 10.000 Schilling bewilligt, das Fritsch für die Zeit der Abfassung eines zweiten Romans »von allzu harten Alltagssorgen befreien soll«.

Ivo Andrič erhielt den Nobelpreis. Krleža hätte ihn eher verdient] Ivo Andrić (geb. 1892 in Dolac (Bosnien), gest. 1975 in Belgrad), Schriftsteller und Diplomat. In den 1920er und 1930er Jahren Diplomat in Rom, Madrid und Berlin, nach dem Zweiten Weltkrieg zeitweilig Parlamentsabgeordneter und Präsident des jugoslawischen Schriftstellerverbands.

Aussteigen aus dem 66] Die Straßenbahnlinie 66 fuhr von der Oper am Kärntner Ring über die Favoritenstraße bis zur Raxstraße.

30 Megatonnenbombe] Nach der Explosion der russischen Megatonnenbombe bei Nowaja Semlja wird in der »Presse« berichtet, die Wolke sei östlich des Urals über das europäische Russland unterwegs: »Noch nie zuvor hat die öffentliche Meinung der Welt die Aktion eines Staates derart scharf und kategorisch verurteilt wie den letzten Atombombenversuch der Sowjetunion« (Die Presse, 25.10.1961). Tags darauf wird der Leiter der französischen Atomenergiekommission, Prof. Perrin, mit der Aussage zitiert, der radioaktive Abfall werde erst in einem halben Jahr auf die nördliche Hemisphäre niedergehen, insbesondere zwischen dem 30. und 60. Grad.

Weltfriedensrat] Der Weltfriedensrat (World Peace Council) mit Sitz in Helsinki, am Weltfriedenskongress 1950 als ständiges Organ der Weltfriedensbewegung gegründet, war trotz seines Anspruchs auf Unabhängigkeit in mehrfacher Hinsicht von der UdSSR abhängig.

Mr K.] vermeintlich John F. Kennedy, zu diesem Zeitpunkt Präsident der Vereinigten Staaten.

Tag der Fahne ... im Burgtheater] Vgl. 11.9.1961.

Molotow ... Parteiausschluß] Wjatscheslaw Michailowitsch Molotow (1890–1986), sowjetischer Politiker. 1946–49 sowjetischer Außenminister, wurde schon 1957 seiner hohen Ämter in Staat und Partei enthoben, 1960–62 sowjetischer Vertreter bei der Internationalen

Atomenergieorganisation in Wien. Molotow hatte in einem Brief an das Zentralkomitee der KP Chruschtschows Parteiprogramm als antirevolutionär, pazifistisch und revisionistisch kritisiert, woraufhin sein Parteiausschluss (der 1962 tatsächlich erfolgte) und ein Prozess vor einem Parteigericht gefordert wurden.

Der pensionsreife Berufsrevolutionär ... in der Wohllebengasse logiert] Fritsch bezieht sich auf einen Zeitungsartikel in der »Presse« (27.10.1961, S. 3), in dem Thomas Chorherr unter dem Titel »›Parteifeind‹ Molotow geht im Prater spazieren« die alltäglichen Wege Molotows beschreibt. Chorherr schließt mit der Episode von der Zeitungsverkäuferin, »der er zu Weihnachten eine Dose Kaviar verehrte«.

Der Tote von heute morgen steht schon in der »Abend-Zeitung«] Unter der Überschrift »Aufspringer. Von Tramway getötet« berichtet die Wiener »Abend-Zeitung« am 27.10.1961: »Beim Aufspringen auf die vorderste Plattform eines Straßenbahnzuges der Linie ›23‹ glitt heute früh Alfred Wildner aus dem 5. Bezirk aus und geriet unter die Räder. Er wurde sofort getötet. Der Vorfall ereignete sich in der Nähe der Opernkreuzung und verursachte eine 30 Minuten lange Verkehrsstörung.«

Zuckerbäckerpalais] Zuckerbäckerpalais, 1952–55 als 230 Meter hoher Wolkenkratzer errichteter Kulturpalast in Warschau, angeblich ein von Stalin (1879–1953) persönlich erdachtes »Geschenk« an die polnische Hauptstadt.

PAX-Leute] Pax-Gesellschaft, nach dem Zweiten Weltkrieg in Polen gegründete Organisation progressiver Katholiken, die sich im Unterschied zur Amtskirche für den Aufbau eines sozialistischen Polen einsetzten, Zeitungen und Zeitschriften herausgaben und den PAX-Verlag betrieben.

Reich-Ranickis Vergangenheit (Gettopolizist)] Marcel Reich-Ranicki (geb. 1920 in Włocławek (Polen), gest. 2013 in Frankfurt am Main), Publizist und Literaturkritiker in Deutschland. 1938 nach Polen ausgewiesen, ab 1940 im Warschauer Ghetto, arbeitete dort bis zu seiner Flucht 1943 als Leiter des Übersetzungs- und Korrespondenzbüros des von den Nationalsozialisten eingesetzten »Judenrates«. Unmittelbar nach dem Zweiten Weltkrieg sollte er gemeinsam mit Lec in einer Propagandaeinheit der polnischen Armee arbeiten, woraus die Bekanntschaft der beiden herrührt, obwohl die Pläne nie umgesetzt wurden.

Gomulka ... Schicksal von 50 an] Władysław Gomułka (geb. 1905 in Krosno, gest. 1982 in Warschau), polnischer Politiker. Seit 1926 Mitglied der KP, hatte 1944–49 mehrere Ministerämter inne, 1951 Parteiausschluss und Inhaftierung bis 1954, im Zuge der politischen Unruhen im Herbst 1956 Rückkehr an die Spitze der polnischen Arbeiterpartei, stand zunächst für einen hoffnungsvollen Kurs der Liberalisierung, der sich bald verlief.

vor dem Vorhang] Bezug auf die durch die streng bewachte Grenze und den »Eisernen Vorhang« erschwerte Möglichkeit von Reisen in den Westen.

Polen-Gedicht] Fritschs Gedicht »Polen« mit der Widmung »Für Stanislaw Jerzy Lec«, zuerst veröffentlicht im Band »Zwischen Kirkenes und Bari« (S. 40f.). Vgl. Gesammelte Gedichte, S. 68f.

Gedichte in Polen erscheinen zu lassen] Tatsächlich erschienen Gedichte von Fritsch 1962 in polnischer Übersetzung von Arnold Slucki in der literarischen Halbmonatsschrift »Współczesność« (1962, Nr. 5/109, S. 6).

28.10.1961

Baumgarten] Teil des 14. Wiener Gemeindebezirks.

29.10.1961

Randak] Ernst Randak (geb. 1920 in Gumpoldskirchen, gest. 1968 in Mödling), lebte als Schriftsteller in Wiener Neudorf (Niederösterreich), Erzähler und Hörspielautor.

Glaser] Ernst Glaser (geb. 1912 in Wien, gest. 2005 ebd.), Schriftsteller, Sachbuchautor und Volksbildner. 1949–54 Bildungsreferent der Wiener Arbeiterkammer, 1954–75 Leiter der Programmabteilung von Radio Wien, Mitbegründer und Generalsekretär des Instituts für Wissenschaft und Kunst sowie der Sozialakademie.

Giese] Alexander Giese (geb. 1921 in Wien, gest. 2016 ebd.), österreichischer Schriftsteller. 1967–83 Hauptabteilungsleiter beim ORF, später Präsident des Österreichischen PEN-Clubs. Als bekannter Freimaurer 1975–86 Großmeister der Großloge von Österreich.

Dorotheergasse … Stichwort FM, Freund Habeck] Die Großloge von Wien hatte ihren Sitz in der Dorotheergasse 12 (Wien 1).

alten Häuser der Ziegelarbeiter] Am Wienerberg in Favoriten (Wien 10) befand sich seit dem 19. Jahrhundert ein rund um die Wienerberger Ziegelfabriken entstandener Arbeiter- und Industriebezirk. Vgl.

Fritschs Gedicht »Alte Arbeitersiedlung« (Gesammelte Gedichte, S. 109f.) und seinen Beitrag »Industrie« in: Wien von A–Z. Hg. von Hermann Hakel. Wien: Wiener Verlag 1953, S. 107–109.

30.10.1961

Superbombe] Nachdem die UNO-Generalversammlung am 29. Oktober noch einen feierlichen Appell an die Sowjetunion gerichtet hatte, hatte Ministerpräsident Chruschtschow wie angekündigt die schon beschriebene 50-Megatonnen Wasserstoffbombe am Morgen des 30. Oktober zünden lassen.

Good old Joe … aus dem Mausoleum geschleppt] Auf Beschluss des Parteitags der Kommunistischen Partei wurde Stalins Leichnam aus dem Mausoleum am Roten Platz in Moskau entfernt, wo er seit 1953 lag. Die Maßnahme ist, wie die später erwähnte Umbenennung von Stalingrad, Teil der Entstalinisierung.

Kaffee Hohenstaufen] Hohenstaufen, Hohenstaufengasse 11 (Wien 1).

bei Ellenberger für Zerling] Fritsch besuchte im Auftrag Gerhard Zerlings am 30. Oktober für den Stiasny-Verlag Hugo Ellenberger (1903–1977), der als Schriftsteller und Volksbildner im Rundfunk und an der Wiener Urania tätig war. Es geht um die Sendereihe »Zurück zur Schulbank«, der Stiasny-Verlag erwartet eine Gegenleistung für 1.200 Taschenbücher, die er dem Rundfunk im Jahr zuvor zur Verfügung gestellt hatte.

31.10.1961

Haashaus] Mehrfach neu errichtetes Gebäude schräg gegenüber dem Wiener Stephansdom, benannt nach dem Teppichhaus Philipp Haas & Söhne, damals in der Gestalt eines Neubaus des Jahres 1953 von Carl Appel, Max Fellerer und Eugen Wörle.

3.11.1961

Inzersdorfer Friedhof] Fritsch ist mit seiner Frau Barbara am späten Nachmittag des Allerheiligentages am Inzersdorfer Friedhof (Kolbegasse 34, Wien 23) unterwegs.

Ebene … Lieblingslandschaft der Jahre 40, 41] Fritsch nimmt mehrmals Bezug auf seine Faszination für die ebenen Landschaften im Süden und Osten Wiens, er berichtet z. B. in den Unterlagen, die er Viktor Suchy zur Einleitung des Stiasny-Bandes »Geographie der Nacht« zur Verfügung stellt: »Als Halbwüchsiger ›Entdeckung‹ der elegischen Landschaft im Süden Wiens. Auch des Marchfeldes. Liebe zur Ebene.« (Dokumentationsstelle für neuere österreichische Literatur, Wien, Bestand Stiasny-Verlag).

mit Mutter am Hetzendorfer Friedhof ... am Hietzinger] Am Vormittag des Allerseelentages besucht Fritsch mit seiner Frau Barbara und seiner Mutter Hermine zuerst den Hetzendorfer Friedhof (Elisabethallee 2, Wien 12), wo ihre Eltern Antonia Teller (1880–1959) und Emil Teller (1874–1933) begraben sind, dann den Hietzinger Friedhof (Maxingstraße 15, Wien 13).

Dollfuß] Das Grab des austrofaschistischen Politikers Engelbert Dollfuß (1892–1934) auf dem Hietzinger Friedhof ist bekannt als Ort regelmäßiger Kranzniederlegungen von Abordnungen der ÖVP und des Cartellverbands.

Conrad] Ehrengrab des österreichisch-ungarischen Feldmarschalls Franz Conrad von Hötzendorf (1852–1925) auf dem Hietzinger Friedhof.

Hermanns Grab ... H. Moore-Nachempfindung] Der Stein am Grab von Hermann Staf auf dem Hietzinger Friedhof wird als Anlehnung an Skulpturen des englischen Bildhauers und Grafikers Henry Moore (1898–1986) beschrieben.

drei Freunde] Fritsch, Hermann Staf und Johann Lehner, der 1944 fiel.

B. Rosenmayer] Der Rennfahrer Bernd Rosemeyer (geb. 1909 in Lingen), starb 1938 bei einem Rekordversuch auf der Autobahn Frankfurt–Darmstadt, er prägte ein Bild des deutschen Helden und beschäftigte die Fantasie der Bevölkerung, wie Victor Klemperer festhält: »das einprägsamste und häufigste Bild des Heldentums liefert in der Mitte der dreißiger Jahre der Autorennfahrer: nach seinem Todessturz steht Bernd Rosenmeyer eine Zeitlang fast gleichwertig mit Horst Wessel vor den Augen der Volksphantasie« (Victor Klemperer: LTI. Notizbuch eines Philologen. Berlin: Aufbau 1947, S. 10).

Hermann holte der Krieg bei der Europa-Brücke ein] Hermann Staf, im Zweiten Weltkrieg beinamputiert und seither Prothesenträger, verunglückte im Rahmen seiner beruflichen Tätigkeit für die Filmabteilung des ÖGB bei Aufnahmen der Bauarbeiten an der Europabrücke in Tirol tödlich, er wurde von einem zurücksetzenden Fahrzeug überrollt.

9.11.1961

Kleines Kaffee in der Argentinierstraße] Kleines Kaffee, Argentinierstraße 58 (Wien 4).

Auf nach Istanbul] Fritsch verbrachte mehrere Wochen in Istanbul, er wohnte im Österreichischen Sankt Georgs-Kolleg und hielt eine Reihe von Vorträgen. Am 17. November trug er an der philosophischen Fakultät der Universität Istanbul über »Wandlungen des Romans in unserem Jahrhundert« und am 21. November über »Deutsche Literatur seit 1945« vor. Zuvor hatte er schon am 9. November auf Einladung des österreichischen Kulturbeauftragten Ludwig Jorda im Sankt Georgs-Kolleg gelesen; bei einer Lesung am 16. November trug er Gedichte aus dem »Geisterkrug«, Passagen aus »Moos auf den Steinen« und aus »Dieses Dunkel heißt Nacht« vor. Eindrücke dieses Türkeiaufenthalts verarbeitet Fritsch in der Folge in einem »Mondphasen« betitelten Romanprojekt, das er, wie die weiteren Aufzeichnungen zeigen, nicht abschloss. Es wurde posthum veröffentlicht. Vgl. auch Fritschs Gedichte »Nicäa« und »Burgaz« (Gesammelte Gedichte, S. 208).

Stalingrad wird angeblich umbenannt] Die Stadt, die bis 1925 Zarizyn und 1925–61 Stalingrad hieß, wurde 1961 im Zuge der Entstalinisierung in Wolgograd umbenannt.

15.5.1963

Hungerburg … Tagesraum des Heims] Auf der Hungerburg, ca. 300 Meter oberhalb von Innsbruck, befindet sich seit 1954 das Bildungsheim der Tiroler Arbeiterkammer. Fritsch trägt am 14. Mai im Rahmen des von der Büchereiabteilung im Bildungsreferat des ÖGB veranstalteten Aufbaukurses für Betriebs- und Gewerkschaftsbibliothekare über »Weltliteratur der Gegenwart« vor.

Gondel] Auf der Hungerburg befinden sich die Bergstation der Hungerburgbahn und die Talstation der Nordkettenseilbahn.

D. Zeemann] Dorothea Zeemann (geb. 1909 in Wien, gest. 1993 ebd.), Publizistin und Literaturkritikerin. 1965–79 Leiterin des Vortragsdienstes der österreichischen Volkshochschulen; sie trägt im erwähnten Kurs am 15. Mai zu den Themen »England – Brennpunkt der Weltliteratur« und »Die Literatur in der neuen Welt« vor.

das »andere« Geschlecht] Die Formulierung spielt auf das Buch »Das andere Geschlecht« (Le Deuxième Sexe, 1949) der französischen Autorin Simone de Beauvoir (1908–1986) an.

Johnson] Uwe Johnson (geb. 1934 in Kammin (Pommern), gest. 1984 in Sheerness-on-See (Kent, England)), lebte noch in der DDR, als in der BRD sein Roman »Mutmaßungen über Jakob« (Frankfurt am Main: Suhrkamp 1959) erschien, dem der junge Schriftsteller seinen frühen Ruhm verdankte. Im selben Jahr übersiedelte er nach Westberlin und präsentierte 1960 vor der »Gruppe 47« Auszüge aus seinem Roman »Das dritte Buch über Achim« (Frankfurt am Main: Suhrkamp 1961).

Jens] Walter Jens (geb. 1923 in Hamburg, gest. 2013 in Tübingen), Schriftsteller und damals im Hauptberuf Professor für Klassische Philologie und allgemeine Rhetorik in Tübingen, war in der »Gruppe 47« (besonders als Kritiker) für »höchste akademisch-philologische Ansprüche« bekannt, bei manchen Teilnehmern wegen seiner »belehrenden Trockenheit« sogar ungelitten (vgl. Toni Richter: Die Gruppe 47 in Bildern und Texten. Köln: Kiepenheuer & Witsch 1997, S. 90 und 109).

Laskaris-Gellert-Roman] Irene Laskaris und Gottfried Gellert, Hauptfiguren von Fritschs Romanfragment »Mondphasen«.

Caligula, Camus überall] Im Drama »Caligula« (entstanden 1938, UA 1945) stellt der französische Schriftsteller und Philosoph Albert Camus im zugleich revolutionären und absolutistischen Programm des römischen Kaisers Caligula das als absurd erkannte Dasein des Menschen und die Aussichtslosigkeit einer möglichen Auflehnung dagegen dar.

Ghettokämpfer von Warschau] Von April bis Mai 1943 versuchten die etwa 60.000 Juden, die nach den Abtransporten in nationalsozialistische Vernichtungslager ab Herbst 1942 im Warschauer Ghetto verblieben waren, ihr Leben durch einen Aufstand gegen die deutschen Besatzer zu retten. Nach mehrwöchigem erbittertem Widerstand wurde das Ghetto von SS-Einheiten systematisch geräumt und niedergebrannt, die Bewohner des Ghettos wurden vor Ort oder im KZ ermordet.

Kavallerieangriff einer polnischen Brigade auf deutsche Panzer] Die polnische Armee war der deutschen – mit Ausnahme einer auffällig starken Kavallerie – in jeder Hinsicht unterlegen, Gerüchte über deutsche »Papp-Panzer« und die Hoffnung auf Vorteile der Kavallerie im unwegsamen Gelände waren Irrtümer. Der erwähnte Angriff wird in Günter Grass' Roman »Die Blechtrommel« geschildert, wo ein polnischer Don Quijote gegen »die Hengste aus den Gestüten der Krupp« antritt (vgl. Günter Grass: Die Blechtrommel. Darmstadt: Deutsche Buchgemeinschaft 1987; Werkausgabe in zehn Bänden, hg. von Volker Neuhaus, Bd. 2, S. 304).

Stift St. Florian] Augustiner-Chorherrenstift Sankt Florian in Oberösterreich südöstlich von Linz.

Prix Formentor und der Intern. Verlegerpreis] Der 1961–66 vergebene Prix Formentor wurde von 14 Verlegern verschiedener Nationen vergeben, die Gewinner ursprünglich bei Sitzungen am Cap Formentor auf Mallorca festgelegt. 1963 musste man mit der Preisverleihung nach Korfu ausweichen, im Jahr darauf nach Salzburg, weil einer der Mitbegründer des Preises, der italienische Verleger Giulio Einaudi, und einige seiner Autoren bei der spanischen Franco-Regierung als unerwünscht galten. Vergeben wurden ein Nachwuchspreis und der Prix International des Editeurs. Vgl. Adolf Frisés Bericht zur Ermittlung der Preisträger und zur Preisverleihung im Mai 1963: Gadda knapp vor Nabokov. In: Adolf Frisé: Spiegelungen. Berichte, Kommentare, Texte 1933–1998. Festgabe der Internationalen Robert-Musil-Gesellschaft zum 90. Geburtstag von Adolf Frisé. Bern u. a.: Lang 2000 (= Musiliana 7), S. 278–284.

Spanier] Jorge Semprún (geb. 1923 in Madrid, gest. 2011 in Paris), Schriftsteller. Erhält den Prix Formentor 1963 für sein erstes Buch, den autobiographischen Roman »Le grand voyage« (Paris: Gallimard 1963, dt. »Die große Reise«).

Gadda] Carlo Emilio Gadda (geb. 1893 in Mailand, gest. 1973 in Rom), einer der einflussreichsten italienischen Schriftsteller des 20. Jahrhunderts und Vorreiter der sich Anfang der 1960er Jahre formierenden »Neoavanguardia«. Gadda erhält den Preis für seinen Roman »La cognizione del dolore« (Turin: Einaudi 1963, dt. »Die Erkenntnis des Schmerzes«).

Korfu … Makartgriechenpracht des Achilleions] Achilleion, 1890–92 im Auftrag der österreichischen Kaiserin Elisabeth im pompejischen Stil erbauter Palast auf der griechischen Insel Korfu, ab 1962 im Besitz eines Privatunternehmens kommerziell genutzt und öffentlich zugänglich. – Fritschs Beschreibung verweist auf den österreichischen Historienmaler Hans Makart (1840–1884) und seinen Einfluss auf die Bauten des Wiener Späthistorismus.

Johnson … schlicht-schmockante Erklärung] Unter dem Titel »Holzauktion auf Korfu« berichtet »Der Spiegel« vom 15.5.1963: »Erst nach Verkündigung des Gadda-Sieges […] rückte Vorjahres-Preisträger und Preisrichter Uwe Johnson noch einmal das Mikrofon zurecht und las […], was er schon seit Tagen, spätestens aber seit dem mit Blasmusik, Volkstanz und kaltem Buffet verzierten Richthofen-Empfang auf dem Herzen hatte. In akkuratem Englisch erklärte der gebürtige Pommer Johnson, daß er sich wegen des luxuriösen Aufwands von der Formentor-Preis-Veranstaltung distanzieren wolle.« (Zit. nach: Uwe Johnson: Begleitumstände. Frankfurter Vorlesungen. Frankfurt am Main: Suhrkamp 1992; edition suhrkamp 1820, S. 298f.) Adolf Frisé bemerkt zu diesem Ereignis: »Er hielt die Achilleion-Spielbank-Kulisse, die zweimal spätabends in die Szene eingebaut wurde, für soziale Wirklichkeit. Er opferte sich einem Mißverständnis, und er hatte außerdem, sofern er sich und den Preis fehl am Platz sieht, den gegebenen Zeitpunkt verpaßt.« (Adolf Frisé in: Spiegelungen, a. a. O., S. 284).

Manieristen der Ringstraße und des II. Kaiserreichs] Die Errichtung der historisierenden Monumentalbauten der Wiener Ringstraße 1869–88 wird mit der fast zeitgleich stattfindenden Neugestaltung von Paris im französischen Zweiten Kaiserreich (Second Empire, 1852–70) verglichen.

Cul de Paris] Cul de Paris, auch Pariser Hintern: Ende des 19. Jahrhunderts moderne, das weibliche Gesäß ausladend betonende Modesilhouette und die dafür gebrauchten Rockstützen wie Unterröcke und Reifröcke.

Hochhauscafe] Hochhaus-Café im obersten Stock des 1927 fertiggestellten achtstöckigen ersten Hochhauses Innsbrucks (Salurner Straße 11), 1949 eröffnet und bis zur Stillegung 1964 bekanntes In-Lokal.

18.5.1963

dachte ich, wie meist in dieser Gegend, an Jirgal] Ernst Jirgal wohnte bis zu seinem Tod in der Cossmanngasse (Wien 14), die nahe dem Bahnhof Hütteldorf parallel zur Westbahn verläuft.

Karon] Isaac Karon, Figur im Romanfragment »Mondphasen«, wird in den Notizen zu den Romanfiguren als »talmudistischer Stoiker« bezeichnet (vgl. Mondphasen, S. 338f.).

Keyserling] Arnold Keyserling (geb. 1922 in Friedrichsruh, gest. 2005 in Matrei am Brenner), Philosoph und Religionswissenschaftler. Keyserling, ein Schüler des später erwähnten Georg Gurdjieff, lehrte ab 1964 an der Hochschule für angewandte Kunst in Wien, ab 1974 als Professor für Religionsphilosophie. Er trug 1964 im von der Österreichischen Gesellschaft für Literatur veranstalteten »Forum der Jugend«, wo auch Fritsch tätig war, über die »geistigen Strömungen des Jahrhundertaufbruchs in Österreich« vor.

Bronold] Hella Bronold (eigentl. Helene B., geb. 1914 in Wien, gest. 2002 ebd.), Journalistin und ab 1961 Mitarbeiterin der Österreichischen Gesellschaft für Literatur.

Pauwels' »Gurdjew der Magier«] Louis Pauwels: Gurdjew der Magier. Aus dem Französischen von Hanns von Krannhals. München: List 1956 (Roman über den griechisch-armenischen Autor und Esoteriker Georg Iwanowitsch Gurdjieff (1872–1949)).

»Aufbruch ins dritte Jahrtausend«] Louis Pauwels und Jacques Bergier: Aufbruch ins dritte Jahrtausend. Von der Zukunft der phantastischen Vernunft. Aus dem Französischen von Gerda von Uslar. Bern, Stuttgart: Scherz 1962.

Gurdjew … »Innenkino«] Vgl. Louis Pauwels' »Gurdjew der Magier«. Die Formulierung vom »Innenkino« fällt im Zusammenhang mit Meditationsübungen: »Ein anderes Mal glaube ich mein kleines ›Innenkino‹ abgestellt und die Außenwelt abgeschaltet zu haben, und schon merke ich, daß ich selbst verschwunden bin; wobei sich die Bilder, Wahrnehmungen und Ideen wie hinter einem Schleier ineinander verwickeln« (S. 61).

Henz … Biographie] Rudolf Henz: Fügung und Widerstand. Graz, Wien: Stiasny 1963 (= Rudolf Henz' Werke in Einzelausgaben). Rudolf Henz war Herausgeber der von Fritsch redigierten Zeitschrift »Wort in der Zeit«.

Zofe … Nouveau Genet] Jean Genet (geb. 1910 in Paris, gest. 1986 ebd.), französischer Schriftsteller. Als ›neuer Genet‹ knüpft Fritsch hier an den Einakter »Les bonnes« (UA 1947; dt. »Die Zofen« 1957) an, wo in einem Stück im Stück die Zofe Claire, gespielt durch ihre Schwester Solange, ihre »Madame«, verkörpert durch Claire selbst, als grausame Herrin bloßstellt.

Irene] Vermutlich Irene Laskaris, die weibliche Hauptfigur von »Mondphasen«.

Staatspreisjury für 63] Fritsch war 1962 Mitglied der Jury des Österreichischen Staatspreises gewesen und sollte diese Aufgabe später (1968) wieder übernehmen.

Riemerschmid] Werner Riemerschmid (geb. 1895 in Maria Enzersdorf, gest. 1967 in Mödling), Schriftsteller, Dramaturg und Übersetzer. Ab 1923 am Wiener Burgtheater, 1928–45 Sprecher und Dramaturg der RAVAG, dann Regisseur und freier Schriftsteller in Wien.

Jungbürgerfeier] Gerhard Fritsch: Ihr seid Eure Stadt. Feierstunde der Jungbürger in der Wiener Stadthalle 1963.

apokryphe Jesus ... Gegenspieler Hekates] Vgl. die Eintragung zur »Stundentrommel« und die Stelle aus dem »Evangelium des Ägypters« vom 17.6.1956.

26.5.1963

Stadtparkcafe mit den klassizistischen Säulen] Wohl das Cafe Promenade beim Grazer Stadtpark im ehemaligen Torwachthaus mit charakteristischen dorischen Säulen von 1837 (Erzherzog-Johann-Allee 1).

Istanbul-Roman] »Mondphasen«.

Martinchen] Martina Fritsch (geb. 1962 in Wien, Tochter von Barbara und Gerhard Fritsch.

Olewagensaga im Lager von Buschowitz] Hans Grimm: Die Olewagen Saga. München: Langen 1918. – Die Werke des deutschen Schriftstellers Hans Grimm (1875–1959) erfreuten sich in der Zeit des Nationalsozialismus großer Beliebtheit (»Volk ohne Raum«, 1926), die »Olewagen Saga« war auch in einer Feldausgabe verbreitet. Fritsch las den Text offenbar noch in Kriegsgefangenschaft in Buschowitz (vgl. 8.7.1956), er notiert ihn, versehen mit einem positiven Kürzel, als erstes Buch in sein im Juli 1945 begonnenes Notizheft »Gelesene Bücher« (Nachlass Fritsch).

Gemeinplatz-Botschaften – »Schlinge des Jägers«] Die intendierte Botschaft des unveröffentlichten Romans »Die Schlinge des Jägers«, hier »Gemeinplatz-Botschaft«, firmiert im Tagebucheintrag vom 23.12.1956 noch als »Aussage«.

31.5.1963

Hermann Stafs Ansuchen um Entschädigung des Bombenschadens] Fritsch und Hermann Staf wohnten in ihrer Jugend in unmittelbarer Nachbarschaft im 12. Bezirk. Fritschs Elternhaus war Anfang 1945 ausgebombt worden, in der Folge wohnte er zeitweilig zur Untermiete bei Staf.

Hermann Friedl] Hermann Friedl (geb. 1920 in Linz, gest. 1988 in Steyr), Schriftsteller und Arzt. Friedl war zunächst 17 Jahre lang Gemeindearzt im Mühlviertel, ab 1967 Facharzt und Lehrbeauftragter an deutschen Kliniken. Veröffentlichte einige Gedichte sowie Auszüge aus einem Nachkriegsroman 1953 in »Stimmen der Gegenwart«, 1962 erschien sein als frühes Beispiel österreichischer Anti-Heimatliteratur beurteilter Roman »Der Landarzt« (Gütersloh: Mohn 1962).

Reinhard] Reinhard Federmann.

weniger kameradschaftlich gewesen als im Winter] Zu einem vorhergehenden Treffen im Winter 1962/63 vgl. Hermann Friedls Brief an Fritsch vom 17.1.1963: »Wenn's nicht gar zu kindisch wär', würd ich ja gern sagen, dass der zwar kurze, aber doch recht intensive Besuch in Wien eine Menge in mir wieder in Bewegung gesetzt hat. Infolge meiner häuslichen Misere bin ich ja seit mindestens zwei Jahren nirgends mehr hingekommen.« Der nach dem ersten Treffen einsetzende Briefkontakt reißt im März 1963 wieder ab.

Lesung im Grazer Forum Stadtpark] Am Abend des 28.5.1963 las Fritsch im Forum Stadtpark in Graz aus eigenen Werken. Zur Einführung sprach Alfred Holzinger. – Das Forum Stadtpark wurde 1959 als Vereinigung von Kulturschaffenden gegründet und diente seit seiner Eröffnung 1960 als Veranstaltungszentrum für Lesungen, Konzerte und Ausstellungen.

Wazuraks] Vgl. den Tagebucheintrag vom 11.8.1961.

Hergouth] Alois Hergouth (geb. 1925 in Graz, gest. 2002 ebd.), Schriftsteller, Journalist und Übersetzer. Als Mitbegründer des Forum Stadtpark wichtiger Funktionär und Förderer der Grazer Literaturszene. 1961–63 war er für die Programmgestaltung des Forums im Bereich Literatur verantwortlich, ab 1954 arbeitete er als Assistent am Institut für Volkskunde an der Universität Graz, wo er bis 1978 in verschiedenen Funktionen tätig war.

Holzinger] Alfred Holzinger (geb. 1918 in Taufkirchen (Oberösterreich), gest. 1979 in Graz), als Literatur- und Hörspielredakteur (seit 1953) bzw. Leiter der Literaturabteilung des ORF-Landesstudios Steiermark hatte er wesentlichen Einfluss auf die Entwicklung des literarischen Lebens in Graz, vor allem in den frühen 1960er und 1970er Jahren.

Artmann … Flucht vor dem Haftbefehl] Artmann berichtet über die von Fritsch genannten Ereignisse in einem Brief an Herbert Wochinz vom 15.6.1963: »weißt Du auch, dass mich die mutter meiner kleinen Spittaler tochter wegen alimentationsvergehen geklagt hat, und dass man mich in abwesenheit zu 6 wochen strengen arrests verurteilt hat? Am 31.5. hätte ich hineinsollen, bin aber im letzten moment entkommen!« (H. C. Artmann: Ich brauche einen Wintermantel etz. Briefe an Herbert Wochinz. Hg. von Alois Brandstetter. Salzburg, Wien: Jung und Jung 2005, S. 36).

Büro] Das von Fritsch geleitete Wiener Büro der »Wort in der Zeit«-Redaktion befand sich in unmittelbarer Nachbarschaft der Räume der Österreichischen Gesellschaft für Literatur. Zum intensiven

Besucheraufkommen, das sich aus dieser Lage ergab, vgl. auch Gundl Nagl: Es riecht nach Fröschen. In: Protokolle (1989) Heft 2, S. 40–43.

Lampersberg ... Aufenthalt in Lehen] Gerhard Lampersberg (eigentl. Lampersberger, geb. 1928 in Hermagor, gest. 2002 in Klagenfurt), Komponist und Lyriker. Er spielte eine bedeutende Rolle als Förderer österreichischer Schriftsteller in den 1950er und 1960er Jahren, u.a. auf seinem »Tonhof« in Maria Saal (Kärnten). – Der erwähnte »Aufenthalt in Lehen« steht wohl auch im Zusammenhang mit der Labilität und Alkoholkrankheit Lampersbergs, in Lehen befindet sich die Salzburger Landesnervenklinik.

2.6.1963

Krischke] Traugott Krischke (geb. 1931 in Mährisch-Schönberg (Tschechoslowakei), gest. 1996 in München), Dramatiker, Rundfunkredakteur und Dramaturg. Ab 1946 in Wien, in den 1950er Jahren Dramaturg in Göttingen und Hamburg, 1961/62 Leiter des Fernsehspiellektorats im Westdeutschen Rundfunk, dann Redakteur beim ZDF, ab 1967 beim Bayrischen Rundfunk. Verfasser von Fernsehspielen und Theaterstücken, Herausgeber der Werke Ödön von Horváths.

der vertriebene Sudetendeutsche, ist nun begeistert von den Tschechen] Vgl. Krischkes Auseinandersetzung unter dem Titel »Prag ist ganz anders«, wo er über die Ereignisse im Mai 1945 berichtet: »Es war der Ausbruch eines Vulkans. Eines Vulkans, der Prag hieß. Weil die Menschen dieser Stadt sechs Jahre lang Unrecht, Folter und Mord schweigend erleiden mußten. Das entschuldigt den Blutrausch nicht, aber es vermag ihn zu erklären« (Traugott Krischke: Prag ist ganz anders. In: Einladung nach Prag. Hg. und eingeleitet von T.K. München, Wien: Langen Müller 1966, S. 13–26, hier S. 23).

20.6.1963

Martina] Martina Fritsch.

WidZ-Korrekturen] Korrekturen an einer Ausgabe der Zeitschrift »Wort in der Zeit«.

Papst gestorben] Johannes XXIII. (geb. 1881 in Sotto il Monte, verstarb am 3.7.1963 im Vatikan an einem Krebsleiden.

erste Frau im Weltraum] Walentina Tereschkowa (geb. 1937 in Maslennikowo bei Jaroslawl), erste Kosmonautin, mit ihrem am 16.6.1963 gestarteten 71-stündigen Raumflug (Wostok 6) erste Frau im Weltall.

Groteskszenen um die Rückkehrbewilligung Ottos] Otto von Habsburg (1912–2011) war nach dem »Habsburgergesetz« von 1919 die Einreise nach Österreich untersagt, bis er am 31.5.1961 nach langen Verhandlungen offiziell auf seine Thronansprüche verzichtete. Über die Bewertung seiner Erklärung herrschte politische Uneinigkeit, der Verwaltungsgerichtshof erklärte, im Widerspruch zum Verfassungsgerichtshof, die Landesverweisung für beendet, in der für 5. Juni einberufenen außerordentlichen Sitzung des Nationalrates stimmte nur die ÖVP zu, dem Bescheid des Verwaltungsgerichtshofs zu folgen; so kam es erstmals im Nationalrat zu einer SPÖ-FPÖ-Mehrheit gegen die ÖVP.

Pittermann] Bruno Pittermann (geb. 1905 in Wien, gest. 1983 ebd.), Politiker. 1945–71 Abgeordneter zum Nationalrat, zum Zeitpunkt der geschilderten Ereignisse Bundesparteivorsitzender der SPÖ, Klubobmann im Parlament und Vizekanzler.

FP ... Opposition] Die österreichische Bundesregierung wurde seit 1945 von ÖVP und SPÖ gebildet, die 1955 aus dem Verband der Unabhängigen (VdU) entstandene FPÖ (Freiheitliche Partei Österreichs) war nach dem Ausscheiden der KPÖ 1959 einzige Oppositionspartei im Parlament.

Schwitzkes Hörspielbuch] Heinz Schwitzke: Das Hörspiel. Dramaturgie und Geschichte. Köln, Berlin: Kiepenheuer & Witsch 1963.

Österreich-Gedicht] Fritsch schrieb ein vergleichbares Gedicht »Österreich« zum Jubiläumsjahr 1965. Erstmals veröffentlicht in »Österreich in Geschichte und Literatur« 1965 (Heft 5, S. 235f.) und seither in zahlreichen Anthologien abgedruckt. Vgl. Gesammelte Gedichte, S. 210f.

Kraus ... Lyrikseminar für Herbst angesetzt] »Forum der Jugend« der Österreichischen Gesellschaft für Literatur, deren Leiter Wolfgang Kraus Fritsch hier engagiert. Fritsch las im Herbst 1963 mehrmals im Forum der Jugend, ein Seminar leitete er erst im April 1964 (Textkritik, allerdings zu Prosatexten) und in der Folge in unregelmäßigen Abständen.

Hakeleien] Anspielung auf Hermann Hakel, der nach allgemeiner Auffassung »in seinem Journal fruchtlose literaturtheoretische Überlegungen [...] anstellt« (Daniela Strigl: »Wahrscheinlich bin ich verrückt ...«. Marlen Haushofer – die Biographie. Ungekürzte, verb. Aufl. Berlin: List 2007, S. 170).

24.6.1963

»Frost« von Thomas Bernhard] Bezugnehmend auf Thomas Bernhards ersten Roman »Frost« (Frankfurt am Main: Insel 1963).

Billingerei] Richard Billinger (geb. 1890 in St. Marienkirchen (Oberösterreich), gest. 1965 in Linz). Der Schriftsteller mit seiner Vorliebe für heimatverbundene und christlich-bäuerliche sowie dämonische Stoffe lebte u. a. in München und Berlin und war nach 1945 durch seine Sympathie zum Nationalsozialismus belastet.

11.7.1963

Georg] Georg Fritsch.

Krleža … Auszüge aus den Essays] Miroslav Krleža: Europäisches Alphabet. Aus den kulturgeschichtlichen Essays. Eingeleitet und ausgewählt von Gerhard Fritsch. Aus dem Serbokroatischen von Maksimilian Mrzljak und Gerhard Fritsch. Graz, Wien: Stiasny 1964 (= Das österreichische Wort 1000).

Bela K.] Bela Krleža (geb. 1896 in Senj, gest. 1981 in Zagreb), Schauspielerin, Ehefrau von Miroslav Krleža.

Gellertschau von Galata] Konstellation um die Figur Gottfried Gellert in Fritschs Romanfragment »Mondphasen«.

Artikel für Merian (Seewinkel)] Gerhard Fritsch: Eine vergessene Geographiestunde. In: Das Burgenland. Hamburg: Hoffmann und Campe 1963 (= Merian 16,10), S. 10–15.

Briefe für Mike nach Haunsperg] Am 7. Juli schickt Fritsch einen Brief nach Haunsperg an Barbara Fritschs Bruder »Mike«.

2.9.1963

Gleichenberg] Barbara und Gerhard Fritsch verbringen zusammen einige Tage in der »Villa Albrecht« im steirischen Kurort Bad Gleichenberg.

»Kopf oder Adler« … Titel und dazugehörige Pointe] Gerhard Fritsch: Kopf oder Adler. Hörspiel, NDR 1965. – Evelyne Polt-Heinzl sieht die Pointe des Titels darin, dass der über einem vom revoltierenden Volk gesperrten Flugplatz kreisende Marschall »die Entscheidung schließlich nicht dem Zufall der geworfenen Münze (Kopf oder Adler) überlässt, sondern sich bewusst gegen die militäri-

sche Vernunft (Kopf) und für die polnischen Dissidenten, den polnischen Adler und das Weiterfliegen (wie ein Adler) entscheidet« (Evelyne Polt-Heinzl: Der »Clinch der Geschichten« und das Mascherl der Kellnerinnen. Der Hörspielautor Gerhard Fritsch. In: Gerhard Fritsch. Schriftsteller in Österreich. Hg. von Stefan Alker und Andreas Brandtner. Wien: Sonderzahl 2005, S. 143–161, hier S. 152).

Güssing ... Burgruine] Güssing, Stadt im südlichen Burgenland nahe der ungarischen Grenze. Die im 12. Jahrhundert auf einem Hügel im Stremtal erbaute Burg Güssing war ab Mitte des 18. Jahrhunderts verfallen bzw. demoliert und ab 1957 teilweise renoviert worden.

Kastellan und »Archivar«] Vgl. die Szenerie von Fritschs Hörspiel »Der Kastellan« (NDR 1963 / ORF 1968).

Munkaczy-Zeit] Mihály Munkácsy (auch Michael Munkaczy, 1844–1900), ungarischer Maler eines sozialkritischen Realismus, Ende des 19. Jahrhunderts europaweit bekannt.

Zitadelle des westlichen Ungarn ... Renaissance-Druckerei] Die ab 1242 ausgebaute Burg Güssing (ung. Németújvár) war Teil des Burgengürtels entlang der ungarischen Westgrenze, der Güssinger Graf Ivan (Johann I. von Heder) zog 1289 gegen Herzog Albrecht von Österreich ins Feld. Nach mehreren Besitzerwechseln fiel die Burg schließlich an die Familie Batthyány, unter der sich im 16. Jahrhundert eine blühende Buchkultur in Güssing entwickelte.

Keramik aus Stoob] In Stoob im mittleren Burgenland wurde seit dem 18. Jahrhundert Töpferhandwerk betrieben, dort finden sich mehrere Keramikbetriebe sowie eine Fachschule für Keramik und Ofenbau und einschlägige Museen.

Jennersdorf am Eisernen Vorhang] Jennersdorf, Stadt im Raabtal im südlichsten Burgenland, nahe der steirischen und ungarischen Grenze.

Pollaks] Marianne Pollak (geb. 1891 in Wien, gest. am 30.8.1963 ebd.), Schriftstellerin und Politikerin. Abgeordnete zum Nationalrat 1945–59, Mitarbeiterin der »Arbeiter-Zeitung«, Mitglied des Frauenkomitees der SPÖ und Chefredakteurin der Zeitschrift »Die Frau« und in diesen Funktionen in Kontakt mit Fritsch, der 1953 Texte für Veranstaltungen des Wiener Frauenkomitees der SPÖ schreibt und dessen Jugendfestspiele »Jugend von Heute« und »Wir sind die Jugend der Welt« in »Die Frau« abgedruckt wurden. – Oscar Pollak (geb. 1893 in Wien, gest. am 28.8.1963 in Hinterstoder), Journalist. 1931–34 und 1945–61 Chefredakteur der »Arbeiter-Zeitung«, 1961–63 Leiter der SPÖ-Zeitschrift »Die Zukunft«.

Villa Albrecht] Villa Albrecht, mächtiger spätgründerzeitlicher Bau von 1869, darin eine Frühstückspension der Gleichenberger Aktiengesellschaft.

15.10.1963

Innsbrucker Theaterkaffee] Theatercafe, Universitätsstraße 3. – Fritsch befand sich zu Vorträgen für den ÖGB am 14. und 15. Oktober in Innsbruck.

Sarraute] Gemeint sind die literaturtheoretischen Essays »Zeitalter des Argwohns« (»L'ère du soupçon«, 1956) von Nathalie Sarraute, die 1963 auf Deutsch erschienen (Köln, Berlin: Kiepenheuer & Witsch). In der Einleitung des genannten Bandes heißt es: »Hier bricht das Zeitalter des Argwohns an: der Autor zweifelt an den bisherigen Mitteln des Romans, die Wirklichkeit zu erfassen, der Leser an der alles vorherrschenden Einsicht des Autors.« (S. 3)

16.10.1963

Ausstellung ›Tirol, 600 Jahre bei Österreich‹] Die Ausstellung war von Mai bis Oktober 1963 in der Innsbrucker Hofburg zu sehen.

Maria Theres an Schnürln] Anspielung auf die österreichische Herrscherin Maria Theresia (1717–1780), die als Förderin von Traditionen des Barockkatholizismus sowie als Verkörperung von Tatkraft und Mütterlichkeit auch für Fritsch große Symbolkraft hatte.

1.5.1964

Gleichenberg] Fritsch reist am 30.4.1964 allein über Feldbach nach Bad Gleichenberg, er will dort »einen Arbeitsurlaub verbringen« (Fritsch an die Villa Albrecht, 2.4.1964).

bei Blechmusik und vorbeigehenden roten Nelken] Umzug anlässlich des 1. Mai.

Heim der Versicherungsanstalt] Mehrere Kurhäuser von Bad Gleichenberg befanden sich im Eigentum von Versicherungsanstalten.

Grazerhof] Hotel Grazerhof in Bad Gleichenberg (Brunnenstraße).

Krleža durch fast fünf Stunden] Fritsch arbeitet laut Kalendereintrag von 17 bis 22 Uhr an Miroslav Krležas »Europäisches Alphabet«.

Theresianum] Fritsch hielt am 30.4.1964 am Wiener Gymnasium »Theresianische Akademie« (Favoritenstraße 15, Wien 4) einen mehr als einstündigen Vortrag über die österreichische Literatur nach 1945.

Graz … Zug nach Feldbach] Auf der Fahrt von Wien nach Bad Gleichenberg muss Fritsch zweimal umsteigen, einmal in Graz, einmal in Feldbach an der Raab. Vgl. die Schilderung der Zugfahrt in Fritschs Hörspiel »Nachtfahrt«.

Photographengeschichte] Erzählung rund um die Figur Raimund Wazurak, der erstmals in »Der Spießrutenlauf« auftritt, später in der Zwischenfassung »Denkmal für einen Deserteur« und im abschließend veröffentlichten »Fasching« (1967).

Pipsi] Im Provinznest Kaltenhausen an der Rechnitz soll die Hauptfigur Brigitte Feiner, genannt Pipsi, von ihrer Tante Mathilde in eine Scheinehe (mit Scheinschwangerschaft) mit dem Fotografen Wazurak gezwungen werden, um die Schwangerschaft ihrer Cousine Bea zu vertuschen. Beas Mann Lois Lubits kommt bei einem Autounfall ums Leben, Pipsi aber bleibt bei ihrem Mann. Pipsi wird in der Rolle des Aschenbrödels von der Tante und deren leiblicher Tochter ausgenutzt, durch häusliche Zucht in eine subalterne Rolle innerhalb der Familie gezwungen.

Felix Golub] Hauptfigur von Fritschs Roman »Fasching«.

Irene Laskaris und die Ihren] Figuren des Romanfragments »Mondphasen«.

Böll … Kölnisch-Wasser] »Aber beim Schreiben selbst brauche ich nur ein ruhiges Zimmer, sehr viel Zigaretten, alle zwei Stunden eine Kanne Kaffee oder Tee, eine große Flasche Kölnisch Wasser und eine Schreibmaschine.« Heinrich Böll in: Horst Bienek: Werkstattgespräche mit Schriftstellern. München: Hanser 1962 (= Jahrhundertmitte 9), S. 142.

2.5.1964

zwei Seiten im fatal braven Adalbert Schmidt] In Adalbert Schmidts »Dichtung und Dichter aus Österreich im 19. und 20. Jahrhundert« (Salzburg, Stuttgart: Bergland 1964) erfährt man über Fritsch: »er hat nichts mit jener ›Moderne‹ zu tun, die sich im Absurden gefällt, in syntaxsprengenden Wortkombinationen und gequälten Metaphern, die in der verkrampften Gewolltheit eines um jeden Preis Originellen auch schon wieder Konvention und Schablone geworden sind.« (Bd. 2, S. 291).

Müller-Volksbücherei-Autor] Hinweis auf Rudolf Müller und die volksbildnerischen Ansätze der Wiener Städtischen Büchereien; Müller versammelte in den Büchereien eine beträchtliche Anzahl von Autorinnen und Autoren, was Fritsch hier einen Sammelbegriff bilden lässt.

Christl … Preis der Stadt Wien] Christine Busta wurde 1964 mit dem Preis der Stadt Wien für Dichtkunst ausgezeichnet. Die Preisträger wurden satzungsgemäß zum 1. Mai verkündet, der mit 20.000 Schilling dotierte Preis am 20. Mai im Wiener Rathaus überreicht.

Gisela Elsner für die »Riesenzwerg«-Kunstgewerblerei den Prix Formentor] Die deutsche Schriftstellerin Gisela Elsner (1937–1992) erhielt für ihren Roman »Die Riesenzwerge. Ein Beitrag« (Reinbek bei Hamburg: Rowohlt 1964) den Prix Formentor 1964.

Bearbeitung der »Fahnen«] Fritsch beendet die Arbeit am etwa 400 Seiten umfassenden ersten Teil von Miroslav Krležas »Die Fahnen« (Orig.: »Zastave«). Der Text erschien allerdings nicht wie vorgesehen im Herbst desselben Jahres bei Stiasny, die Bearbeitung des zweiten Teils zieht sich bis Mitte 1965 und wird Fritschs letzte Arbeit nach seinem Bruch mit dem Stiasny-Verlag.

Rehlein-etc-Gesängen] Vermutlich der 1964 als Single erschienene Schlager »Oh Rehlein, oh Rehlein« von Otto Bänkel (= Ronny, eigentl. Wolfgang Roloff, 1930–2011).

Serientraum von der Mutter-Gottes] Der erwähnte »Serientraum« findet sich wiederholt in Fritschs Werk, etwa im Hörspiel »Nachtfahrt«, wo der Sprecher berichtet: »ich bin als Kind von einer Vorstellung / heimgesucht worden, die mir die Madonna von Lourdes gegeben hat / immer wieder auf einem Schrebergartenweg, mir kriechen / noch jetzt die Käfer über den Rücken« (Fritsch: Nachtfahrt. Baden: Grasl 1983, S. 20).

5.5.1964

Erzh. Johann-Weg] Die Erzherzog-Johann-Promenade beginnt im Ort bei den Villen Plankenstein und Rosenhof und führt über die Kowaldshöhe nach Gleichenberg Dorf.

Den internationalen Verlegerpreis erhielt Nathalie Sarraute] Nathalie Sarraute erhielt 1964 den Internationalen Verlegerpreis (Prix International des Editeurs) für ihren 1963 veröffentlichten Roman »Les fruits d'or« (dt.: Die goldenen Früchte; Köln, Berlin: Kiepenheuer & Witsch 1964).

13.5.1964

Barockkirche von 1910] Pfarrkirche zum Hl. Leonhard in Feldbach, Neubau 1898–1900 in Renaissance-Formen, 1962–64 wird daneben ein frei stehender Glockenstuhl aus Beton errichtet.

Sparkassenpalast] Alte Sparkasse (Villa Hold), ehemaliges Post- und Sparkassengebäude an der Westseite des Kirchplatzes von Feldbach, spätgründerzeitlicher Monumentalbau mit Heimatstilelementen.

O my darling Caroline] 1964 vom deutschen Schlagersänger Ronny (eigentl. Wolfgang Roloff, 1930–2011) veröffentlichte deutschsprachige Coverversion des amerikanischen Standards »Oh My Darling Clementine«, mehrere Wochen in den Charts.

Riegersburg] Riegersburg, ca. zehn Kilometer nordöstlich von Feldbach, bestehend aus den auf einem 100 Meter hohen Massiv erbauten Burgen Lichteneck und Kronegg.

15.5.1964

Geschriebenstein bis Kapfenstein] Geschriebenstein, höchste Erhebung des Burgenlandes (884 Meter) nördlich von Rechnitz an der ungarischen Grenze; Kapfenstein: Ort in der Steiermark.

17.5.1964

Sulzberg] Sulz, Ortsteil südlich von Bad Gleichenberg.

Flugzeugzusammenstoß über der Neubaugasse] Am 16.5.1964 stießen über Wien als Folge einer missglückten Annäherung zwei Flugzeuge zusammen, wobei sieben Menschen ums Leben kamen. Eine Maschine streifte das Haus Neubaugasse 34 (Wien 7), die andere stürzte in den Lichthof des Hauses in der Josefstädterstraße 23 (Wien 8).

Ungarische Krone] Villa Ungarische Krone, Bad Gleichenberg 68.

22.5.1964

Albrechtshöhe] Aussichtswarte über Bad Gleichenberg.

nach Preßburg] Vgl. die Schilderung der Reise im folgenden Tagebucheintrag.

Vogel wieder verschoben] Verschiebung einer Lesung im von Alois Vogel gegründeten und organisierten Literaturkreis »Podium«. Fritsch, der schon in den 1950er Jahren im »Podium« gastierte, hatte schon im März einen Termin wegen einer Vortragsreise nach Innsbruck verschieben müssen (vgl. Fritsch an Alois Vogel 3.3.1964). – Alois Vogel (geb. 1922 in Wien, gest. 2005 in Pulkau (Niederösterreich)), ab 1960 freiberuflicher Schriftsteller, veröffentlichte in »Neue Wege«, »Stimmen der Gegenwart« und »Wort in der Zeit«.

27.5.1964

Fehring … Zerstörungen von 1945] Fritsch fährt am 26. Mai spontan (wie er im Kalender vermerkt) nach Fehring, einer Stadt an der Raab östlich von Feldbach nahe der burgenländischen und der slowenischen Grenze. Der Ort wurde Anfang April 1945 beim Einmarsch der russischen Truppen durch Artilleriebeschuss bzw. Brand stark zerstört.

Tabor um die Kirche] Rund um die Kirche von Fehring befinden sich ehemalige Wehranlagen, der 1615 errichtete und um 1870 ausgestaltete Tabor sowie ein Rundturm aus dem 15. Jahrhundert.

Dreihundertjahrfeier für St. Gotthard-Mogersdorf] Sieg des alliierten Heeres über die Türken vom 1.8.1664 bei den burgenländischen Orten Mogersdorf und St. Gotthard im Raabtal an der ungarischen Grenze.

Stocker] Vermutlich die Buschenschank des Weinbauern Stocker in Oberlamm, etwa neun Kilometer von Fehring und etwa 20 Kilometer von Bad Gleichenberg.

»Erzh. Johann« … Pawlatschenhotel] Hotel Erzherzog Johann (Sackstraße 3–5) in Graz mit offenem Umgang im Innenhof.

Bischofshofen … Goldegg] Bischofshofen, Stadt im Salzachtal am Fuß des Hochkönigs, Bahnknotenpunkt auf halber Strecke von Hallein zum Fremdenverkehrsort Goldegg im Pongau.

›Finale und Auftakt‹ … Vernissage am 12.] Am 12.6.1964 fand in den Räumen der Österreichischen Gesellschaft für Literatur im Palais Wilczek (Herrengasse 5, Wien 1) die Buchpremiere des von Otto Breicha und Fritsch herausgegebenen Bandes »Finale und Auftakt. Wien 1898–1914. Literatur, Bildende Kunst, Musik« (Salzburg: Otto Müller 1964) statt. Wolfgang Kraus sprach mit den Herausgebern und Harald Kaufmann, A. P. Gütersloh las seinen für das Buch verfassten Epilog.

Pezinok] Pezinok (dt. Bösing), slowakische Stadt ca. 20 Kilometer nördlich von Bratislava.

Modra] Modra (dt. Modern), slowakische Weinbaustadt am östlichen Rand der Kleinen Karpaten.

Limbach] Limbach, Gemeinde im Weingebiet, ca. 20 Kilometer nordöstlich von Bratislava.

Burg wird – nach 150 Jahren – restauriert] Die Bratislavaer Burg (früher Burg Pressburg), 1811 durch ein Feuer schwer beschädigt, wurde 150 Jahre lang als Ruine belassen und erst 1953–68 renoviert.

Ghetto und große Teile der Altstadt abgerissen] Das Projekt einer Stadtautobahn führte in Bratislava Mitte der 1960er Jahre zu großen Abrissarbeiten, denen u. a. der jüdische Friedhof, die schönste Synagoge der Stadt und die halbe Altstadt zum Opfer fielen.

Rožner] Ján Rozner (geb. 1922 in Bratislava, gest. 2006 in München), slowakischer Übersetzer, Dramaturg, Theater- und Filmkritiker. Ab 1945 Redakteur der Zeitung »Národna obroda«, 1963–64 Dramaturg am Slowakischen Nationaltheater, später u. a. als Kritiker für den Slowakischen Rundfunk und »Kultúrny život«, wo auch Übersetzungen von Fritschs Texten erschienen, tätig.

Devin] Hotel Devin, an der Donau im historischen Zentrum von Bratislava (Riečna 4), 1954 errichtetes markantes Gebäude im Stil des Funktionalismus.

Nesvadba] Josef Nesvadba (geb. 1926 in Prag, gest. 2005 ebd.), tschechischer Schriftsteller, Übersetzer und Psychiater. Nesvadba galt als einer der bedeutendsten Science-Fiction-Schriftsteller des Landes.

Budmerice … Schriftstellerheim] Schloss Budmerice, Ende der 80er Jahre des 19. Jahrhunderts errichtet, seit Ende des Zweiten Weltkriegs Haus der slowakischen Schriftsteller.

Karvaš] Peter Karvaš (geb. 1920 in Banská Bystrica, gest. 1999 in Bratislava), slowakischer Schriftsteller. Nach positiven Darstellungen der sozialistischen Gesellschaft in den 1950er Jahren setzte er sich in den sechziger Jahren mit Krieg, antifaschistischem Widerstand, Totalitarismus und Personenkult auseinander.

Mnačko] Ladislav Mňačko (geb. 1919 in Valašské Klobouky (bei Zlín), gest. 1994 in Bratislava), slowakischer Schriftsteller. Er hatte in seinen in den Jahren zuvor erschienenen Reportagen »Kde končia prašné cesty« (1962, dt. »Wo die staubigen Wege enden«) und »Oneskorené reportáže« (1963, dt. »Verspätete Reportagen«) Missstände der tschechoslowakischen Gesellschaft kritisiert, nach einer Protestreise nach Israel wurde er 1967 vorübergehend ausgebürgert.

21.6.1964

Graz … Verlag] Stiasny-Verlag, Graz, Annenstraße 65.

Schreibers Casanova] Giacomo Casanova: Reise durch das galante Jahrhundert. Hg. von Hermann Schreiber. Graz, Wien: Stiasny 1964.

Habecks Beer] Fritz Habeck: Der verliebte Österreicher oder Johannes Beer. Seine absonderliche Lebensgeschichte, sowie etliche Auszüge aus seinen denkwürdigen Romanen […]. Graz: Stiasny 1961.

Reinhards Sacher-Masoch] Reinhard Federmann: Sacher-Masoch oder die Selbstvernichtung. Graz, Wien: Stiasny 1961.

Juni-WidZ … Hermann Brod] Auf der Rückseite von »Wort in der Zeit« (1964, Heft 6) wirbt der Stiasny-Verlag unter der Überschrift »Sie begegnen bedeutenden Romanciers unserer Tage« für folgende Werke: Hermann Brod: Nur das Herz ist das Wirkliche; Heimito von Doderer: Wege und Umwege; Albert P. von Gütersloh: Gewaltig staunt der Mensch.

CV Kappen] CV, Cartellverband der katholischen österreichischen Studentenverbindungen, in dem farbentragende Verbindungen organisiert sind, deren Mitglieder hier mit Band und Mütze auftreten.

Cafe Promenade] Cafe Promenade am Rand des Grazer Stadtparks (Erzherzog-Johann-Allee 1).

Herzmanovsky-Ausstellung] Fritz von Herzmanovsky-Orlando (geb. 1877 in Wien, gest. 1954 in Meran (Südtirol)), Erzähler, Dramatiker und Zeichner. – Vom 16.6. bis 6.7.1964 fand in der Neuen Galerie des Steirischen Landesmuseums Joanneum im Palais Herberstein eine Ausstellung mit Zeichnungen Herzmanovsky-Orlandos statt. Trude Aldrian, die damalige Leiterin des Hauses, besorgte die Auswahl der 96 ausgestellten Blätter (vor allem aus der Zeit von 1919 bis 1922) aus dem Nachlass in Meran.

Gourment] Versehentliche oder bewusste Verschmelzung von Gourmet und Gourmand, also von Feinschmecker und Vielfraß.

Notiz zum Kommentar

Wichtige Teile des Kommentars entstanden in Zusammenarbeit mit Volker Kaukoreit für die auszugsweise Erstveröffentlichung im Band *Gerhard Fritsch. Schriftsteller in Österreich* (hg. von Stefan Alker und Andreas Brandtner. Wien: Sonderzahl 2005) unter dem Titel *»Man darf nicht leben, wie man will«. Auszüge aus den Tagebüchern 1956–1964* (S. 237–260).

Folgende Werke von Gerhard Fritsch werden in den Anmerkungen nur mit Titel und Seitenzahl zitiert:

Moos auf den Steinen. Roman. Salzburg: Otto Müller 1956

Fasching. Roman. Reinbek bei Hamburg: Rowohlt 1967

Gesammelte Gedichte. Hg. von Reinhard Urbach. Salzburg, Wien: Otto Müller

Katzenmusik. Prosa. Aus dem Nachlaß hg. von Alois Brandstetter. Salzburg: Residenz 1974 (= Residenz Bibliothek)

Mondphasen. Fragment eines Romans. Hg. von Reinhard Urbach. In: Protokolle 12 (1977), Heft 2, S. 299–346

Nachlass Fritsch – Wienbibliothek im Rathaus, Handschriftensammlung, ZPH 1303

Stefan Alker-Windbichler

Tagebücher-Personenregister